ブラック＆ホワイト

カリン・スローター

鈴木美朋 訳

UNSEEN
BY KARIN SLAUGHTER
TRANSLATION BY MIHO SUZUKI

Published by K.K. HarperCollins Japan, 2019

わたしの味方——
アンジェラ、ダイアン、ヴィクトリアへ

ブラック＆ホワイト

おもな登場人物

ウィル・トレント――ジョージア州捜査局特別捜査官
フェイス・ミッチェル――同。ウィルのパートナー
アマンダ・ワグナー――ジョージア州捜査局の副長官。ウィルとフェイスの上司
サラ・リントン――グレイディ病院の医師
レナ・アダムズ――メイコン警察の刑事
ジャレド・ロング――レナの夫。白バイ警官
ダーネル（ネル）・ロング――ジャレドの母親
デニース・ブランソン――メイコン警察の警視
ロニー・グレイ――メイコン警察の署長
ポール・ヴィカリー――レナのパートナー。刑事
デショーン・フランクリン――レナの同僚。刑事
ミッチ・キャベロ――レナの同僚。刑事
エリック・ヘイグ――レナの同僚。刑事
キース・マクヴェイル――レナの同僚。刑事
アンソニー（トニー）・デル――情報屋
カイラ・マーティン――メイコン総合病院の看護師
シド・ウォラー――麻薬密売人
ビッグ・ホワイティ――正体不明の犯罪者

1

水曜日
ジョージア州メイコン

レナ・アダムズ刑事は、Tシャツを脱ぎながら顔をしかめた。ポケットから警官バッジと懐中電灯、グロックの予備のクリップを出し、すべてチェストに置いた。携帯電話に表示された時刻は午前零時近い。レナはいま、十八時間前に出たベッドに倒れこんで眠ることしか考えていなかった。このところ、ろくにベッドで寝ていない。四日間、目が覚めている時間はほぼ会議室のテーブルの前に座り、前日もそのまた前日も訊かれた同じ質問に答えていた――自分の行為の正当性を内部調査官に訴えるために、お決まりのたわごとを並べて。

「現場の家屋へ手引きしたのはだれ？」

「どんな情報を根拠にした？」

「そこでなにが見つかると考えていた？」

メイコン警察署の内部調査官は、いかにもお役人らしい、覇気のない陰気な顔をしていた。彼女は毎日、黒いスカートに白いブラウスという、警察の内部調査官というよりはチエーンレストランの〈オリーヴ・ガーデン〉の接客係に似つかわしい格好で現れた。ノートを取りながら、しきりにうなずき、それ以上に眉をひそめた。レナが少しでも返事に詰まると、レコーダーに目をやり、沈黙がしっかり記録されているのを確認した。

内部調査官が同じ質問を繰り返すのはレナをいらだたせるためだと、レナ自身も承知していた。初日は感情が麻痺(まひ)していたので、とにかく早く解放されたくて、ばか正直に答えた。二日目から三日目にかけて、時間の経過とともにどんどんいらだちが募っていき、答えるのがいやになった。そして今日、ついにレナは声を荒らげたのだが、やはり内部調査官はその瞬間を待ち構えていたようだ。

「なにが見つかると考えていたかって？　あんたばかなの？」

あんなものなど、見つからなければよかった。脳味噌(のうみそ)から記憶を剃刀(かみそり)で切り取ってしまいたい。映像が頭から消えない。まばたきするたびに、あの光景が古い映画のように脳裏にちらちらと映し出される。そして、いつまでも消えない悲しみでレナを満たす。

レナは目をこすろうとして思いとどまった。チームを率いてあの家に踏みこんでから六日がたつが、体にはいまだにあのときの名残が見て取れる。鼻から左目の下へ横切る痣(あざ)は、尿そっくりの黄色になっている。三針縫った頭の切り傷が、むずがゆくてたまらない。外から見えないダメージもある――打ち身の跡の残る尻。痛む腰と両膝。あの森のなかの荒れ果てた一軒家で見つけたものを思い出すたびにむかつく胃袋。

死者四名。入院中の者が一名。おそらく二度とバッジをつけることはない者が一名。もちろん、あの恐ろしい記憶は墓場まで持っていくことになる。

目に涙があふれた。悲しみに呑まれたくなったが、唇を噛んでこらえた。レナはすっかり参っていた。この一週間はきつかった。いや、この三週間はずっときつかった。でも、もう終わったのだ。なにもかも終わった。自分は無事だ。仕事も失わずにすむ。内部調査室のネズミも巣穴に引っこんだ。ようやく家に帰ってくることができ、じっと見つめられたり尋問されたり、あれこれ突っこまれたりすることはもうない。うっとうしいのは内部調査室の連中だけではない。強制捜査がどんなふうに展開したのか、あの暗く湿った地下室でレナがなにを発見したのか、署内のだれもが知りたがっている。

レナは、とにかくなにもかも忘れてしまいたかった。

携帯電話が鳴った。レナは、肺が空になるまで息を吐いた。二度目の着信音のあとに電話を取った。新しいショートメールが届いていた。

ヴィカリー・大丈夫か？

レナは画面の文字を眺めた。パートナーのポール・ヴィカリーだ。

返事を打ちこんだ。親指がキーパッドの上で止まった。

かすかなバイクのエンジン音が空気を震わせた。

レナは返事を打つのをやめ、パワーボタンを長押しして電源を切った。電話をチェストのバッジの隣に置いた。

ハーレーのツインカム・エンジンの轟音(ごうおん)がレナの鼓膜を振動させた。ジャレドが急勾配の私道をのぼるためにエンジンをふかしたのだ。少し待つと、聞き慣れた音がした。エンジンを切る音、キックスタンドのギッというきしみ、家へ入ってくる夫の重たいブーツの足音。レナが百万回はやめてと頼んだのに、またヘルメットと鍵をキッチンのテーブルに置く音。メールをチェックしているらしく、ジャレドはつかのま静かになり、それから寝室へ向かってきた。

レナは寝室の入口に背を向けたまま、長い廊下を歩いてくるジャレドの足音を数えた。その足取りはためらいがちで、寝室へ行くのをいやがっているように聞こえた。レナが眠っていればいいのにと思っているのだろう。

ジャレドは入口で足を止めた。レナが振り向くのを待っている。レナがそのまま背を向けていると、彼は声をかけてきた。「きみもいま帰ってきたの？」

「仕事が終わらなくて」大嘘だった。レナも、ジャレドが先に眠っていてくれればいいのにと思いながら帰ってきた。「シャワーを浴びようとしていたところ」

「そうか」

レナはバスルームへ行かなかった。そうせずに、ジャレドに向きなおった。

ジャレドの視線がちらりとレナのブラジャーに落ち、すぐにまた顔へ戻った。ジャレドは制服姿で、髪はヘルメットを脱いだときに乱れたままになっている。彼もメイコン警察署の署員だ――白バイ隊員で、レナより一階級下で、十二歳下だ。レナはいままでそのどれも気にしていなかったが、このところふたりの毎日は触れてはならないことばかり増えている。

ジャレドがドア枠にもたれて尋ねた。「で、どうだった？」

「もう仕事に戻ってもいいって」

「よかったな、そうだろ？」

レナはジャレドの言葉を頭のなかで再生し、その口調が示すものを解読しようとした。

「よかったに決まってるでしょう？」

ジャレドは返事をしなかった。気まずい沈黙が長々とつづいたのち、彼は口を開いた。

「なにか飲まない？」

レナは驚きを隠せなかった。

「もう大丈夫なんだよね？」ジャレドはこわばった笑みを浮かべて首を横に傾けた。レナより数センチ背が高い程度だが、体格ががっしりしていて身ごなしが敏捷（びんしょう）なので、実際より大柄に見える。

いつもなら。

ジャレドは返事をしてくれないかと言わんばかりに咳払いした。

レナはうなずいた。「ええ、大丈夫」

ジャレドは立ち去ったが、彼の無言の要求はその場に残っていた――レナに絡みつき、いまにも窒息させそうだった。ジャレドは、レナに取り乱してほしいと求めている。レナに頼ってほしいと求めている。あのことが原因で、レナがすっかり変わってしまったのを隠さないでほしいと求めている。

その求めに屈すれば、レナがばらばらに壊れてしまうということが、ジャレドにはわからない。

チェストからパジャマを取り出す。キッチンでジャレドが動きまわる音が聞こえた。冷凍庫をあけ、氷をひとつかみ取り出そうとしている。レナは目を閉じた。体がふらふらと揺れた。氷がグラスに落ちる音を待った。期待で唾液が湧いてきた。

歯を食いしばった。無理やり目をあけた。

アルコールがほしくてたまらなかった。ジャレドが戻ってきたら、グラスを置いてしばらく待ち、飲まなくても大丈夫だと自分に証明しなければ。

ジャレドに証明しなければ。

ジーンズのボタンをはずす両手が疼いた。強制捜査の日、指が永久に曲がってしまうのではないかと感じるほど、ショットガンをきつく握りしめていた。なぜいまだに体のあちこちが痛むのかわからない。もう回復しているはずなのに、体はいつまでも痛みに執着する。体内を侵食していく毒に執着する。

「ほら」ジャレドが戻ってきた。今度は部屋のなかまで入ってきた。とぷとぷと音をたててボトルからグラスにウォッカを注ぎながらレナのほうへ歩いてくる。「明日から勤務？」

「朝からね」

ジャレドがグラスを差し出した。「休みはなし？」

レナはグラスを受け取り、中身を半分ほど一気に飲んだ。

「同じだな、あのときと……」ジャレドの声が途切れた。どのときのことか、言葉にする必要はなかった。彼は家の裏手に面している窓の外を見やった。黒い窓ガラスに顔が映った。「巡査部長から降格になるだろうね」

レナはかぶりを振りながらも答えた。「たぶんね」

ジャレドがレナをじっと見つめた——待っている。求めている。

レナは尋ねた。「署の連中はなんて言ってる？」

ジャレドはクローゼットへ歩いていった。「きみは鋼のタマの持ち主だって」銃の保管庫のダイヤル錠をまわした。レナは、彼のうなじを眺めた。ヘルメットから覗く部分がピンク色に日焼けしている。ジャレドは見られているのを意識しているらしく、ベルトから拳銃のホルスターをはずし、レナの拳銃の隣に置いた。すぐそばに。ただし、ふたりの拳銃を触れ合わせることはなかった。

「ムカついてるんでしょう?」レナは言った。

ジャレドは保管庫の扉を閉め、ダイヤルをまわした。「ムカつくって、なにが?」

口には出さなかったが、レナの頭のなかでは叫び声が響いていた。妻のほうが自分よりタフだと思われてることよ。妻は凶悪犯を捕まえてるのに、自分はのんびりバイクを乗りまわして、駐車違反のサッカー・ママにチケットを切ってるだけってことが、ムカついているんでしょう?

「ぼくはきみを自慢に思ってる」ジャレドは、レナがいつも彼の顔を殴ってやりたくなる、あの冷静な口調で言った。「きみの成し遂げたことは表彰ものだよ」

レナがなにを成し遂げたのか、ジャレドにはわかっていない。彼が知っているのは山場だけ、閉めたドアの外で話してもいいとレナに許可された部分だけだ。

「ムカついてるんでしょう?」レナはもう一度同じことを尋ねた。

ジャレドの沈黙は少しだけ長すぎた。「きみが殺されてもおかしくなかったことはね」

質問の答えになっていない。レナはジャレドの顔をまじまじと見つめた。肌はなめらかでつやつやしている。はじめて出会ったとき、彼は二十一歳だった。あれから五年半がたつのに、なぜかますます若く見えるようになった。どんどん若返っていくかのように。いや、レナのほうが急速に老けこんでいるのかもしれない。あのころにくらべて、あまりにも多くのことが変わってしまった。以前は、ジャレドがなにを考えているかわからないことなどなかった。とはいえ、彼の周囲に壁を築くモルタルをたっぷり与えてきたのは、レナ自身にほかならない。

ジャレドがシャツのボタンをはずしはじめた。「あの棚を組み立てようと思うんだ」

レナは引きつった笑い声をあげた。「ほんとに？」キッチンは三カ月前から改装中のまま放置されている。ジャレドが毎週末のように口実を作って作業に取りかからないからだ。

ジャレドはシャツを床に落とした。「ぼくがうちの大黒柱だとわかってくれるのは〈イケア〉くらいなもんだな」

そうはっきりと言われてしまうと、レナは言葉に詰まった。「そんなことないってわかってるでしょ」自分の耳にも説得力に欠けて聞こえた。「そんなことないって」

「ほんとうに？」

レナは黙っていた。

「わかった」ジャレドの携帯電話が鳴りはじめた。彼はポケットからそれを取り出し、発信者を確かめて通話を拒否した。

「浮気相手？」レナは、自分の言葉の浅はかさがいやになった。冗談にしても笑えない。

ジャレドにもそれはわかっているはずだ。

彼は汚れもののかごのなかからジーンズとTシャツを取り出した。

「もう夜遅いわ」レナはベッドサイドテーブルの時計を見やった。「十二時過ぎてる」

「眠くないんだ」ジャレドは手早く着替え、携帯電話を尻ポケットに突っこんだ。「なるべく静かにやるよ」

「棚を組み立てるのに携帯電話が必要？」

「電池がなくなりかけてるから」

「ジャレド――」

「すぐ終わるよ」ジャレドはあの偽物くさい笑みをまた浮かべた。「これくらいやらせてくれ、いいだろ？」

レナは笑みを返し、グラスを掲げた。

ジャレドは出ていこうとしなかった。「寝る前にシャワーを浴びなよ」

レナはうなずいたが、Tシャツの貼りついた彼の胸板からくっきりと割れた腹筋へ、つい視線を走らせてしまった。ウォッカのせいでほろ酔い気分になっている。ようやく体から緊張が抜けはじめていた。いまのジャレドを眺めていると、なぜか古い記憶が一気によみがえった。いつもは頭から締め出している場所へ意識がさまよっていくが、レナは止めなかった――ジャレドとメイコンへ引っ越してくる前に暮らしていた町、警官になるすべをはじめて学んだ町へ。

グラント郡で一人前の警官になるために必要なことをすべて教えてくれたのは、ジャレドの父親だった。いや、すべてではない。ジェフリー・トリヴァー署長は、自分の死後にレナがなにを学んだのか知ったらひどく腹を立てるのではないかと、レナは思っている。ジェフリー自身はしょっちゅう規律を破るのに、レナが同じことをしようとすると、きつく叱った。

「レナ？」ジャレドが尋ねた。その目も、レナの返事を待つときに首をかしげる癖も、ジェフリーにそっくりだ。

頭がぼうっとしていたが、レナはウォッカを飲み干した。「愛してる」

今度はジャレドのほうが引きつった笑い声をあげた。

「愛してるって返してくれないの？」

「返してほしいのか？」

レナは黙っていた。

ジャレドは投げやりなため息をつき、レナのそばへ来た。レナはブラジャーとショーツしか着けていないのに、彼は姉妹にキスをするようにレナのひたいに軽く唇をつけただけだった。「シャワーを浴びながら居眠りするなよ」

レナは部屋を出ていくジャレドを見送った。最近、あの汚れたTシャツばかり着ている。

三週間前に空き部屋のリフォームをはじめたときから、黄色いペンキが背中と肩についたままになっている。

あのとき、壁を塗るのはもう何週間か待ったほうがいいとジャレドに言ったのに——先にリフォームすべき場所があと十カ所はあるからではなく、縁起が悪いからだ。

だが、ジャレドは耳を貸さなかった。

もちろん、レナもジャレドの言うことを聞いたためしがない。

レナはウォッカのボトルをバスルームへ持っていった。空のグラスを便器の蓋に置き、ボトルからじかにあおった。帰宅してすぐに鎮痛剤を飲んだのを思えば愚かな行為だが、いまはばかになりたいような気がした。記憶を失ってしまいたかった。鎮痛剤とアルコールで、頭からすべてを消してしまいたかった——強制捜査の前にあったことも、その最中にあったことも、そのあとのことも。全部消えてしまえば、横たわっても暗闇が見えるだけだ。この六日間、頭から離れない、あのチカチカと明滅するサイレント映画ではなく。

レナはボトルも便器の蓋に置いた。髪をまとめたとき、指がふくらんでいるような感覚があった。鏡に映った自分を眺めた。目の下に黒々とした隈（くま）があるが、けがの跡ではない。ガラスの表面を指で押さえた。自分の顔が、これまで失ったものを証明しはじめていた。

これまで背後に数々の遺体を残してきたことを。

レナは視線をおろした。いつのまにか、たいらな腹部に手のひらを当てていた。つい九日前まで、そこにはかすかなふくらみの兆しがあった。パンツがきつくなっていた。胸が張っていた。ジャレドはレナに触れてばかりいた。ときどき、レナが目を覚ますと、彼の手が腹部にのっていることがあった。彼が創ったものの所有権を主張するかのように。レナのなかに彼が吹きこんだ命の所有権を。

だが、やはりその命はそこにとどまってくれなかった。レナを深い眠りから引(ひ)きはがした強烈な痛みは、彼の手にも止められなかった。彼の言葉も、血を流すレナを慰めることはできなかった。バスルームで。病院で。家へ帰る車のなかで。あの赤い潮が引いたあとに残ったのは、死だけだった。

壁を明るい黄色に塗ったいまいましい空き部屋の前を通るたびに、レナはジャレドへの冷たい憎しみに捕らわれ、怒りで身を震わせずにいられなかった。

レナは天井を見あげた。つかのま息を止め、暗い秘密のようにそっと吐き出した。今日になって、身に染みて感じている。喪失の痛み、嘆きを。ウォッカと鎮痛剤も、いまのところ効果がない。効くわけがない。

ボトルの蓋を捜したが、見つからなかった。ドアをあけた。寝室にジャレドはいなかった。彼の服は、脱いだときに放った場所に、そのまま残っている。レナはシャツを拾いあげた。一日中バイクで走っていた彼のシャツからは、排気ガスとオイルと汗のにおいがした。パンツの尻ポケットにはまだ財布が入っていた。それを取り出し、ベッドサイドテーブルに置く。前ポケットにも雑多なものが入っている。小銭。唇を風焼けから守るためのバーツビーズのバーム。緑色の輪ゴムで束ねた二十ドル札二枚、運転免許証、クレジットカード三枚。結婚指輪を入れた黒いベルベットの小袋。

レナは小袋に指を入れ、金の指輪を取り出した。ジャレドは、同僚がバイクで転倒したのをきっかけに、勤務中は指輪をはずすようになった。その同僚は、指関節に引っかかった結婚指輪に、まるで靴下のように皮膚をはぎ取られてしまった。そんなことがあったので、レナはジャレドに、バイクに乗るときは指輪をはずすよう約束させた。黒い小袋は、ふたりの歩み寄りの結果だ。レナは当初、指輪を家に置いていくよう言ったが、ジャレドはロマンティストなので——それこそ、レナの知っている女のだれよりもそうだ——指輪をはずすのをいやがった。

いまではまったくの習慣で持ち歩いているのではないかと、レナは思っている。

レナは指輪を小袋に戻し、財布をあけた。はじめての結婚記念日にレナが贈ったものだが、ジャレドはそれまで財布を使ったことがなかったのに、いまだに携帯している。もっとも、財布というより携帯用のアルバムになっている。レナは、この五年間でジャレドが撮った何枚ものスナップ写真をめくった。引っ越し当日、新居の前に立っているレナ。ジャレドのバイクにまたがっているレナ、ディズニー・ワールドのレナとジャレド、アトランタ・ブレーブスの試合でのふたり、サウス・イースタン・カンファレンス(SEC)のプレーオフでのふたり、アリゾナで行われたナショナル・チャンピオンシップでのふたり。

結婚式の写真で指が止まった。アトランタの裁判所の裁判官室で撮った写真だ。レナの隣におじのハンク、反対側にジャレドが立っている。ジャレドの隣には、彼の母親、義父、妹、祖母、祖父、いとこふたり、ずっと連絡を取り合っていた小学校の教師がいる。だれもがめかしこんでいるが、レナだけは仕事用の紺のパンツスーツ姿だ。肩の下まである褐色の巻き毛をおろしている。レノックス・スクエアの〈メイシーズ〉のカウンターでメイクをほどこしてもらったのだが、トランスセクシュアルの店員は、レナの肌がきれいだとほめそやした。あの日、少なくともひとりは認めてくれた女がいたわけだ。ジャレドの母親の苦々しげな顔を見れば、花婿が式のかたちにこだわらなかった理由がわかる。ダーネル・ロングはいまでもアラバマのどこかで、息子が正気を取り戻し、性悪の妻と別れるよう祈っているに違いない。

自分はただあの女に意地悪をしたくてジャレドに固執しているだけではないのだろうかと、ときおりレナは思う。

次の写真が出てきた瞬間、両膝から力が抜けそうになった。

レナはベッドに腰をおろした。

その写真は何度も見ているが、ジャレドの財布に入っていたことはない。レナがクローゼットのなかの靴箱にしまいこんでおいたものだ。写真に写っているシビルはレナと双子の姉妹だった。レナは痛いような嫉妬に襲われたが、それもつかのまで、すぐに笑いだしたくなった。どうやらジャレドはレナの写真だと勘違いしたらしい。彼はシビルに会ったことがない。レナが彼と出会ったときには、シビルが死んで十年がたっていた。

笑いが嗚咽になり、レナは口を手で押さえた。妊娠がわかったとき、真っ先に伝えたいと思ったのはシビルだった。電話をつかんだあのとき、つかのまだがたしかに幸せを感じた。

それから、悲しみに胸を打たれた。

レナは目の下をそっと拭い、写真を見つめた。ジャレドがこの写真を選んだ理由はわかる。シビルは公園で、ブランケットの上に座っている。口を大きくあけ、仰向いている。思いきり声をあげて笑っているのだ――レナは、こんなふうに楽しそうな顔をめったに見せない。シビルには、メキシコ人の祖母譲りの特徴がはっきりと現れている。日焼けした肌はブロンズ色だ。今日のレナのように、褐色の巻き毛をおろしている。ただし、レナはハイライトを入れているが、シビルは自然のままだし、白髪もまったくない。

シビルが生きていたら、いまどんな姿になっているだろう? それは十数年のあいだに何度も考えたことだ。どの双子も、片方が死んだら似たようなことを考えるのではないだろうか。レナと違い、シビルにはよそよそしく刺々しいところが少しもなかった。シビルの表情はいつもやわらかく、周囲の人を追い払うのではなく招き寄せるような、あけっぴろげな雰囲気があった。よほど見る目のない者でなければ、レナとシビルを取り違えたりしないだろう。

「リー？」

下着姿で座りこんで夫の財布を眺めて泣くなどよくあることだと言わんばかりに、レナはジャレドのほうへ顔をあげた。彼はまた入口のすぐ外に立っていた。

「さっきの電話はだれ？　あなたの携帯電話にかけてきたのは？」

「番号が非表示だった」ジャレドはツールベルトに両手の親指を引っかけてドア枠にもたれた。「大丈夫？」

「あ……ええと……」声が詰まった。「疲れてるの」

レナは最後にもう一度シビルの写真を見てから財布を閉じた。涙が頬を伝うのを感じた。口元を引き締めてこみあげる感情を呑みこもうとした。だが、どうしても思いはふつふつと湧きあがりつづけて喉に詰まり、箍（たが）のように胸を締めつけた。

「リー？」ジャレドはまだ部屋に入ってこようとしない。

レナは、放っておいてほしくてかぶりを振った。彼の顔を見ることができない。こんな自分を見せることができない。わかっているのだ、自分が泣き崩れるのを彼は待っている。期待している。いや、求めている。

そのとき、レナのなかでなにかがぽきりと折れた。また嗚咽が漏れた——心の奥底からの悲痛な声が。もう抵抗できない、いつまでもジャレドを追い払いつづけていられない。だが、レナは彼のほうから近づかせはしなかった。足早に部屋を突っ切り、彼の肩に両腕をまわして胸に顔を埋めた。

「リー——」

ジャレドにキスをする。両手で顔を挟み、首に触れた。ジャレドは最初こそあらがったものの、この一週間、二十六歳の男がソファで独り寝していたのだ。レナが苦労せずとも反応が返ってきた。まめのできた手のひらが、レナの背中をなでた。ジャレドはレナを抱きしめ、さらに激しくキスした。

次の瞬間、ジャレドがはじかれたように身を引いた。

レナの口のなかに血が飛び散った。

一瞬ののち、レナは銃声を聞いた。

ジャレドが撃たれたあとに。ぐったりとレナにもたれかかってきたあとに。

彼は重かった。レナはよろめいて仰向けに倒れ、上からのしかかってきた彼の体に押さえつけられた。身動きができない。レナは彼を押しのけようとしたが、また銃声が響いた。彼の体が痙攣(けいれん)して数センチ跳ねあがり、またレナの上にどさりと落ちた。

甲高い音が聞こえた。それはレナの口から出ていた。レナはジャレドの体の下から出ると、彼のTシャツの襟ぐりをつかんで銃弾の当たらない場所へ引きずった。なんとか数十センチ引っぱっていったが、彼のツールベルトが絨毯に引っかかった。

「いや、いや、いや」レナはつい口走ってしまい、あわてて口を手で押さえて声を止めた。狼狽の波に呑みこまれまいと、壁に背中を押しつけた。ウォッカと鎮痛剤がいまごろ効いてきた。喉の奥に吐き気がこみあげた。大声で叫びたい。叫ばなければいられない。

だが、叫んではいけない。

ジャレドは身動きひとつしなかった。レナの耳のなかでは、まだ銃撃の音が響いていた。ショットガンの発砲音。散弾が飛び散り、ジャレドの背中や頭に突き刺さる音。Tシャツに残っている乾いた黄色のペンキに、真っ赤な丸い斑点が広がる。ツールベルトのスクリュードライバーが彼の脇腹に刺さっていた。体の下の血だまりが広がっていく。レナは手をのばし、彼のふくらはぎのしなやかな筋肉に触れた。

「ジャレド?」かすれた声をかけた。「ジャレド?」

彼の目は閉じたままだった。唇から血の泡があふれている。床の上で指が小刻みに震えている。レナとの約束を破って結婚指輪をはめていたのか、そこだけ日に焼けていない。

レナはその手を取ろうとして、はたと動きを止めた。

足音。

狙撃犯が廊下を歩いてくる。ゆっくりと。慎重に。ブーツを履いている。木製のヒールがむき出しの床板を踏む音、つま先がたてるかすかな摩擦音が聞こえた。

一歩。

もう一歩。

静寂。

狙撃犯が、廊下の端にあるバスルームのシャワーカーテンを引いた。

レナの視線が寝室のなかを走査した。拳銃は保管庫にしまってある。レナの携帯電話は部屋のむこう側だ。固定電話はない。窓辺には遮蔽物がない。バスルームは出口のない罠そのものだ。

ジャレドの携帯電話は。

レナはジャレドの脚に手をすべらせ、ジーンズのポケットを探った。はずれ。はずれ。どのポケットもはずれだ。

ふたたび、小枝を踏む音にも似た足音が廊下に響きはじめた。

そして――無音。

狙撃犯は最初の部屋の前で立ち止まっている。机二台。古い書類をしまった箱が数個。ジャレドはいつもクローゼットの扉を閉めない。廊下にいる狙撃犯にもクローゼットのなかが見えるだろう。

狙撃犯は咳払いし、床に唾を吐いた。

いまからそっちへ行くぞと、レナに警告している。

レナは壁に背中を押し当て、必死に立ちあがった。座ったまま死にたくない。両足を踏みしめ、自分の命を、夫の命を賭けて戦いたい。

また足音が止まった。狙撃犯は次の部屋のなかを見ているのだ。明るい黄色の壁。クローゼットの扉は、ジャレドが風船を描くために木挽台にのせたままになっている。廊下からでも鉛筆でうっすらと手描きした下絵が見えるはずだ。そして、空っぽのクローゼットのなかも。

狙撃犯が廊下を歩きだした。

レナは震える手をジャレドへのばした。ツールベルトの金槌は、金属のループからすでに半分ほどすべり出ている。レナは指先で金槌の尻を押した。グリップをつかむ。ほとんど熱いと言ってもいいほどの熱を手のひらに感じた。

ジャレドのまぶたが震えながら開いた。レナが立ちあがり、もう一度壁に背中をあずけるのを見ている。その瞳はガラス玉のように生気がなかった。苦痛。強烈な痛み。彼の痛みがレナを突き刺した。ジャレドの口が動いた。ジャレドがまた撃たれないよう死んだふりをしていてほしくて、彼を黙らせるために自分の唇に人差し指を当ててみせた。

寝室のドアの外、おそらく一メートル半ほど手前で足音が止まった。狙撃犯の影が先に部屋へ入ってきて、ジャレドの下半身を暗く覆った。

レナは金槌をまわし、鉤になっているほうをむこうへ向けた。ショットガンのフォアエンドをスライドさせる音がした。その音には狙いどおりの効果があった。両膝に力をこめなければ、思わずしゃがみこんでしまうところだ。

狙撃犯が動きを止めた。かすかに影が揺らいだが、それ以上部屋のなかへ侵入してはこない。

レナは緊張しながら数を数えた。一――二、三。狙撃犯はまだ入ってこない。寝室のすぐ外に立ったままだ。

狙撃犯がなにを考えているのか、レナは彼の頭のなかに入りこんだつもりになってみた。警官が二名。どちらも銃を持っているはずなのに使おうとしない。ひとりは床に倒れている。もうひとりは動かない。銃で反撃してこなかったし、悲鳴もあげず、窓から外へ飛び出ることも、立ち向かってくることもない。

だれも動こうとしないなか、レナは静寂に耳を澄ました。

ついに狙撃犯がもう一歩前進した――用心深く小股で。そしてまた一歩。レナにまず見えたのはショットガンの銃身の先端だった。短く切りつめてある。大雑把に切断した切り口は、まだ新しい。いったん足音が止み、かすかな音をたてて狙撃犯が寝室のほうへ体の向きを変えた。レナは、銃身を支える手に入っているタトゥーに気づいた。親指と人差し指のあいだに、黒いスカルと二本の交差した骨が彫りこまれている。

最後のもう一歩が、慎重に踏み出された。

レナは金槌を両手で握りしめ、男の顔を殴りつけた。

金槌の鉤が男の眼窩に突き刺さった。骨の砕ける音がして、とがった鋼が男の頭蓋骨のなかへめりめりと侵入した。ショットガンから発射された銃弾が壁に穴をあけた。レナはもう一発殴るつもりで金槌を引き抜こうとしたが、がっちりはまって動かない。男はよろめき、ドアにもたれかかった。男の五本の指がレナの手首に巻きつく。金槌の刺さった目からあふれた血が口から首へ伝い落ちる。


そのとき、レナはふたり目の男に気づいた。その男は、スミス&ウェッソンの5ショットを手に廊下を走ってくる。レナは金槌を取っ手がわりにしてひとり目の男の頭をぐいと引っぱり、その体を盾にした。立てつづけに三発の銃弾が発射されたが、すべて男の体にめりこんだ。レナは金槌の刺さった男をふたり目の攻撃者のほうへ突き飛ばした。男たちがともに倒れた。スミス&ウェッソンが床の上をすべっていく。


レナはショットガンを拾いあげた。引き金を引いたが、薬莢が詰まっていた。フォアエンドをスライドさせて薬室を空にしようとしたとき、ふたり目の男が立ちあがった。男はレナに飛びかかってきたが、ショットガンの銃口に手が触れそうになったと同時に、がくんと片膝をついた。

ジャレドが男の足首をつかんでいた。腕が震えるほど、強く握りしめている。男は体を起こし、ジャレドのこめかみに拳を振りおろそうとした。

レナはショットガンを逆さまに持ち替えて銃身を握り、男の頭めがけてバットのように振った。顎が折れ、血と歯が飛び散った。男は床に突っ伏した。

「ジャレド！」レナは叫び、彼のかたわらにひざまずいた。「ジャレド！」

ジャレドはうめいた。口から血があふれた。焦点の合っていない目には、なにも映っていない。

「大丈夫よ」レナは言った。「大丈夫だから」

ジャレドが咳きこんだ。一瞬、体を細かく震わせたのち、激しい痙攣を起こした。

「ジャレド！」レナは悲鳴をあげた。「ジャレド！」涙があふれ、視界がぼやけた。彼の顔を両手で挟んだ。「わたしを見て」せがむように言った。「わたしを見て」

なにかが動いた。レナは視界の隅にそれをとらえた。ふたり目の男がじりじりとベッドのほうへ近づき、拳銃を取ろうとしている。下半身は麻痺しているらしい。血の跡を残して片方の腕で這っていく男は、まるで死にかけのゴキブリだ。

レナは心臓が止まったような気がした。なにかが起きた。空気が変わった。世界が回転を止めた。

夫を見おろす。

ジャレドの体は完全に動かなくなっていた。両のまぶたは、ごく細い隙間を残して閉じている。レナは彼の顔に、口元に触れた。ひどく手が震え、指先が彼の肌をぴたぴたと叩いていた。

シビル。ジェフリー。赤ちゃん。

わたしたちの赤ちゃん。

レナは立ちあがった。

ほとんど機械のような動きだった。金槌はひとり目の男の顔に突き刺さったままになっている。レナは男のひたいを片足で踏みつけ、両手で金槌のグリップを握って力まかせに引き抜いた。

ゴキブリ男はまだベッドのほうへ這っていた。着実に進んでいる。レナはあえて待ち、男の手が拳銃に届きかけた瞬間、その背中に片方の膝頭を叩きこんだ。男の肋骨がレナの全体重を受けて砕けたのを感じた。折れた歯が濡れた砂の塊のように口から飛び出した。

レナは金槌を大きく振りかぶった。金槌が男の背骨に振りおろされ、ぐしゃりと音がした。男はレナの下で悲鳴をあげ、両腕を投げ出してのたうった。レナは怒りを全身にみなぎらせ、意識を集中させて持ちこたえた。ふたたび金槌を高く掲げ、男の後頭部を狙ったが、そのとき――不意に――すべてが静止した。

金槌が動かなくなった。宙で完全に止まっている。

レナは振り向いた。三人目の男がいた。長身でやせているが、レナのとどめの一撃を阻止しているのは、その男の力強い両手だった。

衝撃のあまり反応が遅れた。この男を知っている。どこのだれか、よく知っている。男はバイカーのような身なりをしていた——頭にバンダナを巻き、革のベルトにはチェーンがぶらさがっている。彼は、いましがたレナがジャレドにしてみせたのとまったく同じしぐさで、唇に人差し指を当てた。そのまなざしには警告の色が見て取れたが、さらにその奥には、見まがいようのない恐怖があった。

レナはじわじわとわれに返った。最初に聞こえたのは——ぜいぜいという、自身の荒い呼吸の音だった。つづいて、こわばった全身の筋肉とショットガンをつかんだせいで火傷した手のひらに鋭い痛みが走った。ツンとする死の臭気が鼻腔に流れこんできた。そこにうっすらと混じっているのは路上のにおいだ。ジャレドが毎晩運んでくる、排気ガスとオイルと汗の嗅ぎ慣れたにおい。

ジャレド。

彼のシャツはぐっしょりと濡れて肌に貼りついていた。乾いた黄色いペンキの跡がなくなっている。いまでは黒く染まっている。彼の髪のように——血で黒々としている。

体から力が抜けた。戦意が引いていった。振りあげた腕がおり、金槌が床に落ちた。

サイレンが空気を切り裂いた。二度、三度、それ以上はもう数えられない。

家の外のどこかで声がした。「おい、どこにいるんだ?」

サイレンの音が大きくなった。近づいている。
ウィル・トレントは、最後にもう一度レナを見て立ち去った。

2

木曜日
ジョージア州アトランタ

病院のエレベーターはあてにならないというのが定説だが、医師のサラ・リントンは、アトランタのグレイディ病院のエレベーターはとくにがたが来ていると感じている。それでも、スロットマシーンをやめられないギャンブル依存症者のように、いつもすぐに扉が開くかもしれないと期待して呼び出しボタンを押してしまう。

「早くしてよ」サラはつぶやき、扉の上に並んだ数字を見あげながら、七が明るくなるのを待った。白衣のポケットに両手を突っこむ。デジタルの階数表示が十、九と変わり、八階で完全に止まった。

サラは足踏みした。腕時計を見やる。そのとき、足早に近づいてくるオリヴァー・ギティングズが目に入り、とたんにいやな予感が全身に広がるのを感じた。

グレイディ病院のＥＲに勤務する小児科医として、サラはいずれ医師になる予定の――医師になれそうにないことを示す証拠がいくつかあるものの――七名の学生の教育を担当している。とりわけ夜勤は最悪だ。月光には学生たちの小さな脳を溶かす作用でもあるのだろうか。ときどき、彼らが医学部に入学できたことはもちろん、自力で着替えができることすら信じられない気がしてくる。

オリヴァー・ギティングズこそ、その好例だ。いや、この場合は悪例と言うべきか。この八時間だけでも、検尿のサンプルを自分にこぼし、白衣の袖に滅菌布をうっかり縫いつけた。いや、うっかりであってほしい。

オリヴァーが呼びかけてきた。「リントン先生――」

「こっちへ来て」サラはエレベーターに乗るのをあきらめ、階段のほうへ向かった。

「先生が見つかってよかった」オリヴァーは人なつっこい子犬のように追いかけてきた。「興味深い症例があったんです」

オリヴァーは、自分が担当する症例はすべて興味深いと思っている。サラは言った。「手短にして」

「六歳女児なんですけどね」オリヴァーは二度ドアを引いてから、ようやく押してあけるものだと気づいた。「母親の話では、娘が夜中に目を覚まして水を飲みたがった。ふたりで階段をおりた。ところが、娘が階段を落ちそうになった。母親はとっさに腕をつかんだ。

ポキンと折れた感触があった。娘が泣き叫びはじめた。母親は、急いで娘をここへ連れてきた」

サラは先に立って階段をおりた。「X線は、らせん骨折を示していた？」

「そうです。腕のここに痣があって――」

サラはオリヴァーが示した部分をちらりと見やった。「で、あなたは虐待を疑ったんでしょう。骨検索はオーダーしたの？」

「しました、でも放射線科が混んでたんです。ぼくはシフトが終わりかけてた。とりあえずやるべきことを進めておこうと思って、D-FACSに電話をかけようと思いました」

サラはぴたりと足を止めた。子ども家庭支援局。「とりあえず子どもをあそこにまかせようと思ったの？」

オリヴァーは、それがどうしたと言わんばかりに肩をすくめた。「だって、子どもはなにもしゃべらないし。母親はそわそわしていらついてたし。いつ帰してくれるのかって、そればかり訊くんです」

「親子はいつここへ来たの？」

「さあ。たしか、午前一時ごろにトリアージを受けたかと」

サラは腕時計を見た。「いま午前五時五十八分。ほぼ一晩、ここにいたんでしょう。わたしだって帰りたくなる。話はそれだけ？」

オリヴァーは、自分がまちがっていたかもしれないとはじめて気づいたらしい。「いや、でもあの骨折は――」

サラはふたたび階段をおりはじめた。「ある特定の骨折だけが児童虐待の特徴ではない。Ｄ‐ＦＡＣＳを呼んだからには、これはもう法的な案件になった。ほんとうに母親が虐待しているのなら、絶対に見逃してはならない。確証を得る必要がある。子どもが母親を恐れている様子はあるか？　相手の目を見て質問に答えているか？　ほかに痣はあるか？　発育に遅れは？　排泄（はいせつ）の問題はないか？　ＥＲに何度も来たことがあるか？　そうでなければ、どんなふうに見えた？」オリヴァーは即答しなかった。サラはたたみかけた。「子どもは健康？　栄養状態はいい？」

「ええ、でも――」

「もういい」議論がしたいわけではない。サラはまた腕時計に目をやった。「コナー先生が引き継いでくれるけれど、わたしの電話番号は知ってるでしょう。骨検索をオーダーして、骨折の跡がないか調べて。母親から目を離さないよう、警備に知らせて。近隣のＥＲに、子どもの来院歴がないか問い合わせて」オリヴァーを叱りつけているのではなく、大事なことを教えているのだとわからせるために、サラは口調をやわらげた。「オリヴァー、児童虐待の六十五パーセントはＥＲで発見されるの。小児科医になれば、こういうことは毎週起きる。あなたがまちがっていると言ってるわけじゃない。ただ、あらゆる事実を調べてないのに、子どもの人生をひっくり返してはいけない。母親の人生もね」

「わかりました」オリヴァーは白衣のポケットに両手を突っこみ、足早に階段をおりていった。

追いかけて説教をつづけなくても、ただでさえオリヴァーの自尊心が脆いことはわかっていたので、サラはしばらくその場にとどまった。最下段に腰をおろし、病院用のブラックベリーをチェックした。メールボックスをスクロールし、事務局からのメールが山ほどたまっているのを見て、思わず目をむきそうになった。打ち合わせ、カンファレンス、申請を却下するという知らせ、申請の手続きが変わったという知らせ、カンファレンスの参加手続きが変わったという知らせ、打ち合わせの日程決めの方法が変わったという知らせ。

反対側のポケットを探り、ブラックベリーをプライベート用の携帯電話に持ち替えた。こちらのほうは、まだましだった。父親が〈ワッフル・ハウス〉でばかげたカタツムリのジョークを小耳に挟んだとメールを送ってきていた。母親からは、決して作られることのない料理のレシピ。妹からも、姪の写真を添付した長いメールが届いている。妹からのメールは未読にして、あとでゆっくり読むことにした。次のメールは、恋人からのものだ。一時間前に朝食の写真が届いていた。ミニサイズのチョコレートドーナツ六個、卵とチーズのパン、ラージサイズのコーラ。

彼と自分と、どちらが先に心臓発作を起こすだろうかと、サラは思った。

いきなりドアがあいた。フェリックス・コナー医師が、階段室に顔を突き出した。怪しむようにサラを眺めた。「やけにうれしそうだね」

「だって、やっと先生が来てくれたから、わたしはもう帰ってもいいんでしょう？」

「ちょっとトイレに行かせてくれ」

サラは携帯電話をポケットにしまって立ちあがった。帰りたがっているのはオリヴァーだけではない。病院でウィルス性胃腸炎が猛威を振るっているので、サラは数日間連続で夜勤をこなさなければならなかった。健康なせいで罰を受けているような気がしはじめていたところだ。

自宅。睡眠。静寂。ERを通り抜けながら、サラは早くも帰宅してなにをするか考えていた。正気の沙汰とは思えない勤務スケジュールのおかげで、これから丸四日間も休める。本を読める。犬たちと走りに行ける。恋人に、ふたりが一緒にいる理由を思い出させることもできる。

最後の思いつきには、頬がかなりゆるんだ。怪訝そうな視線がいくつも返ってきた。アトランタの唯一の公立医療機関であるグレイディ病院でうれしそうにしている人間などめったにいない。職員はたいていいつも戦闘経験者のように無表情だ。医療に従事するのを戦闘にたとえれば、グレイディに勤務するのはガダルカナル島の戦いに匹敵する。刃傷沙汰、殴り合い、中毒、レイプ、銃撃、殺人、ドラッグの過剰摂取。

しかも、サラの患者は未成年だ。

サラはナースステーションのパソコンの前で足を止めた。オリヴァーの診た患児のカルテを呼び出した。X線写真には、右上腕骨のねじれた部分がはっきりと写っていた。転落しそうになった娘をとっさにつかまえたという母親は、事実を話していたか、そうでなければ、もっともらしい嘘をつくことができるほど虐待を繰り返していることになる。

顔をあげ、開け放した仕切りカーテンのむこうに目を走らせたところ、案の定、常連でいっぱいだった。酔っ払いが眠りこけている。逮捕されるたびに自殺してやると言い張るドラッグ依存症者、精神科で治療を受けるべきなのに制度の穴を抜けて外をうろついている初老のホームレス女性もいた。オリヴァーの担当した女児は、いちばん端のストレッチャーで体を丸めて眠っていた。かたわらの椅子に母親が座っている。やはり眠っているが、その手は娘の手を握っていた。少し離れたところに警備員が立っていることには気づいていないらしい。

子どもを虐待する人間だと、だれが見てもひと目でわかるような自然の仕組みがあればいいのにと思うのは、これがはじめてではない。緋文字(ひもじ)。けだもののしるし。彼らはモンスターだから信用してはいけないと、普通の人々に知らせる記号があればいいのに。

サラは数年前までアトランタから南へ車で四時間ほどの小さな町に住んでいた。小児科医兼郡の検死官として、仕事を掛け持ちした。父親はよく、サラがふたつの仕事を流れ作業のようにこなしていると冗談を言った。たしかにそのとおりではあったのだが、サラは幾度となく、ある種の人間が子ども相手にしている恐ろしい行為を目の当たりにする立場に立たされた。繰り返し折られた骨の癒合の跡が写ったX線写真。育児放棄の結果、ひどい虫歯だらけになってしまったことを示す歯科のカルテ。消えない火傷と殴打の跡が残った肌。

アトランタの州立養護施設で育った男とつきあうようになって、サラの知識はますます増えた。彼は子ども時代について多くを語ろうとはしない。彼の胸に残っている、煙草(たばこ)の火の跡に触れ、殴られてふたつに裂けた上唇を縫い合わせた跡にキスをしても、彼がどんな地獄を生き延びてきたのか、サラには想像するのが精一杯だ。

とは言え、子どもにとってははるかにひどい事態はいくらでも考えられる。現状の制度にはいろいろな瑕疵(かし)があるものの、必要ないわけではない。

「そのうれしそうな顔、やめてくれないかなあ」フェリックス・コナーがペーパータオルで手を拭きながら近づいてきた。「こっちはなかなか胃腸炎が治らないってのに」

サラはからかい口調で返した。「家より職場で具合が悪いほうがましじゃない」

「患者にもそう言うのか?」

「小さい子ばかりだもの」フェリックスに立ち去る隙を与えず、サラは受け持ちの患者の申し送りをはじめた。オリヴァーの診た女児の話をしているとき、うなじにさっと熱いものを感じた。だれかに見つめられているような気がして、ちらりと振り向いた。思わず二度見したのは、そこに恋人が立っていたからだ。

ウィル・トレントが壁に寄りかかっていた。引き締まった体にぴったりと合った、チャコールグレーの三つ揃い(みぞろい)のスーツを着ている。両手はポケットに突っこんでいる。砂色の髪は湿って首筋に寄り添い、襟につくかつかないかのあたりで途切れている。

ウィルがサラにほほえんだ。

笑みを返しながら、サラはいつものように胸が疼くのを感じた。ウィルと知り合ってから二年近くたつが――この病院で出会ったのだ――ふたりの関係がただの知り合い以上のものになったのは、つい最近だ。サラにとって、この深い気持ちは思いがけず見つけた大切なものだった。五年前、夫が亡くなった。そのときは、残りの人生は孤独に過ごすことになるのだろうと思っていた。

ところが、ウィルに出会った。

「フェリックス――」目を戻したときには、フェリックスの姿はなかった。

ウィルが体を起こし、歩いてきた。「きみはきれいだ」

サラは見え透いたお世辞に笑った。「どうしたの？　いまごろ仕事をしているものと思ってたけど」

「局へ行くまで一時間ほど空きができた」

「二回目の朝食をとるひまがあるの？」

ウィルはのろのろとかぶりを振った。

「あら」用もなく立ち寄ったのではなさそうだと、サラは気づいた。「なにかあったの？」

「場所を移さないか？」

サラはウィルを医師専用の休憩室に連れていった。ドアまで十メートルもなかったが、歩いていくうちに不安でたまらなくなった。

ウィルはジョージア州捜査局（GBI）の特別捜査官だ。十日前から潜入捜査に従事している。任務の詳細をサラに話すことはできない——話そうともしないが、見たことのない番号で電話をかけてきたり、妙な時間に現れたりした。どこから来たのか、どこへ行くのか、サラには見当もつかないし、尋ねてもはぐらかされるか、口実をつけて置いていかれるだけだった。そんな彼の行動に、サラはこのところいらだち気味だったが、ときにはなにか悪いことが起きるのではないかという不安に呑みこまれそうになった。いや、もう起きているのではないか。亡くなった夫は警察官だった。殉職したのだ。彼を失ったことで、サラ自身も死ぬほど苦しんだ。ウィルも同じ目にあうのではないかと、思っただけで耐えられなくなる。

「あけるよ」ウィルがサラの前に手をのばしてドアをあけた。幸いにも休憩室にはだれもいなかった。ウィルは、サラがテーブルの前に座るのを待ち、向かいに腰をおろした。

「なにかあったの？」サラはもう一度言った。

ウィルは黙ってサラの手を取った。サラは、彼が手のひらから手首の内側へと指を這わせるのを見ていた。ウィルも濃いブルーの瞳で自分の手の動きを追っていた。自分のしていることを観察している彼の様子に、サラの肌はちりちりと粟立ちはじめた。

サラはウィルの手を止めた。猫よろしく喉を鳴らしているところを、たまたま入ってきた担当の学生に見られるようなことは、絶対に避けたい。それに、いまではウィルがこういうことをするのは時間稼ぎのためだとわかっている。

「なにがあったの？」サラは身を乗り出した。

ウィルは中途半端にほほえんだ。「牽制作戦は失敗かな？」

「もう少しで成功するところだった」正直に認めた。

彼は深く息を吸った。「いまやっている仕事が、ちょっと面倒なことになってきた」

サラが予想していたとおりだったものの、それでもすぐにはどういうことか呑みこめなかった。

「理由は言えないけれど、いままでより仕事に長い時間がかかることになる。アトランタにもしょっちゅう帰ることができなくなる。きみにも会えなくなる」

その気になればどんな仕事をしているのか話すことはできるのではないかとサラは思うが、せっかく会えたのに、むなしい議論になるとわかっている話を蒸し返して時間を無駄にするつもりはなかった。

「わかった」ウィルはまたふたりの手を見おろした。サラは彼の視線をたどった。ウィルの手首は日焼けしているが、シャツのカフスまでだ。髪には明るい金色の筋が入っている。ウィルがなにをしているのかわからないが、どうやら戸外で長い時間を過ごさなければならないらしい。

「ぼくが言いたいのは」ウィルはつづけた。「ぼくがきみの前から消えようとしていると は思わないでほしいということだ。そうでなければ……」声が途切れた。「とにかく、ぼくたちのしていることが」言葉を切った。「ぼくたちのしていたことが……」

サラは待った。

「ぼくが会いに来ないからといって――」ウィルは適切な言葉を探しているようだった。「きみに興味がなくなった、みたいに思ってほしくないんだ」まだふたりの手から目をあげようとしない。「あるんだから。その、興味が」

サラはウィルの頭頂部の髪が渦を巻くように生えているあたりを見つめた。近い将来、ウィルがこんなふうに大事なことをはぐらかすのを受け入れられなくなるときが来る。彼が心を開いてなにもかも話してくれなければ、サラとしてもこの先どうするのか選ばざるを得なくなるだろう。そう考えると、どんどん岐路に近づいているような気がしてくる。

だから、考えるのをやめた。

そして言った。「約束して。なにをしていても、用心するって」

ウィルはうなずいたが、言葉にしてくれなかったので、心は少しも軽くならなかった。

交際相手のいる捜査官は、なにもウィルだけではない。ＧＢＩは、ジョージア州版のＦＢＩだ。違法薬物の取引や子どもの誘拐事件を除いて、管轄の警察から要請がなければ捜査に関わることができない。そして、管轄の警察がＧＢＩを頼るのは、よほど困っている場合だけだ。

つまり、ウィルが潜入捜査官として関わっている犯罪は、地元の警察の手には負えないほど危険なものなのだ。しかも、潜入捜査ということは、パートナーの支援を受けられない。ウィルはたったひとりで、おそらく暴行の前科や依存症のある者たちに囲まれているはずだ。

ウィルが尋ねた。「だから、ぼくたちは大丈夫だろ？」

サラは唇を引き結び、ほんとうに言いたかった言葉を呑みこんだ。「もちろん、大丈夫」

「よかった」ウィルは傍目にもはっきりとわかるほど安堵した様子で、ぐったりと椅子にもたれた。大人になってからほとんどずっと推理を仕事にしてきた男が私生活ではどうして救いようのないほど鈍感になれるのだろうと、サラは毎度のことながら思った。

「いつになったらその仕事は終わるの？」

「二週間、いや、三週間かな」

サラはその先を待ったが、結局ウィルは目をそらした。そのしぐさはあまりにもわざとらしく、まるで〝さりげない振る舞いのリスト〟を片っ端から実行しているようだった。まばたき。顎をかく。壁の注意書きに興味を惹かれたふりをする。

サラは振り返り、ウィルの心を急に奪ったポスターを見た。よく病院に掲示してあるたぐいのものばかりだ。ＨＩＶやＣ型肝炎への注意喚起、スポンジボブをキャラクターにした、衛生に関する読みづらい啓発。

ウィルに目を戻した。遠まわしの攻撃を使う駆け引きは昔から苦手だった。「せめて、ほかにもなにかあることは認めてくれない？　なんとなくわかるの、ウィル。ほかになにかあるのに、あなたはわたしを心配させたくなくて隠してるでしょう」

殊勝にも、ウィルは偽りに満ちた反論をよこさなかった。「認めれば、きみの気持ちは楽になるのか？」

サラはうなずいた。

「わかった」

サラは唇を噛んだ。しばらく待ったが、引退してもおかしくないほど年を取る前には病院を出たかったことを思い出した。「それだけ？」

ウィルは肩をすくめた。

大きな岩を押しながら坂をのぼるのはもういやだ。「ほんと、あなたのせいで気が変になりそう」

「いい意味で？」

サラは彼の手を握った。「とは言えない」

ウィルは笑ったが、サラの言葉が冗談ではないことは、ふたりとも承知していた。「スポンジボブが空港で国土安全保障省に逮捕されたって知ってる？」

「ウィル」

「ほんとうだ。今朝、ニュースでやってた」

サラは低く言った。「公然猥褻（わいせつ）？」

「もちろんそれもあるけど、それよりも飛行機に大量の液体を運びこもうとした容疑で捕まった」

サラはかぶりを振った。「それはひどい」

「彼ははめられたと主張している」ウィルは思わせぶりに言葉を切った。「だれも彼を干してくれなかったのは明らかだ」

繰り返し首を横に振りながら言った。「その話を考えるのに、どれくらい時間がかかった？」

ウィルが身を乗り出してきて、サラにキスをした――謝罪がわりや別れの挨拶の軽いキスではなく、もっと深い意味のこもった、長く尾を引くキスだった。

つかのまサラは、ドアのむこうはERなのだから、いつなんどきだれかが入ってきてもおかしくないと考えたが、ウィルのキスが深くなったとたんにどうでもよくなった。ウィルは席を立ち、サラの前にひざまずいた。サラを椅子の背に押しつけるように迫る。サラの頭はぼうっとしはじめた。

「ジェローをよこせ！」ERから男の大声がした。

サラは跳びあがった。ウィルも体を引いてかかとに尻をつけた。口元を手の甲で拭う。

「ごめんなさい」自分のせいで患者が騒いだわけではないのに、サラは謝った。ウィルの襟を直し、ネクタイをまっすぐにした。彼の首の脇が脈打っているのがわかった。サラ自身の胸の鼓動と同期している。「酔っ払いたちがそろそろ目を覚ますの」

「ぼくもジェローのゼリーは好きだよ」

「ウィル――」

「そろそろ仕事に行ったほうがよさそうだ」ウィルは立ちあがり、ズボンの汚れを払った。

「ぼくの言ったことを忘れないでくれよ？　ぼくはどこにも行かない」にやりと笑う。「いや、もう行くけど、また戻ってくる。できるだけ早く。いいね？」

サラの頭のなかはウィルに言いたいことでいっぱいだった――危ないことには近づかないと約束してとか、すべてうまくいくと保証してほしいとか。だが、そのような約束はよくて無意味、せいぜい彼の重荷になるだけだ。修羅場に立たされた警官にとって、ガールフレンドが許してくれるかどうかなど、いちばん考えたくない問題だろう。

結局、サラは「わかった」と答えた。

ウィルはほほえんだが、サラは今度もなにかが引っかかった。彼の目に、それが見て取れる――ためらい、不安。けれど、いつものように、ウィルは問いただす時間をくれなかった。

ウィルがドアをあけて出ていったとき、混雑した通路がちらりと見えた。朝のラッシュがはじまっている。モニターや機器が不協和音を発しはじめている。早くも通路には患者を乗せたストレッチャーが並んでいる。酔っ払いがまたジェローをくれと叫び、べつのだれかが、黙れ、おれもジェローがほしいとどなった。

サラは膝の上で両手を握りしめ、頭のなかでウィルとのやり取りを再生した。ウィルは、ほんとうはなにを言いたかったのだろう？　電話ですませてもよさそうな話だったのに、なぜわざわざ病院まで来たのだろう？　一応、なにかが起きていることは話してくれた。ときどきウィルは腹立たしいほどなにを考えているのか読み取れなくなるけれど、サラはプライドに邪魔され、彼にごまかされているのを認めたくなかった。

口元へ手をやり、ウィルの唇が押し当てられていた部分に触れた。彼はこのために来たのだろうか？　離れているあいだに忘れ去られないようにする彼なりの方法が、あのキスだったのだろうか？　それとも、アトランタを出る前に、縄張りにマーキングしただけ？　うれしいのは、そのうち片方だけだ。

サラの携帯電話が鳴った。ポケットに手を入れ、振動のもとを捜した。かけてきたのはウィルだろうと――ウィルでありますようにと思ったが、発信者名には〈タラデガ郡・AL〉と表示されていた。ここ一週間ほど、ウィルはさまざまな場所から電話をかけてきたが、アラバマははじめてだ。

サラは電話に出た。「はい」

電話のむこうからは、ブーンという低いハム音が聞こえてくるだけだった。

もう一度、サラは声を出してみた。「もしもし？」やはり応答はなく、ハム音が大きくなった。電子的というより、生き物の気配がする音だ。

「もしもし？」サラは電話を切ろうとしたが、そのときなぜか、体をまっぷたつにちぎられて舗道に横たわっているウィルが脳裏にひらめいた。思わず椅子から立ちあがる。「ウィル？」

ふうっと息を吐くような音が伝わってきた。

「もしもし？」サラはドアをあけた。廊下へ走り出て、患者とぶつかりそうになった。ばかばかしい。ウィルは大丈夫に決まっている。二分前に別れたばかりではないか。彼のキスの感触がまだ唇に残っている。

「もしもし？」電話を強く耳に押し当てた。「だれなの？」

「サ、サ、サラ？」電話のむこうの女がかろうじて声を発した。

全身でほっとし、サラは両目を手で押さえた。「はい？」

「あたし……あたし……ごめん……」

「ネル？」サラはすばやくさまざまな断片を組み合わせ、声の主が亡夫のハイスクール時代のガールフレンドだと思い出した。夫にはダーネル・ロングとのあいだに子どもがいたが、それを除けば関係は切れていた。

「ネル？」サラは繰り返した。「大丈夫？」

「ジャレドが！」ネルが泣き声をあげた。「ああ！」

サラは壁に寄りかかった。ジャレドは継子だ。ほんの数回しか会ったことはない。いま彼は、亡くなった父親と同じ警察官だ。

「あたし――」ネルが声を詰まらせた。「やっぱりあなたの――」

「ネル、お願い。なにがあったのか――」

「やっぱりあなたの言うことを聞けばよかった！」ネルは叫んだ。「あの女のせいで……ああ……」

――いったいだれの話――」サラは黙った。ネルがだれの話をしているのか、はっきりとわかった。

レナ・アダムズ。

サラの夫は、レナがアカデミーを卒業したときから仕事を教え、自分の庇護下に置き、刑事まで昇進させた。

そして、ジェフリー・トリヴァーから信頼をもらったお返しに、レナ・アダムズは彼を見殺しにした。

ネルが泣きじゃくった。「ああ、サラ！　どうして！」

「ネル」ひとこと発するたびに喉が詰まりそうになりながらも、なんとかつづけた。「ちゃんと話して。なにがあったのか」

ネルは興奮しすぎてサラの言葉を聞いていなかった。「どうしてあなたの言うことを聞かなかったんだろう？　最後まで許すんじゃなかった。どうして……」言葉は溶け、胸を引き裂くようなうめき声になった。

サラは無理やり肺に息を入れた。胸も両手も震えているのがわかった。全身が恐怖でわなないている。「ネル、お願い。なにがあったのか話して」

3

　ウィル・トレントは、東市庁舎の最上階にある上司のオフィスで、街を眺めていた。アトランタは目覚めたばかりで、摩天楼の隙間で太陽が輝き、ＢＭＷやアウディに乗った通勤者たちがクラクションを鳴らしている。通りのむこうでは、ショッピングセンターの〈ホーム・デポ〉の前で数十人の男が並んでいた。見ていると、トラックが続々と到着し、赤いテールランプをともして止まった。トラックの窓から指を立てた手が突き出て、ふたりないし三人、ときには四人の男がトラックの後部に飛び乗り、その日の仕事場へ向かう。

　ウィルも彼らのうちのひとりだったかもしれない。〈アトランタ子どもの家〉では、職業選びのアドバイスなど得られなかった。十八歳になった日、百ドルとホームレスのシェルターまでの地図を渡されただけだ。その後数カ月、ウィルもあのようなトラックに乗り降りし、建設現場など、働ける場所ならどこでも働いた。心ある人々が手を貸してくれたのは、ほんとうに幸運だった。そうでなければＧＢＩの捜査官にはなれなかっただろう。自宅も車も、この暮らしも手に入らなかっただろう。

サラとつきあえることもなかっただろう。

ウィルは窓に背を向けた。アマンダ・ワグナーのオフィスのなかを見まわした。彼女の部下になった十五年近く前から、様子はほとんど変わっていない。アマンダがＧＢＩの副長官に昇進するまでに、何度か場所が変わり、電子機器はどんどん洗練されていったが、部屋の内装はいつも同じだった。壁にかかっている写真も変わらない。巨大なデスクの下に敷いた東洋風のラグも。椅子にいたっては、『素晴らしき哉、人生！』のジョージ・ベイリーの敵が座っていたような、ぎしぎしきしむ木と革の古びた代物だ。

そのなかで、フラットスクリーンのテレビは、現代の製品に替わった数少ないもののひとつだ。ウィルはリモコンを取り、アトランタのニュース局に片っ端からチャンネルを合わせ、ゆうべメイコンで起きた事件が報道されていないか確かめた。州都から車で一時間半のメイコンは、十五万人の人口と大きな大学群を擁した、中規模都市だ。地理的にも州の中央に位置するので、アトランタは騒々しすぎ、小さな町は退屈すぎると感じる人々にはちょうどよい。いろいろな意味で、メイコンのほうがアトランタよりもジョージア州の象徴のような街だ。美術館と中古品店が隣り合っている。有名な工学系大学のすぐそばには、特殊創造説を教える学費の高い私立校がある。観光案内所は、タブマン美術館と、南北戦争前に南部連合の資金管理者が建てた一六七二平方メートルの豪邸へイ・ハウスの両方を同じように熱心に勧める。

どうやら、アトランタのニュース局はメイコンの様子に関心がないらしい。ウィルはテレビを消し、リモコンをアマンダのデスクに戻した。しかし、希望的観測は慎むべきだ。どのチャンネルもジャレド・ロング銃撃事件の血なまぐさいニュースで持ちきりになるのは時間の問題だ。いまのところは、アトランタのニュース局のプロデューサーたちにまで事件の噂(うわさ)が届いていないのだろう。だれかの人生が取り返しのつかないほど変わってしまったことが本人に電話で伝えられるまで、じれったいほど時間がかかることもある。

サラから電話がかかってきたのは、グレイディ病院の外に駐(と)めた車のなかに座っていたときだ。なにかよくないことが起きたときに、真っ先に電話をかけたいと思われるタイプだったためしはないが、サラはどうやら思い出してくれたようだ。彼女は泣いていた。休み休み、一部始終を話してくれたが、すでに知っていることばかりだとは言えなかった。彼女が知らない部分を教えてやることもできなかった。

ジャレドが撃たれた。

命の危機に瀕(ひん)している。

なんらかの形で、レナが関係している。

ウィルはぼんやりとフロントガラスのむこうを眺めながら、サラがなんとか言葉を絞り出そうとするのを聞いていた。あの狭い部屋にいたレナの姿が脳裏に浮かんだ。半裸で。血にまみれて。あのとき、ウィルはパニック状態で、壁に挟まれた狭い廊下を走っていた。

まるでスローモーションの映像を観ているようだった。レナが男の背中を膝頭で押さえつけ、頭上高く金槌を振りあげていた。金槌が最初に振りおろされた瞬間、スローモーションがさらにスローになった。廊下が長くのびた。砂山を駆けのぼっているようだった。進んでいるはずなのに、一歩一歩、後退しているかのように感じた。

だが、サラはそのことを知らない。彼女が知っているのは、ジャレドが撃たれたことだけだ。また善良な男が標的になり、今回もレナ・アダムズが現場にいたということ。五年前はサラの夫が殺され、ゆうべは夫の息子が殺されそうになった。だったら、ウィルも同じ目にあうのではないかとサラが考えても、考えすぎだとは言えまい。

歯がゆいことに、そもそも今朝病院へ行ったのはサラに白状するためだった。今回の潜入捜査のことでは、きみを心配させたくないから嘘をついた、なにをしているのかばれないように捜査の場所もでっちあげた、いくつもの嘘を積み重ねたあげく、ようやく最初からほんとうのことを言ったほうが楽だったかもしれないと気づいたのだ、と。

それなのに、ナースステーションに立っているサラを見たとたん、勇気が消え失せた。それどころか、息が止まった。いまにはじまったことではない。このところサラ・リントンに会うたびに、文字どおりサラに息の根を止められるような気がする。あれは脳によくない。酸素を奪われる。たぶんそのせいで、サラに告白するつもりが、いつのまにかひざまずいて今生の別れさながらにキスをしていたに違いない。

いや、ほんとうの別れになるかもしれない。自分といまの状況をつなぐものがどんなに脆いか、よくわかっているつもりだ。

自分とサラをつなぐものが。

「遅かったじゃない」アマンダ・ワグナーが、ブラックベリーをスクロールしながらオフィスに入ってきた。

その言葉はなにも考えずに出たもので、アマンダのいつもの挨拶なので、ウィルは聞き流した。「二時間前に報告書を送りました」

「読んだわ」アマンダは部屋の真ん中に立ったまま、親指を動かしてメールの返信を打ちはじめた。赤いスーツのスカートは膝下丈、白いブラウスはきちんとウエストにたくしこんである。白髪交じりの髪は、あいかわらず一筋の乱れもない。手入れの行き届いた爪は、透明なマニキュアを塗られて輝いている。

たっぷり睡眠を取ったように見えるが、アマンダがゆうべほとんど寝ていないことをウィルは知っている。メイコン警察署長。GBI長官。GBI科学捜査班。GBI検死官。GBI犯罪科学研究所。彼らからのメールにすべて目を通し、返信し、指示を伝えなければならない。そのうえ、日がのぼるまでに三度ウィルの電話に連絡をよこした。ウィルが血にまみれた修羅場に飛びこんだのではなく、まるでハイウェイで車がパンクでもしたかのように話す落ち着いた口調に、かえってアマンダの心労を読み取ることができる。いつもなら、アマンダはウィルを大変な目にあわせることによろこびを見出すが、ゆうべは事情が違った。

あっというまのできごとだった。

「さて」アマンダはメールを打ち終え、次のメールに取りかかった。「あなたもとんだことに巻きこまれたわね、ウィルバー」

とんだこととはどれを指しているのか、ウィルにはわからなかった。

「言うまでもないだろうけど、わたしたちがいま乗っかっているのは幹に近い大枝ではなく、もっと枝先の細い部分よ。ほんの小枝」

「はい」

「連中がだれかわからないけれど、警官を殺すことにためらいはないようね」アマンダはちらりとウィルの顔を見た。「あなたはやられないようにしてよ。交替要員を仕込むなんて面倒はまっぴら」

「はい」

アマンダはメールに目を戻した。「フェイスはまだ?」

フェイス・ミッチェルはウィルのパートナーだ。「七時半とおっしゃったじゃないですか」ウィルは腕時計を見た。「あと六分あります」

「あら素敵。時計が読めるようになったのね」アマンダはメールを読みながらデスクへ行き、椅子に腰をおろした。古びたクッションが、豚の鼻息にも似た音をたてた。「あなたの真夜中の大冒険について、長官に知らせておいた。長官も見守ってる」

その情報にどんな反応を求められているのかはかりかね、ウィルは着席し、次になにを言われるのかと身構えた。アマンダ・ワグナーが自分にとってもっとも母親に近い存在であることは受け入れてはいる——子どもを冷蔵庫に閉じこめたり、車の後部座席に縛りつけて湖に沈めたりするタイプの母親ではあるが。

アマンダがブラックベリーを置き、読書用の眼鏡を取った。「報告すべきことは?」

「ありません」

彼女にしてはめずらしくそれ以上追及しなかった。パソコンの電源を入れ、立ちあがるのを待っている。彼女の年齢は六十代後半だろうと推測されるが、正確にはわからない。健康状態は良好で、自分の半分の年齢——厳密に言えば、ウィルと同い年の男にも勝る体力の持ち主だ。だが、パソコンのマウスを操ろうとしている彼女は、小石をつかもうとしている猫を思わせる。

アマンダはデスクにマウスを叩きつけてつぶやいた。「どうなっちゃってるの、これ?」

ここで手を貸すほどウィルもお人よしではない。ズボンの膝から汚れを払った。とたんに、サラのことが気になった。いまごろ車でメイコンへ向かっているのだろう。車で一時間半ほどだ。一緒に行こうかと言うべきだった。そうすれば、メイコンまでの道すがら、みじめな真実を告白できたのだが。

それを聞いたサラは、選択肢を提示しただろう。アトランタへ歩いて戻るか、メイコンまで歩いていくか、どちらかにしろと。

アマンダが言った。「やけに沈んでるのね」

ウィルはその言葉の意味を考えた。「沈むには沼地が必要では？」

「うまいわね」アマンダは椅子に深く座り直し、ウィルをじっと見つめた。「あなたがレナ・アダムズを取り調べてから一年くらいたつ？」

「一年半」ウィルは正した。「フェイスに手伝ってもらいました。あのときは、レナ・アダムズのパートナーの刑事が捜査中に刺されたんです。路上で失血死するところだった。その後、アダムズが逮捕した容疑者が勾留中に死亡した」

「アダムズの過失？」

「はい。アダムズは正式な処分を受けましたが、一週間後にグラント郡を出てメイコン警察に入りました。彼女の汚点は取り沙汰されなかったようですね」

アマンダは眼鏡のつるをいじった。声が低くなった。「ジェフリー・トリヴァーが殺されたとき、アダムズはパートナーだったのよね――何年前？――五年か六年？」

ウィルは窓の外を見やった。頬のあたりにアマンダの鋭い視線を感じた。

「エリック・クラプトンの《テル・ザ・トゥルース》って曲があるじゃない。きみの目の前を見世物が通り過ぎていく、とか。心のなかを見つめろ、とか。そういうの」

ウィルは咳払いした。「あなたがエリック・クラプトンを聴いているのを想像すると、どうにも落ち着きませんね」

アマンダのため息はかすかに悲しげだったが、ウィルはその理由について考えたくなかった。「率直に言って、これからどうなると思う?」

ウィルは、にわかに太陽を覆いつくしそうな勢いで広がっている灰色の雲のほうへ目をあげた。「雨になりそうだと思います」

「嵐が来るのは間違いないわね」アマンダの口調ががらりと変わった。「ああ、ブランソン警視。わざわざ車を飛ばしてきてくださったのね」

ダークブルーの警察の制服を着た女が入ってきたので、ウィルは立ちあがった。女の胸には褒賞のリボンやメダルが並んでいる。手には、重たそうな革のブリーフケースをさげている。背は低いががっしりしていて、黒い巻き毛を頭皮近くまで刈りこんでいる。ウィルと同じくらい、居心地の悪そうな顔をしている。

アマンダが紹介した。「トレント特別捜査官、こちらはメイコン警察のデニース・ブランソン警視。ジャレド・ロング銃撃事件で、うちとの連絡役をしてくれてるの」

ウィルは下腹にきりきりとした痛みを覚えた。「ぼくが捜査を担当するんですか?」

返事をする前に、アマンダは口元をかすかにゆるめた。「いいえ、フェイスがするの」

「もうわかってるでしょうけど」ブランソンはいまにも癇癪を爆発させそうだった。「正直に言わせてもらいます、副長官。うちの庭をあなたたちにわがもの顔で踏み荒らされるのは我慢なりません」

アマンダの声はあいかわらず屈託がない。「でも、おたくの署長は捜査をうちに引き継ぐために、わざわざあなたを車で二時間北へ走らせたんでしょう」

「一時間半です。それに、署長はわたしのボスかもしれないけど、いつもあの人が正しいとは思いません」

「なるほど」アマンダはデスクの前の椅子を示した。「つまらない言い合いはひとまずやめて、トレント捜査官にコーヒーでも持ってきてもらいましょうか」

ブランソンは椅子に座り、ブリーフケースを膝に抱えた。ウィルのほうを一瞥もせずに言った。「砂糖ふたつ、ミルクなしで」

アマンダはあの猫のような笑みを浮かべた。「わたしはブラックで」

ウィルは使い走りに指名されてむっとしたが、ここでぐずぐずするほどばかではない。オフィスを出ると、アマンダの秘書のキャロラインが席に座っていた。秘書はウィルににっこりした。「クリーム。砂糖じゃなくてスィートン・ロウをふたつね」

ウィルは彼女のリクエストに敬礼で応じ、廊下に出た。ふかふかのカーペットに靴が沈んだ。エアコンの冷気を感じる。東市庁舎の建物は一九二〇年代に建てられ、もとは百貨店〈シアーズ〉だった。九〇年代に市が買いあげたとき、建物の重要な部分、つまり幹部のオフィスがある階だけが改装された。三階下のウィルの狭苦しい部屋では、空気がよどみ、体に悪そうだ。窓は錆（さ）びついてあかない。アスベスト含有のタイルがひび割れた床は、百年のあいだに人の靴によって運びこまれたジョージアの赤土の色がこびりついている。

最上階の長所は空気だけではない。給湯室もすばらしく、濃い褐色の桜材の戸棚にステンレスのキッチン用品がそろっている。コーヒーメーカーは、トランスフォーマーの脚の一部だったような代物だ。見たところ、カプセルを使う洒落（しゃれ）た機種らしい。戸棚を探ると、カプセルが二種類見つかった。アマンダはピンクとオレンジのダンキン・ドーナツ色の高品質なほうを飲みそうだ。もうひとつの箱には、蓋に花とバニラビーンズが箔押（はくお）しされた、紫と黄色のカプセルが入っていた。ウィルはヘイゼルナッツ風味のカプセルを三個取り出し、戸棚の扉を閉めた。

何度か失敗したあと、カプセルのセットの方法がわかった。水のタンクの蓋をこじあけ、満水の線まで水を入れるのに、さらに一分かかった。フックからマグを三個取り、湯が沸くのを待った。

つい癖で冷蔵庫をあけた。紙袋が二個入っているが、テイクアウトの紙箱や、遺体安置所を思わせるにおいを放つ腐った食べ物はない。サラとつきあう前のウィルは、シンクの前に立ってボウルからシリアルをかきこんだり、帰宅途中にガソリンスタンドでホットドッグを買ったりといったていたらくで、まともに座って食事をするということがなかった。いまでは仕事が終わると、たいていサラのアパートメントに行き、一日中、保温器の熱を浴びていたものではないものを食べる。

だが、それもいつまでつづくのか。

ようやくコーヒーメーカーの赤いランプが点灯した。ウィルはレバーを押し、熱い液体が抽出されるのを眺めた。コーヒーの香りは、女たちが煙草臭を消すためにつけるきつい香水を思わせた。

ウィルはタンクに水を足した。一個目のマグにクリームパウダーを入れてかき混ぜると、ヘイゼルナッツの香りが鼻腔のなかに漂ってきた。コーヒーの味はずっと嫌いだったが、いまは毎朝サラのためにコーヒーを淹れる。サラはよけいな風味のついていない濃いコーヒーを好む。このごろはコーヒーの香りを嗅ぐとサラを思い出すようになった。

スプーンを置き、コーヒーメーカーをじっと見た。

あらがってもしかたがない。観念してサラのことを考え、頭のなかにこれから失うものが思い浮かぶにまかせた。サラの赤褐色の長い髪に顔をくすぐられること。サラの腰のくびれに散ったそばかすに唇を這わせること。触れた瞬間にサラの胸元が紅潮するのを眺めること。ときどき、サラはどうしてほしいのか唇で伝えるようなキスをするが、あのキスも失うことになる。

「ウィル?」

ウィルは顔をあげ、入口に立っているフェイス・ミッチェルを見てぎくりとした。

「どうしたの? 顔色が悪いけど」

赤いランプが点灯した。ウィルは新しいカプセルをセットした。「きみも飲む?」

「今日はこれ以上カフェインを摂ったら頭が爆発しそう」

「エマが寝かせてくれなかったのか?」

エマはフェイスの十カ月の娘だ。ウィルはエマが今週父親と過ごしていることを知っていたが、初耳であるかのようにフェイスの話を傾聴した。

「さて」フェイスは娘の父親に対する不満をくどくどと並べたあと、急に話を変えた。

「偶然ってあると思う?」

引っかけ問題だと、ウィルにはわかる。

フェイスはつづけた。「たとえば、潜入捜査をしていたはずが、いつのまにかまたレナ・アダムズの関係しているごたごたに巻きこまれてた、とか」フェイスは両の手のひらを上に向けて肩をすくめた。「これって偶然?」

「ぼくがレナ・アダムズに出くわすかもしれないことは、最初からわかっていたことだ」

「わかっていた?」フェイスは幼い子どもに訊き返すように声を高くした。

ウィルはコーヒーメーカーに目を戻した。わざと動きをのろくして、よくわからないふりを装い、フェイスが引き継いでくれるのを待った。

フェイスはその手に乗らなかった。「十五分くらい前にサラから電話があった」

ウィルはタンクの満水線ぴったりまで水を入れた。

「あの人、警官が関与した死亡事件については、州が捜査することを知ってた」

次のカプセルをセットする。

「ジャレドがなぜこんなことになったのか知りたがってた」フェイスはいったん言葉を切ってからつけたした。「あなたに迷惑をかけたくないと言ってたけど、わかってるよね、ほんとうはあなたがレナと関わり合いになるのを恐れてるってことは。だから……」肩をすくめた。「サラに言ったの、あたしが調べることになってるって」

ウィルは咳払いした。「それならちょうどいい。アマンダはきみに捜査をまかせるつもりだ」

「そう、よかった。でも、あたしはサラにそう言ったとき、自分が担当になることは知らなかった。つまり、あたしは嘘をついた。もうひとつ、あなたはどこだか知らない場所で潜入捜査しているからこの件に巻きこまれることはないと、嘘をついた。なぜなら、あなたは知らないかもしれないけど、サラはあなたがレナに近づくのを死ぬほど怖がってるから」

ウィルは甘味料の入っている抽斗をあけた。ピンク色の小袋を二個取り出し、端を破った。

フェイスが言った。「サラがレナに夫を殺されたようなものだと思ってることは知ってるよね。ちなみに、あたしもそう思う」

ウィルはマグに甘味料を入れた。

「サラは、ジャレドが撃たれたのもレナのせいだと思ってる。レナの過去からして、その可能性は充分ある」フェイスはまたいったん黙った。「いいえ、いまやパターンになってると言ってもいい。あなたが一年半前にレナ・アダムズを調べたときに、そのパターンが見えた。彼女に近づいた人は死ぬ。サラが怯えるのも当然でしょう。ジャレドは最新の犠牲者ってわけ」

ウィルは、キッチン設備と同じステンレスのゴミ箱にゴミを捨てた。ふと、アマンダは自腹でこの給湯室をととのえたのだろうかと思った。

フェイスがダメ押しのように言った。「ジャレドはサラの死んだ夫の息子で、サラはレナ・アダムズのせいで夫が殺されたと思ってる」

コーヒーメーカーの赤いランプが点灯した。ウィルはレバーを押した。とりあえず、天気の話を振ってみた。「今日は雨になりそうだな」

フェイスがうめいた。「あなたってほんとに大ばかよ、知ってる？」

ウィルは顔をしかめたが、それはフェイスの言葉を否定できなかったからだ。

「サラを怒らせるのは、事件のことじゃなくて、あなたが隠しごとをしていることよ」フェイスはまた黙ったが、今度は息継ぎをしてすぐにつづけた。「いいえ、サラを怒らせるんじゃない。傷つけるの。サラを打ちのめす。激怒されたほうがよほどましだよね。怒りはいつか鎮まるもの」

ウィルは両手で三個のマグを抱えた。「アマンダが待ってるんだ」

フェイスがついてきた。ウィルは、フェイスから漂ってくる非難がましい気配を遮断しようと背中を丸めたが、ありがたいことに彼女はアマンダのオフィスに着くまで黙っていてくれた。だが、フェイスがあきらめていないことは、ウィルにもわかる。頭のなかで、自分は正しいと言える根拠を何個も並べているに違いない。

残念ながら、ウィルにはなにも言えない。なぜなら、フェイスが正しいからだ。サラは怒らない。傷つくだろう。打ちのめされるだろう。そしてたぶん、ウィルと出会うまではノーマルだった人生に持ちこまれた、ほかほかと湯気をあげる山盛りのくそをひとつひとつ数えあげ、そんなものを受け入れる必要はないと判断する。たとえば、ウィルのディケンズ的な子ども時代。ウィルの家族に起きたこと。サラがどんなに優しく促しても、子ども時代の話も家族の話も頑として語らないこと。ほんとうに、引け目を感じることばかりだ。ハイスクールからは追い出されそうになった。ホームレスだった時期もある。大学はかろうじて卒業しただけ。おまけに、ウィルが離婚の書類を申請した瞬間に地上から姿を消し、そのくせしょっちゅうサラの車のフロントガラスにたちの悪いメッセージを残す、憎しみの塊のような妻までいる。

キャロラインがあいかわらず席にいた。ウィルが抱えたマグのなかから、クリーム入りのものを受け取った。ウィルは注文をまちがえたことに気づいたが、同時に知ったことかと思った。

信じられないことに、アマンダのオフィスの雰囲気は、出てきたときよりはるかに張りつめていた。アマンダは口元を引き締めている。デニース・ブランソンは両手を握りしめ、体をこわばらせている。つまらない言い合いはとっくに終わったらしい。

アマンダの声は鋼も切断できそうだった。「ブランソン警視、こちらはフェイス・ミッチェル特別捜査官よ」

意外にも、デニース・ブランソンはフェイスに温かな笑みを向けた。「わたしは新米のころあなたのお母さまと一緒に働いていたの。隠退生活を楽しんでいるのかしら？」

「はい」フェイスはブランソンと握手をした。「お目にかかったことを母に伝えます」

ブランソンはつづけた。「イヴリンはどんなときも有能なプロフェッショナルだった」まだアマンダのほうを見ようとはしないが、言葉の意味するところは、その場の全員に伝わった。「せっかくこっちに来たのに、お宅にうかがえなくて残念だわ」

フェイスは、その程度のご機嫌取りではアマンダの側から引き離されたりしませんよと言わんばかりに、返事をせずにおざなりにほほえんだ。

ウィルは気まずい雰囲気を変えるためにコーヒーを配った。アマンダは口元までマグを持っていき、香りを嗅いだとたんにたじろいだ。ブランソンはそのしぐさに気づき、マグをデスクに置いた。

アマンダが言った。「手短にすませましょう。わたしたちみんな忙しいし」

ウィルは着席するタイミングを見計らっていたが、この場に溶けこめないはみ出し者――文字どおりの――になったような気がして、窓の下枠に腰をあずけた。自分以外の全員が女性という状況には慣れているとはいえ、この三人のそばにいると、脚を組まずにいられない気分だった。

アマンダが口火を切った。「ではまず、今回の警官による……」適切な言葉を探しているらしい。「……金槌使用の件だけど」アマンダはそう言ってにんまりと笑ったが、その発言が少しもおもしろくない理由を、ウィルは現場でじかに見ている。「デニース、アダムズとロングが狙われた動機に手がかりはないの？」

「仮説はいくつかあります」

アマンダもウィルもフェイスもその先を待ったが、ブランソンは黙っていた。

「そう」アマンダが言った。「では、最近の事件の記録をひとつ残らずひっくり返して、ふたりのパートナーやチームメイトに、ふたりを恨んでいる人物に心当たりはないか尋ねて——」

「それはもうやりました」ブランソンがさえぎった。「取り立てて注目すべきことはなかった。あのふたりは警官ですよ。だれかを逮捕しようが、礼状をもらえるってものでもないでしょう」

アマンダは遠慮しなかった。「でも、あのふたりが狙われたのは理由がある」

「アダムズが担当した事件のすべてを十二カ月前までさかのぼって調べました。ロングについても同じ。ふたりとも、とくに変わったことはしていません。危険な任務もなかった。こんなふうに目をつけられるようなことには関与していない」

アマンダは薄く笑った。「たった六時間でそこまで言いきれるなんてすばらしい」

「わたしたちはメイコンで最高のチームですから」

アマンダはブランソンをまじまじと見た。ウィルもそうした。どうやらブランソンはこのゲームを楽しんでいるが、なにかを隠すときは口角がわずかに震える。笑いたいのをこらえているかのように。

「チャーリー・リードには会った？」アマンダが尋ねた。

「おたくの科学捜査班の？」ブランソンはかぶりを振った。「まだ会えていません。ジャレド・ロングが病院へ搬送された直後に現場が封鎖されたのは、そっちがうちの署長にそう要求したからでしょう。わざわざわたしが車で乗りつけて、あなたのとこの男の子たちがうろつきだすのを待つなんて、いい時間の使い方には思えなかったもの」

「ご協力痛み入るわ、警視。おかげでうちの捜査もますます順調に進む。船頭多くしてなんとやら、って言うでしょう」アマンダは言葉を切り、わざとらしくにっこり笑った。「チャーリーが見つけた手がかりは大急ぎで分析にまわされる。彼から直接わたしに報告があがってくるから、そちらに関係のありそうな情報は伝えるわ。これからフェイスが捜査を担当します」フェイスのほうを向く。「メイコンのみなさんと、きちんと連携していきましょう」

「わかりました」フェイスはノートを取り出し、新しいページをめくった。「警視、お話をうかがわせてください」

　ブランソンはあらかじめ用意をしてきたらしい。アマンダに言った。「ジップファイルに入れた写真を見せて」

　命令口調のその言葉に、アマンダは片方の眉をあげてみせたが、マウスを動かし、なにかが映るのを待つような顔でテレビの画面に目をやった。「どうしたのかしら？」

　ウィルは黙っていたが、フェイスが尋ねた。「電源ついてます？」

「もちろんついてるわ」アマンダはリモコンを取って赤いボタンを押した。画面が明るくなり、一枚の写真が現れた。ウィルの見たところ、ジャレド・ロングのバッジの顔写真だった。本人には一度だけ会ったことがある。自然とリーダーになるタイプの人間らしく嫌みのない自信を備えた、凛々しい若者だ。父親によく似ているという噂だった。

ブランソンが言った。「レナの夫、ジャレド・ロング。白バイ隊員で、メイコン警察に七年勤務している。仕事はできる。バイクに乗るのが好き。恨みを買うようなことはない。優秀な警官」

フェイスがつぶやいた。「妻とはぜんぜん違う」

そのつぶやきがブランソンに聞こえていたのなら、聞き流すことにしたらしい。「ロングは一時間半前に手術室から出てきた。とりあえず命拾いはしたけれど、だからと言って、うちの状況は変わらない。警官が撃たれた。もうひとりの警官も殺されるところだった。何者かに襲われて。次の写真を出して」

アマンダがクリックした。画面を見つめ、写真が替わるのを待った。「もう、いったいなにが――」

フェイスが言った。「スペースキーを押してください」

「そんなことをしても無駄でしょう」アマンダはスペースキーを押した。写真が替わった。新しい写真には、目つきの悪いあばた面の年配の男が写っていた。オレンジ色の囚人服を着ている。顎の下に受刑者番号と名前のカードがある。

ブランソンが言った。「サミュエル・マーカス・ローレンス。現場に最初に侵入した加害者。その後まもなく病院到着時死亡。ひとり目の狙撃犯がこの男。暴行事件を二度起こして、それぞれ二年と三年服役した、まあ普通の悪党ね。二度目は模範囚として仮釈放された。聞いてくれる相手さえいれば、自分はヘルズ・エンジェルズのメンバーだったと吹聴していたけれど、その証拠はない」

フェイスはノートにメモを取りながら尋ねた。「ドラッグは？」

「覚醒剤。顔の吹き出物がそのへんの商売女よりひどかった」

アマンダが言った。「なんにしても、もう死んでるのよね」ふたたびスペースキーを叩いた。次のマグショットがテレビ画面に現れた。ひとり目の男と同じくらいの年齢で、髪は灰色、皺の寄った首に入れたコブラの頭のタトゥーは色あせている。

「フレッド・リロイ・ザカリー。凶器を使用した暴行事件で八年、そのあと誘拐と強姦で九十年服役した。街では知られた用心棒だった。この男はかろうじて生きている。顎を骨折、背骨も砕かれた。全身ギプスの状態よ。口もワイヤーがはまってる。しゃべることもできないし、できたとしても弁護士がしゃべらせないでしょうね」

「まあ、やるなら徹底的にやれなんてアダムズを責めることはできないわ。アダムズ本人はなんて言ってるの？」

ブランソンはふたたび口が重くなった。「ほとんどなにも。医師が言うには、ショック状態にある。現場で応急処置が必要だった。事件のあらましは話してくれた――武装した男が家に侵入してきた。ロングは背後から撃たれた。凶器は銃身を切りつめたショットガンだったから、散弾が広範囲に飛び散った。アダムズはロングのツールベルトから金槌を抜いて自衛した。ふたり目の武装した男が向かってきた。揉み合いになったけれど、アダムズはなんとかふたりとも無力化した」

ブランソンの話はそれで終わりらしい。アマンダが尋ねた。「それだけ？」

「さっきも言ったように、アダムズは重度のショック状態で治療を受けています。夫が撃たれるところを目撃したんですから。命懸けで戦ったんです。夫の命も懸かっていたし。あとでもう一度アダムズに面会するつもりだけど、わたしがこっちにいるからには、しばらく息をつけたんじゃないかしら」

アマンダは黙って顎の下で手を組んだ。フェイスはノートにメモを取りつづけているが、ウィルの目にはその耳がピンと立っているように見えた。ブランソンの話の終わりの部分には、大きなピースがひとつ不足していた。レナはウィルがあの家にいたことを話さなかったのか、ブランソンがレナから聞いたことを隠しているのか、どちらかだ。

アマンダが言った。「フェイスがアダムズに面会に行くわ。アダムズも充分息をつけたでしょう。ゆうべなにがあったのか、正確に知る必要がある。あなたがたは気に入らないかもしれないけど、いまやこれはうちの事件だし、この先もうちが担当するから」

ブランソンは顎をこわばらせたが、同意のしるしに一度だけうなずいた。

今度はフェイスが張りつめた空気を変えた。「警視、いくつか細かいことを訊いてもいいですか？」ノートのページをめくった。「現場は住宅地ですよね？」ブランソンがうなずく。「住宅地で真夜中にショットガンを発砲した。目撃者はいないんですか？　なにか聞いた人は？」

アマンダと同じく、ブランソンにも答えたくない質問になかなか答えない癖があるようだ。やけに長いあいだ黙っていたが、ようやく口を開いた。「近隣の住民は、最初はなんの音かわからなかった。あのへんはかなりの田舎だもの。真夜中に銃声がしても、密猟者か、車のバックファイアだと思うでしょう。それに、森も多い。一軒一軒が離れてる。あなたがた都会の人たちのように、ネズミみたいにおたがい積み重なって住んでるわけじゃないの」

フェイスは当てこすりには反応せずにうなずいた。いや、そのとおりだと思ったのかもしれない。「通報したのはだれですか？」

「四軒隣の住民。氏名も供述もジップファイルに入ってるわ。あなたのボスが開き方を知ってるといいけど」ブランソンはアマンダのほうをちらりと見やり、フェイスに目を戻した。「同じ通りに、ほかに二名の警官が住んでるの。ひとりは救急救命士、もうひとりは消防士と同居してる。おかげで、ロングは現場で死なずにすんだ。彼らが到着したとき、ロングは心停止の状態だった。救急車が着くまで、交替で心臓マッサージをほどこした。

るわ」

「ロングが意識を取り戻したら、フェイスが聴取して、アダムズの話と合致するか確かめ

二十分近くかかったそうよ」

ブランソンはまた長いあいだ黙りこくっていた。口角がぴくぴくと動き、微笑の形にな

った。「ゆうべ事件が起きたときに、おたくの男の子が現場にいたことをなぜわたしが知

っているのか、興味はあります？」

その〝男の子〟とは自分のことだろうと、ウィルは思った。あの金槌の金属の部分を素

手で握ったときに、そこに付着した血がまだ温かかったことを思い出した。デニース・ブ

ランソンのように年季の入った警官には、乾きかけた血に残った完全な指紋はネオンのよ

うに光って見えたことだろう。

アマンダは重々しく息を吐いた。「うちのウィルは一人前の男と言ってもいいと思うわ。

だってあなたのところの刑事が容疑者を金槌で殴り殺さずにすんだのは、ひとえにウィル

のおかげでしょう。ふたり目の容疑者をね」

ブランソンは冷たく返した。「そうかしら」

アマンダはわざとらしく考えこむふりをした。「うちの担当する現場におたくの人間を

入れるなと指示したのに、あなたは指紋を照合したということかしらねえ？」

ブランソンが身構えるように肩をそびやかした。おそらく、アマンダの命令が届いたと

同時にレナの自宅に捜査チームを送りこんだのだろう。パソコンの画面にGBI捜査官の名前が現れた瞬間のブランソンの怒りがいかばかりか、ウィルには想像するしかない。激怒するのも当然だ。虚仮（こけ）にされたことを知って腹を立てない人間などいない。

「もういいわ」アマンダがウィルに向きなおった。「今度は、うちが情報提供する番よ。警視にゆうべのいきさつを話してあげて」

ウィルは自分が発言することになるとは思ってもいなかったが、それでも話しはじめた。

「ある潜入捜査でしばらく前から泳がせていた情報屋が接触してきたんです。ある家に強盗に入るので監視役を探していると言う。住人は留守だから、手荒なことはしなくていい、と。どちらも、言うまでもなく嘘です。ただ、犯罪者グループの内部に入りこめるかもしれないので、同意しました」

「たまたまメイコンにいたというわけ？」だれも返事をせずにいると、ブランソンは得意げに笑った。「その情報屋の名前は？」

アマンダが答えた。「アンソニー・デル」

ブランソンはその名前になんの反応も示さず、ウィルに先を促した。「そのデルという男が仕事を持ってきた。それから？」

「デルと出かけました。デルはあの通りの端でぼくを車からおろし、だれかが近づいてきたら携帯に電話をかけてくれと言いました。彼はそのまま通りを走っていき、勾配の急な私道のある家の前で車を止めました。そばに、ライトグレーのヴァンがすでに駐まっていた。そのヴァンから、ふたりの男が降りてきた――ザカリーとローレンスでしょう。ふたりは家に入っていった。デルはヴァンのそばに残りました。ぼくは五十メートルほど離れていたところから見ていましたが、彼らが武器を持っているかどうかはわからなかった」

「フットボール・フィールドの半分くらいの距離ね」ブランソンが言った。「ヴァンのナンバーは見えた？」

「夜中だったので」

「でも満月が出ていた」

「街灯はなかった。ぼくのいる場所からは、人影くらいしか見えませんでした」

ブランソンは虚偽を見抜いてやると言わんばかりに、ウィルをじっと見つめていた。しばらくして、口を開いた。「うちの者たちが現場に到着したとき、デルが乗ってきたキアがまだあったんだけど」

ウィルは胃袋がずしんと落ちこんだような気がした。あのとき、トニーの車のことをすっかり忘れていたのだ。

ブランソンがつづけた。「今朝、デルの自宅へ行って、眠っているところを起こしてやったわ。私道に駐めてあるはずの自分の車がなくなっているのを知って、心底驚いているように見えた。できるだけ早く盗難届を出したいと言っていた。デルに硝煙反応の検査をして、事情聴取をしたけれど、低レベルなたわごとばかりだった——あなたがたもう知ってるだろうけれど」

「拘束しなかったの？」アマンダが尋ねた。

「拘束する理由は？　彼が現場にいたと証言できる人物がいるの？」

アマンダの鼻孔が広がるのが、ウィルにはわかった。

ブランソンがつづけた。「デルのキアのフロントガラスには、ステッカーが貼ってあった——メイコン総合病院の職員専用駐車場のステッカー。それで思い出したの、先月メイコン総合病院の薬局から大量のアンフェタミン錠が紛失した。確実な手がかりはなかったけれど、規制薬物の盗難に関する報告書のコピーはすべてＧＢＩにあがってるはずよ。今朝、わたしはメイコン総合病院へ行って、デルの同僚に会ってきた」ウィルに尋ねた。

「あなた、病院でちゃんと仕事をしてる？」

アマンダは、いらだっていると同時にどうでもよさそうな口調で言ってのけた。「警視、たいした仕事ぶりね。さすがだわ。それで、デルのキアはいまどこにあるの？」

「メイコン警察のガレージ。現場を封鎖しろとは言われたけれど、通りに手をつけるなとは言われていないから」アマンダにそう答えるのを、ブランソンが楽しんでいるのは明らかだった。「そちらに関係のありそうな情報は伝えるようにします」

「それはどうもご親切に。ありがとう」

「礼には及びません」ブランソンがウィルに目を戻した。「現場に入ったのは男ふたりで、あなたとデルは通りに残った。そのあとは？」

どこまで話したのか思い出すのに、少し時間がかかった。「ショットガンの銃声が聞こえました。それで、家のなかへ走った」

「フットボール・フィールドの半分の距離を走ったのね。それから？」

「家に入ろうとしましたが、デルに止められました。しばらく揉み合いになった。どのくらいそうしていたのかわかりませんが、デルは見た目より腕力があった。それに、明らかに怯えていました。揉み合いになっているあいだに、さらに何発か銃声がしました」

ブランソンはウィルの全身をさっと眺めた。「格闘してきたようには見えないわね」

「デルはぼくを殴り倒そうとしたのではなく、家に入るのを止めようとしただけなので」

「いいやつじゃない」

ウィルは肩をすくめたが、犯罪者側の視点で見れば、デルは助けてくれたわけだ。銃弾の雨のなかへ駆けこもうとしたウィルを逃がそうとしたのだから。

「ちなみに、ぼくが家に入ったときには、男たちはふたりとも無力化されていました。レナ・アダムズはぼくに気づいた。いや、気づいたように見えた。ぼくは彼女が金槌を手放したのを確認して、ふたたび外に出た。デルの姿はなかった。警察が近づいていました。サイレンが聞こえた。ぼくは家の裏手へまわり、フェンスを跳び越えて森へ入り、立ち去りました」

ウィルはポケットに両手を突っこみ、窓にもたれた。厳密に言えば、ただ立ち去ったのではないが、地獄の番犬に追いかけられているかのように森を走ったとまでは、ここで話す必要はないだろう。

ブランソンが尋ねた。「一年半前にあなたとパートナーがレナ・アダムズを調べたあと、本人と接触したことはある？」

ウィルは事実を言った。「捜査が終わってからは、ぼくたちはアダムズに注目していませんでした」

「ゆうべ、アダムズとなにか話した？」

ウィルはかぶりを振った。唇に人差し指を当ててだれにも言うなと指示した瞬間のレナの顔つきが脳裏にひらめいた。明らかに、あのときレナは指示を理解していた。

ブランソンが言った。「協働していたわけでもないのに、アダムズ刑事があなたに会ったのを伏せておくことにしたのはなぜかしら。気になるわね」

フェイスが口を挟んだ。「そのほうが自分をよく見せられませんか。ふたり目の男の頭をかち割るのをウィルに止めてもらったのではなく、みずからやめたということにしておくほうが」

ブランソンは部下のひとりを公然と非難するつもりはないようだった。「グレーのヴァンを捜すよう指令を出して、報道機関にも発表するわ」

「最近のモデルでした」ウィルは言った。「たぶんフォード。両脇と後部に窓のないタイプ。濃いグレーではなく、ライトグレーです」

ブランソンはブリーフケースからブラックベリーを取り出した。「そこまでわかっているのに、ナンバープレートは見ていないのね。家に入る直前に、すぐそばを通ったはずなのに」親指でメールを打ちはじめた。

アマンダが尋ねた。「ローレンスとザカリーの所有車は確認しなかったの？」

ブランソンはメールを打ちつづけた。「もちろんしました。ふたりとも州間高速道路(インターステート)十六号線沿いのトレーラーパークに住んでいた。ザカリーはハーレーに乗っていた。ローレンスはトラック。それぞれのねぐらの外に駐めてあった。どちらかの名義で登録されたグレーのヴァンはない」

「ふたりはメイコンの出身？」

「生まれも育ちも」

「家族には知らせたの？」

「ローレンスには元妻がいて、彼が死んだことを本気でよろこんでた。ザカリーには、ホルマン刑務所で死刑執行を待っている兄弟がいる。ガソリンスタンドに強盗に入って、店員を殺したの。殺人者の家系なのよ」

「よくある話ね」アマンダはあからさまにミーティングを終了させたがっている。「やるべきことが山ほどあるわ」フェイスのほうを向いて言った。「メイコンに着いたらなによりもまずレナ・アダムズに会って、これからもウィルのことを絶対に口外しないと言質を取って。それから、アダムズが最近担当した事件を見直す。メイコンのみなさんのすばらしい仕事ぶりを見せてもらう人間がひとり増えても、警視は気にならないと思うわ。アダムズがこのところなにをしていたのか、チームのメンバーにも訊くこと。彼女が副業をやっていたとしても意外ではないわ。だれかがしゃべるかもしれない」

ブランソンはブラックベリーをブリーフケースにしまった。「アダムズを聴取するなら病院ですることになるわ。ロングのそばを離れようとしないの。手錠をかけられないかぎり動かないと言い張ってる」

「そうしてあげてもかまいませんよ」フェイスが言った。前回レナ・アダムズを捜査したとき、フェイスは裏方の仕事を担当したものの、結局は容疑を固めることができず、いまでも悔やんでいた。「アダムズは実際、殺人未遂を犯していますよね」

ブランソンはフェイスをにらみつけた。「〝城の法理〟を知らないの、ミッチェル捜査官？　国は市民に自宅を侵入者から守る権利を保障しているのよ。わたしに言わせれば、そもそも今回のようなことがあるからこそ、この法理が承認されたんでしょう」

フェイスもその法理そのものに難癖をつけることはできないが、もともと過去の恨みをさらりと流すタイプではない。「そうかもしれませんが、ブランソン警視、レナ・アダムズのような生き方をしていれば、いつか独房の内側から外の世界について考えることになりますよ」

「レナがいま考えているのは、どうすれば夫が意識を取り戻すのかということだけよ。わたしたちみんなが同じ気持ちなの。ジャレド・ロングはいい警官だからね。レナもそう。でもわたしが気にしているのは、ミッチェル捜査官、あなたが違う気持ちでこの事件を担当するのかということよ」

フェイスは気色ばんだ。「わたしは証拠に導かれて動くだけです」

「とにかく」アマンダが言った。「ウィルの身分を絶対に漏らさないよう、アダムズに釘を刺しておきましょう。ウィルはまだ当分あの病院で芝居をしなければならないのに、ゆうべあんなことになったからには、なにが起きるかわかったものじゃない。警視、ウィルのことを機密扱いにしてほしいというこちの要望は受け入れていただけるわね。この件のためにさんざん時間をかけてきたのに、目の前で台無しにされるわけにはいかないのよ」

「この件ねえ」ブランソンは、わざとらしく強調して繰り返した。

アマンダは黙っていた。時間稼ぎをしているのではなく、ブランソンを待たせている。

一方、デニース・ブランソンは、必要とあればこの場で寝袋を広げそうな様子だ。

たっぷり一分間は過ぎたように感じる沈黙ののち、ついにアマンダが声を発した。「ウイル？」

ウィルはアマンダの目を見つめ、どこまで話してもいいのだろうかと考えた。アマンダは、なにも隠すことはないと言うように、手をさっと広げた。もちろん、ブランソンの手前、そういうしぐさをしたというだけのことで、本心は違うはずだ。

ウィルは慎重に事実を曲げた。「数日前、ある大物がメイコンに入ったという情報が入りました。通り名はビッグ・ホワイティ。検索すると、フロリダに該当する人物がいましたが、情報はほとんどなかった」

ブランソンが尋ねた。「フロリダのどこ？」

「サラソータです」

「写真は？」

ウィルはわずかに答えを引きのばしすぎた。アマンダがこれ見よがしにデスクの抽斗をあけ、監視カメラが撮影した写真を取り出した。デスクのむこうへ写真をすべらせながら言った。「四年前に撮られたものだけど」

ブランソンが身を乗り出し、粒子の粗い写真を凝視した。

ウィルはもう、眠っていても写真の男の特徴を描写することができる。ビッグ・ホワイティはマーリンズの野球帽を目深にかぶっている。ジャケットは分厚く、暖かいフロリダで着るには不向きに見える。顔の上半分はミラーレンズのサングラスに覆われている。黒っぽいひげを生やし、肌がほとんど見えない。両手はポケットに突っこんでいる。つまり、ビッグ・ホワイティは、監視カメラの前でどう振る舞えばいいのか知りつくしている。身長が高いのか低いのか、白人なのか有色人種なのか、この写真からはわからない。

「フロリダでは、とくに目をつけられているわけではなかった。この写真はタミアミ・トレイルのフライドチキン店の監視カメラがとらえた画像です」

「フロリダの警察は、これがビッグ・ホワイティに間違いないと確認したの？」

「店の調理係が証言しました。彼のクスリ屋で会ったことがあると」

「ホワイティはなにをしたの？」

ウィルは写真を指さした。「その画像が撮られてからおよそ三十秒後、ホワイティはカメラから離れると、警官の頭を撃ち、裏口から出て、待っていた車で逃走しました」

ブランソンは怪訝そうに訊き返した。「サラソータ警察は、警官殺しをただちに捜さなかったの？」

「調理係は彼の通り名くらいしか知らなかったんです。翌日、警察はふたたび調理係を訪ねましたが、夜のうちに自宅の外で射殺されていました」

「サラソータは唯一の重要な証人を自宅に帰したということ？」

「ホワイティに彼の身許（みもと）を知られたことに気づいていなかったし、理由もなく合法的に拘束することはできません」

アマンダが割りこんだ。「サラソータは、フロリダ州警察（FDLE）が介入してビッグ・ホワイティを割り出すまで、なにも知らなかったのよ」嫌みたっぷりに、よけいなことまでつけくわえた。「FDLEの仕事ぶりはうちと似ているわ。郡の境界を越えて捜査する。近視眼的な地元警察には見えない状況を俯瞰（ふかん）的にとらえて提示するのが得意なのよ」

ふたたびブランソンは黙りこみ、しばらくして尋ねた。「そのビッグ・ホワイティとやらについて、もっと情報はないの？」

ウィルは答えた。「新しいものはありません。FDLEによれば、彼はもともとパルメット・ストリート・ローラーズのメンバーだったとみられています。マイアミに本拠を置くグループで、構成員のほとんどはキューバ系、白人は少数です。FBIの調べでは、東海岸一帯で二万人が活動している」ブランソンがうなずいたので、ウィルはつづけた。「グループは縄張り争いで分裂しました。FDLEは、ビッグ・ホワイティがサラソータからキーズまでを手に入れたのではないかと見ていますが、確証はない。そしてわれわれは、二年前に彼がサヴァンナからヒルトンヘッドまで縄張りを広げたのではないかと考えている」

「その根拠は？」

「サヴァンナとヒルトンヘッドで、ビッグ・ホワイティの名がしばしば聞かれるようになったからです。とは言え、噂のたぐいで、具体的な話ではない。当初は、地元警察も彼は都市伝説、いわば実体のあるブギーマンのようなものくらいにしか思っていなかった。〝いかさましたらビッグ・ホワイティに捕まるぞ〟とか、〝おれじゃねえよ、おまわりさん、ビッグ・ホワイティがやったんだよ〟とか」ウィルはつけくわえた。「やがてサヴァンナ警察は、ビッグ・ホワイティが実在するらしいと考えるようになり、半年前にはサウス・カロライナ当局がヒルトンヘッドの捜査班を解散させた。もっと広範囲にネットワークが広がっていることがわかり、沿岸一帯の取り締まりに予算を割くことにしたんです」

「ビッグ・ホワイティは都市伝説ではないと、サヴァンナ警察が判断するに至ったのはなぜ？　近視眼的ではない、GBIという偉大な機関のおかげ？」ブランソンは、そうつけくわえずにいられなかったらしい。

ウィルは嫌みを聞き流した。「ある決まったパターンが見えはじめたんです。突然、薬物常習者や犯罪者たちのやり口が巧妙になった。犯罪件数は増えたのに、検挙件数は減った。犯罪者たちが弁護士を雇う金を持つようになった――決まった事務所の決まった弁護士が出てくる。車も着るものも高級になり、銃も大きくなった。だれかがごろつきたちを束ね、ビジネスマンに変えたんです」

「ゆえに、ビッグ・ホワイティは実在する、と」ブランソンがまとめた。「元からいた連中はだれもが彼を受け入れているの？」

「砂地でうつ伏せになりたくないでしょうから」ウィルは、地元の警察官たちも警察なりのやり方でビッグ・ホワイティを受け入れている、とは言わなかった。早期退職を希望しない刑事たちはみんなそうだ。「犯罪者の多くは彼に従っている。そもそも金がほしくなければドラッグの売人にはならないでしょう」

「そしていま、あなたがたは密告をもとに、彼がメイコンにも似たようなネットワークを作ろうとしていると考えているわけね。で、ホワイティはアンフェタミン錠を専門に商売していて、トニー・デルが病院の薬局から盗んでいる？」

ウィルは答えた。「おもな商品はそうですが、最終的にはヘロインを売りつけるんです。ホワイティは郊外まで販路を広げ、裕福な白人の住む地区に入りこんでいます。まずアンフェタミンを売り、そのうちヘロインへ誘導する」

「あなたがたがデルに目をつけたのはなぜ？」

アマンダがすかさず答えた。「秘密の情報源から密告があった」

ブランソンはアマンダに目もくれなかった。「ビッグ・ホワイティがメイコンへ来たという情報の元と同じ？」

「普通はそうでしょう」

ブランソンはアマンダを無視しつづけ、ウィルに尋ねた。「だから、あなたはゆうべ強盗の片棒を担いで監視役を引き受けたのね？　悪党のふりをしてデルに自分を信用させるために」

ウィルはうなずいた。

「これでよくわかったわ。ありがとう」ブランソンは床からブリーフケースを取り、また膝の上で抱えた。「わたしの連絡先はご存じね、副長官」

アマンダはめったに驚かないが、デニース・ブランソンが相手となると当惑するようだ。

「これで終わり？」

「あなたはこれ以上わたしに話すつもりがなさそうだし、わたしもあなたに教えることはない」ブランソンは立ちあがった。「朝っぱらから虚仮にされるくらいなら、バイブとベッドにこもってたほうがましだった」

ブランソンは効果的な退場のやり方を心得ていた。ブリーフケースを体の脇から離さず、胸を張ってオフィスを出ていった。

ウィルがアマンダに目をやると、彼女はだれもいないドア口を黙って見つめていた。

「やれやれ」フェイスが沈黙を破った。「おもしろかった」

アマンダはまた読書用眼鏡のつるをいじった。「ブランソンは、ロングをショットガンで撃ったのがローレンスだと知っていた。検査を指示したのよ、いずれわかるわ」

ウィルもそのことには気づいていた。「現場が封鎖される前に立ち入ったんですね。ローレンスの顔が覚醒剤のせいで吹き出物だらけだったことも知っていましたが、マグショットの彼の顔はそうではない。それに、デルをアンソニーではなくトニーと呼んでいた」

「チャーリー・リードのチームがメイコンに到着するまでの二時間で、いろいろなことができたはずよ。明らかに、あっちはあっちで捜査している」アマンダはウィルを当てつけがましく見た。「そして、デルのキアでなにが見つかったか――なにかが見つかったとしても、絶対に教えてくれるわけがない」

ウィルは当然の叱責にうなずいた。

「キアからはめぼしいものが見つからないんじゃないかな」フェイスがノートを逆にめくった。「ブランソンは、ザカリーとローレンスの指紋を採って身許を確認したんでしょう。ふたりとも現場まで財布を持っていくほどばかじゃない。おそらくグレーのヴァンに置いていったはずです」

ウィルは言った。「ふたりのクレジットカードは、とうにデルが売り飛ばしてしまっただろう。運転免許証は使い道があるから取ってあるはずだ。おそらくグレーのヴァンはいまごろ解体されている」キアを現場に残していったのは自分を危険にさらす行為だが、トニー・デルは楽に稼げる機会をみすみす逃すタイプではない。

アマンダがウィルに尋ねた。「デルの前科は軽微なものばかり――そうよね？」

「はい」ウィルは答えた。トニー・デルはいままで幸運に恵まれていた。「軽犯罪で逮捕されたことはありますが、刑務所行きになったことはありません」

「次に彼と会ったら、なんて言うの？」

「おれは怒っている、と。なぜ暴力沙汰にはならないと嘘をついたのか？　警察になにを言ったのか？　おれは町を出たほうがいいのか？　金はもらえるのか？」

「それでいいわ。やりすぎないようにね」

ウィルはまたうなずいた。

フェイスが椅子に深く座り直した。「なぜレナ・アダムズは、あなたがいたことをブランソンに黙っていたんだろう？」

「わからない」ウィルは正直に答えた。「たしかに、ショック状態にあったとは思う。瞳孔が茶色になっていた。ひどく汗もかいていた。人をひとり殺して、もうひとり殺そうとしていたんだからな」

「そう、それは重要なことじゃない？」アマンダが言った。「アダムズが完全に相手を殴り殺すつもりだったことは、頭にとめておきましょう」

「ブランソンは、城の法理については正しいことを言っていました。アダムズは、ふたりの男に自宅に押し入られ、殺されかけた。夫は死んだと思いこんでいた。自分も死ぬかもしれないと恐れていた。裁判に持ちこんでも、彼女を有罪にする陪審員はこの世にひとりもいませんよ」そこが、レナ・アダムズの問題なのだ——いや、ウィルにとっての問題なのだ。彼女の行為は許されるものではないとわかっていても、本音ではやむをえなかったのだと考えてしまう。

アマンダはぴしゃりと言った。「頭にとめておきましょうと言っただけよ。なにも彼女を刑務所に入れろとは言ってないわ」フェイスに向きなおった。「なんとかウィルとアダムズをふたりきりにしてみて。ウィルになら、もっと素直に話すかもしれない」

「廊下にサラがいたら難しいでしょうね」フェイスは、よけいなことをしてくれたと言わんばかりにウィルを見た。「だれが相手か忘れないで。気づいていないかもしれないけど、あたしはいまだに前回レナ・アダムズがなんの処分も受けなかったことに腹を立てているの。なぜこんな事件が起きたのか、だれの指示だったのか、アダムズがそれを知っていたと今度こそわかっても、あたしは少しも驚かない。ひょっとしたら、アダムズは強制捜査のときに現場にあった現金をかすめ取っていたかもしれない。犯罪者たちからリベートをもらっていたかもしれない。だから、ブランソン警視も独自に捜査をしているのかもしれない。アダムズは彼女の部下でしょう。ブランソンだって、自分の足下に汚職警官がいるのに気づかない間抜けだとは思われたくないでしょう」

「アダムズはその手の警官とは違うよ」ウィルは反論した。レナ・アダムズのような傷ついた女たちなら、物心ついたころからよく知っている。見るべきところさえわかれば、彼女たちの行動の動機はわかりやすい。「彼女は賄賂を受け取ったりしない。罪を犯すことはあっても、正当な理由があってやっているつもりなんだ」

「そんなのどうでもいい」フェイスは白黒はっきりさせたがるたちだ。「ブランソン警視は、あなたが病院の薬局の窃盗事件のためにメイコンに来たと思っている。あなたの情報源がだれなのか、わかるまで調べるでしょうね」

アマンダがわかりきったことを言った。「だれかがしゃべらなければわからない」

ウィルは言った。「ブランソンがビッグ・ホワイティの写真はないかと尋ねたのは、変だと思いませんか？」

「そうね。わたしだったら、真っ先に写真の有無を尋ねはしないわ」

フェイスが言った。「写真を見せたとき、あの口をぴくぴくさせる癖は出なかったけれど、そんなの当てにならないか」ノートを閉じた。「ブランソンはほかになにを隠しているんでしょう？」

アマンダが答えた。「こっちも隠しごとはしているけど、むこうはそれ以上よ。そこがムカつくわ。キャロライン、FDLEのギル・ゴンザロに電話して」と声を張りあげた。

「フロリダは中部標準時ですよ」キャロラインが大声で返した。「あと三十分待たないと、下っ端しか電話に出ませんよ」

「あっちの連中は働きたい時間しか働かないのよね」アマンダは不満そうにこぼした。

「ウィル、あなたの報告では、ゆうべ十一時半ごろにデルから接触してきたそうね。デルはあなたをまっすぐ現場へ連れていったの？」

「ぼくはちょうど病院の勤務が明けたばかりでした。駐車場でデルに呼び止められたんです」なぜあのタイミングだったのか、いままで考えもしなかった。「もしかすると、ぼくはだれかの穴埋めだったのかもしれない」

フェイスが尋ねた。「どんなふうに仕事を持ちかけられたの？」

「口を閉じて目をあけておくだけで現金五百ドルをもらえるんだがどうか、と」

「監視役で五百ドルは高すぎる。それ以下で人殺しも雇えるでしょ」

「たしかに」ゆうべ、自分はなにかを見落としたかもしれないと、ウィルは思いはじめた。アドレナリンと純粋な恐怖は、人間の短期記憶の能力を低下させる。

「そういえば、あの三人はアダムズの家の外でおたがい握手をしていた。親しい仲間のように肩をぶつけ合ったりせずに、他人行儀な握手をしたんだ。あのときはじめて会ったみたいに」

フェイスは唇の片側をゆがめて考えこんだ。「つまり、襲撃の計画は直前にまとまったわけね。もともと仲間というわけではなかった」

「デルはほとんど毎晩〈ティプシーズ〉という店に入り浸っていた。ハイウェイ沿いのストリップクラブで、客はバイカーや前科者が多い。ぼくもデルとの信頼関係を築くために、何度か一緒に出かけた」

「信頼関係？」フェイスがおうむ返しに言った。

ウィルは当てこすりに気づかないふりをした。「メイコンで警察官を殺してくれる人間を探しているのなら、〈ティプシーズ〉に行けばいい」

「その店、チェックしてみる。願わくは、メイコン警察がブランソン警視より協力的ならいいんだけど。ブランソンはちょっと突っ走りすぎるタイプのようね。普通、内輪のミーティングにありったけのリボンを着けてくる？　あの嫌みったらしい笑い方もなんなの？」

アマンダが言った。「人格形成のためのトレーニングみたい。警官二名が殺されそうになって、男がひとり死亡、もうひとりは瀕死(ひんし)の重傷、それなのに署長には伝令扱いされた。重要な任務とは言えないわ」

「あの人が午前一時から起きていたのだとすれば、ほんとうにそうですね。あくまでもあたしの考えですけど、ブランソンはアダムズの味方のようでした。〝世間を敵にまわしたあたしたち〟みたいな連帯感かもしれませんが。たとえば、似たような悪に手を染めているとか」

「そうかもね」アマンダは同意した。「不満を抱えた人間は仲間をほしがるわ」

ウィルはふたりのやり取りを頭から締め出した。ゆうべ、レナ・アダムズの家へ行く車中を思い返した。デルは落ち着きがなかったが、それはいつものことだ。ラジオをつけ、ダッシュボードやハンドルや膝を指で小刻みに叩き、片方の手で運転していた。デルは楽な儲(もう)け仕事が待っていると信じきっていたようだったし、ウィルも疑念は抱かなかった。

デルは運転中ずっと話をしていた。天候のこと、テキサスに住む病気の母親のこと、寝たくてたまらないと思っている同僚の女のこと。ウィルはときどきうなずくだけで、デルはぺらぺらとしゃべりつづけた。とくに話を引き出してやる必要はなかった。むしろ、デルはしゃべりすぎる。ウィルがブランソン警視に話したのは、捜査のごく最初の部分だけだ。トニー・デルは、ウィルの元々の捜査対象だった。そして、潜入捜査の初日に、デルからビッグ・ホワイティという大物ディーラーの話を聞いたのだ。

ウィルは、いつのまにかアマンダとフェイスが黙りこんでいたことに気づいた。

フェイスが尋ねた。「なにを考えてるの?」

ウィルはかぶりを振りながらも答えた。「ビッグ・ホワイティのことだ」

「偶然であるわけがないわ」アマンダが言った。「あなたはデルの捜査のためにメイコンにいる。ところが、デルからビッグ・ホワイティの名前を聞く。ビッグ・ホワイティは警官を殺したことがある。それから一週間ちょっとたって、二名の警官が攻撃される」

「気になるのは、なぜあのタイミングだったのかということです。ぼくが警官を殺すなら、行き当たりばったりではやりません。周到に準備します。標的の警官を尾行する。生活上の習慣を調べる。仲間を募るにも、数日、いや数週間かかるでしょう。今回は攻撃を急がなければならない理由があった。そうでなければ、デルを使ったりしないだろうし、ましてやいきなりぼくを雇ったりしませんよ」

フェイスが尋ねた。「元々のメンバーが怖じ気づいたのかな？」そして、自分の問いにみずから答えた。「最初に選んだメンバーに逃げられたのなら、当然デルやあなたには、ほんとうの計画を伏せるでしょうね」

「五百ドルという高額報酬のわけもそれで説明がつく。あれこれ詮索させずにイエスと即答させたければ、報酬をはずむしかない」ウィルはふたたびタイミングの問題に話を戻した。「犯罪者は長期戦を嫌う。今回の事件の発端は最近あったことだ。攻撃はせいぜい二週間前に依頼されたはずだ。つまり、ぼくたちはこの二週間になにがあったのか調べなければならない」

「メイコンはいまビブ郡よね」アマンダがパソコンのキーを叩いた。「ということは……第何管区？」

「第十二管区です」ウィルは答えた。

アマンダはふたたび大声をあげた。「キャロライン、ニック・シェルトンに電話して」

ウィルは言った。「最近、毎日メイコンの新聞を読んでいたんですが」アマンダとフェイスが目をみはったが、ウィルは無視した。「一週間ほど前、覚醒剤やアンフェタミン錠の密売所に強制捜査が入り、二名の警官が負傷しました。詳しいことは記事に載っていませんでした。ひとりは病院へ搬送された。もうひとりは障害が残った」

「ほかには？」アマンダが尋ねた。

「メイコン警察は薬物とともに現金も押収しました。記事に金額は書いてありませんでしたが、警察の発表では、新しいパトカーとSWAT用のアサルトライフルを購入したそうです」ウィルはまた肩をすくめた。「あとは、よくある事件ばかり——十代の少女たちが行方不明とか、学校で大麻を売買しているとして捜査が入ったとか、トイレで男性の遺体が発見されたとか」

アマンダはデスクの上で両手を握り合わせた。もうその話はいいと言いたそうだ。「わかったわ。これからどうする？」

「病院の勤務は十一時からなんだ」ウィルはフェイスに言った。「ぼくの正体がばれないようにしながら、レナ・アダムズとふたりきりになる方法を考えてくれ」

「きっとアダムズは協力してくれるでしょ」フェイスの口調には皮肉がこもっていた。アマンダに向き直る。「ザカリーとローレンスが住んでいたトレーラーパークにも行くべきでしょうか？」

アマンダはかぶりを振った。「ブランソンがいまごろ上から下までひっくり返してるわ。あと一日か二日待って。くれぐれも穏やかにね。あちらとは違うと見せつけてやりなさい」

「わかりました」フェイスはうなずいた。「ブランソンと言えば、あの人から聞いた情報の裏を取って、ザカリーとローレンスの記録も調べ直して、言い忘れがないか確認します。

ついでに、アダムズとロングの記録も調べたほうがよさそうですね。データ分析にまわして、銀行口座、住宅ローンの状況、友人関係、家族、ほかにも思いついたものを片っ端から調べてもらいます」

アマンダが言った。「整理しなければならない情報が山ほど出てくるわ。支局に応援を要請しなさい。ジャレド・ロングに関する作業はそっちにまかせて。裁判になれば、膨大な資料を提出できる。偏見があると責められたくないものね」

「それはうんざりですよね」フェイスは勢いよく椅子から立ちあがった。「携帯電話会社に、アダムズの家の近くの基地局の通信履歴を提出するよう要請します。あのへんは田舎で、しかも真夜中だったから、ほとんど電話は使われていなかったはずです」

「抵抗されたら連絡をちょうだい」アマンダが言った。近頃、携帯電話会社はデータ提供を渋りがちだ。「令状が必要なら、数日かかる」

「アマンダ?」キャロラインが大声で呼んだ。「ニック・シェルトンが二番につながっています」

アマンダは受話器を取ったが、耳ではなく肩に当てた。「ウィル、用心しなさい。いつも携帯電話を身に着けて、つねに居場所がわかるようにしておいて」

「わかりました」ウィルはフェイスのあとからドアへ向かった。

「それから――」アマンダは、ふたりが振り返るのを待った。「ウィルがタイミングを気にするのは筋が通っている。この事件の発端になったできごとは、最近あったはずよ。フェイス、全体を時系列で見なさい。ゆうべから一日ずつ、必要なら一分ずつ遡るの。すべてのきっかけはレナ・アダムズがなにかをやらかしたことよ、そこを突き止めなさい」

4

七日前――強制捜査当日
ジョージア州メイコン

曙光（しょこう）が空をコバルトブルーに染めるころ、ヴァンは砂利道を走っていた。後部には、十名の警官がぎゅうぎゅう詰めで二列に並んで座り、タイヤが道路の隆起に乗りあげるたびに、そろってがくんと揺れた。ラジオのスピーカーからアイス‐Tの《コップ・キラー》が流れている。車内の空気が騒々しいビートに合わせて振動している。

おれは警官殺し。警官じゃなくてよかったぜ。

また車が深い轍（わだち）を踏み越え、レナ・アダムズはショットガンをしっかりと抱えた。膝にグロックをとめているストラップの面テープがはずれていないことを確かめた。頭のなかでアイス-Tと一緒に叫んでいるうちに、車は目的地へどんどん近づいていった。何度か短い呼吸を繰り返したのは、意識を研ぎ澄ますためではなく、わざと頭をくらくらさせ、アドレナリンの分泌を促すため、そして、警官になって以来もっとも重要な強制捜査が目前に迫っているという、強烈な興奮を煽るためだ。

そのとき、すべてが止まった。

音楽が途切れた。頭上で赤いライトが点灯した。

静寂。

目的地まであと二分。

ヴァンがスピードを落とした。タイヤに踏まれた砂利がざくざくと鳴る。全員が銃を抜き、弾倉をチェックする。ヘルメットと保護ゴーグルを装着する。テストステロンのにおいが濃くなった。男九人に女がひとり。ケヴラーの防弾ベストに黒いコンバットパンツ、小規模な軍隊なら倒せるほど大量の銃弾を装備している。

レナは口で呼吸し、車内に渦巻いている恐怖と興奮を味わった。チームのメンバーを見渡す。見開いた目。十セント硬貨並みに広がった瞳孔。彼らの興奮は、ほとんど性的と言ってもよかった。レナは、周囲のメンバーが座席でそわそわしながら銃をきつく握りしめる気配に、高まる熱気を感じていた。あの家を監視し、強制捜査の計画を練っていたこの二週間も、薬物常習者や売春婦の出入りは蟻塚の蟻のように途絶えなかった。家のなかには相当な額の現金があるはずだ。パーコセット。ヴァイコディン。オキシコンチン。コカイン。銃器。

大量の銃器。

夜通しの監視により、家のなかには四人の男がいるとわかっていた。ひとり目は、暴行罪で服役していたごろつきだ。ふたり目は、オキシコンチンのためなら犬の一物もくわえる最低のジャンキー。三人目はディエゴ・ヌニェスという、みずからの手を汚すことによろこびを覚える古いタイプの荒くれ者。四人目は彼らのリーダー、シド・ウォラーで、強姦一件、殺人二件の容疑をかけられながらも、そのどれからもうまく逃げおおせた悪党だ。ウォラーがレナたちの第一の標的だった。レナは八カ月かけて彼を追い、自虐的な遊戯――彼を勾留して釈放し、また勾留して釈放することを繰り返してきた。

それも、今日で終わりだ。

ドラッグと銃の所持だけで二十年はウォラーを刑務所に閉じこめることができるが、レナはそれだけでは満足できない。女に手錠をかけられ、留置場にぶちこまれ、有罪にされたのだと、死ぬまでずっと屈辱にさいなまれてほしい。もっとも、レナの思惑どおりにいけば、ウォラーの寿命は縮まることになる。レナはシド・ウォラーを死刑にしたかった。彼の腕に注射針を刺されるのを見届けたかった。最後の命の光が彼から消えていくのを見たかった。そのためなら、キャリアを賭けてもいい。

この二週間というもの、レナは警察の上層部と闘ってきた。幹部に働きかけて作戦を進めさせ、超過勤務を認めてほしい、人員を増やして予算を割いてほしい、そしてこの森のなかの一軒家にレナたちを招いた密告者に便宜をはかってほしいと懇願した。ウォラーの仲間たちは、勾留されればすぐに落ちるはずだ。ディエゴ・ヌニェスは持ちこたえるかもしれないが、ほかのふたりは薬物常習者だ。シド・ウォラーがいない状況では、クスリほしさのあまり忠誠心を棄てるだろう。ふたりとも二十四時間たたないうちに取引に応じるはずだし、そうなればすぐに取引に応じる用意のある地区検事も、レナは知っている。シド・ウォラーは十九歳の若者を殺した。姪をレイプし、九一一に通報した実の妹の喉を掻き切った。いま、ヴァンに乗っている警官のひとりひとりがウォラーを逮捕したいと願っている。

レナは、もはやそう願うことをやめていた。ウォラーを逮捕することはもう決まっているのだ。

天井を見あげ、赤いライトが点滅するのを待った。

あと一分。

レナは目を閉じ、頭のなかで計画をさらった。あの家の資料は手に入れてあった。町のはずれに多い、差し押さえられた家屋のうちの一軒だ。煉瓦の壁は銃弾を通さないのでありがたい。平屋の立っている約一ヘクタールの敷地の一方には国有林、反対側にはメイコンを二分してインターステート七十五号線に合流し、さらに北のアトランタへ通じる車道がある。税務署で調べると、建物の見取り図が手に入った。家の奥に居間、バスルーム、寝室が二室。手前がダイニングルームとキッチンで、キッチンのシンクの反対側に地下室へおりる階段がある。

強制捜査の手順は何度も確認したので、レナは厳密に振り付けの決まったダンスのように覚えていた。デショーン・フランクリンとミッチ・キャベロが、破城槌（モノショック・ラム）で勝手口のドアを破る。レナは、一年前からパートナーを組んでいるポール・ヴィカリーと家の正面から突入する。エリック・ヘイグとキース・マクヴェイルが裏手のバスルームと寝室を捜索する。デショーンとミッチが、その場にいる人間を片っ端から捕縛する。残りのメンバーは家の外でそれぞれの持ち場につき、窓やドアからの逃走を防ぐ。レナは、あと八人は増員したかったが、作戦の経費はすでに百万ドルに届こうとしており、これ以上は上層部に要求したところで無駄だということはわかっていた。

メンバーはつねにふたり組で行動する。ひとりで部屋に入ってはならない。間取りの悪い家で、どの部屋も壁で仕切られ、出入り口のドアが一カ所しかない。レナたちは署のガレージを出入り禁止にし、対象の家屋内部の略図を床に描いた。レナとポールは、地下室へ入るために二カ所のドアをくぐり抜けなければならない。まず居間からダイニングルームへ入るドア、それからダイニングルームからキッチンへ入るドアだ。ドアをあけるたびに、撃たれる恐れがある。

　もっとも厄介なのは地下室だ。工務店の見取り図によれば、地下室はだだっ広い空間のはずだが、そもそも見取り図は家が建てられた一九五〇年代のものだ。それから六十年のあいだに、地下室は改装されている。図には載っていない壁が存在するかもしれない。閉じたドアやクローゼットもあるかもしれない。外へ出るドアはなく、板でふさがれた小さな窓が二カ所あるきりで、そのどちらも大の男が通り抜けることは不可能だ。地下室は死の危険のある落とし穴なのだ。

　だれが最初に地下室へおりるかは、あらかじめ署でストローのくじを引いて決めた。レナのチームが当たりくじを引いたのは、レナ自身がストローを握っていたからにほかならない。

　ヴァンはシフトダウンしてのろのろ運転になった。後部に窓はないが、運転手の頭越しに外が見える。日よけの真下で、朝日がきらめいている。家屋の脇には、鬱蒼（うっそう）と茂った松林がある。航空写真には、その松林のなかをまっすぐ抜けて車道に出ることのできる長さ二百メートルほどの小道が写っていた。容疑者たちが逃亡するなら、その車道を目指すはずなので、二台のパトカーが監視に当たっている。

　ヴァンが止まった。頭上でまた赤いライトが点灯したが、今回は消えずにともったままになった。

レナはショットガンのフォアエンドをスライドさせ、薬室に弾薬を送りこんだ。それから、もう一度グロックをチェックした。メンバーもそれぞれの武器を確認した。運転手を務めている古株のカーク・デイヴィスが無線のマイクを口に当て、目的地に到着したことを小声で指令本部に伝えた。本部の車両は一キロ半ほど離れた〈ピグリー・ウィグリー〉の駐車場に駐まっている。いままでの例から考えれば、デニース・ブランソンはレナのチームが現場の安全を確保するまで待ち、そのあと姿を現して手柄を独占するつもりだろう。

勝手にすればいい。

レナが手柄を立てるのは、シド・ウォラーをうつ伏せにして首根っこを足で押さえつけ、太い手首をプラスチックの拘束バンドで締めあげるときだ。それだけが、いまレナに残されている唯一の願いだ――唯一、できることだ。毎朝そのために目覚め、毎晩同じ願いを抱きながらだれもいないベッドに入った。

レナはドアハンドルをつかみ、チームメイトたちのほうへ振り返ると、ひとりひとりと目を合わせ、準備はいいか確かめた。メンバーたちが次々とうなずく。レナはヴァンのドアをあけた。

ダンスのはじまりだ。

レナは真っ先に外へ飛び出て、小走りで家へ向かった。背後から足音がついてきた――決死の覚悟で寸分の隙なく武装している九人の男たちの足音だ。レナはショットガンをしつかりと抱き、カーポートへ走った。グロックが膝を小刻みに叩く。家の周囲の森に目を走らせ、ガラス瓶の破片や煙草の吸い殻が散らかっている地面を見渡した。

家の外を監視するメンバーがそれぞれの位置についた。レナは残りのメンバーを率いてカーポートへ向かった。ふたりずつに別れて勝手口の両脇に並んだ。ポール・ヴィカリーの肩がレナの肩をぐいと押した。ポールは、なんてことないさと言わんばかりにウィンクしたが、防弾ベストに覆われた胸板が激しく上下しているのが、レナにはわかった。家のなかから、テレビ番組の笑い声の効果音につづいて音楽が聞こえた。『ザ・ジェファーソンズ』。主題歌の《ムーヴィン・オン・アップ》だ。

レナは腕時計のタイマーをスタートさせた。モノショック・ラムを構えてレナの合図を待っているデショーンとミッチにうなずく。

ふたりはモノショック・ラムを二度振りかぶって勢いをつけ、合計で三十キロ近い金属の円筒をドアにぶつけた。木の板がガラスのように割れた。

「警察だ！」レナの叫び声と同時に、メンバーはいっせいに突入した――すかさず発砲するつもりでショットガンを構えて。

だが、パーティはとうに終わっていた。

テレビの向かいにある黄色いコーデュロイのソファに、男がふたり座っていた。上半身は裸。ジーンズは腰骨までずり落ちている。ひとりは前ポケットに片方の手を突っこんでいる。もうひとりは缶ビールを持っている。ふたりとも目を見開いていた。軽くあいた唇の隙間から、ひどい歯並びが見えている。ふたりの前の古びたコーヒーテーブルには、拳銃がずらりと並んでいた。

どちらも動かなかった。そのまま二度と動くことなく、検死官がふたりの死亡を確定するだろう。

ふたりの喉は掻き切られていた。首がぱっくりと割れ、内側の赤黒い腱のなかに白い頸椎の端が覗いていた。

ポールがふたりの脈を確かめたが、三メートル離れたレナにも、どちらの死体も死後数時間がたっていることがわかった。蝋のような肌。腐敗臭。死人のひとりはジャンキーだ――エリアン・ラミレス。裸の胸は落ちくぼみ、爪楊枝に似た肋骨が浮き出ている。殺人犯は、彼がオキシコンチンで自滅する手間をはぶいてやったようなものだ。

ポールがふたり目の男の顔を自分のほうへ向けた。「くそっ」とつぶやく。彼の落胆が部屋中に広がった。

シド・ウォラーの右腕、ディエゴ・ヌニェスだった。眼球に一匹の蠅が這っているのが、レナにも見えた。口から黒っぽい紫色の舌が吐瀉物のようにだらりと出ている。供述書によれば、シド・ウォラーが姪をレイプしたあと、ヌニェスはボスのおこぼれにあずかった。愚かにもウォラーに口答えした十九歳の若者が轢き殺されたとき、車を運転していたのもヌニェスだ。いい仕事をした褒美に、ウォラーとともに彼の実の妹をなぶりものにしたのだろうと、レナは考えている。ウォラーの妹はめちゃくちゃに犯されて殴られたあげく、喉を掻き切られた。

殺人者。レイプ魔。暴漢。そのヌニェスが、缶ビールを片手に、テレビを見つめたまま死んでいた。

「くそっ」ポールがまた言った。ソファの後ろに、もう一体の死体を見つけたのだ。喉は掻き切られていなかったが、頭の一部がなくなっていた。水平にスパッと切り取られていた。レナの見たところ、壁に立てかけてある斧でやられたらしい。長い髪の毛や頭皮や白い骨片が刃にこびりついている。

エリック・ヘイグが手で口をきつく押さえた。指のあいだから吐瀉物をあふれさせながら、ドアの外へ走っていく。レナに言わせれば、どこへでも行けばいい。軟弱さを見せつけられるといらいらする。それに、メンバーたちがぼんやり突っ立っているときに、奇襲をかけられてはたまらない。

レナは、テレビの騒音を突き破るようにパチンと指を鳴らして注意を求めた。三体の死体を指さし、四本の指を立てて掲げた。監視の結果、屋内に四人目がいることはわかっている。シド・ウォラーがまだ見つかっていない。

メンバーたちにそれ以上の指示は必要なかった。デショーンが、家の裏手から不意を突かれないよう、勝手口を守った。ミッチがエリックのかわりとなり、キースにつづいて奥の廊下へ向かった。レナはポールを従えてダイニングルームへ向かった。

ふたりは腰を低く屈めて歩いた。床はゴミだらけだ──ほとんどがビールの空き缶と空っぽのファストフードの袋だった。足下のカーペットは、得体の知れない汚れでべとついている。レナはブーツの底にカーペットがくっつくのを感じながら、ダイニングルームの開いたドアを目指した。地下室を意識し、静かに足を運んだ。地下室で銃口を天井へ向け、物音に耳を澄ましているシド・ウォラーの姿が目に浮かんだ。

『ザ・ジェファーソンズ』のテーマ曲がゴスペル調のコーラスで終わった。その音がほとんどかき消されるほど激しい鼓動の音を聞きながら、レナはダイニングルームの開いた入口の脇に立った。片方の肩を壁にぴったりと押しつけた。漆喰、下地の木摺、間柱。九ミリルガー弾なら簡単に貫通する。シド・ウォラーがその銃弾を選んでいることははっきりとわかっている。

ポールが〝進め〟の合図に、レナの脚を二度叩いた。レナは腰を屈めたままくるりと体をひねってドア枠のむこうへ入り、ショットガンの銃口を前へ向けた。食卓はなく、血の染みだらけのマットレスが床にじかに置いてあり、周囲にはジャンキーのたまり場につきもののゴミが散らかっていた。コカイン吸引用のパイプ。焼け焦げたアルミホイル。使用済みの注射器。ツンとするヘロインのにおいが鼻をついた。最近降った雨が漏り、天井が崩落していた。床に漆喰の塊が落ちている。床板はカヌーの底のように反り返っている。

レナは頭上を見渡し、梁の上に潜んでいる者がいないことを確認した。

だれもいない。割れた窓越しに、前庭を監視している刑事のひとりが見えた。コルトAR15を胸の高さで構え、振り子のように左右へ目を走らせている。レナの顔を見て、だれも出てこないというようにかぶりを振った。

レナはさっとポールのほうを振り向き、次のドアを指した。ドアは閉まっている。そのむこうがキッチンで、地下室へ通じるドアがある。

打ち合わせどおりにポールが先頭に立った。レナはショットガンを肩の前で構えたままあとずさり、後方を守った。

寝室からミッチが叫んだ。「異状なし！」

レナはポールの脚を軽く叩いて進めと指示した。ドアを蹴りあけ、先ほどのレナとまったく同じ動きでキッチンのなかへグロックの銃口を向けた。レナもショットガンを構えてくるりと向きを変えた。

だれもいない。

戸棚はすべて扉がなかった。天井の半分が落ちていた。あとの半分は、濃い茶色の汚れが染みついていた。シンクははずされていた。内部の銅のパイプや電線を引っこ抜いてスクラップ屋に売ったのか、漆喰の壁に穴があいていた。むき出しの排水口から、吐き気を催すような悪臭が漂ってきた。ポールはグロックの銃口を天井に向け、人が隠れられそうな場所をチェックし、異状なしとかぶりを振った。

ふたりは地下室のドアを見た。

これは予想外だった。

地下室のドアには、納屋の扉によく見られるような、大きな木のかんぬきがかかっていた。左右のドア枠に取りつけたU字金具に、ツーバイフォーの板を渡してある。

ポールがどうしようかとレナに目顔で問いかけた。レナには、彼の頭のなかの声が聞こえるようだった。地下室のドアをあける手順については、時間をかけて話し合った。どの筋書きでも、当然の前提となっていることがふたつあった。つまり、ドアには鍵がかかっているはずで、容疑者が弾を装填した銃を構えてドアのむこうで待ち構えているはずだった。計画では、レナたちはドア脇の壁に肩をつけてドアをあけることになっていた——ノブあるいは錠前など、鍵のかかっている部分をショットガンの台尻で叩き壊し、ドアをあけてその先で待ち受けている地獄へ突入する予定だった。

かんぬきのせいで予定を変更しなければならないが、たぶん基本はさほど変わらない。

レナはドアの脇の壁に肩を当て、ショットガンの銃口でかんぬきを押しあげようとした。だが、金具にぴったりはまっている。横にスライドさせることもできない。レナかポールのどちらかが両手でかんぬきを持ちあげるしかないが、ドアのむこうにだれかがいれば、格好の標的にされる。

だが、レナはためらわなかった。ショットガンをポールに放る。彼はそれを空いているほうの手で受け取り、レナのカバーにまわった。

レナは両膝を曲げ、下からかんぬきを肩で押した。いまいましい木の板はがっちりとはまりこんでいた。びくともしない。もう一度、膝を深く曲げ、勢いをつけて立ちあがった。今度はうまくいった――とりあえずは。かんぬきはようやくはずれたものの、レナは勢い余ってよろけ、したたかに尻餅をついた。

不意討ちつづきにもほどがある。

かんぬきが床に落ちて大きな音をたてた。レナは、尾てい骨にひびが入ったのではないかと思った。合板のカウンターの角にぶつけた頭がじんじんと痛む。ヘルメットが前に傾き、保護ゴーグルが鼻梁（びりょう）に食いこんだ。レナは後頭部に触れた。髪が濡れている。指先を見る。血だ。

こんな簡単なことをしくじるとは信じられないと言わんばかりに、ポールが眉をひそめてレナを見おろしていた。レナも信じられなかったが、原因を検証している余裕はない。閉じたままのドアから目を離さずに立ちあがった。気を取り直す。視界がぼやけている。まるで鼻のなかでメトロノームがカチカチ動いているかのようだ。保護ゴーグルをはずす。ブリッジがひび割れていた。それを開いた戸棚に放りこんだ。

ダイニングルームから低い口笛の音が聞こえた。撃つな。キースがキッチンに入ってきた。ミッチもつづいた。ふたりとも大男で肩幅が広いので、もともと狭いキッチンがクローゼット並みに狭苦しくなった。

レナは、首筋に汗が伝い落ちるのを感じた。手で拭った。指先がべとついた。汗ではなく、血だった。

ポールが前歯で舌先を噛んでいる。パートナーを組んで一週間とたたないうちに、レナは彼のその癖に気づいた。ポールはいま、レナを止めようとしている。めったにないことだが、ポールはいったんだめだと言いだしたら聞かない。

レナは主導権を取り戻そうと口を開いたが、暗黙のうちにミッチとキースもポールに賛成し、レナを追い越してドアの両脇に立ち、懐中電灯を取り出した。三人ともレナの顔を見ているが、今回は期待しているのではなく、いらだっている。

不本意だが、レナはシンクの前へ移動し、せめてミッチとキースの後方支援をすべくショットガンを肩の前で構えた。テレビの笑い声が嘲笑に聞こえた。台詞は聞き取れないが、ルイーズの低いガラガラ声に、ジョージが甲高い声で応答している。

ミッチが地下室のドアをさっとあけた。銃弾は飛んでこなかったので、彼は階段をおりていった。キースがあとにつづいた。ふたり合わせて体重百八十キロを超す男たちの脇を通り抜けられる者がいるとは思えないが、ポールが最上段でグロックを構えた。

そして、ひたすら待つ時間がはじまった。

時間の速度が変わった。空中に漂う粒子の振動数すら、それまでとは違っていた。

ポールはじっとしている。両手からしたたる汗が床に点々と染みを作った。レナは息を詰め、なんらかのきっかけを待った――銃声、あるいは怒声。頭のなかで秒針の音がした。

五秒。十秒。またテレビから笑い声があがった。今度もルイーズだ。次がライオネル。

二十秒。ポールはまだ動かない。石像のようだ。

レナは、止めていた息を静かに吐いた。それから、また吸った。

三十五秒。

四十秒。

ついにキースの声がした。「異状なし」

ポールが両手をおろした。レナは、肺が震えているのを感じながら息を吐いた。

「次に進んで」レナは指示を出し、ショットガンをカウンターに立てかけ、ヘルメットを脱いだ。地下室から悪態が連続して聞こえたが、レナはもはや気にもとめなかった。いま、この家には三体もの死体がある――二十四時間態勢で監視していた家に。こんなめちゃくちゃな結末のために、署の予算を百万ドルも使ってしまったのか。後頭部を割り、鼻に痣まで作って。腰ときたら憎らしいほど痛い。頭もずきずきしている。それなのに、シド・ウォラーはいまごろどこかの海辺でマルガリータをちびちびやり、今夜はどの女のあとをつけてレイプしようかと品定めしているに違いない。

レナは腕時計に目をやった。タイマーはまだ動いている。突入から四分三十二秒が経過した。

「ちっくしょう」レナはのろのろとつぶやいた。天井を見あげる。むき出しの梁のところどころに白い黴(かび)が生えている。アスファルトのこけら板にあいた穴に、ビニール袋を丸めて詰めてある。ほかのメンバーたちが様子を見に来たらしく、隣の部屋から重たいブーツの足音が聞こえた。

レナは家中に届くように大声で指示した。「速やかに撤収する。ここは犯罪現場になってしまった」

デショーンが応じた。「ブランソンが向かってる。検死官が三十分以内に到着する」

「最高」レナはつぶやいた。

ポールがヘルメットを脱いだ。「人数が多けりゃ多いほどおもしろい」

汗で濡れた髪をかきあげた。「大丈夫か?」

レナは腹立たしさのあまり口もきけず、かぶりを振った。これでいろいろなことが変わるはずだったのに。なにもかもいまよりよくなるはずだった。自分の人生でうまくいっていたのは仕事だけだったのに、それすらこの手でぶち壊してしまった。

防弾ベストの面テープをはずし、深く息を吸った。シャツが背中に張りついている。首筋も血にまみれているはずだ。今回のことは、デニース・ブランソンに報告するだけではすまないだろう。署長がきちんとした説明を要求してくるはずだ。上層部も出張ってくる。内部調査室も。ジャレドに電話をかけて着替えを持ってきてもらわなければ、容赦なく叩きのめされたようななりで吊しあげの場に出ていかなければならない。でも、ジャレドが電話に出てくれるかどうかはわからない。彼はもはやレナを妻だとすら思っていないかもしれない。

レナは両手で顔を覆った。ゆるゆるとかぶりを振った。しっかりしなければ。いま取り乱してはならない。

「一緒にブランソンに弁解してやる」ポールが言った。「必要なことを言ってくれ」

レナは両手をおろした。「あのドアにかんぬきがかかっていた理由を知りたい」

ポールがまた眉をひそめた。かんぬきがかかっていた理由など深く考えていなかったのだ。

レナは言った。「三人も虐殺したら、とっとと逃げるでしょう。家のなかにぐずぐずするわけがない。地下室の入口をふさいだりしない」地下室のドアを指さす。「板の縁を見て――金具に無理やり叩きこんだのよ」ひたいにたまった汗を拭った。室内は窯のようだ。

「ああムカつく。ブランソンはわたしをパトロールに降格するわ」

「ジャレドと一緒にバイクに乗れるぞ」

「くそったれ」

「まあまあ」ポールはカウンターにグロックを置いた。レナの腕に手をかけ、それから頬に触れた。落ち着けと言うように、レナにほほえんだ。

レナはポールから離れた。地下室のふたりに聞こえるよう、わざと足音荒く歩いた。

「キャベロ? マクヴェイル? なにをぐずぐずしてるの?」

「金がある!」キースが大声で答えた。「おれたち大金持ちだぞ!」

「ありがたい」レナは地下室へ向かった。「百万ドルありますように」それだけ押収できれば、超過勤務手当くらいは補填できるかもしれない。

ポールへ向かって言った。「みんなと外に出て。それから、CSUに照明を持ってこいって伝えて。検死官が来たら呼んで、わたしが話すから」

ポールがさっと敬礼した。「了解、ボス」

レナはパンツのポケットから懐中電灯を取り出して地下室におりた。最下段にたどり着いてから、壁をまさぐって照明のスイッチを探した。電気パネルの蓋があいていた。古いヒューズが並んでいるのが見えた。何個か押してみたが、明かりはつかなかった。

地下室は予想どおり、壁で小部屋に仕切られていた。懐中電灯の光が、たわんだ安っぽい壁板や、階段の上から放りこまれたとおぼしき破裂したゴミ袋を照らし出した。階段の裏には狭い空間があったが、そこにもゴミが突っこまれていた。通路はなく、小部屋と小部屋の境のドアがすべてあいていた。全部で四枚のドアがあるので、いまレナがいる小部屋を含めて小部屋の数は五つだ。

奥のほうがぼんやりと明るい。キースとミッチが、いちばん奥の部屋で現金を数えているのだろう。レナの目には、懐中電灯の光すらまぶしかった。悪態をつきたいのをこらえながら、後頭部を手で押さえた。血は絶え間なく流れ出ている。たぶん縫合しなければならないだろう。頭がずきずきと痛い。鼻もひび割れているような気がする。今日一日で、どれほどの恥をかいただろうか。作戦が大失敗ではなかったことにするには、天井まで届くほどの百ドル札の山を見つけるしかない。

レナはメンバーたちを呼ぼうと口を開いたが、なにかに制止された。第六感か。警官の勘か。声がしない。キースとミッチは、トイレでどんなに大きなブツが出たか、みんなにしゃべらずにいられないほどのお調子者だ。そのふたりが大量の現金を見つけたのに、なにに使うか冗談ひとつ言わないなどということがあるだろうか？

変だ。

手がグロックをつかんだ。レナは懐中電灯を消し、目が暗闇に慣れるのを待った。階上のテレビの音を遮断しながら小さな物音をとらえるべく、耳を澄ました。なにも聞こえない。

次の小部屋へ進んだ。どんなに注意しても、音をたてずに動くことはできなかった。床にゴミが散乱しているからだ――ビールの空き缶、コカイン吸引用のガラスパイプ、アルミホイル。濡れて膨張したカーペットが吸盤のようにブーツの底に吸いつく。狭苦しい空間のなかで、音のひとつひとつが増幅される。もはや歌いはじめてもいいくらいではないか。

だめだ。

いますべきことは、一階に戻り、応援を呼ぶことだ。ひとりで部屋に入ってはいけない。いつもふたりひと組で動くこと。それは重要な原則なのに、決めた張本人が破ろうとしている。

とはいえ、レナはすでに尻餅をついて後頭部を負傷し、大金と引き換えに得たのは三体の死体と、町のドライブインの男性トイレよりDNAで汚染された犯罪現場だけだ。不吉な予感がするからといって、すでにさがった評価をどん底までさげることだけは避けたい。

それでも、防弾ベストのウエストのストラップをきつく引き締めた。いつでも床に伏せられるよう、あるいは攻撃者に反撃できるよう、両膝を軽く折り、重心を低く保って前進した。最後の小部屋に近づくにつれ、なにかがひどくおかしいという確信はますます強まっていった。

最後のドアまで六メートル。四メートル半。残り三メートルほどまで来たとき、ブーツのつま先が見えた。黒い革。金属の保護カバーに覆われている。レナが履いているものとよく似ているが、三サイズ大きい。

そして、天井のほうを向いている。

レナは凍りついた。しきりにまばたきする。視界が二重になった。ベストの襟ぐりに血がたまっている。口のなかがからからに乾いた。

もう一歩進んだ。目の前の床しか見えなかった。奥の部屋で点灯している二本の懐中電灯は、それぞれ逆の方向を向いている。一本はドアのほうを、もう一本は壁のほうを。ドアの先にある壁際にスーツケースがあった。紙幣が床にこぼれ出ている。レナが願っていたとおり、大量の百ドル札だ。

レナは両手でグロックを握った。もう汗は引いていた。恐怖も感じなかった。頭のなかから関係のないことがすべて消えた。自分の歩数を数えた――一歩、二歩進むと、そこは最後の小部屋で、銃口の先にシド・ウォラーがいた。

ウォラーはキースの首にがっちりと腕を巻きつけ、シグ・ザウエルの九ミリ拳銃を喉に突きつけていた。ミッチは仰向けに倒れている。裂けてめくれた頭皮。顔は血まみれだ。

アカデミーで拳銃を手にした瞬間から、かならず指は引き金ではなくトリガーガードにかけろと教えられる。そうすることで、コンマ数秒のあいだに脳が目でとらえた像を処理し、銃口を向けているのが敵か味方か教えてくれる。引き金に指をかけてもいいのは、対象を撃つとはっきり覚悟したときだけだ。

レナは引き金に指をかけた。

「さがれ」シド・ウォラーが言った。

レナはかぶりを振った。「いいえ」

ウォラーはこれ見よがしにシグを握りなおした。「車がほしい。道路から警官を追い払え」

「あんたの望みはなにひとつ叶えられない」レナがもう一歩近づくと、キースの目が丸くなった。「その人を放しなさい」

「交渉役を呼べ」

「わたしが交渉役よ」レナは言った。「その人を放さなければ、あんたは死ぬ」

「さがれ」ウォラーはキースの喉にぐいとシグを押しつけた。

「撃つぞ」

「撃ちなさい」レナはもう一歩前に進んだ。キースを人質に取られたまま、ウォラーを地下室から逃がすつもりは毛頭ない。「どうせ殺すんでしょう。いまやるか、わたしが先にあんたを殺すか、どっちかよ」

「おれは本気だ」

「わたしもね」

ウォラーの目つきに不安がにじんだ。いまはじめてレナの顔をにらんでいるわけではないが、銃で頭を狙われながらそうするのは、間違いなくはじめてだ。「おまえ、完全にいかれてるな」

「完全にそのとおりよ」レナはもう一歩前に出た。感覚が麻痺し、自分ではないだれかの行動を端から眺めているようだった。べつの女が、自分のグロックを構えている。べつの女がこの殺人犯を、未成年をレイプする男をにらみつけている。「銃をおろしなさい」

キースが嗚咽を漏らした。かすれた声で懇願した。「頼む……」

　ウォラーはシグをレナに向けた。「じゃあ、おまえを殺してやる。どうだ？」

レナは暗い銃口のなかをつかのま覗きこんだ。「あんたがあの階段をのぼれるかどうか試してみる？」

「さがれえ！」ウォラーが唾を飛ばして叫んだ。「ほんとにやるぞ！」

「やれば？」あと五十センチ。

「やるぞ！」

「やれよ！」レナはどなった。「引き金を引けよ、この腰抜けが！」

　ウォラーの手がすばやく動いた。目にもとまらない動きだった。一瞬、シグはレナを狙ったが、次の瞬間にはウォラーのこめかみに銃口が押し当てられていた。彼の人差し指が動いた。閃光（せんこう）とほぼ同時に、ウォラーの側頭部が破裂した。

「うわああっ！」キースが首に飛び散った頭蓋骨や脳の破片を叩き落とした。よろよろとあとずさり、濡れたカーペットに足をすべらせた。「わあっ！」

レナは壁に手をついた。興奮は体からすっかり抜けていた。「ミッチが大丈夫か確認して」

「わああ!」キースは手をついて立ちあがり、よろめきながら小部屋を出ていった。

「ちょっと!」

「リー?」ポールがうろたえた声をあげて階段を駆けおりてきた。

「救急車を呼んで!」レナはどなり返した。ミッチのかたわらにひざまずき、そばにいると伝えた。「大丈夫」なんとか声をかけた。「すぐに助けが来るから」

ミッチが咳きこんだ。胸が激しく上下した。キースと同じく、目つきがおかしい。

「いったい――」状況を見て取ったポールは、傍目にもわかるほど衝撃を受けていた。

「これは――」それだけ言うと、頭の半分がなくなった男をいまだに恐れているかのように、その手から拳銃を蹴り飛ばした。

デショーンの声が地下室の入口のほうから聞こえた。「大丈夫か?」

「大丈夫。みんな、いまいる場所から動かないで」レナは両足のかかとを床に着けてしゃがみ、グロックをホルスターにしまった。ポールに告げた。「ウォラーは自分で頭を撃った」

「信じられん」ポールが言った。「ミッチ? 大丈夫か――」

「ここから出してくれ」ミッチが手をのばし、頭蓋骨が露出した部分に触れた。そして、レナをじっと見あげた。レナには彼の表情が読めなかった。怯えているのか、恐れ入っているのか。「おまえ、死にたいのか」彼にそう言われても、どちらの気持ちなのかわからなかった。

「行くぞ」ポールはめくれた布を戻すようにミッチの頭皮を元に戻した。「立てるか？」

自力では立てないミッチを抱きかかえるようにして立ちあがらせながら、ポールはレナに言った。「あと五分でブランソンが来る」

レナは首がむずむずするのを感じた。その部分に触れ、シド・ウォラーの脳のかけらをこすり落とした。地下室の入口から、何本もの懐中電灯の光が差しこんできた。チームのほとんど全員が銃声を聞きつけて、地下室におりてきたらしい。

大声で言った。「なにやってるの、出ていきなさい！　ここは犯罪現場だって、何度言えばわかるの？」

ぶつぶつと不満そうな声がしたが、堂々と異議を唱える者はいなかった。

ポールがレナに言った。「内部調査室が出てくるぞ」

レナは返事をしなかった。内部調査室のことならよく知っている。

「キースと話して、よけいなことを言うなと念を押しておくよ」ポールはミッチの腕を自分の肩にかけた。「どう説明するのか、ちゃんと考えてるか？」

「とにかくミッチを上に連れていって」

ポールはミッチを担ぎあげるようにして階段へ向かった。階段をのぼるのは大変だが、レナの命令に背いて地下室に残っていた者がふたりほどいて、ポールと一緒にミッチを一階へ連れていった。彼らが苦労しながらキッチンを移動する音がしていたが、やがてその音もやんだ。

家のなかは静まりかえっていた。気温があがりはじめ、木の板がたわんでピシッと音をたてた。太陽がどんどんのぼっていく。窓をふさいだ板の隙間から、白い光がかすかに差しこんでいた。

気力も体力も、もう残っていなかった。視界がかすんでいた。地下室は異様な感じがした。現実から分離されたような感覚があった。ひとりぼっちでいるのが心細くなった。ジャレドに来てほしかった。彼が駆けこんできて、抱きしめてくれたらいいのに。真剣に願えば、彼の両手に背中をさすられるのを感じ、耳元であの穏やかな声が聞こえるかもしれない。

レナは涙を拭った。目の前にジャレドがいるときは、早くどこかへ消えてほしいとしか思えないのに、彼がいないときにかぎってそばにいてほしくなるのはどうしてだろう?

ふと目を落とした。またいつのまにか腹部に触れていた。手のひらをぴったりと腹に当てていた。

かぶりを振り、集中しようとした。ポールはひとつだけ正しいことを言った。ブランソンがここへ来た瞬間に、レナは説明を求められることになる。五百メートルと離れていない場所に駐めたトラックから警官が監視していたのに、その夜のあいだに三人もの人間が殺されたのだ。首に拳銃を突きつけられたキースは、いまだに怯えきっているだろう。ミッチは危うく頭を割られるところだった。シド・ウォラーは自殺してしまった。なにを言えばいいのだろう？　自分の一部は、シド・ウォラーに殺されたがっていたのだと？　殺されていれば、自分と関わった人々はみんな幸せになれたのにと？

だめだ。ブランソンには、訓練のとおりに行動したと言わなければならない。逆上した人間に捕まった人質を放置しない。犯人と人質をべつの場所へ移動させない。そして、チャンスを逃さず犯人を撃つ。

いや、犯人自身に撃たせる。

レナは懐中電灯でシド・ウォラーを照らした。口があいていた。前歯にかぶせたチタンが見えた。スカルと二本の交差した骨がエッチングで描かれている。取り調べで何度も見ているので、そらで絵を描けるぐらいだ。ウォラーは取調室で、おれのタマには広い空間が必要だと言わんばかりに、脚を大きく広げて座っていた。彼はいつもレナから顔をそむけていたが、たまに目が合うと、そこにはむき出しの嫌悪が見て取れ、そばにいるだけで自分が汚れているような気がした。弁護士が同席していても、彼は堂々とレナをせせら笑い、唾を吐きかけ、ばか女呼ばわりした。ポールはひどく腹を立てたが、レナは無視した。

ウォラーは反応を求めていた。レナが飛びかかってくるのを待っていた。面と向かってレナを嘲笑したかったからだ。天才でなくとも、女を憎んでいる男の見分けはつく。ウォラーにとっては、女に殺されるくらいなら自殺するほうがましだったのだ。

もとはウォラーの頭があった部分に懐中電灯の光を当てると、濡れて鈍く輝く穴があいていた。

願いは叶った。

レナは死体に背を向け、スーツケースを照らした。これも予想していたのと違う——百ドル札より五十ドル札のほうが多い。せいぜい五十万ドルだ。デニース・ブランソンは今回もリボンやメダルで胸を満艦飾にして、新聞社に写真を撮らせるのだろう。そして、ベテラン警官二名が犯人に出し抜かれたことは、記事にはならないはずだ。

だが、レナは疑問に対する答えがほしかった。ミッチとキースはもっと有能だったはずだ。とにかくレナはそう思っている。懐中電灯で室内をぐるりと照らし、ふたりが襲われた経緯を考えてみた。壁板の一部がねじれてぶらさがっているところがあった。首をのばして、そのむこうを覗いた。ウォラーはそこに隠れていたようだ。基礎の周囲の土が掘り取られていた。キースとミッチは、罠に誘き寄せられたネズミよろしく現金の山に食いつき、背後の壁から飛び出てきたシド・ウォラーに悲鳴ひとつあげる余裕もなくやられてしまったのだろう。

　おそらく、まずミッチがシグの銃口で頭を殴りつけられたに違いない。そして、キースは状況を呑みこむより先に、シグを喉に突きつけられていた。喉を撃ち抜かれるところを想像すれば、頭を撃たれるより恐ろしい。喉を撃たれても、生き延びる可能性がある。ただし、二度と歩けないかもしれない。一生、チューブを通して呼吸し、袋に排尿することになるかもしれず、それでも生きつづけなければならない。

　だれかが階段をおりてきた。レナは、デニース・ブランソンがゴミだらけの地下室を慎重に通り抜けてくるのを待った。

「アダムズ？　いったいどういうこと？」ブランソンがどなった。「よほど運がよくなければ、グレイ署長にぶちのめされるわよ」

　レナはその脅し文句に慣れているし、デニース・ブランソンよりはるかに恐ろしい連中から同じことを何度も言われている。「ウォラーがキースを人質に取りました。そして、わたしに拳銃を向けた。わたしも彼に拳銃を向けた。ウォラー自身が選択したんです」

　ブランソンはウォラーの死体に顔をしかめた。いまにも唾を吐かんばかりに険しい表情をしている。「こんなことになって、だれがビッグ・ホワイティの居場所を教えてくれると思う？」

　レナに言わせれば、そのいまいましい名前はもう聞き飽きた。「そんなことはどうでもいいでしょう、デニース」

「その態度を改めなければ――」

ブランソンが口をつぐんだ。物音がした。レナもその音に気づいていた。ウォラーが隠れていた穴倉。そこに、まだだれかが隠れている。

レナの手のなかにはグロックがあった。レナ自身は、ホルスターから抜いたのも覚えていなかった。

また音がした。レナは右側に足を踏み出し、懐中電灯の先端でぶらさがった壁板を押して穴のなかを見ようとした。先ほどのように、壁に肩を当てた。ひざまずき、光をななめ前に向けた。穴の左側が暗くてよく見えなかった。湿った黒い土と、丸めた汚いスポーツソックスだけが見て取れた。

レナは立ちあがった。ブランソンと顔を見合わせた。案の定、ブランソンは先に行けと顎をしゃくった。

レナはあの興奮状態が戻ってきて、体が勝手に動きだすのを待った。だが、体は動かなかった――動こうとしない。さっきまでの勢いは、完全になくなっていた。体が動きたがらない。五分前には死を願っていたのに、願いが叶えられるチャンスがふたたび巡ってきたいま、なぜか死にたくなくなっている。

ブランソンが歯を食いしばってシッと音をたてた。レナは振り返った。ブランソンは拳銃の銃口を下に向け、トリガーガードに指をかけていた。目を丸く見開いている。唇が分かれ、歯が覗いていた。

レナは前に向きなおった。汚らしく濡れたソックスを、シド・ウォラーが這い出てきた暗い穴倉を見つめた。

また音がした。

それ以上、なにも考えなかった。

レナは壁板をめくった。

5

サラは、ほんの数回しかメイコンを訪れたことはないが、そのたびに、この街は百三十六キロ北の州都と州の大部分を占める保守的な田舎町のなかで永遠に忘れ去られているのではないかと感じた。アトランタ市民の多くはメイコンという街を思い出しもしないが、メイコンのどこをとっても、裕福な隣人に張り合おうと力んでいるように見える。

その果てしない努力の見本ともいうべきものが、メイコン総合病院だ。サラは舗装しおしたばかりの私道に車を乗り入れながらも、グレイディ病院のそびえたつモノリスと、はるかに小さな公立病院の入っている装飾過多な煉瓦の三階建てをくらべずにはいられなかった。一九六〇年代までは、グレイディは二種類の区域に分割されていた――白人専用棟と、黒人専用棟だ。現代の南部の例に漏れず、メイコンでは違う形の分離が進んでいる。人種ではなく、生活レベルによるものだ。門前払いを食うのは、料金を払えない人々だ。

サラは出口の看板を目にして、駐車場のいちばん奥まで進入していたことに気づき、木立の前のスペースに車を入れた。しばし運転席に座ったまま、これからどうするか考えた。

やがて無意識のうちに手がドアをあけ、両足がアスファルトの地面におり、左右の脚が交互に前に出て、サラを病院の入口へ向かわせていた。円形の車寄せの中央に大きな噴水があり、そばを通りかかると霧状の水がかかった。リズミカルなさざ波の音は来院者の気持ちを穏やかにするためのものかもしれないが、サラはかえっていらいらを募らせた。

本館の玄関へ歩いていると、時間が巻き戻っていくように感じた——十年単位ではなく、年単位で。あっというまに、サラはグラント郡で夫が殺された日に戻っていた。頭より先に、体が思い出していた。たぶん、駐車場も病院入口もロビーも、大勢の警官たちであふれ、紺色の海になっているからだ。

彼らの姿を目にしたとたん、アドレナリンが一気に鼓動を速めた。甲高い耳鳴りがして、なにも聞こえなくなった。頭がずきずきと痛んだ。筋肉が引きつった。体のそれぞれの部分をつないでいる配線が、にわかに張りつめてしまったようだった。

いや、アドレナリンは関係ない。怒りのせいかもしれない。なぜなら、病院に入るころには、思わず動けなくなりそうなほどの怒りを覚えていたからだ。

違う——ただの怒りではない。憤怒(ふんぬ)だ。

こんなところにいるのが腹立たしくてたまらなかった。家でシャワーを浴びるなり、朝食をとって犬の散歩に行くなり、朝寝坊をするなり、普段どおりの行動をしていないことが腹立たしかった。そして、またしてもレナ・アダムズの死の罠に絡め取られたことが。

配線が張りつめたのは、レナ・アダムズに引っぱられたからにほかならない。

グレイディのERでネルからかかってきた電話を切ったと同時に、怒りがじわじわとこみあげはじめた。歌詞を思い出せない歌のように、怒りのハミングが遠くから聞こえていた。そのあとウィルに電話をかけた。病院に常備している着替えと洗面道具を鞄(かばん)に詰めた。犬たちのシッターの手配をし、上司と研修生たちに事情を説明した。車のガソリンを満タンにした。制限速度をやや超すスピードで街を出た。ジャレドに必要とされている。ネルに必要とされている。その事実が、サラを前進させていた。そのふたつだけが、いま大事なことだ。ふたりのそばにいるのは自分の義務だ。ジェフリーに対する義務。ジャレドとネルに対する義務。

だが、メイコンまでの距離を半分ほど走ったころには、歌声は大きくなり、脳はメロディに歌詞をつけはじめた。

ジェフリー。レナのパートナー。サラの夫。

サラの命。

死んでいくジェフリーを、サラは抱きしめていた。彼の豊かな髪を指で梳(す)いたのは、あのときが最後だった。ざらついた頬に触れたのも、あのときが最後だった。唇にキスをし、最期の苦しげな息遣いを感じた。行かないでと懇願しながら、彼の美しい瞳から命の光がゆっくりと消えていくのを見ていた。

ジェフリーのあとを追いたかった。悲嘆のあまり、大切なものすべてと自分をつないでいた綱がほどけ、漂流するようになった。数週間が過ぎ、数カ月たっても、痛みは絶え間ない波となって押し寄せ、決して引くことがなかった。ついには、大量の薬を飲んでしまった。母親にはうっかり間違えたのだと話したが、ほんとうは違う。死ぬつもりだった。死ねなかったとわかったあと、自分にできるのは一からやりなおすことだけだった。実家を出て、家族と離れ、それまでの生活と別れ、アトランタへ引っ越した。ジェフリーと暮らしていた一軒家とは似ても似つかないアパートメントを購入した。ジェフリーが好みそうにない家具を買い、彼に驚かれそうな服を着た。仕事も、ジェフリーと一緒にいたころにはしたことのない職を選んだ。彼がいなくてもまわっていく生活を作った。

そして、ウィルに出会った。

ウィル。

彼の名前を思うと、いらだちがややおさまった。いますぐ会いたくて、思わず踵を返しそうになった。車に乗りこみ、来たときとは逆の道順でハイウェイを目指す自分が見えた。

サラのクローゼットには、タイトな赤いワンピースが吊してある。それを着て、足が痛くなるけれど、ウィルが見るたびに舌舐めずりするピンヒールを合わせる。髪にはブラシをかけ、ウィルの好みに合わせて、肩のまわりにおろす。濃いアイラインを引き、マスカラをたっぷりつける。ウィルにキスをしてほしいところすべてに香水をつける。そして、ウィルがドアから入ってきたらすぐに、取り返しがつかないほど深く愛していると告げる。いままでその言葉を彼に伝えたことはない。その時間がなかった。

時間。

急に思いがけない記憶があざやかによみがえってきて、サラはわれに返った。以前住んでいた家の暖炉の前に立っている自分。あのときなにを着ていたのだろうか？　思い出すのに時間はかからなかった。夫の葬儀で着たのと同じ黒いワンピースだ。母親に説得されて、その黒いワンピースを脱いでシャワーを浴び、ジェフリーの死のにおいがしない服を着たのは、葬儀から数日後のことだった。

そしていまだに、サラはたびたびあの暖炉の前に引き戻される。マントルピースの桜材の時計をじっと見つめるのをやめられない。その古くて美しい時計は、もともと祖母が結婚祝いに贈られたもので、サラが譲り受けた。手首に着けている腕時計もそうだ。祖母から二種類の時計を受け継いだのだが、それを特別なことと感じたことはない。ジェフリーの葬儀のあとの日々でなにより思い出されるのは、祖母の時計の歯車がカチカチと時を刻む音を聞きながら、ただ秒針の動きを見つめていたことだ。

あの桜材の時計は動かないようにした。腕時計は抽斗にしまった。ベッドサイドテーブルの時計のコンセントも抜いた——夫婦のベッドで眠ることができなくなっていた。ジェフリーの作業台にあった絶縁テープで、電子レンジやガスコンロやケーブルテレビのチューナーの時計をすべて覆った。もはや強迫観念になっていた。腕時計をした人間を家に入れなかった。時間の流れに関する言葉は禁句だった。ジェフリーのいない人生がつづくのだとサラに思い知らせるようなものは、なんであれ目に見えるところから排除された。

「ミセス・トリヴァー？」

サラはまた胸がどきりとするのを感じた。いつのまにか足が止まっていた。病院のロビーの真ん中で、雷に打たれたかのように立ちつくしていた。

「ミセス・トリヴァー？」男が繰り返した。初老の男で、ほとんど白くなった灰色の髪はもじゃもじゃだが、口ひげはきちんと手入れされている。

ネルの電話を受けたときと同じく、頭のなかで過去から情報を引き出すのに数秒かかった。ようやく思い出した。「グレイ署長」

グレイは温かな笑みを浮かべたが、その目のよそよそしさは、サラがよく知っているものだった。〝未亡人の視線〟だ――夫と死別した女の視線ではなく、その女に向けられる視線。連れ合いを亡くした相手にどんな言葉をかければよいのかとまどっているのがよくわかるが、不幸が起きたのが自分でなくてよかったと内心ほっとしているからとまどうのだ。

グレイが手を差し出した。「ロニーと呼んでくれ」

「わたしのこともサラで」サラはグレイの手を握った。持ち主と同様に、がっしりとして頼りがいがある手だった。ロニー・グレイは昔ながらの警官で、死ぬまで仕事をやめることができないタイプだ。退職しても、コンサルタントとして州のあちこちを飛びまわり、さまざまな法執行機関に助言を与えている。彼と最後に会ったのは、ジェフリーの葬儀だった。とにかく、サラが覚えているかぎりではそうだ。葬儀のあいだは強い薬を飲んでいたので、あとで母親と妹に植えつけられた記憶しか残っていない。

サラは言った。「いまはメイコンの署長さんだったんですね、存じあげませんでした」

「コンサルタントの仕事は思ったより退屈でね。慈悲深い独裁者でいたころがなつかしくなったんだよ」グレイは冗談めかして笑ったが、本人もサラも、それがまんざら嘘でもないことを知っている。見た目は好々爺だが、無駄なアドバイスをするロニー・グレイなど、サラには想像もできなかった。

「あなたがいらして、メイコンは幸運ですね」

「まあ、投票にかけられなくてよかったと思っているよ」グレイはサラの手をちらりと見た。再婚しているかどうかを知りたいのだろう。「いまアトランタに住んでいるそうだね」

「はい」サラは、言うまでもないことをあえて言った。「よくないことが起きたときばかりお目にかかりますね」

「そうだな」グレイはサラの率直さをありがたく思ったようだった。「ロングはひとまず安定したそうだ。医師がよくやってくれている」

ぎこちない雰囲気がなくなり、サラは気が楽になった。「なぜＭＣＧに連れていかなかったのか、差し支えなければ教えていただけますか？」中部ジョージア医療センター（ＭＣＧ）は、レベル１の外傷センターで、メイコン総合病院より銃創の治療に適した設備がととのっている。

グレイ署長は関係のないことを答えた。「申し訳ない。ミセス・トリヴァーと呼びかけてしまったね。きみは医師だったな」

「ええ」はぐらかされた理由は推測するしかない。どうやら救急隊は一分どころか一秒を惜しんだらしい。ジャレドの傷はとにかく急いで最寄りのＥＲに搬入しなければならないほどひどかったのだ。

「ご主人の息子にこんなことをしたやつはかならず捕まえるから、心を強く持ってくれ」

警察はいつも犯罪者を捕まえているじゃないかと言わんばかりに、グレイは重々しい顔でうなずいた。ある種の人々にとって、ものごとは単純なまでに白と黒に二分される。彼らは、報復すれば踏ん切りがつくと考えているが、実のところかえって悲しみがわだかまるだけだ。

グレイがつづけた。「ジェフリーがいなくて残念に思うことばかりだ。今回の件でも頼りになっただろうに」

サラは、すでに答えがわかっていることを尋ねた。「州に協力を要請したんですか？」

「助けは何人いても邪魔になるものではないからね」

社交辞令ではない。ロニー・グレイは、ジェフリーと同じ種類の署長だ。栄誉は求めない。ただひたすら犯罪者を捕まえたい、善良な市民に夜は自宅でくつろいでほしいという願いがあるだけだ。

サラは言った。「あなたなら、どうしてこんなことが起きたのか解明してくださると信じています」

「わたしもだよ、ドクター・トリヴァー。約束する」その慣れた口調は、おそらく署長の顔をしなければならないときに採用するものだろう。「ロングはいい若者だ。彼があと五十人ほしいくらいだよ。アダムズ刑事がうちのチームにくわわってくれたこともありがたい。ふたりともすぐに復帰できるさ。知ってのとおり、われわれは署員を大事にしているからね」

サラは適切な言葉を探したが、ロニー・グレイはとくに返事を待っていないようだった。サラと同様、疲れて見えた。同じ状況に置かれたジェフリーを何度も見たことがある。のしかかる重圧で背中が丸まっていた。顔も引きつっていた。警察官も職業のひとつではあるものの、天職だと感じられる人間でなければ、署長になるまで長く勤めることはできない。

　サラは署員たちを見やるグレイの視線をたどった。五年前と類似した点を数えあげたくなるのをこらえた。署員たちの腕に貼られている、輸血のあとの絆創膏（ばんそうこう）。所在なげに発泡スチロールのコーヒーカップの縁をちぎっている様子。だれかが現れるたびに期待で輝く目。

　ロニー・グレイが言った。「最近、うちの息子が亡くなった」

　サラは、彼に息子がいたことを知らなかった。「ご愁傷さまです」

「ありがとう」グレイの声にはあきらめがこもっていた。「踏ん切りなどつかないことは、きみもよく知っているだろう」

　サラはまたうなずいた。喉にこみあげた塊を呑みくだすことができなかった。「では、失礼します」

「送っていこう」

「いえ」サラはほとんどさえぎるように言った。「ありがとうございます、大丈夫です。みなさんのそばにいてあげてください」

　彼は見るからに安堵していた。「ロングの母親が来ているんだ。たしか、母親とアダムズ刑事は、あまりうまくいっていない。できればきみが……？」

　サラは不謹慎にも口元がほころぶのを感じた。グレイの口調は、いかにも警察幹部の妻に頼みごとをするときのものだ。警察や軍隊をはじめ、男は外の世界を征服しに行き、その一方で女は家庭を守ることを期待される男性優位の職業では、よくあることなのかもしれない。

「わたしの役目かどうかわかりませんけれど」

「アダムズはご主人のパートナーだっただろう」

「ええ」グレイは複雑な過去を知らないに違いない。サラは一呼吸置いてつけくわえた。「もう行きますね。ネルが待っているので」

「ありがとう」グレイはサラの手を握った。「いいかい、わたしにできることがあれば、なんでも言ってくれ」

サラはもう一度うなずくのがやっとだったが、グレイにはそれで充分だったようだ。彼はサラの肘に軽く触れてから立ち去った。サラは、彼が部下の刑事に近づくのを見ていた。それまで気を抜いていた刑事が、たちまち背筋をのばした。彼は、相手が殉職警官の妻だと知ったとたんに見せるあの大げさな敬意をこめて、サラに会釈した。

サラも会釈を返しながら、同情が慰めになるのは最初だけで、そのうち息苦しくなるものだと思った。悲劇の主役にはなりたくない。いつも三室おきに病室の前に警官が立っているグレイディ病院で、サラは自分に押された烙印（らくいん）にあらがってきた。奇妙なことに、ウイルとつきあいはじめてから、悲劇のステージからおりることを許された。

それなのに、また祭りあげられるのはごめんだ。

サラは、床の緑色の線をたどって歩いた。その線は、エレベーターまでの順路を示しているはずだし、青い記号のとおりに進めばＩＣＵがあるはずだ。患者は支払い能力のある顧客ばかりだと世間に知らしめる明るい照明や感じのいい絵画も含め、私立病院がどこも似ていることは心強い。

サラはエレベーターの扉の脇のボタンを押した。数時間前にアトランタで同じことをしたのが信じられなかった。グレイディとメイコン総合病院をくらべると、建物の外見だけでなく、中身も違う。ここにあるものはなにもかも清潔で新しくて、患者たちにふさわしい。おそらく裕福な妊婦用の個室や簡単な結腸内視鏡手術やベビーブーム世代の膝の治療が、病院の資金源だ。壁の塗料ははがれていない。水漏れのするパイプの下にうまく配置されたバケツもない。警官が常駐する区域も、服役囚や精神疾患のある犯罪者を一時的に収容するエリアもない。

正直なところ、サラはグレイディのほうが好みだ。

エレベーターの扉が小さくきしみながらあいた。サラは乗りこんだ。ほかにだれも乗っていなかった。扉がしまった。青い記号の隣にあるボタンを押した。五階までのぼるあいだ、階数表示が点灯しては消えた。数字が点灯するたびに、サラは頭のなかで何度も繰り返している言葉が口から出そうになるのを呑みこんだ。*こんなところにいたくない、こんなところにいたくない、こんなところにいたくない。*

ジェフリーが死ぬ前から、サラはレナ・アダムズを嫌っていた。レナは危険の種だった。思いあがっていた。いいかげんだった。ジェフリーは、レナが強情だとしょっちゅう愚痴をこぼしていたが、サラは夫の考え方をよく知っていた。ジェフリーとレナは性的に惹かれ合ってはいなかった――サラはときどき、それくらい単純な話だったらよかったのにと思っていた。ジェフリーにとって放っておけない問題児、それがレナだった。寛容な兄であるジェフリーに対し、破壊をもたらす妹であるレナ。ジェフリーはレナの強さを愛した。闘志を愛した。どんなにこっぴどく打ちのめされても、かならずまた立ちあがるレナを愛した。

レナが自力で立ちなおることができなくても、ジェフリーはいつもそばにいて手をさしのべた。だれかが尻拭いしてくれるとわかっていれば、簡単にリスクを冒すことができる。まさに五年前がそうだった。レナはあのときも勝手に行動し、無鉄砲にもひとりで凶悪犯グループを追った。手に負えなくなるほど危険な事態になってはじめて、それまでに何度も繰り返したとおりジェフリーを頼った。だが、このときは、この最後の一度だけは、犯人グループが引きさがらなかった。このとき彼らは、レナに思い知らせるのではなく、ジェフリーを殺した。

きっと、今度はジャレドに同じ役割が与えられたのだ。白バイ隊の警官が複数犯に自宅へ押し入られたことなどない。レナがまたたちの悪い連中を怒らせ、彼らも前回のたちの悪い連中と同様に、レナを罰するために彼女がもっとも愛するものを奪うことにしたのだと、サラは全財産を賭けてもいいほど確信していた。レナ・アダムズには、なにかをほんとうに愛することなどできないのに。

エレベーターの扉があいた。やはりどこもかしこも真っ白だ。照明も明るい。サラはなにも考えず矢印に従ってＩＣＵの待合室へ向かった。途中、青とオレンジ色の野球帽をかぶった長身の男が正面から歩いてきた。男のほうはサラに気づかなかったが、サラはすぐさまジェリー・ロングだとわかった。ネルの夫、ジェフリーの幼なじみだ。子どものころ、違法の花火遊びで事故にあった彼はポッサムという愛称で呼ばれている。ヘテロ男性特有の奇妙な流儀でジェフリーを崇拝していた。ジェフリーがクオーターバックで、ポッサムはワイドレシーバーだった。そして、ジェフリーの元ガールフレンドと結婚した。ジェフリーの息子を育てた。

サラは歩きつづけた。うつむいていたので、ジェリーとすれちがっても気づかれなかった。

医師としてのサラの毎日は、次になにが起きるかをつねに予測し、三歩も四歩も先を見越すことで成り立っているが、なぜか今日一日は細切れで進んだ。目の前のありふれた作業だけに集中するようにしていたからだろうか。さあ、グレイディを出なさい。次はインターステートを走って。今度は出口でおりて。車を駐めて。病院に入って。

ポッサムを見かけて、少しだけこの先のことが垣間見えた。ネルとポッサムはジェフリーの思い出話をしたがるだろう。いたずらや悪ふざけや尻軽な女たちや怒った夫たちの昔話を。そしてサラは、ジェフリーの人生が止まった瞬間に自分の人生も止まったかのように、じっと座って聞いていなければならない。

たしかに、あのとき人生は止まった。すべてが停止した。けれど、ついにふたたび人生が動きはじめ、サラは自分のために新しい生活を築いた——ネルとポッサムにはわからない生活を。

その罪悪感は、ハゲタカが隙あらばサラを貪ろうと肩にとまっているかのようだった。かろうじて両足を交互に前に出し、通路を歩きつづけた。ＩＣＵの閉まった両開きのドアの外が小さな待合室になっていた。待っているのは、灰色のなかに茶色が交じった髪の年配の女だけだった。

「サラ」ネルが言った。窓辺のふたり掛けの椅子に座っている。

ふたりの年の差はたった五歳だが、ネルは善良な田舎の女らしい年の取り方をしていた——髪を染めず、化粧もせず、シミや皺取りのレーザー治療もしていない。むしろ年相応に見えたが、アトランタではそういう女に会うことはめったにない。

「立ちあがらないで」サラは屈んでネルを抱きしめた。ネルは以前からがっしりして丈夫そうな体格をしているが、今日は脆そうな感じがした。途方に暮れて縮んでしまったようだ。

それでも、サラは言った。「あなたは少しも変わらない」

ネルが笑い声をあげた。「もう、嘘はやめてよ。アラバマにも鏡くらいあるんだから」

サラが隣に座れるように雑誌をのけた。そして、めずらしいことにサラの手を取った。ネルは親愛の情をあまり表さない。おしゃべりで、ときにぶしつけに思われることもあるが、信じられないほど優しい――何年も会っていなくても、真夜中だろうが電話をかければ、なにをおいても飛んできてくれるような。

いまこそサラもそんな女にならなければならない。

ネルの手を強く握った。「今回のことはほんとうに大変だったわね」

「面倒をかけてごめん。でも、どうしても……」

「かけてくれてよかった」このとき、サラは心からそう言った。のうのうとアトランタにいられるわけがない。ここが自分のいるべき場所だ。「わたしにできることはある？」

ネルは重苦しいため息をついた。「待つしかないわ。医者はなにも教えてくれないの。明けても暮れても様子を見ましょうとしか言わない。それってどういう意味？」

医師にも先が見えないという意味だ。あとはジャレド次第。それでも、サラはネルに言った。「ジャレドは若いし体力があるし、ただ体はまだしばらくがんばらなければならないということよ」

「そうだといいんだけど」ネルはサラの手を放した。編み物をデニムのバッグにしまった。「あの女は、あなたの言うとおりだったわ、サラ。最初はジェフリーで、今度はこれ。あの女はほんとうに害悪でしかない」

サラはまた喉が詰まるのを感じた。「いまはジャレドのことだけを考えましょう」

ネルはかぶりを振った。「あの女が病室に居座ってるの。ガーゴイルみたいに、隅っこに座ってる」唇が細く白い線になった。「あの女の姿を目にするのも耐えられない。顔に唾を吐きかけてやりたくなるのを全力で我慢してるの」

サラは思わずうなずきそうになったのをこらえた。たがいに憎しみを補い合っても、いいことはなにもない。「主治医はなんていう人?」

「シャマーズ。シャーマン。覚えてない。外国風の名前だった」

「この病院の先生? それとも中部ジョージアから呼ばれた先生?」

「わからない。名刺をもらったんだった」ネルはバッグを取り、名刺を捜した。「ここがいい病院なのかどうかも知らないの」

「いい病院よ」サラはそう答えたものの、中部ジョージアから実力のある医師が呼ばれていることを願った。「手術はいつ終わったの?」

ネルは腕時計を見た。「二時間くらい前」

「先生から詳しい話はあった?」

「それよ、サラ、あたしは医者の言葉がわからない。あの子はショットガンで撃たれたの。散弾を体中に浴びたのよ。頭も首も背中も」

「弾は頭蓋骨を貫通した？」

「脳が腫れてるから、モニターでチェックしてる。弾が脳に達したってことでしょ」ネルはサラの顔を見た。「頭のなかの圧力を抜かなければならないかもしれないって言ってた。それって大変なこと？」

「頭蓋骨の容量は決まっているでしょう。脳が腫れたら、圧力を抜かなければならないの」

「頭蓋骨のてっぺんを切るとか？」

「あなたの想像とは少し違うかもしれない。とても精密な外科手術なの」ネルの肩に頭をのせた。「手術のことはまだ考えないで、ね？」ネルが渋々という体でうなずいた。「脊髄はどうだって？」

「障害が残るのかどうかってこと？」ネルはぎくしゃくと肩をすくめた。「医者はあの子をずっと眠らせてるの。そのほうがいいんだって。でもあたしはあの子のことをよくわかってる。鎮痛剤をどっさり点滴されるなんて、いやがってるはずよ」

息子がどれほどの痛みに耐えているのか、ネルにはわからないだろう。「ジャレドは意識を失う前になにか言っていたの？」

「グレイ署長が言うには、ここへ運ばれてきたときにはもう意識がなかったそうよ。知ってる人？」

「グレイ署長？」サラはうなずいた。「ジェフリーは、わたしと知り合う前にグレイ署長とある事件の捜査を担当したことがあるの。信頼していた。ほかの人たちもみんな。グレイ署長はジョージアのあちこちで仕事をして、いろいろ表彰されてる」

ネルはそれがどうしたと言いたそうだった。「表彰されてもねえ。ジャレドが撃たれるのを止めることはできなかったんだから」バッグからごそごそとものを取り出した。ヘアブラシ。携帯用の聖書。バーツビーズのリップバーム。「ああもう、名刺はどこに行ったのかしら」

サラは質問した。「最近のジャレドはどんな様子だった？」

「健康そのものよ」

「ううん、体のことじゃなくて」サラはどう切り出すか迷ったが、単刀直入に尋ねることにした。「最近、仕事で悩んでいることはなかった？　あるいは、レナがなにかしでかしたとか？」

「ふん、あの子はあの女の悪口を絶対に言わないのよ――あのリトル・ミス・パーフェクトのね」ネルはブリスター包装のガムを取り出し、サラに一個差し出した。

サラはかぶりを振った。「最後にジャレドと話したのはいつ？」

「毎週日曜日と水曜日、教会から帰ってきたら電話をくれるの。ああ、あの子は行かないわ。あの女と出会ってから、教会へ通うのをやめてしまったの」

今日は木曜日だ。「ということは、ゆうべジャレドと話した？」

「九時ごろね。友達とバーにいるって。これってどういうこと？」ネルは答えを求めていなかった。「なにかがおかしい、そういうことでしょ。水曜日の夜なんて、普通は奥さんと家にいるものよ。男友達と酒なんか飲んでないで」

サラは、それについては意見を返さなかった。ジャレドは一人前の男だ。結婚していようがいまいが、夜出かける権利がある。「電話でなにか気になることを言っていなかった？」

「いいえ、いつもどおりだった。〝仕事は順調。レナは最高。父さんによろしく〟そういう他愛（たわい）ない話ばかり」ネルは思い出して鼻を鳴らした。「あの子たち、結婚式も教会で挙げなかったのよ。市庁舎で契約書にサインするみたいな式だった。あの女のおじって人に会ったことある？」サラはまたうなずいた。「あっちの親族はその男だけだった。それで大事なことは全部わかるでしょ。友達も来なかった。職場の同僚も来なかった。道端で小銭をせがんでいやがられてるような、しなびたビーフジャーキーみたいな男が来ただけ」むき出しの腕を指す。「両腕に注射針の跡がたくさんあった。隠そうともしないんだからね。昔のものか最近のものかはわからないけど」

やっとのことで這いあがってきた底なし穴がちらりと見えたような気がして、サラは唇を引き結んだ。「ネル、そんなふうに興奮するのはよくないわ」

ネルはまだつづけたいようだったが、結局はこう言った。「あなたの言うとおりね。あの女の話をしていたら、最後には病室に入って殺してやらなきゃ気がすまなくなりそう」

ネルはまたバッグのなかを見おろし、医師の名刺を捜した。「パジャマがいるわ。あんなガウンでうろうろするのはいやでしょうからね」

「あとで買ってきましょう」無駄だとわかっていたが、サラは言った。

「あの子の家を見たいの。写真しか見たことがないから。どう思う？　車でたった四時間しか離れてないのに、あの女はクリスマスにもほかの祝日にもあたしを招いてくれたことがないのよ」

レナの味方をするわけではないが、ネルもかなり意地を張っているのではないかと、サラは思った。「鑑識がまだいるかもしれないわ」

「鑑識」ネルはその言葉を頭に染みこませた。「あたしはあの子の家に行きたいの。なにがあったのか、この目で見たい」

「それはやめておいたほうがいい。警察は、捜査が終わるまで現場をそのままにしておくの。ジャレドの家もゆうべのまま残ってるはずよ」

それを聞いて、ネルは衝撃を受けたようだ。だが、すぐに立ちなおり、小さなメモ帳とペンをバッグから出した。「ポッサムに一ドルショップへ行ってもらわなくちゃ。病院の出口のすぐそばに店があった」ペンをカチリと鳴らし、メモを取りはじめた。「雑巾が山ほどいるわ。ライゾールのスプレー。ゴミ袋。ビニール手袋。それから――漂白剤は？」

サラはネルを説得しようとした。「そういう仕事をしてくれる会社があるのよ」

「あたしの大事な息子の家を赤の他人に掃除させるわけがないでしょう」ネルはぎょっとしている。「そんなばかげた話、聞いたことがないわ」

サラは賢明にも反論しなかった。

「なぜこんなことをするの？」ネルが言った。「あんなに優しい子はいないのに。だれのことも悪く言わない。いつもだれかに親切にしてる。それで見返りを求めたりしないし。どうしてなの、サラ？　なぜあの子が傷つけられるの？」

サラはかぶりを振ったが、レナの名前が舌の先まで出かかっていた。

「あの子は目にテープを貼られている。体のあちこちに管がつながってる。脇腹には四目並べみたいなプラスチックの箱をくっつけられてるし」

「たぶん胸腔ドレーンね。肺が広がるようにして、治癒を促すの」

「そうなんだ。だれもそんなこと教えてくれなかったわ。どうもありがとう」

そうだろうか。サラは以前にも、ネルの目がどんよりしているのを見たことがある。精神的に打撃を受けているときは、医師の話を理解することが難しいものだし、ましてや的を射た質問などできない。

サラは、受け持ちの患者の家族に何度も言ってきたことをネルにも言った。「疑問が浮かんだら、片っ端からメモしておいて。わたしに答えられないものだったら、答えられる人を探しましょう。いい？」

「わかったわ。どうしていままで思いつかなかったんだろう。あたし、ほんとうに……」ネルはまだとまどっていた。「あたし、あんなふうになったあの子を見て――」言葉はしわがれた嗚咽にさえぎられた。買い物リストを書いていたことなど忘れた様子で、メモ帳とペンを膝に置いた。頬を涙が伝い落ちた。夫に戻ってきてほしいのだろうかと、サラは思った。いや、むしろいますぐ息子がドアをあけて出てきてくれないかと願っているのかもしれない。

サラはふたたびネルの手を取ったが、顔を見ることはできなかった。ネルの痛みがわがことのように感じられた。死に迫られている人間をほとんど毎日のように目の当たりにしていても、ネルとジャレドのこととなるとわけが違う。第三者の視点はとうに失っている。

「ああ、泣いても無駄よね」ネルの口調には自分に対する非難がこもっていた。「泣いてもなんの役にも立たない」バッグからポケットティッシュを取り出して目元を拭いた。

「デリアにまだ知らせてないの」ジャレドの妹で、ネルの末っ子だ。「湾岸で働いてる。獣医なのよ。知ってた？」サラはうなずいた。「油にまみれたウミガメをきれいにしてやってるの。あのへん一帯はいまだにタール坑みたいらしいわ」

「連絡しなくちゃ」

「なんて言えばいいの？〝あんたの兄さんが結婚した性悪女のせいで、兄さんが殺されかけたのよ〟って？」ネルは怒りをあらわにしてかぶりを振った。「あの子があの女とつきあってるのを知った瞬間に、よくないことが起きるとわかってた」

サラは黙っていた。

「あの子は丸一年もあたしに隠してたの。あたしが反対するってわかってたのよ。その理由もね」ネルはティッシュで鼻をかんだ。「あなたはあたしに注意してくれたわ、サラ。ジャレドにも。いまこそ〝そら見たことか〟って大声で言ってもいいのよ」

サラはなにも言わなかった。自分が正しかったからといって、うれしくもなんともない。

「ジャレドは耳を貸さなかった。ジェフリーはバッジを着けた瞬間から危険な仕事だと覚悟していたはずだって言い張るの。彼女のせいじゃない、彼女は修羅場でジェフリーを見捨てたりしていないって」ネルの唇は憎悪でゆがんでいた。「頭のどこかでは、あたしがあの女のことをあんなに悪く言わなければ、あの子もだれか新しい相手を見つけていたんじゃないかって思うの」

サラも同じような口論をさんざん経験していたので、ネルと声を合わせて台詞を暗唱できそうだった。ジェフリーが殺されたあと、サラもネルと同じように自分を責めさいなんだ。彼がレナとパートナーを組むのを止めればよかった。断固として反対すべきだった。レナと深く関わるのは危険が大きすぎる、危なっかしすぎると伝えるべきだった。けれど、ジェフリーは他人を救うことばかり考えていて、自分のことは二の次だった。

サラはネルに言った。「結果論で自分を責めてはだめよ」

「だめ?」ネルは待合室のなかを見まわした。「時間だけはいくらでもあるもの、自分のしでかした間違いをひとつ残らず思い出せるわ」

サラは無理やり話を変えた。「さっき、廊下でポッサムを見かけたの」

ネルはソファに力なくもたれかかった。しばらく黙りこくっていた。「あの人はポンコツよ。めそめそ泣いてばかり。あんなに泣いてるあの人を見たのは五年ぶりくらい。医者の話を聞こうともしない。ジャレドの部屋にも入ろうとしない。レナがいるからじゃないわ。あの人はレナとはうまくやってる。あの人なつっこさは、あなたも知ってるでしょ。木の切り株にだって、素敵な瘤(こぶ)だとかなんとか話しかけかねない人よ。でも、今回のことで――」手を振りまわし、病院全体を示した。「あの人は思い出しちゃったの。たぶん、あなたもだろうけど」

サラはネルの背後の壁にかかった花の絵を見やった。不意にウィルを思い出した。彼と一緒にソファに寝そべっている自分。テレビを観ているふたり。自分の体にまわされた彼の腕。まわりで寝ているふたりの飼い犬たち。

ネルが言った。「あの夜、みんなで病院に行ったでしょう」どの夜のことか、言うまでもない。「病院まで一度も止まらずに車を走らせた。病院に行っても、なんにもならないのに。もう手立てがなかったのに。できることがあれば、とっくにやってたわ」

サラは、ウィルの映像が遠のいていくのを感じた。ハゲタカが罪悪感とともに戻ってきて、サラの肩に鉤爪を食いこませた。

ネルがつづけた。「あたしたちが連絡を取らなくなったのは理由がある。つらすぎるからよ、そうでしょう？　それなのに、あたしはあなたにまた同じつらさを味わわせてしまった。ごめんなさい、サラ。でも、ほかにだれを頼ればいいのかわからなかった」

サラはうなずいた。「ジェフリーもわたしがここにいることを望んでいるはずよ」そう言うのが精一杯だった。

「ジェフリーにもっと早くジャレドのことを話せばよかった。息子と知り合う時間をあげるべきだった」

「なぜあなたが黙っていたのか、ジェフリーはわかってた」半分は嘘だけれど、とサラは思った。ジェフリーは生前、ジャレドとなんとか関係を築く手段を考えていた。微妙な問題ではあった。ネルが許してくれないかもしれないし、よその男が割りこんでいってジャレドの父親面をしては、ポッサムが気の毒だ。

ネルが尋ねた。「あたしたちがはじめて会ったときのことを覚えてる？」

もう百年も前のことのように感じたが、サラは答えた。「ええ」

「あんな辺鄙(へんぴ)など田舎に連れていかれて、ジェフリーはいかれてるって思ったでしょう」

サラはほほえんだ。アラバマ州シラコーガはたしかに田舎町そのものだが、ジェフリーが家族や大切な人々に会わせようとしてくれたことはとてもうれしかった。「わたしたち、あなたのガーデンパーティに押しかけたのよね」

「あなたは、ストリッパーだと言ったわ」

サラは笑った。そのことはすっかり忘れていた。そんなことを言ったのは、ネルにあなたはスチュワーデスかストリッパーだろうと訊かれたからだ。だれもがそんなふうに思いこんでいたのだ――ジェフリーはそういう男で、彼がつきあうのはそういう女だと。だが、彼はそういう男ではなかった。

「だけど」ネルが言った。「あたしたち、過去をほじくり返すまでもなく、充分哀れよね。あなたがいまでも毎日悲しみと闘ってるのは知ってる」ふたたびサラの手を取ったが、今度は結婚指輪がはまっていた指をなでた。「指輪をはずしたのね。それでいいのよ。必要なだけ時間が過ぎれば、進むべき道が見つかるわ」

サラはまた目をそらしたいのを我慢してうなずいた。

五年。

五年間、夫の死を悲しんだ。五年間、ひとりでいた。長く孤独な五年間、鈍い痛みが消えるのを待って待って待ちつづけた。

「サラ？」

いつのまにか、ネルになにか訊かれていたらしい。「なに？」

「ジャレドの様子を見るかって訊いたの。レナのいる部屋には入りたくないだろうけど、お医者さんのあなたはなにかわかるだろうし、ここの医者が教えてくれなかったことに気づくかもしれない」

断る理由を思いつかなかった。結局、そのために自分はここに来たのだ。ネルを助けるために。ジャレドを助けるために。病院のベッドに横たわっている夫の息子のそばで、夫の代理を務めるために。グレイ署長すら、サラが役割を果たしに来たのだと考えていた。だったら、そうしよう。

サラはソファから立ちあがり、小さな待合室を出た。病院のスクラブを着たままだった。ICUのドアを押しあけ、廊下を歩いていっても、看護師はサラに目もくれなかった。デスクの奥のボードにジャレドの病室の番号が書いてあったが、警官が立っているので、番号を見なくてもわかった。警官はナースステーションから数メートル離れた場所で、ホルスターに腕をかけていた。ジャレドの病室と通路を隔てる壁はガラスだった。カーテンが半分だけ閉まっていた。ドアはあいている。

警官がサラに会釈した。「お疲れさまです」

サラは返事をせず、職員のふりをして病室の入口に立った。

天井の照明は消えていた。機器のランプの薄明かりで、室内が見渡せた。ジャレドの顔は腫れていた。身動きひとつしない。カルテを見るまでもなかった。室内の機器を見れば、容態がわかる。虚脱した肺から空気を抜く吸引器につながったドレーンチューブ。人工呼吸器。抗菌薬やそのほかの輸液を点滴するポンプ三個。胃を空に保つための吸引器につながったNGチューブ。パルスオキシメーター。血圧モニター。心電図モニター。導尿カテーテル。術後ドレーン。壁際の緊急カートで除細動器が待機している。

ジャレドは当分のあいだ意識を取り戻すことはないと考えられているのだ。

サラはしかたないとあきらめ、気力を振り絞ってベッドのむこうの隅に目をやった。

レナは眠っていた。いや、目を閉じていた。大きな椅子の上で丸くなっていた。胸に両膝を抱えている。服は証拠品として警察に持っていかれたらしく、病院のスクラブを着ていた。

以前とまったく変わっていないように見えた。左目の下に、弓形の黄色い痣がある。鼻梁の一直線の切り傷は、かさぶたになりかけている。どちらも驚くようなものではない。サラの覚えているかぎり、過酷な毎日で負った明らかな痣や傷跡がレナの顔になかったことはない。唯一、変わったのは髪だ。最後に会ったときより長くなっている。あれは葬儀のときだっただろうか？　思い出せない。リントン家の者はみな、レナの名前を口にするのも耐えられないほどだ。

サラは深呼吸し、病室に入った。

いろいろな意味で、レナに会うよりジャレドに会うほうがつらかった。ジャレドはジェフリーにそっくりだ――濃い褐色の髪、肌の色、繊細な睫毛。体格も父親に似ている。身ごなしがいかにもアスリートらしく美しいところも。深い声まで同じだ。

サラはジャレドの顔に触れた。自分を止められなかった。親指でひたいをなで、眉の弧をなぞった。豊かな髪は意外なほどやわらかいが、ジェフリーもそうだった。ジェフリーと同じ形にのびかけたひげの感触すら、サラには覚えがある。

レナはあいかわらず動かないが、目を覚ましていることがサラにはわかっていた――見られている。

ジャレドの顔からゆっくりと手を離した。ジャレドに触れ、傍目にもわかりやすいことを考え、わかりやすい連想をしていたからといって、恥じることはない。

レナが椅子の上で動いた。体を起こし、床に足をつけた。

サラはジャレドの手を取った。手のひらにまめができていた。ジェフリーの手のひらはいつもすべすべだった。爪も手入れが行き届き、短く嚙まれてはいなかった。甘皮もめくれてはいなかった。ときどき、サラがベッドサイドテーブルに置いていたオートミールの香りのハンドローションを、ジェフリーが使っているのを見たことがあった。

レナが椅子から立ちあがった。

サラの胸のなかで心臓が激しく打ちはじめた。理由はわからない。レナと同じ部屋にいるだけで緊張した。病室のすぐ外に警官がいるのに。レナに危害をくわえられるわけがないとわかっていても、危険を感じた。

だが、レナはいつものとおり無神経だった。ベッドのそばにやってきた。ジャレドには触れなかった。手をのばしてジャレドをなでもせず、彼が生きていることを確認して安心しようともしなかった。ジャレドではなく、自分を抱きしめた。両腕を自分のウエストにまわしていた。レナは以前から腹立たしいほど他人を寄せつけない。

「サラ――」レナがささやいた。ほとんどすすり泣きに聞こえた。レナは泣くのを恥だと思わないようだ。涙を最大限に利用する。シュッと音をたてて口から息を吸い、身を震わせた。片方の手はベッドの手すりを握りしめている。結婚指輪はイエローゴールドで、小さなダイヤモンドがついていた。台座に血がこびりついている。レナは、サラがなにか言うのを、気まずい雰囲気を変えるのを待っている。

言葉は勝手に浮かんできた。病院のベッドの脇で、何度となく患者の家族に与えてきた言葉だ。この人に触れても大丈夫よ。手を握ってあげて。話しかけてあげて。キスしてあげて。体から出ているチューブは気にしないで、隣に寝てあげて。ひとりじゃないって、ジャレドの無意識に語りかけてあげて。がんばっているあなたをそばで応援しているって。

だが、サラはどれも口にしなかった。血の味がするまで舌の先を噛んでいた。心臓はまだ激しく鼓動していた。不安は消え去った。あとに残ったのは、冷ややかな怒りだ。怒りが体中に広がり、その冷たい指が上体をつかみ、喉を引っかいているのを感じた。

「もうだめ――」レナの声が詰まった。サラは、五年前の自分の声を聞いているような気がした。このひとことだけで、あのときの気持ちがまたよみがえった。絶望。喪失の悲しみ。孤独。

「もうだめ――」レナが繰り返した。「わたしには無理。この人がいないと生きていけない」

サラはそっとジャレドの手を放した。上掛けの皺をのばし、端をジャレドの体の下に敷きこんだ。そして、レナを見た――まっすぐに目を見つめた。

「それはよかった」サラはレナに言った。「あなたもやっとどんな気持ちかわかったでしょう」

6

ウィルはメイコン総合病院の駐車場をトライアンフで一周し、サラのＢＭＷを見つけた。ばかげた行為だが、どうせ最近はばかなことばかりしているような気がした。サラは医師用駐車場ではなく、奥の木陰に車を駐めていた。不意に、バイクを降りてＢＭＷのボンネットに触れたくなったが、我慢した。サラがどれくらい前にここへ来たのか確かめたいだけだと自分に言い訳したが、心の奥では、彼女とのつながりがほしいのだとわかっていた。

そんな自分が情けなくていてもたってもいられず、ウィルはエンジンをふかし、不適切なスピードで職員用駐車場へ向かった。

幸い、ゴムの焼けるにおいをさせて駐車場を突っ走るのは、いかにもウィルが演じている人物のやりそうなことだった。潜入捜査を担当するのは、これがはじめてではない。自分は別人になりすますのが得意なのだと思うと、悪い気はしなかった。ジョージア州北部で幸せな隠居生活を送っている闘鶏の何羽かは、ウィルの演技力に太鼓判を押すだろう。闘鶏賭博のネットワークに潜入するのは現在の任務ほど危険ではなかったとはいえ、ＧＢ

Iの情報部が今回ウィルに与えたのは、もっとおもしろい役目だった。〈ホーム・デポ〉の外に労働者たちが並んでいた日のように、ウィルは自分が演じる人物、ビル・ブラックを介して、現実にはならなかった過去が垣間見えるような気がしていた。彼は前科者、法の網をかいくぐるすべを知っているたぐいの男だ。封印された非行記録があり、空軍を不名誉除隊になった。それどころか、成人後も三度、重罪容疑で逮捕されている――二件は複数の女性に対する暴行容疑で、あとの一件はショッピングモールの警備員をエスカレーターの最上段から突き落としたというものだ。

ビル・ブラックは、三件目で九十日間フルトン郡刑務所に入ることになった。模範囚として仮釈放されたあとも、保護監察官が彼を厳しく監視し、アマンダに様子を直接報告している。保護監察官は、メイコン総合病院にも何度か抜き打ちチェックで現れている。ビル・ブラックは恐ろしい男なのだ。警察は、彼には余罪があると見ている。ガソリンスタンドのピストル強盗。ケンタッキーの血なまぐさい事件。被害者が片方の目を失った暴行事件。ブラックは、事情通が〝関係者〟と呼ぶような男だ。

GBIは、二名の協力的な受刑者を見つけ、刑の軽減と引き換えにブラックに関する架空の逸話を広めさせた。べつの受刑者は、ウィルに刑務所で流れているあらゆる噂を教えた。看守たちがブラックの恐ろしい噂はほんとうだと認めたが、それらの噂は『暴力脱獄』と『ザ・ソプラノズ』のマッシュアップのようだった。また、ブラックの名前と受刑者番号を書いたプラカードを持ち、仏頂面で撮った写真もあった。稚拙なプリズンタトゥーがどこにもないことは別として、細かく突っこまれれば、偽の身の上話に穴を見つけられていたかもしれない。

もちろん、穴はかならず見つかるものだが、ウィルはもっとも大きな穴についてはアマンダに伏せておくつもりだ。ビル・ブラックという名前は、アマンダが銀の大皿にのせるように得意げに提案したものだったが、ウィルの脳味噌はその名前がサルヴァドール・ダリの絵のタイトルに向いているように感じた。

「ビルはウィルと韻を踏んでいるでしょう」アマンダは、ウィルが暗記しなければならない資料一式を差し出しながら言った。「そして、ブラックはもちろん色の名前よね」

ウィルはアマンダの様子から、ここは感謝すべき場面なのだろうと考えた。だが、正直なところ、アマンダはレオタードを着て創作ダンスをしているも同然だった。

ウィルは読み書き障害（ディスレクシア）だが、アマンダがその事実を持ち出すのは、抽斗にもっと鋭いナイフが見つからないときだけだ。ウィルも自分の障害について率直に話をしたいとは思わないが——インターネットはそのためにある——アマンダが少し調べてくれれば、ディスレクシアとは文字を読めない障害ではなく、言語処理機能の障害だということがわかるはずだ。だから、ウィルは韻を踏んでいる言葉を聞いてもわからないし、ブラックの頭文字が人名を示す大文字で書かれているのに、どうして色を指すのか理解できない。

それでも、ウィルはアマンダのオフィスに座り、なるほどという顔をしてビル・ブラックの資料をめくった。

「よくできてるんじゃないですか」ウィルはアマンダに言った。

アマンダは怪しむような顔をした。「難しい言葉を読んであげてもいいわよ」

ウィルは資料を閉じ、オフィスを出た。

文字が読めないわけではない――知的な障害はないのだから――とにかく時間がかかるし、多大な忍耐力が必要だ。長年のあいだに、流暢に読み書きができるふりをするコツはいくつか覚えた。文字列の下に定規を添えると、文字が飛び跳ねるのを防ぐことができる。報告書やメールを書くときは、パソコンの音声入力を使う。学校では、読みの能力は二年生程度と言われていた。もっとも、教師たちに正式な診断ができるわけもなく、たんに頭が悪いのだと決めつけられた。自分の抱えているものがディスレクシアという障害らしいとようやく知ったのは大学生のときだったが、ときすでに遅く、だれにも気づかれないよう祈るよりほかにできることはなかった。

いままでのところ、気づいたのはほんの数名だ。アマンダは、ウィルのディスレクシアを攻撃の道具として武器庫にしまいこんでうれしそうにしている。フェイスには、はじめてふたりで担当した事件の捜査中に気づかれた。文字を読まなければならない事態が生じるたびに、フェイスが母親のように世話を焼こうとするので、ウィルは木材粉砕機に頭を突っこみたくなる。

もちろん、サラも知っている。サラはすぐに見抜いた。医師だから障害のしるしに気づきやすいのかもしれないと、ウィルは思っている。不思議なことに、サラは知る前とあとでまったく変わらなかった。髪の色や足のサイズと同様に、ディスレクシアをウィルの一部分と思っている。

ウィルを普通だと思っている。

そろそろエンジンをふかすのをやめなければ、窓の外に目をやったサラに、駐車場を走っているのを見つかってしまう。

この十日間、サラに事実を隠していたのに、いまは同じ街どころか同じ病院にいて、基本的には同じ人々を相手にしているとは、なんという皮肉だろうと、ウィルは思った。サラがアトランタへ帰ってくれるならなんでもするのだが。アトランタでは嘘がばれにくい。メイコンでは、いつなんどき角を曲がったりドアをあけたりしたとたんに、サラに出くわして問いつめられてもおかしくない。

通用口のそばのいつもの場所にバイクを入れた。アトランタからずっと雨がついてきて、ウィルの顔に細い針を降らせていた。ヘルメットはフルフェイスではなく、法で定められた最小限の範囲だけを覆うタイプだ。ビーニーキャップに近い。インターステートで大型トラックに迫られるたびに、死ぬ直前にはアスファルトに自分の脳が散らばるのが見えるのだろうか、それとも死は瞬間的なものだろうかと、ウィルは考えた。
そんなことを考えるのはいまにはじまったことではない。二十代のころは、バイクのほうが安いし、ガソリン代が高かったので、カワサキに乗っていた。正直なところ、振動する大きな機械にまたがっている感覚は、デートの経験が少ない若者には心地いいものだったと言ってもいい。だが、十年もたつと、事情は変わってかなり気の滅入ることになっていた。背中が痛む。両手も痛む。肩も悲鳴をあげている。体のほかの部分も等しく不機嫌だ。ウィルは両脚を揺すってからバイクを降りた。ヘルメットのバックルをはずし、頭からむしり取った。

「おはよう、バド」看護師が声をかけてきた。

ウィルは目をあげた。看護師は建物の壁に寄りかかって煙草を吸っていた。ウィルはビル・ブラックの名前を耳にするたびにアマンダとの話を思い出すのがいやだったので、新しく出会った人々にはバディと呼んでくれと自己紹介していた。だが、病院の職員たちがバドと省略するようになるとは、意外な展開だった。

看護師が尋ねた。「運転は楽しかった？」

ウィルはうなった。いつものビル・ブラックらしい反応だ。

「そう、よかった」看護師はにっこり笑った。脱色した金髪はそよ風になびきもしない。サイズのきついピンク色のスクラブは、ジャンプするイルカの柄だ。「ゆうべ警官がふたり襲われたって話、聞いた？」

「聞いた」ウィルは頭からバンダナをはずし、土埃にまみれた顔を拭った。

「片方はＩＣＵに入ってる。意識を取り戻すことはないかもね」看護師は舌の先にくっついたなにかをつまんだ。「病院中をおまわりがうろついてる」

ウィルはまたうなった。尻ポケットにバンダナを突っこんだ。

看護師は長々と煙を吐き出した。「トニーのうちに警察が来たんだって。どっかのばかがトニーの車を盗んで、襲撃に使ったらしいの。信じられる？」

ウィルは看護師をじっと見つめ、彼女がたんに驚きを表現しているだけなのかどうか見極めようとした。そして、いまの質問は無視するのが無難だろうと判断した。「遅刻しそうなんだ」

ヘルメットを脇に抱えてドアへ向かった。看護師は最後の一口を吸った。ウィルの愛想のなさに気を悪くした様子はない。ビル・ブラックの所属する社会集団の女たちはたいていそうだ。男とは無口で、うめくかにらみつけるか体をかくか唾を吐くものだと思っている。おむつがはずれる前から用を足したあとは便器の蓋を閉めるようにしつけられたウィルにとって、月に引っ越してきたようなものだ。

いや、見ようによってはユートピアとも言える。

「じゃあね」看護師が言った。ウィルがドアをあけると、彼女はウィンクした。ウィルはドアを押さえてやらなかった。この看護師のようなタイプはよく知っている。ウィルの人生の周縁にいつも立っていた。児童養護施設にもいた。路上にもいた。しばしばパトカーの後部座席に座っていることもある。選ぶ男を間違い、あらゆる判断を間違う。手ひどく扱われるほど、相手にしがみつく。

ウィルは以前から、自分がこのタイプの女たちの目には魅力的に映ることを知っていた。顔の傷跡のせいかもしれない。同類の放浪者たちにしか見えない、子ども時代の傷跡のせいかもしれない。どちらにせよ、彼女たちはウィルを傷物あるいは危険物、もしくはその両方だと思うから惹かれるのだ。ウィルはずっとそういう女たちを避けてきた。絶望した女たちの興味を引きつけておくには、ある種の男になるだけでいい。ウィルはそういう男になりたくなかった。

「ねえ」看護師が声をあげた。開いたドアの脇で、片方の手を腰に当てて立っている。「ちなみに、あたしカイラっていうんだけど」

ウィルはまじまじと彼女を見た。いま自分が立っている職員用ロッカールームのドアから、彼女までの距離は十メートル足らずだ。スクラブのグレーのイルカ模様が、干からびた精液に見えた。

看護師は媚びた笑みを浮かべた。「Cからはじまるカイラよ」

ウィルは、またうなってても聞こえないだろうと思った。気の利いた台詞のつもりで言ってみた。「書いてみろって言ってるのか？」

「そうよ」彼女の笑い声に、ウィルは体が縮んでいくような気がした。「今日は仕事が終わったらなにするの？」

ウィルは肩をすくめた。

「うちに来ない？　出所してから手作りの料理なんて食べてないでしょ？」

ビル・ブラックの過去はあっというまに広まったようだ。ウィルが病院で働くようになって二週間もたっていないのに、カイラはもうビル・ブラックが刑務所帰りだと知っている。

カイラはたたみかけた。「ねえ、いいでしょ？　七時ごろはどう？　チキンをこんがり揚げるの、あたしうまいのよ」

ウィルはためらった。カイラ・マーティンの名前は、逮捕歴を見て知っていた。四年前に飲酒運転で捕まっている。飲酒運転の罰金は高額だ。カイラにはあと千ドルの支払い義務が残っていて、払い終えるまでは職場の行き帰り以外にひとりで運転することが禁止されている。また、カイラは薬局に所属しているので、盗難がつづいている薬剤の保管場所に出入りすることができる。

カイラは足踏みした。「どうなのよ、バド。おいしいもの作ってあげるからさ」

どう答えるべきか考えているうちに、トニー・デルがロッカールームから出てきた。トニーはあわてた。キュッとスニーカーの音をさせて踵を返そうとし、自分の足につまずいた。

前科者でも警官でも——どちらだろうが同じこと。だれかが自分の前から逃げ出そうとすれば、捕まえるまでだ。ウィルはヘルメットを床に捨て、トニーの襟首をつかむと、顔をドアに叩きつけた。

「おい！」トニーが叫んだ。彼は小柄だ。ウィルのほうが三十センチは身長が高く、筋肉の量も二十キロは多い。トニーを持ちあげるのは、サラを抱きあげるのと同じくらい簡単だ。

ウィルは低いうなり声で言った。「なんてことに巻きこんでくれたんだ？」

「違うんだ——」トニーは弁解を試みた。ドアに顔を押しつけられていては、しゃべるのが難しいらしい。「頼むよ、バド！　おれはあんたと手を組みたかっただけだ！」

「おれはおまえの首根っこに縄をかけてやりたいね」

「バド！　ほんとうだ。おれは知らなかったんだ！」トニーのつま先はしきりにドアを蹴り、引っかかりを探している。「ほんとうだって！」

ウィルはトニーを放してやった。トニーは両足をドアにずるずるとすべらせて着地した。すぐには立ちなおれなかった。息があがり、ひたいには玉の汗をかいているが、それが興奮しているからなのか、怯えているからなのか、ウィルには測りかねた。どちらにせよ、トニーはいま、首を折られる心配がなくなり、手荒な扱いに立腹してみせた。「ちくしょう。あんた、どうかしてるんじゃないか？」

ウィルは問いただした。「あの仕事を持ってきたのはだれだ？」

トニーは左右に目を走らせ、廊下にだれもいないことを確認した。カイラの姿はなくなっていた。彼女のようなタイプは逃げどきを心得ている。

「くそっ」トニーはうなじをこすった。「いてえな、おい」

「だれなんだ？」ウィルはトニーの肩に人差し指を突きつけた。「早く言え、間抜け野郎」

トニーは手のひらでぴしゃりと肩を押さえた。「知らねえよ。バーで男ふたりに声をかけられて、金がほしくないかと訊かれたんだ」

「ゆうべ？」

「そうだ、仕事のあと」

「知ってるやつらか？」

「見かけたことはある」トニーは肩をさすりはじめた。「あんたも見たことあるはずだ。いつも奥の特別席にいる連中だよ」

〈ティプシーズ〉のＶＩＰ席のことだ。たしかに、ウィルもその店に行ったことがある。州立刑務所のシャワールーム並みに近づきたくない場所だ。「いくら払うと言われたんだ？」

トニーの目が泳いだ。

ウィルはトニーの胸に手を置き、ドアに押しつけた。たいして力は入れていないが、小柄なトニーを白状させるには充分な脅しになった。

「千五百ドル」

ウィルは拳を振りかざした。「この野郎――」

「あいつらが大丈夫だと言ったんだ！」トニーは両手をあげて叫んだ。「とにかく道に立ってりゃいいって言うんだ、実際そうしただろ。なにも難しいことはなかった」

ウィルは拳をおろさなかった。「で、おまえは千ドル取って、おれにはたったの五百か？」

「おれのほうが家に近い場所にいた」トニーはそわそわと肩をすくめた。「おれの持ち場のほうが危なかった」

ウィルは拳をおろした。「ただの盗みじゃないと知ってたんだな」

トニーは口を開き、また閉じた。ふたたびだれもいないことを確かめた。「あんたに嘘はつかねえよ、バド。あの家にいるやつが襲われるかもしれないとはわかってた。でも、聖書に誓って言うが、それがおまわりだとは知らなかった。知ってたらあんたを連れていったりしないし、そもそも引き受けねえよ。おれら、友達だろ？」

「友達が仮釈放中のおれを肥だめに放りこんだりするか」シャツの裾が外に出ていた。ウイルはジーンズのなかにシャツをたくしこみながら、左右をうかがった。「おれを巻き添えにするんじゃねえぞ」

トニーは見かけほど愚かではなかった。「あんた、なんであんなに家のなかに入りたがったんだ？　あの家がどうかしたのか？」

百万ドルの質問とはこのことだ。ウィルは、ここまでバイクを走らせながら、答えを考えておいた。「金が必要なんだ。死人は金を払ってくれないだろ」

「なるほどな」トニーは言ったが、見るからに納得していない。「あんた、地獄から出てきたコウモリみたいに駆けこんでいったぜ。おれの頭を吹っ飛ばしそうな勢いでな。おれはあんたを止めようとしただけなのに」

ウィルはまた廊下全体に目をやった。「別れた女がいる。テネシーにな。おれの子ができたらしい。最初は信じなかったが、検査の結果が返ってきた」ウィルは声に怒りをこめようと努力してみた。「あのくそ女、赤ん坊が生まれるまでに五千ドルよこさなければ訴えると言いやがった」多くの前科者たちから聞いた台詞だ。「いま刑務所に戻るわけにはいかないんだ。絶対にな」

トニーは納得したのか、うなずいた。ウィルが〈ティプシーズ〉で聞いた会話によれば、男たちがDNA検査の結果でなにより恐れているのは、自分が父親であると証明されることらしい。さらに信じられないのは、ケーブルテレビでやっている荒くれバイカー番組に出てくるスラングが実際に使われていることだ。

「わかったよ」トニーは緊張したときの癖で腕をかいた。肌にはいつも赤い線が走っている。「よかったら、一緒に行ってその女に説教してやろうか」

「大きな声を出すな」ウィルは言った。「このへんの警官がみんな上をうろついてるんだぞ。あのおまわりはもうだめかもしれない。そうしたらどうなると思う？」

トニーは腕をかきつづけた。「で、あんたはなにを見たんだ？」また左右をちらりと見た。「あの家のなかで。なにを見たんだ？」

「男がひとり死んでいた。もうひとりは逃げようとしていた」ウィルは、フレッド・ザカリーにまたがり、彼の背骨をまっぷたつに折ろうとしていた血まみれのレナを頭から追い払おうとした。「いかれた女が金槌を持ってた」

「その女に気づかれたのか？」

「気づかれてたら、いまごろ女は死んでると思わないか？」

トニーは声をひそめた。「金槌の鉤になってるほうを使ったそうだな」

「おまえの知ってる女か？」ウィルは補足した。「あのおまわり。あの女に捕まったことがあるのか？」

「ねえよ。おれが女に捕まるわけがないだろうが」

ウィルは、体重三・五キロのチワワでもトニー・デルには勝てるだろうと思った。「なんであのふたりの警官を殺そうとしたんだろう？　追われていたのか？」

「あいつらはなにも言わなかったし、おれも訊かなかった」トニーは、ウィルにまたドアに押しつけられる前にみずからあとずさった。「ほんとうだ、バド。おれはなにも知らねえ」

ウィルは、ビル・ブラックのような男ならこういうときになにを気にするだろうかと考えた。「あのグレーのヴァンはどうなったんだ？」

トニーはそんなことを訊かれるとは思ってもいなかったようだ。「いい金になった。つてがあるんだ」

「いくらもらったか知らんが、半分はおれのものだろう」

　トニーは抵抗を試みた。「そんなにもらってねえよ」

「ふざけるな」ウィルはトニーの腕をつかみ、逃がさないようにした。「あと一度だけ訊くぞ。そいつらはだれの手下だ？」

「知らねえよ。ほんとうだって」

「いいや、よく考えたほうがいい。いまやおれもおまえも始末すべき邪魔者に思われてるからな」

「おれたちは口封じに殺されるってことか？」

「こんなことをやる連中が、おまえを信用すると思うか？」

「なんてこった」トニーの顔から血の気が引いた。「きっとビッグ・ホワイティだ。おれの思いつくかぎりでは、こんな大それたことをやるのはあいつしかいねえよ」

ウィルはトニーの腕をますますきつく握りしめた。相手を震えあがらせてもいいのなら、尋問するのもずっと簡単な仕事になる。「その根拠は？」

「あいつは前にもおまわりを殺したことがあるんだ。だれでも知ってる。それどころじゃねえ、フロリダでＦＢＩを殺したって噂だ」

また調べなければならない殺人事件が増えた。ウィルは尋ねた。「ほんとうに、おれの名前は出してないだろうな？」

「出してない。誓って出してない」

「もしおれの名前を言ったのがわかったら……」

「ほんとうだって！」トニーの声が数オクターブ高くなった。「信じてくれ。おれは告げ口屋じゃねえ。あんたにはほんとのことを話してる」自由なほうの手を尻ポケットに突っこんだ。「な、わかるだろ？」数枚の紙幣を取り出した。「ヴァンの代金はこれだけだ。あんたに全部やるよ、な？　これでおあいこだ。いいだろ？」

ウィルは紙幣を受け取った。紙幣は湿っていたが、ウィルはなるべくそのことを深く考えないようにして金額を数えた。「六百ドル。これだけか？」

「ゆうべ思ってたよりは多いだろ」

ウィルはうなった。ビル・ブラックなら満足する金額だ。

「なあ」トニーがまた腕をかいた。「ビッグ・ホワイティはビジネスマンだ。話をしに行こう。ちゃんと説明するんだ」

「いいや、絶対に——」

「とにかく聞いてくれよ」腕から血がにじんでいたが、トニーはかくのをやめなかった。「おれがここの薬でやってることは話しただろ。あんたとおれが組めば、一倍——」

「だめだ」ウィルは言った。「おれは保護監察官の紹介でこの仕事についた。いきなり大量の薬が消えはじめたら、だれが疑われると思うんだ？」もう一度、トニーに詰め寄った。

「今朝、警察が家に来たとき、なにを話した？」

またトニーの目がきょときょとと動いた。「なんでそのことを知ってるんだ？」

「看護師に聞いた。いまごろ病院中でしゃべってるだろうな」

「カイラか」トニーがその名前をうっとりと口にしたことで、ウィルはピンときた。ゆうべレナの家へ車を走らせるあいだ、トニーがずっと話していたのはカイラ・マーティンのことをだったのだ。錠剤マニアが薬局の看護師とねんごろになりがたるのも当然だ。

トニーが尋ねた。「おれのこと、ほかになにか言ってたか？」

「べつに」

「ほんとうか？」

ウィルはうんざりしてきた。「夕食を食べに来いと言われたよ」

トニーはそれを聞いて、ウィルが思っていた以上に消沈した。胸に顎がくっつくほどうなだれた。「行くのか？」

「今朝、警察になにを話したのか言え」

トニーは答えなかった。「あんたのことは友達だと思ってたよ、バド。カイラとつきあってるなんて信じられねえ」

ウィルにしてみれば、自分がこんな会話をしていることのほうが信じられなかった。

「警察になにを話したんだ、トニー？　白状するまでぶん殴られたいのか？」

トニーはまだむっつりとしていたが、それでも答えた。「おれの車は盗まれたと言ってやった。警察署まで来て、被害届を出せと言われた」

「行くんじゃないぞ」ウィルは鋭く言った。「警察署に一歩入ったら最後、帰してもらえないからな」

「警察にはなにも言ってねえよ」

「そんなの関係あるか。警官がふたり殺されかけたんだぞ。最初に見つけた間抜けのせいにするに決まってるだろうが」

「間抜けならもう捕まった」トニーが言った。「ゆうべのあのふたり――ひとりは死んだがな。もうひとりは身動きひとつできねえんだ。口も開けねえよ。さっきから言ってるだろ──ビッグ・ホワイティ、あいつはどこまでも追いかけてくる。入院していても殺される。留置場だろうが、刑務所だろうが同じだ。ビッグ・ホワイティの手の届かないところなんかねえんだ。ほんとだぞ。あいつはやばい」

ウィルは歯を食いしばった。トニー・デルと話をすると、かならず本筋からビッグ・ホワイティのほうへそれていく。そのたびになんとなくいやな気分になり、ウィルの直感はその話をさえぎろうとする。「もういい。とにかくおれを巻きこむな」

トニーは聞き手が逃げようとしていることに感づいた。「あいつと話をすればいい。おれたちはネズミじゃないとわかってもらうんだ。もしかしたらじかに仕事をくれるかもしれないぞ」

「いやだね」ウィルは床からヘルメットを拾った。こすれてできた傷を袖で拭った。もう一度、バイカーらしく話をしてみた。「金のかかるガキがいるし、うっとうしい保護監察官もいる。これ以上の揉めごとはごめんだ」

「揉めごとなんかにはならねえよ」

「いいかげんにしろ。とにかくおれの名前を出すな」

ウィルはロッカールームのドアをあけた。だれもいなかった。壁と平行に青いロッカーが並び、部屋を三つに分けている。ウィルは、トニー・デルがついてくるかもしれないと考え、しばらく待った。それでもドアが閉まったままだったので、ウィルは奥の壁際のロッカーへ向かった。

ロッカーに貼られたマスキングテープに、ビル・ブラックの名前が書いてある。ウィルはサインペンを出し、名前をバツ印で消して〝ＢＵＤ〟と書きなおした。三文字だ。きれいな文字ではないが――ウィルの手書きの文字はととのっていたためしがない――隣のロッカーよりはましだ。睾丸（こうがん）が片方しかない、勃起したペニスが描いてある。たぶん内輪受けするジョークなのだろう。

ロッカーの鍵は、ダイヤル錠ではなくスーツケース用の錠前にした。ウィルは左右の区別をつけるのが苦手だが、数字には強い。四桁の数字をまわし、はじめてサラとキスをした日付にした。いや、厳密にはサラにキスをされた日と言うべきだ。鍵をかけるのにそんな細かい情報は必要ないけれど。

ロッカーにヘルメットを入れ、たたんだ作業用シャツとズボンを取り出した。いまのところ、メンテナンス係は悪い仕事ではない。修理は得意だ。書かされた書類は、英語がよくわからない人々のためのものだった。チェックボックスがたった五個、Ｘのついた長い直線が一本あるだけで、線の上に署名すればいいので簡単だ。もっとも、名前を書いたわけではない。大文字のＢをふたつ書いただけだ。

普段着を脱いで作業服を着た。ビル・ブラックの写真つきの職員証を首にかけた。カードキーとそのほかの鍵は、ベルトに取りつけた巻き取り式のワイヤーにつけてある。脇の金属のループに懐中電灯を引っかけた。トニー・デルから取りあげた紙幣を、あとで証拠品として記録するころには乾いていればいいがと思いながら、作業ズボンの前ポケットにしまった。面テープつきの青い財布には、ビル・ブラック名義のクレジットカード数枚と、運転免許証がわりのスピード違反の切符のコピー、ミスター・ブラックがオークマルギー・トレイルの入口そばにある〈レイストラック〉でよく買い物をすることを示す領収書が数枚入っている。

それから、アイフォーンのバッテリーの残量を確認した。実生活ではスマートフォンを使っていないが、ビル・ブラックのほうは新しいもの好きだ。とはいえ、スマートフォンはロケット工学者でなければ使いこなせないような代物ではない。ビル・ブラックが週決めで借りているワンルームの安モーテルで休んでいるあいだに、ウィルはほぼすべてのアプリの使い方を理解した。

ブラックがおもに使っているメールアカウントは、病院のサーバーのものだ。もうひとつ、Gメールも使っている。受信ボックスは、テネシー在住の怒れる妊婦から送られてきた体で、だんだん不機嫌の度合いが増していくメールが何通か保存されている。数種類のダミーアカウントから、やや人種差別的なメールが転送されてくるが、ビル・ブラックにはほとんど友人がいない。メールのほとんどは、狩猟用品の広告や女性のヌードのメーリングリストから送られてくるジャンクメールか、ビーフジャーキーやオールド・スパイスのデオドラントのクーポンだ。

音楽の好みはカントリーに偏っているが、メイコンに敬意を払う意味で当地出身のオーティス・レディングも聴く。アイフォーンには、ハイウェイで撮った風景の写真も保存されている。ブラックはハンターだから、森林の美しさを愛するのも意外ではない。また、女好きでもある。インターネットから猥褻な画像もダウンロードしている。そのほとんどは金髪かアジア系の女性だ。ウィルは、赤毛もくわえようかと一瞬考えたが、サラを思い出してやめておいた。サラのおかげで、偽の赤毛も見分けられるようになった。

アイフォーンに秘密の機能をつけたすという困難な仕事は、ＧＢＩのＩＴ担当者が引き受けた。バックグラウンドで実行されるこれらのアプリは、この手の技術に詳しくない者には気づかれない。そのひとつは、通話した電話番号と送受信したメッセージを自動的に消去する。さらに、電源ボタンを三度タップすると、スピーカーが録音デバイスになる。電話をかけなければならないが、相手に位置情報を知られたくない際には、一時的に番号を変えることもできる。もっとも重要なアプリは、このアイフォーンを軍事用の追跡システム――一般に使われているＧＰＳではなく、ドローンの攻撃や誘導爆弾に利用されているリアルタイム方式のＧＰＳに、パッチコードで接続する。

この最後のアプリのために、ウィルはつねにバッテリーの残量を確認しなければならない。アマンダの推理はたいてい当たるが、ウィルがビッグ・ホワイティを捜査していることことと、レナ・アダムズとジャレド・ロングの襲撃事件には関連があるという考えは、最大の当たりだ。トニー・デルですら、ビッグ・ホワイティが関わっていると言う。アイフォーンを充電するのを忘れていたせいで孤立無援になるなどという事態は避けたい。

いきなりドアがあいた。ウィルは振り向いた。トニー・デルかと思ったが、そこにいたのははじめて見る男で、がっしりとした大柄な体にふさふさした髪、ガラスも切れそうなほど角張った顎の持ち主だった。

警官ならひと目でわかる。ウィルは、ビル・ブラックがやりそうなことをした――ロッカーの扉を手荒に閉め、出口へ向かった。

大柄な警官はバッジを掲げた。「メイコン警察のポール・ヴィカリー刑事だ」

レナのパートナーだ。なるほど。だが、ウィルは彼を無視した。まっすぐドアへ歩きつづけた。

ポールに肩をつかまれ、くるりと振り向かされた。ウィルより何センチか背が低いが、バッジと銃を持っているというだけで横柄に振る舞う権利があると思っているようだ。

「どこへ行くんだ?」ウィルのシャツに刺繍(ししゅう)された名前をちらりと見た。「バディ」

ウィルはとりあえず無難に切り抜けようと試みた。「揉めごとはごめんだ、わかるだろう?」

ポールは喧嘩腰で、その場で跳ねるように身構えた。「いや、そうはいかないぞ、くそ野郎。トニー・デルはどこだ？」

ウィルは肩をすくめた。ジャレド・ロングが殺されかけた家の外に残っていた車の所有者に、ポールを会わせるのは得策ではない。ついでに言えば、レナも殺されかけたのだから。「知らねえな。受付で訊いてくれ」

「おまえに訊いてるんだ、ばか野郎。おまえはビル・ブラックだろう？」ポールは返事を求めていなかった。ウィルの首からさがっている病院の職員証に目を走らせた。「おまえのボスから聞いたが、デルと特別に親しいそうじゃないか。泥棒同士だからか」

レイ・サレミはポール・ヴィカリーをオフィスから追い出すためならなんでもしゃべるだろうと、ウィルは思った。「特別でもない。ほかのやつとつきあってもいいってことで同意してる」

「笑えないな」ポールが迫ってきた。「ゆうべはどこにいた？　デルと仲間たちがおれのパートナーを襲ったとき、おまえはどこにいたんだ？」

アリバイはとうに用意してあった。「保護監察官に訊いてくれ。夜中の十二時ごろに、ひょっこりうちに来た」

「あとでそうしよう」ポールの小さな目がますます細くなった。「おまえはどうも怪しいんだ。おれの直感がそう言ってる」

ウィルはつまらないジョークを言わないようにした。

「おまえはこの肥だめに胸までどっぷり浸かってる。ぶんぷんにおうぞ」ポールはその言葉を強調するように鼻をうごめかした。「デルはプロのたれこみ屋だからな。おまえを売るのも時間の問題だ。やられる前にやってやったらどうだ？　ゆうべなにがあったか吐け、そうすれば留置場へ逆戻りせずにすむようにはからってやる」

「悪いが役には立てないよ、おまわりさん」ウィルはふたたび立ち去ろうとしたが、ポールの手がさっと胸の前に出てきた。

ポールがすごんだ。「もう一度だけチャンスをやる。おれが腹を立てる前に、おまえの彼氏がどこにいるのか言え」

「だから、知らないと――」

ポールに顔を殴られた。予期していたが、よける余裕がなかった。ウィルの首がくるりと後ろを向き、顎がぽきりと音をたてた。口のなかに血の味が広がった。両手が勝手に拳を握って構えた。

ウィルは意志の力で両手をおろした。ポールはレナのパートナーだ。フェイスや彼女の家族がだれかに危害をくわえられたら、自分もどんなばかなまねをするか、すぐさま例を山ほどあげることができる。

「やれよ、バディ」ポールはウィルの頬を平手打ちした。「おれを殴りたいんだろう、バディ?」犬を呼ぶように口笛を吹いた。「ほら、やってみろ。おれを殴れ」ウィルは指を手のひらからはがすようにして開いた。ポール・ヴィカリーを容赦なく叩きのめすかわりに、こう言った。「この部屋には監視カメラがあるんだ、知ってるか?」ポールの目が天井の隅をさっと見あげた。カメラは下を向き、赤いランプを点滅させていた。彼は、バッジを失ってまでウィルを殴り殺すべきかどうか考えているようだった。やめておいたほうがいいのは明らかだ。

「これで終わったと思うな」ポールはドアを蹴りあけ、両手を体の脇で握りしめて足音荒く出ていった。

ウィルは監視カメラに目をやった。カメラは九ボルトの電池で作動し、どこにもつながっていない。最高裁判所が、ロッカールームでは従業員のプライバシーが守られなければならないと裁定したからだ。

刑事ならそれくらい知っていそうなものだが。

ウィルはシンクの上の鏡を見た。ポールは、目に見えるダメージは残さなかった。舌で探ると、切れている場所が見つかった。頰の内側が歯で切れていた。水栓をひねり、水を飲んだ。傷口がずきずきと痛みはじめた。吐き出す水がごく薄いピンク色になるまで口をゆすいだ。

ポケットでアイフォーンが鳴った。役立たずの上司、レイ・サレミからのメールをイヤホンで聞いた。機械的な薄っぺらい声を聞きながら、文字を読んだ。どうやらフェイスはウィルとレナをふたりきりにする方法を見つけたらしい。

ＩＣＵに、水漏れするパイプがある。ウィルはその修理を命じられた。

ウィルは北階段で五階へのぼった。なかなかに骨が折れた。一段のぼるごとに道具箱が重くなっていった。体は、ゆうべ二、三時間しか眠っていないと文句を言いつづけた。普段は毎日数キロ走るようにしているが、ビル・ブラックとして生活していると、そんな贅沢は許されなかった。三階にたどり着くころには、腕がぶるぶる震えていた。四階で、腰がきりきりと痛みはじめた。道具箱を床に置き、バンダナで顔の汗を拭った。

「お疲れ」

ウィルは顔をあげた。フェイスが手すり越しに身を乗り出していた。

フェイスは階段の下のほうを覗きこみ、だれもいないことを確認してから切りだした。

「地下室からのぼってきたの?」

ウィルは道具箱をつかみ、また階段をのぼりはじめた。「待合室の正面にエレベーターがあるんだ。もう一カ所の階段も待合室のそばだ」

「四階までエレベーターであがって、四階から階段を使えばよかったのに」

鼻筋を伝った汗がコンクリートの階段にぽとりと落ちるのを、ウィルは見ていた。

「ウィル？」

ウィルは踊り場を曲がった。フェイスのあの笑みは、あなたはおばかさんだけど、それを口に出さないあたしは親切でしょう、と言っている。「この十五分間で、全部のドアをチェックしたの」

「わざわざパイプを壊したのか？　それとも壊れたふり？」

「水鉄砲を使ったの。見ればわかる」フェイスは次の階段のほうへ顎をしゃくった。「のぼれる？」

フェイスは一段飛ばしで階段をのぼった。いつもの格好に着替えている――黒いスニーカー、ベージュのカーゴパンツ、背中にＧＢＩの黄色いロゴの入った紺色の長袖ポロシャツ。ブロンドの髪は、同じロゴの入った紺色の帽子にたくしこんである。膝にはグロックをストラップでとめている。

ウィルはＩＣＵのドアの脇に道具箱を置いた。細い窓からなかの様子をうかがった。デスクのむこうに看護師がひとり座っている。ジャレド・ロングの病室を警備している警官はまだ若く、ラップフィルムに包まれているかのように見えた。ウィルは以前も警官銃撃事件を捜査したことがある。メイコンもほかの地域の警察と変わりないなら、年季の入った警官は聞きこみにまわり、情報屋を脅しつけているに違いない。

フェイスのあとから、さらに階段をのぼった。よけいな荷物がないと、驚くほど楽だった。

金属のドアを押しあける。いきなり日光を浴びて目が潤んだ。雨雲が移動し、明るい青空が覗いている。ピーナッツの殻や煙草の吸い殻が散らかっているので、この屋上の出入口は職員たちによく使われているのだろう。この中央の棟が五階建てだ。その両脇に三階建ての棟がある。医師たちが賃料を払ってスペースを借りている。ウィルの見たところ、小児科医が多いらしい。産科の個室には何度か入ったことがある。病院というよりホテルのようだった。メイコンの工業団地や工場は不況で閉鎖されてしまったが、メイコン市民はあいかわらず繁殖しつづけている。

「こっちよ」フェイスに呼ばれた。

ドアのすぐむこうに物置があった。フェイスはだれかが不意にやってきても見つからないように、その裏へまわっていた。

ウィルは尋ねた。「サラは?」

「ネルと買い物に行った。ジャレドのお母さん。家を掃除したいんだって」

「犯罪現場の?」

「そう」

眉根が寄るのを感じた。サラが止めなかったとは思えない。

フェイスが言った。「あとで現場に行って、大丈夫か確かめてくる」ウィルのシャツの胸の名前を見て、眉をひそめた。「バディ？」

「前任者の名前だ」と、ごまかした。「今朝、トニー・デルと話した」

「それで？」

「ぼくたちが考えていたとおりだ。ザカリーとローレンスは、〈ティプシーズ〉でトニーを見つけて、仕事をしてくれる人間をふたりほど探していると持ちかけた」

「トニーはふたりと知り合いだったの？」

「知らなかった、バーで見かけるくらいだったと言っている。九十パーセントくらいは信じてもいいと思う。ザカリーとローレンスは、このあたりを仕切っている白人労働者（レッドネック）とつるんでいた。トニーよりずっと稼ぎがいい連中だ」

フェイスはポケットからサングラスを取り出してかけた。「今朝ブランソンから聞いた話の裏を取ったの。狙撃犯については、嘘は言っていなかった。ふたりとも普通の悪党。いままでこれほど凶悪な事件は起こしていない。間違いなく、報酬殺人もはじめて」

「ふたり目の狙撃犯、フレッド・ザカリーの予後はどうだって？」

「あたしに訊かないで。近づけもしないんだから。弁護士が病室にお店を開いてる。ザカリーのそばを離れようとしないの」

「そりゃ高くつきそうだな」

「サヴァンナの一流事務所の弁護士だもの。ヴァンホーン・アンド・グレシャム。メイコンにも支所を開いたばかりみたい」フェイスは、ウィルが話についてきているか、ちらりと振り向いた。「サラソータやヒルトンヘッドでやっていたこととまったく同じ。ビッグ・ホワイティは街へやってきて、地元のならず者たちを組織して、一流弁護士をつけて、邪魔に入った警官は始末する」

「携帯電話の基地局はどうだった？」

「レナは十一時五十分ごろにポール・ヴィカリーからメッセージを受信してる。たいした内容じゃなくて、様子をうかがうだけの内容。その十五分後に、ジャレドに発信者非通知の電話がかかってきてる。いま追跡してるけど、明日までかかりそう」

「十五分後？」

「そう、襲撃のおよそ十分前」

ウィルは遠くを眺めた。インターステートと駐車場つきショッピングセンターの入り交じった、わびしい風景だ。「ジャレドの友達がかけてきたのかもしれない」

「そうかもね」

「レナのチームのメンバーとは会ったのか？」

「残ったメンバーとはね。デショーン・フランクリンは、大騒ぎするようなことじゃないと思ってるみたい。ポール・ヴィカリーはくそ野郎ね」

ウィルは顎を手でさすった。「パートナーが殺されかけて逆上しているんだ。今朝、トニー・デルを捜してここへ来た」

「で、会えたの？」

「トニーがめちゃくちゃに殴られていたら、会えたんだろう」

「あたしもヴィカリーってそういう男だろうと思った」フェイスは言った。「すごくひとりよがりよね。レナとジャレドを襲わせたやつを捜せばいいのに、時間を無駄にしてる」

「ヴィカリーは、ビル・ブラックが関与していると考えているんだ」

「あたしだってそう思っただろうな。ブラックには暴力犯罪の前科があるもの。そして、トニー・デルの車が犯罪現場にあった。ブラックとデルは同じ職場で働いているし」

「うちのボスが、トニー・デルとビル・ブラックは仲がいいとヴィカリーにしゃべったんだ」

「あら素敵。背中に標的を貼られてどんな気分？」

「いらいらするね」ウィルは正直に言った。また不運にもポールと出くわすようなことがあれば、慎重に振る舞わなければならない。「警察署はどうだった？」

「うわべは協力的だけど、こっちが糸を引っぱりはじめたとたんに邪魔をするの」

「どんな糸？」

「事件の報告書。日報。書類仕事が苦手みたい。警察署なのに変よね」

「ぼくは以前から、警察官はあらゆることを書きとめるものだと思っていたけど」

「あたしもよ。あたしたち、メイコンに転職すべきかも」フェイスは物置の壁にもたれた。「グレイ署長は署をしっかりまとめているけど、なにしろメディアが背中に張りついてるし——メイコンとアトランタのメディアがね——CNNのトラックが七十五号線を南下してるって情報もあるし」

「やれやれだな」ウィルはつぶやいた。メディアのおかげで解決が早まった事件など、ほとんど経験したことがない。

フェイスが言った。「グレイ署長は、自分も含めて体の空いてる署員をひとり残らず聞きこみにまわらせてる。立派だと言うしかない。部下と同じように汗水を流してる。マイナス面は、ブランソンが署で大きな顔をしてること。彼女とポール・ヴィカリーね。デショーン・フランクリンは、そんなふたりをよく思っていないように見えた。彼は数年前にグレイが署長になったとき、署長みずから連れてきたの。きっと、署長とブランソンのあいだで引き裂かれてる」

「メディアに寝返るかな?」

「死んだ女か生きた男とベッドにいるところを見つかりでもしないかぎり、それはないと思う」フェイスは大きく息を吐いた。ウィルには、彼女がいらだっているのがわかった。「ジャレドとレナのクレジットカードや口座も調べたの。怪しいところはなかった。レナのセリカは支払いが終わってるし、ジャレドのトラックもあと一年で終わる。クレジットカードの未払い残高も少ない。ジャレドの学生ローンが二千ドルほど残ってる。貯金が千ドル。贅沢な旅行はしないし、湖畔の別荘も持ってない。ただ、住宅ローンの借入額は自宅の評価額よりやや高いけど、そんなのだれでもそうでしょう？」

「担当した事件はどうかな？」

「それがすごい量なの。ジャレドは駐車違反の検挙数コンテストみたいなもので優勝しようとしていた。レナが容疑者を逮捕した事件はこんなにある」フェイスは両手を三十センチほど離して掲げた。「支局から助っ人を四人借りてきたけど、すでに書類で溺れそうになっていて、そのうちこっちが殺されそう。あの人たち、十八時間勤務になるわ」

「こき使うなら名前を訊かないほうがいいよ」

「肝に銘じとく。まず調査をお願いしたのは、新聞に載ったあの薬物密売所の強制捜査の件なんだけど」

　フェイスはなんらかの反応を求めてもったいぶっているのだろうと、ウィルは思った。

「だけど？」

「内部調査室が資料を持っていっちゃったの。ひとつ残らず」

　内部調査室が。「そりゃそうだろう。捜査中に、警官二名が負傷したんだから」

「キース・マクヴェイルとミッチ・キャベロ。驚かないでよ。勤務名簿を見て、ふたりの名前を知ってるだけなんだから」

「ふたりには会ったのか？」

「ひとりはフロリダで療養中、もうひとりは今朝退院した。電話には出ないし、自宅にもいない」フェイスは尻ポケットから携帯電話を取り出し、スクリーンを何度かスワイプして写真をウィルに見せた。「デショーン・フランクリン。ミッチ・キャベロ。キース・マクヴェイル」

　肌の色を除けば、三人には共通する特徴があった——角張った顎とこざっぱりした身だしなみ。ポール・ヴィカリーもそうだった。刑事というより軍隊のチームのようだ。

フェイスが言った。「同じころに休暇を取った者がもうひとりいる。やっぱり刑事よ」携帯電話を掲げて、写真を見せた。「どんな仕事をしていたのか知らないけど、エリック・ヘイグは強制捜査当日に公務休暇を申請してる」

　ウィルは写真を見た。やはりほかの三人と似ている。「連絡がつかないのか？」

「電話に出ないの。またしてもどこかで聞いたような話でしょう」

　フェイスの言いたいことは、ウィルにもわかった。ヒルトンヘッドとサヴァンナでは、ビッグ・ホワイティが幅をきかせはじめたとたん、警察内で異動願いや早期退職願いを出す者が急増したのだ。

「ホワイティが売人に使っていた手口と同じだ。警官をひとり殺すか重傷を負わせるかすれば、残りはみんなおとなしくなるか辞めていく」

「そうやって、ビッグ・ホワイティはドラッグのマーケットを独占していくのね」フェイスは話を変えた。「今朝はほんとにびっくりしたから、あなたが話していた新聞記事まで捜しちゃった」携帯電話のウェブブラウザをスクロールした。『メイコン・クロニクル・ヘラルド』の記事の見出しが並んでいた。「薬物密売所の強制捜査のことが載ってる――捜査が行われて、警官二名が負傷した、ということだけ。行方不明の少女ふたりはパーティ好きで、翌日の午後それぞれ帰宅している。学校の大麻売買で逮捕されたのは常習犯で、もう百万回くらい更生施設に入ってる。トイレで亡くなった男性の死因は心臓発作。四十三歳の起業家と書いてあった」フェイスはウィルに目を戻した。「こういうとき、ジョークでも言えればよかったのに」

「いずれうまくなるよ」

フェイスは寛大に笑った。「強制捜査が着火点のはずなのよ。認めたくないけど、デニース・ブランソンは食わせ者よ。あの人のせいで無駄に駆けまわって疲れちゃった」

ウィルはこの手の捜査を経験している。フェイスが説明する手間を省いてやった。「内部調査室は、なんらかの結論が出るまでは、薬物密売所の強制捜査の書類を外に出さない。ひとりないし複数の警官の信用がかかっているから、あるいは訴訟の可能性があるから、正式な話ができない。だれもがよけいなことをしゃべるなと指示されている。そうでなくても、きみは州からやってきたよそ者のくせに干渉する悪い女だから、だれひとり話してくれない」

「要するにそういうこと。あたしには十代の息子がいるから、うざったがられるのは慣れてるはずなんだけど、こんなのははじめてよ」

ウィルは、そのうち少しはましになると励ましてやりたかったが、嘘はつけなかった。

フェイスは携帯電話をポケットにしまった。「レナを悪く言う署員がいるんじゃないかと思っていたんだけど、メイコンでは、レナは崇拝されてる。みんな、署でだれよりも優秀な刑事みたいに褒め称えるの。どこがそんなにすごいのかと訊いても、言うまでもないだろう、わからないおまえがばかなんだって顔をされるだけ」

ウィルにも、なぜレナがそれほどまでに信望が厚いのかわからなかった。グラント郡でもそうだった。しくじってばかりいる人間にしては、分不相応なほど味方が多いように思われた。

「デニース・ブランソンはどうだ？　彼女はどんなふうに見られているんだろう？」

「みんな、あの人のことはあまり好きじゃないみたいだけど、それはまあわかる。ブランソンは食物連鎖の上位にいる。自信家である。女である。はい、ストライク・アウト。トニー・デルは、ほかになにか言ってないの？」

「ビッグ・ホワイティはすごい、ビッグ・ホワイティは偉大」

「なんだかいやな感じね」

　ウィルは、自分も不安を感じていることをフェイスには言わなかった。トニー・デルがその名前をあちこちで口にするのは危険な気がするという話なら、もうさんざんしている。「トニーには、ビッグ・ホワイティに殺されるかもしれないとは言っておいた。ぼくたちは始末すべき厄介者だと」

「そのとおりよ」フェイスはインターステートを眺めた。彼女がなにを思案しているのか、ウィルにはだいたいわかる。たぶん、ウィル自身の考えと鏡映しだ。つまり、そろそろビッグ・ホワイティに接触しなければならないと考えているのだ。ウィルはトニー・デルとさらに親しくならなければならない。薬局の看護師カイラを介して。

「トニーは、ビッグ・ホワイティと会うべきだと考えている。ぼくたちが彼を脅かす存在ではないと知らせるべきだと。トニーは彼と取引できるかもしれないと思ってる」

　フェイスはうなずいたが、やはりウィルのほうを見ようとしなかった。「詳しいことが決まったらすぐに教えて」

「トイレのタンクの裏に、拳銃をテープで貼りつけておいてくれないか」フェイスの反応はない。「ほら、あの――」

「『ゴッドファーザー』なら観たわ」

　フェイスの視線をたどると、車の列が目に入った。インターステート四七五線はランチタイムで渋滞していた。思いつくかぎりのテイクアウトの店やファストフード店が、出口のそばにひしめいている。

「まだジョークのことを考えてるのか？　トイレに座ってる起業家の」

「もうそんなにおかしいとは思えなくなっちゃった」

ウィルは車の列に目を戻した。トラックが車線変更禁止のラインを越えてヴァンを追い越した。クラクションが鳴り響いた。フェイスが帽子を持ちあげ、ほつれた髪をかきあげて帽子の下に入れこんだ。

「彼女は大丈夫かな？」

フェイスはかぶりを振った。「あたしは彼女の声すら、まだ一度も聞いていない。まるで煉瓦塀に話しかけてるみたい。なにを言っても反応しないの。あたしのほうを見もしない。彼女の鼻の下に鏡を差し出して、息をしてるかどうか確認しようかと思ったくらい」

ウィルは、レナのことを尋ねたのではないとフェイスが気づいてくれるのを待った。

「サラは大丈夫よ。疲れてるけど。本人はなにも言わないけど、ここにいるのがつらそう」

ウィルはうなずいた。

フェイスはとうとうウィルの顔を見あげた。「サラに言わなくちゃ、ウィル。事態はかなりまずいところまで来てる」

ウィルは顎をこすった。ポールに殴られたところに瘤ができはじめているのがわかった。

「レナはなにか言わなかったのか？」

フェイスはしばらくウィルをじっと見ていたが、かぶりを振った。「レナを普通の参考人だと思おうとしたの。警官らしく話を聞こうとした。でも、そのあいだずっと、背中に冷や汗をかいていた。次にレナのせいで死ぬ警官はあたしかもしれないって、どうしても考えてしまって」フェイスは肩をすくめてつけくわえた。「それか、あなたかもしれない」

どう返せばいいのかわからなかった。ウィルも肩をすくめた。

大きな笑い声がして、ふたりは振り返った。数人の医師が屋上へあがってくる。ウィルはそろそろと物置の反対側へまわった。金属の壁に背中をつけた。ピーナッツの殻をぱりぱりと踏みながら、医師たちは屋上の端へ歩いていった。

ウィルは安全を確認して、こっそりとドア口を抜けた。手すり越しに下の様子を見てから階段をおりた。道具箱はＩＣＵの外に残っていた。ノブをつかみ、ドアを押しあけた。とたんに、まず覗き窓からなかをチェックしなかったことに気づいて、心臓が止まりそうになった。幸い、そこには警官と看護師しかいなかった。

警官が銃に手をかけた。

ウィルは職員証を見せた。「修理だ。パイプが漏れてると報告をもらった」

警官は険しい目でウィルを見つめた。手はあいかわらず銃にかかっている。

「ローリー巡査、大丈夫よ」看護師がデスクの前から立ちあがった。「バド、遅かったじゃない」すぐさま申し訳なさそうにつけたした。「ごめんなさい、あなたのせいじゃないんでしょう」

「どっちにしてもすまない」ウィルは看護師に言った。「さっきまでやってた仕事が手間取っちまって」

「ルースよ」看護師はほほえみ、ついてきてと手招きした。

ウィルは反対側の手で道具箱を持ちあげ、廊下を歩いていった。ICUには、音のうるさいエアコンの修理に来たことがある。馬蹄形のフロアの内側に長方形のナースステーションがある。各病室は狭い。窓は廊下側にしかない。ICUの患者が日当たりを気にするとは思えないが、ウィルはこのフロアに来ると、窮屈で落ち着かない気分になる。

ローリー巡査がジャレドの病室の前に立ちはだかった。ウィルの首からさがっている職員証をいきなりつかんだ。ビル・ブラックの顔写真をじろじろと眺めた。巡査の頬の産毛がウィルに見えるほど、ふたりの距離は近かった。

「どうしたの？」ルースが不思議そうな顔をした。「この人はバディっていうの。ここに来るのははじめてじゃないのよ」

ウィルはルースを観察した。年配の女で、濃い褐色の髪の分け目にちらほらと白いものが交じっている。なぜウィルをかばうのだろうか。ウィルは一度会った人の顔を忘れないが、この看護師と会った覚えはない。

「まあいい」ローリーはようやくウィルを通した。

ウィルはできるだけ無表情で病室に入ったが、隅の椅子で丸くなっていたレナは、あからさまな反応を見せた。あっ、と言うように口をあけた。

ルースはその表情の意味を勘違いして、レナに言った。「ごめんなさいね。パイプが漏れていて、見てもらわなければならないの。すぐ終わるから」

しかたない。ウィルはジャレドを除く室内のあちこちに目を走らせた。

「あそこよ」ルースは天井の茶色い染みを指さした。

ウィルは背伸びしてその周囲に触れた。タイルが濡れていて、リンゴのようなにおいがした。ベッドの脇の食事のトレーをよく見ると、リンゴジュースの空のパックがのっていた。

ウィルは手をおろした。自分をじっと見ているルースの視線が、なぜか気になった。

ルースはウィルにウィンクし、小さくささやいた。「わたし、カイラとは友達なの」

ウィルがビル・ブラックのうなり声を絞り出そうとしたとき、フェイスがやっと現れた。

「いったいどういうこと？」フェイスは巡査に向かって声をとがらせた。「グレイ署長の教えはもっとましなはずだけど。この人の身許はチェックしたの？」

ローリー巡査は口ごもった。署長を恐れているのが、傍目にもわかった。「職員証を持っていたんで」

「そんなもの、〈キンコーズ〉でいくらでも作れるでしょ」フェイスはドアのほうへ顎をしゃくった。「下へ行って、人事課で確認して」

「はい」ローリーがあと何歳か年を取っていれば、命令する相手を考えろとフェイスに言っていただろうが、まだ新米の彼はフェイスがパチンと指を鳴らすだけで跳びあがる。

ルースは天井を見あげ、まじめくさって言った。「なんだと思う、バド？」

ウィルも上を向いた。「なにかが漏れてるみたいだ」

フェイスが言った。「ミスター・ロングを別室に移したほうがいいんじゃないですか？」

ルースはかぶりを振った。「あと一時間はわたししかいないのよ。わたしひとりじゃ移動させられないわ」

「手伝いますよ」

「そんな勝手なことは──」

ウィルはさえぎった。「どっちみち、部屋から出ていってくれないか」天井のパネルを押しあげ、ベルトにつけてきた懐中電灯を点灯して吊り天井の裏側を覗きこんだ。この十日間、毎日のように病院の天井裏を見ていた。少なくとも一本は怪しいパイプが見つかる可能性が高いとわかっていたが、ＩＣＵの天井裏を縦横に走るパイプの多さにはやはり驚いた。

パネルを横へずらしてルースたちに天井裏を見せ、できるだけ偉そうに言った。「あれは酸素、エアコンのコンデンサー、ポリ塩化ビニルのパイプ、古いポリプテン。略図が必要なんで――」

「わたしにまかせて」ルースがウィルを制止した。「師長に内線をかけて、持ってきてもらえるか訊いてみる」

フェイスがルースについていった。ウィルは懐中電灯を天井に向けながらも、目はジャレド・ロングを見ていた。

ジャレドの顔は風船のように腫れていた。体中からチューブが突き出ている。まぶたはテープでとめてあった。両手の皮膚は生気がなく、黄ばんでいた。警官ならだれでも、病院のベッドにいる同業者など見たくない。普段のウィルは迷信を気にしないが、いまは背筋を這いのぼってくる寒気を押しとどめなければならなかった。

もっとも、室内にはジャレドのほかにも寒気のもとがいる。

なにかを壊すのを恐れているかのように、レナが椅子の上でそろそろと体を起こした。

ウィルは尋ねた。「大丈夫か？」

「いいえ」レナはベッドの反対側に立ち、両腕で自分のウエストを抱いた。「サラはあなたがここでなにをしているのか知らないんでしょう？」

レナはもともと鋭い観察眼の持ち主だが、ウィルは彼女にサラの話をするつもりはなかった。すばやく肩越しにルースの様子を確かめた。ルースは電話をかけている。フェイスが文字どおり貼りついている。

「サラには言わないわ。だれにも言わない」レナは上下の唇をこすり合わせた。唇は乾いてひび割れていた。「あなたもそのうちわかる。わたしは絶対に秘密を守る。正しいことができるようになったの」

「ゆうべはなにがあったんだ？」

「あいつらがジャレドを撃った」レナは案の定、他人事のように話を打ち切った。それでも、ウィルは彼女が衝撃の余波から立ちなおりつつあるのを見て取った。レナの目は充血している。目の下の痣はまだらになっている。ふらつくのをこらえきれないようだ。瞳孔が開いているが、部屋が暗いせいか、鎮静剤を服用しているからなのか、ウィルには判じかねた。

「今回のことが起きた原因を教えてくれないか」

レナがゆるゆるとかぶりを振った。

「先週の強制捜査じゃないのか？」ウィルはしばし言葉を切った。「警官がふたり負傷した。きみは関与していたのか？　チームのメンバーだったのか？」

レナはしばらくしてから答えた。「あの強制捜査のことをしゃべるのは禁じられているの」

「きみがルールを守らないことは、ぼくたち両方とも承知している」

「ブランソンに訊いて」

「ぼくはきみに訊いている」

レナの首がまた左右に動きはじめた。ジャレドを見おろす。かろうじて聞き取れる程度のかすれた声で、夫に話しかけた。「ごめんね、ベイビー。ごめんね」

ウィルは言った。「レナ、今回のことはなにか原因があるはずだ」

反応がない。

慎重に切り出した。「ジャレドが逮捕したなかに、復讐しそうなやつがいたんじゃないのか？」

レナは呆然とウィルを見た。東海岸一帯に走るドラッグ回廊の一地域に勤務する白バイ隊員が危険に巻きこまれる可能性を、いままで考えたこともなかったのだろうか。

「ジャレドがドラッグ商人の邪魔をしたんじゃないかってこと？」

「ぼくにはわからない。だからきみに訊いてる」

レナは思案顔になった。「だったら、捕まったときにその場でジャレドを撃ち殺していたはずでしょう」

そのとおりだが、それでもウィルは尋ねた。「ジャレドはなにも言っていなかったのか？」

「わたしたち、あまり会話がなかったから」

室内が静まりかえった。ウィルは、レナとジャレドの仲がうまくいっていなかったと聞いても驚かなかった。ふたりの自宅玄関を抜けて真っ先に気づいたのが、ソファの上の枕と上掛けだったからだ。

「きみは?」

「わたしがなに?」

ウィルはまたルースのほうを見た。フェイスが、時間がないと身振りで伝えてきた。

いらいらしないように自分を抑えながらレナに言った。「なにが原因にしろ——きみがわざとやったんじゃないことはわかっている。きみは悪人じゃない。でも、きみがなにかをしたから、ぼくたちがここへ来ることになった。きみがなにをしたのか教えてくれなければ、こんなことをしたやつを捕まえることはできない」

レナはまだ小さくかぶりを振っていた。片方の手がベッドの柵にかかっていた。レナは指を開き、ジャレドの体を覆っているシーツをそっとなでた。

「ぼくを信用しても大丈夫だとわかってるだろう。ぼくがここに来たのは理由がある」

その訴えは無視された。「あなたのパートナー。あの人とは長いの?」

「フェイスというんだ」ウィルは舌先に血の味を感じた。いつのまにか、頬の内側の切り傷を嚙んでいた。「パートナーを組んでしばらくたつ」

「仕事はできる?」

「ああ」ウィルは攻め方を変えた。「ビッグ・ホワイティとは何者だ？」その言葉に、レナがはっとした。本来のレナが表面に浮上しはじめたと同時に、怒りが一瞬燃えあがるのがウィルには見えた。

「ブランソンはなんて言っていたの？」

「彼は何者なんだ？」

「何者でもない」レナはいま、心底怯えているようだった。「そんな男は存在しないわ。架空の人物よ」

「レナ――」

「やめて」レナの声が懇願の響きを帯びた。「聞いて、ウィル。サラを愛しているのなら、この件から手を引いて」すがりつくようにベッドの柵を握りしめた。「真剣に言ってるの。手を引いて」

ウィルはもう一度ルースに目をやった。そろそろ電話を終えそうな気配だ。

「話してくれ。助けになりたいんだ」

レナはかぶりを振った。涙があふれ出した。「わたしたちは市民を守らなければならないのに。市民の安全を守らなければならないのに」

「ジャレドを守るためにも――」

「どうして決められるの？」レナはごくりと唾を呑みこんだ。その音は、機器のハム音より大きかった。「命の重さの順番を、どうして決められるの？」レナの手が腹部へ動いた。五本の指を開き、手のひらをぴったりと当てた。「この人はこうなることを望んでいた」レナはささやいた。「ジャレドはわたしにこうしてほしいと望んだ」

フェイスが戻ってきて、大きく咳払いをした。

その後ろにルースがいた。ルースはウィルに尋ねた。「漏れはひどい？　天井が全部落ちてきたりしないかしら？」

ウィルはのろのろと懐中電灯を消し、ベルトのループに戻した。それから、おもむろにかぶりを振りながら肩をすくめた。「あがってみないとわからないな」

ルースがため息をついた。「師長が来るまで、あと一時間は患者さんを動かせないのよ。また来てくれる？」

ビル・ブラックがおもてに出てきた。「もう一度、申請してくれ」

ルースはまたため息をついたが、病院の面倒くさい手続きには慣れているらしい。「わかったわ、バディ。とりあえず、来てくれてありがとう」ジャレドのそばへ行き、機器のチェックをはじめた。レナが鷹（たか）の目でその様子を見ている。そこにただ立っているレナの姿は、どこか異様だった。指を開いただけで、ジャレドに触れようとしない。ジャレドの顔を見ようともしない。

ルースも違和感を覚えたに違いない。レナに言った。「触れても大丈夫よ。壊れやしないわ」その証拠にと言わんばかりに、ルースはジャレドの頬に触れた。その手はしばらく動かなかった。眉根が寄っている。

なにかがおかしい。

ルースの手がジャレドのひたいへ動いた。それから首へ。次に手首へ。ルースは腕時計を見て、ジャレドの脈をモニターで点滅している数字とくらべた。ハートの記号が普通より速く脈打っていることが、ウィルにもわかった。血圧がさがっている。

「どうしたの？」フェイスが尋ねた。

「少し体温がさがってるかな」ルースはリモコンをつかみ、ベッドの足側をあげた。ウィルの足下の床が小刻みに揺れた。ルースはわざとらしいほど明るい声で言った。「たいしたことはないと思うけど、先生を呼んでくるわ」足早に病室を出ていった。フェイスもあとを追ったが、レナがさらになにかしゃべるとは、ウィルには思えなかった。

ウィルは道具箱を持ちあげた。最後にもう一度だけ、レナに声をかけた。「レナ、きみはすべてをコントロールしているつもりなのかもしれないけど、それは思い違いだ」

レナは目もあげずに言った。「いままで生きてきて、なにかをコントロールできたためしなどないわ」

ウィルは待ち、レナに告白のチャンスを与えた。レナはウィルを無視した。立ちつくしたまま、ジャレドを見おろしている。あいかわらず腹部に手のひらを当てていた。彼女の口が、声のない祈りを唱えるかのように動いた。

しかたなく、ウィルは病室を出た。ルースがデスクで電話をかけていた。不吉なことに、ウィルが出てきたことにも気づいていない。ジャレドは、ルースの言葉よりはるかに深刻な状態にあるらしい。

ウィルはフェイスのほうへ廊下を歩いていった。フェイスはメールを読んでいた。いや、読んでいるふりをしていた。暗いスクリーンがウィルにも見えた。

少し離れた場所で立ち止まり、道具箱をあけた。

「どう?」フェイスが小声で尋ねた。

ウィルはクリップボードとペンを取り出した。もう一度ルースを見た。彼女はむこうを向き、受話器を耳に当てている。

それでも、ウィルは声をひそめた。「レナはだれかをかばってる」

「自分をかばってるんでしょ」

そうだろうか。ウィルは書類のチェックボックスにチェックを入れた。「レナは薬物密売所の強制捜査に参加したようだ。そのことはしゃべってはいけないと命じられていると言っていたから」

「参加してるに決まってるでしょ。それどころか、リーダーだったとしても意外じゃないわ」

「ビッグ・ホワイティに近づくなと言うんだ」

フェイスがブラックベリーから顔をあげた。

ウィルはチェックボックスに書きこみをつづけた。残りをフェイスに打ち明けるべきかどうか決める時間がほしかった。だが、どのみち選択の余地がないことはわかっていた。

「サラを愛しているのなら、捜査から手を引けと言われた」

ふたたびフェイスはブラックベリーに目を落とした。親指で真っ暗なスクリーンをしきりにスクロールした。フェイスは普段、少々のいらだち以上の感情をむき出しにしないが、レナの言葉に動揺していることがウィルにはわかった。

フェイスが言った。「レナが五年前にジェフリーにも同じことを言ったんじゃないかという気がするのはなぜかしらね？」

7

強制捜査前日

レナはデスクの前に座り、パソコンのモニターをにらんでいた。モニターいっぱいに花火が映っている。どれかキーを押せば、デスクトップが現れるのはわかっている。なんのファイルが表示されるのかもわかっている——未解決の事件、解決済みの事件、裁判の書類、参考人の供述書、容疑者の供述書——おびただしい数の人間の生を要約する大量のデータが、そこにはある。

だが、レナにとって大切な生のデータはひとつだけだ。

命はもうなくなってしまったけれど。

レナは目を閉じた。悲しみに呑みこまれるがままになった。

以前、レナは電気で死にそうになったことがある。電気椅子ほどではないが、感電したのだ。あれは十五歳のときのことだ。レナはシビルが髪を乾かすのを手伝っていた。ふたりとも鏡の前に立っていた。直前まで浴びていたシャワーの湯気で、鏡は曇っていた。バスルームはかびくさかった。

家の電気工事をしたのはおじのハンクだったので、ふたりともコンセントから煙があがったり、電球が急に割れたりすることに慣れていた。ハンクは棚のない本棚を作ったり、耐力壁をはずしたりもした。壁をはずしたせいで、屋根はラクダの背中並みにぐらぐらと揺れるようになった。玄関から入ったら最後、命懸けの家だった。

だからこそ、ボックス扇風機のコンセントを抜く前にヘアドライヤーのコンセントを入れたレナはどうかしていた。電流はレナの腕を駆けのぼって背骨から両脚へおり、たまたまシャワーの水たまりに触れていたつま先へ抜けた。あのとき、時間の流れが遅くなった。レナが電流の衝撃を感じたのは、水たまりに気づいたときだ。危ないな、とレナは思った。明かりが不意に消えた。全身が動かなくなった。気がついたときには、バスルームの床に倒れていて、シビルが救急車を呼んでと金切り声でハンクに頼んでいた。

いま、レナはあのときと同じ感覚に襲われていた——感電。死にそうなほどのショック。仰向けに倒れて。体がこわばって。神経に火がついて。ただ今回は、助けてくれる人がそばにいない。今回は、完全にひとりぼっちだ。

レナはパソコンのモニター上で色とりどりの光がはじけるのを見ていた。手はマウスにのっていた。そっとクリックする。デスクトップが現れた。超音波検査の画像の入っているファイルに矢印を合わせる。写真は破ってしまったが、動画は残っている。マウスの上で手が凍りついた。ファイルを開くまでもない。写真を見るまでもない。あの映像は、死ぬまで網膜に焼きついている。あれを見るたびに、どうしようもない無力感を覚えた。小さな黒い泡。白いくぼみと隆起。ぴくぴくとかすかに脈打っていた、雨粒ほどの大きさしかない心臓。

裸眼では見えないほど小さいのに、どうしてあんなに愛おしく思えたのだろう？　機械を通してようやくそこにいるのがわかったくらいなのに、どうしてあの鼓動を感じることができたのだろう？

それを、あんなにあっさり失ってしまうなんて。

一瞬の恐怖が、それまでの幸福な数週間を消し去り、想像するだけで胸がふわふわしていた将来を叩き潰すことがあるなんて。

矢印がファイルの上で漂っていた。小さく揺れている。

携帯電話が鳴った。レナはマウスから手を離して電話を取った。「アダムズ刑事です」

「まあ」かけてきた女は、レナが応答したことに驚いたようだった。

「もしもし？」レナはマウスに触れた。この先、二度とファイルを見る必要はない。捨てるべきだ。パソコンのゴミ箱に入れるべきだ。

「もしもし？」女が言った。「聞こえますか？」

「ええ」レナはパソコンから顔をそむけた。努めて電話の相手の声を聞こうとした。

「……ベネディクト先生のオフィスの？　昨日、会ったでしょう？」

レナはことごとく語尾をあげる人間が苦手だった。「お支払いの件ですか？　まだ請求書をいただいていないんですが」

「いいえ、そうじゃないのよ」女は気を悪くしたようだった。「ただ、大丈夫かなって？　ご主人はあなたがお仕事に復帰したとおっしゃっていたけど？」

レナは指で目をこすった。ジャレドはゆうべソファで寝た。今朝、レナが目を覚ましたときにはもういなかった。帰ってきたとき、勤務当番表は確認してあった。ジャレドはレナと顔を合わせずにすむよう、シフトを変更したのだ。

「もしもし？」

レナは手をおろした。「ご用件はなんですか？」

「ベネディクト先生が、あなたの様子を知りたがっているの。おなかの痛みはおさまった？」

レナは腹部に手を当てた。「だいぶよくなりました」ほんとうかどうか自分でもわからなかった。考えるたびに、またあのときのことを最初からつぶさに思い出した。深い眠りからレナを呼び起こした激痛。パニック状態で着替えたこと。病院へ向かうあいだ感じていた恐怖。医師の言葉を聞いたときのつらさ。帰宅してからジャレドと激しい言い合いになったこと。ジャレドは、あの血のついたシーツを捨てさせてくれなかった。きみは最初からなかったことにしようとしているのだと言った。きみは感情がないのかと。悲しむことができないのかと。シーツを捨てて証拠を始末しようとしているだけじゃないかと。レナがなにを失ったのか理解できるように、目に見える品物が必要なのだと言わんばかりだった。

　ふたりが失ったものを。

「もしもし？」

　レナはかぶりを振って記憶を追い払った。「はい」

「過剰な出血はないかと訊いたんだけど？」

〝過剰な〟とはどの程度のことなのか、レナにはわからなかった。判断する基準がない。

「ミセス・ロング？」女の声は優しさに満ちていたが、あのばかみたいな語尾をあげる口調の十倍は気に障った。「ベネディクト先生が意見書を書いてくださったから、職場に提出したらどうかしら。そんなに急いで復帰しないほうがいいわ。たいていは何週間か休むのよ。場合によっては一カ月でも二カ月でも、お休みを取れるだけ取ればいいの」

「いいえ、それは無理なので」レナは言った。昨日は最悪だった。病院から帰宅したのは朝の十時ごろだった。レナは夕方まで眠り、夜は遅くまでジャレドと口論した。また家に閉じこめられ、ジャレドが玄関から入ってくるのを待つだけの一日を過ごさなければならないなど、想像しただけで耐えられない。それに、妊娠したことは職場のだれにも話していない。

妊娠していたことは。

レナは女に言った。「仕事を休めないんです」

「そうでしょうけれど、ミセス・ロング、でもみんなわかってくれるわ。あなたが失ったものは――」

「大丈夫です」レナはさえぎった。わたしの姓はアダムズだと、女に言ってやりたかった。レナ・ロングではインフォマーシャルの通信販売で買える商品みたいだから、姓を変えなくていいと夫に言われたのだ、と。

だが、かわりにこう言った。「意見書は結構です。どうもありがとう」

「ああ、ダーリン、まだ切らないで」女はほんとうに心配そうだった。「おうちに帰ったほうがいいわ。ご主人のそばにいてあげて。ね、ご主人はそぶりにも出さないかもしれないけれど、あなたと同じくらい傷ついてるわ」

レナはまた目を押さえた。ジャレドはそういうそぶりをする。レナが問題なのだと。彼に言わせれば、レナはある種の機械だった。彼が結婚した女とは別人になってしまった。彼はこのまま結婚していたい女なのか、わからなくなってしまったそうだ。

壁の時計を見た。五分後に会議がはじまる。チームのみんなが待っている。電話を切らなければ。もうしゃべらないようにしなければ。それなのに、言葉が勝手に出てきて、止められなかった。「考えていたんだけど――」

女はレナを急かしたり、語尾をあげてつまらないことを言ったりせず、黙っていた。沈黙は役に立つ。レナも尋問で使う手だ。疚しさを抱えているときはとくに、人間は沈黙をおしゃべりで埋めたくなる。

レナは言った。「子どもを堕ろしたことがあるの」

女はまだ黙っていた。

「六年前」レナは顔に触れた。肌が熱かった。「それで、考えたんだけど――」

「いいえ。あの夜のこととそれとは関係ないわ」女の声は、きっぱりとしていた。「関係あったら、うちのちびふたりは生まれなかったはずだもの」

レナは、胸のつかえが少しやわらぐのを感じた。口をあけて息を吸った。つかのま楽に呼吸ができた。

女が言った。「自分に悲しむ時間をあげて。ご主人とふたりで、またがんばればいい。ほんとうよ、いまは耐えなければならなくても――だんだん楽になるから。消えはしないけれど、変わるから」

レナはデスクからティッシュの箱を取り出した。しっかりしなければならない。いまは勤務中だ。くよくよ考えるのをやめなければならない。デスクでめそめそ泣いているのを見られたら、チームを引っぱっていくことができなくなる。レナは目を拭い、鼻をかんだ。

「わかった」レナは言った。「ありがとう。もう仕事に戻らなくちゃ」

「ミセス・ロング。レナ。ほんとうに、おうちに帰って。自分を苦しめてはだめよ。強いからといってメダルはもらえないわ」

「ええ」レナは気丈な声を出した。「電話をありがとう。失礼します」

「待って――」

レナは電話を切った。もう一度、鼻をかんだ。目を拭きすぎて、ひりひりした。病院のオフィスでは違うのだろうけれど、警察ではいつも強い者がメダルをもらっている。

レナはパソコンに向きなおった。超音波画像のファイルをクリックしてゴミ箱へドラッグした。ファインダーのメニューを開き、〝ゴミ箱を空にする〟まで矢印をおろした。人差し指がマウスを押したまま動かなかった。胸のなかで、心臓が激しく鼓動している。

「リー?」ポール・ヴィカリーがドアをノックしてオフィスに入ってきた。ぴたりと足を止めた。「どうした? だれかに鼻毛を引っこ抜かれたか?」

「ちょっと風邪をひいたの」レナはメニューから矢印を離し、〝編集〟の〝取り消す‐ゴミ箱への移動〟を選択した。ファイルが無事にデスクトップに戻ってから、ポールの顔を見あげた。「なにか用?」

「もう決定したのか、ボス？」

決定。来週、強制捜査を予定しているが、今夜大量の入荷があると情報屋が知らせてきた。流産する前から、レナはスケジュールを前倒しするのがいやだった。準備にもっと時間をかけたかった。だが、そんなふうに考えているのは、明らかにレナひとりだった。レナはあちこちからさっさと実行しろという圧力を感じていた。もっと金を、もっと銃を、もっと薬物を押収しろ、もっと悪党を刑務所に叩きこめ。

レナはポールに言った。「決めたわ、あなた以外の全員が知ってる」

「ちょっと確かめただけだよ、友よ。ピリピリすんなって」

パソコンから耳慣れたシュッという音が聞こえた。神経質になっているのはポールだけではない。デニース・ブランソンがまたメールを送ってきた。最初の一行に目を走らせると、ゆうべの超過勤務で経費が百万ドルを突破したという事実がいきなり書いてあった。

「くそっ」ポールが肩越しにメールを読んだ。「あんたは正しいことをしてるのに、ガタガタ言いやがって。どうするんだ？」

「ブランソンなら、新聞に自分の写真が載れば機嫌がなおるわ」

「ヴァンホーン・アンド・グレシャム」ポールはメールに書いてある名前を読みあげた。「シド・ウォラーの弁護人は、あの事務所のやつなんだな？」

レナはメールを閉じて立ちあがった。「だれがいちばんに地下室におりるか、ストローのくじ引きで決めましょう。わたしがストローを持つ。各組からひとりずつくじを引くの」

ポールはポッサムのようににんまり笑った。「なんだかおれは運がいいような気がしてきたぞ、パートナー」

「部屋の配置どおりにガムテープを貼る作業は終わった？」

「終わった。デショーンが細かいから大変だったんだぞ」

「そう。寝てても動けるようになるまでリハーサルしなくちゃ」レナは途中で上着をつかんでオフィスを出た。

ポールが言った。「ガレージは二十七度くらいあるぞ」

「天気の最新情報はいらないから」レナは廊下を歩きながら上着をはおった。ホルモンの状態はまだ不安定だった。絶えず悪寒がするか、暑くてたまらないかどちらかだ。ベネディクト医師のオフィスのばかな女には、このことを尋ねるべきだった。六年前のことではなく。

「絶対、暑いって――」

「ああもう」ジッパーがシャツを嚙んでしまった。

「見せてみろ」ポールがレナの前に立ち、三歳児を相手にするように、シャツをジッパーからはずしはじめた。最近、レナにやたらと優しくなったのはポールだけではない。妊婦特有のフェロモンでもまき散らしているのかもしれないと、レナは思った。いや、まき散らしていたのかもしれない。

「エリックに足を引っぱられそうな気がするんだ。様子がおかしい」ポールが言った。

「どうおかしいの？」

「やけにおとなしい」ポールはつけくわえた。「このあいだのヴァンの件も変だが、あいつはなにか隠してる」

「なにを？」

「問題はそれだ」

レナは、ジッパーからシャツをはずそうとしているポールの指を見ていた。インターネットで買ったブルーの小さなパーカーを思い出した。ジャレドの家族は、ほとんど信仰しているといっていいほどオーバン大学のフットボールチームを愛している。レナは、子ども部屋の壁の色のことでジャレドに文句を言ったが、先週〈タイガー・ラグズ〉で乳児サイズのオーバン大のパーカーをつい注文してしまった。

パーカーはちょうど品切れで取り寄せになっていた。いつ届くのだろうかと、レナは思った。帰宅して、もはや存在しないかわいい腕を待っている小さなパーカーを見つけるのは、何日後になるのだろうか？

「リー？」ポールが尋ねた。「どうする？」

レナはかぶりを振った。「エリックの代わりを探す時間はないわ。ちゃんとやってもらうしかない」

ようやくシャツがはずれた。「あんたがボスだ」

その言葉は気に障った。冷やかされているような気がした。「よかった」レナはつぶやいた。厳密には、チームのボスは男性の警部補だが、進行の速い白血病にかかって休職したので、デニース・ブランソンが適当な後任を探しているところだった。レナは当初、チームをまかされてはりきっていたが、いまでは新しく責任を負うことのマイナス部分ばかりが見えるようになっている。

「やばい、ビシッとしろ」ポールが胸を張り、壁に背中をつけて気をつけの姿勢を取った。

どうしたのかと尋ねるまでもなかった。ロニー・グレイが携帯電話でだれかと話しながら、廊下を歩いてきた。ポールとレナに気づくと、グレイは電話を切った。前置きなしに、彼は尋ねた。「状況は？」

レナは答えた。「これからリハーサルです。今度こそうまくいきます。ウォラーを現行犯逮捕します」

グレイの声は厳しかった。「それ以外の結果はいらないからな、刑事」

「はい」グレイが本気だということは、レナも承知していた。署長の不興を買ったために、予定より早くメイコン警察署から去った刑事を何人も知っている。「保証します、チーム全員、準備は万全です」

ポールがつけくわえた。「まかせてください」担任教師にリンゴを持ってきた三年生のようだ。

「よし」グレイはふたたび歩きだす前に、ポールに向かっていかめしい顔でうなずいた。

レナには、ポールの睾丸が震える音が聞こえた気がした。グレイのことは尊敬しているが、彼がそばに来るたびにパンツを濡らすようには見られたくなかった。

グレイの姿が見えなくなったとたん、ポールがパンと手を打ち鳴らした。「署長の言うとおりだ。くそ野郎をとっ捕まえてやろうぜ」

ポールは先に立ってガレージへ歩いていった。傍目にもわかるほど気負っているが、署長に活を入れられたからだけではない。かかとで跳ねるような、妙な歩き方をするので、やや浮き足立って見える。ポールがアフガニスタンへ二度赴き、砲弾の破片が腕に刺さったために除隊したことは、レナも知っている。治療を受けて百パーセント回復したはずだが、故郷で過ごすうちに闘争心を失ってしまった。

それでも、あいかわらず修羅場は好きだ——そのほかにも、ポールとレナには多くの共通点がある。以前のレナは、ふたりの性質が似ているのでよいパートナーになれると思っていたが、いまではふたりの意見が異なるほうが、バランスがいいのかもしれないと感じるようになっている。

ジェフリー・トリヴァーを尊敬していた理由のひとつが、レナが間違っていると思えば、かならずはっきりそう言ってくれたことだ。

ポールがガレージのドアを蹴りあけた。金属同士のぶつかる音が、格納庫のような空間に響き渡った。このガレージは、押収した車両やボートを搬入し、分解してドラッグや密売品を捜すための場所だ。また、パトカーの定期点検にも使われるので、いまも三台が吊りあげられている。

レナのチームの作業に備え、整備部門が広く場所を空けておいてくれた。薬物密売所のサイズは奥行き十メートル半、幅十八メートルほどだ。ガレージは広いとはいえ、空間は貴重だ。チームは巡査部長の当直デスクを作業台に使っていたので、当の巡査部長を怒らせてしまったが、命令は命令だ。デニース・ブランソンが彼らから空間を取りあげたことに、レナは驚いた。ブランソンはレナをクビにしたがるほど怒っているはずだし、そもそも他人を罰するコツを心得ているから、警視にまで昇進したのだ。

デショーン・フランクリン、ミッチ・キャベロ、キース・マクヴェイルが、当直デスクを取り囲んでいた。レナはポールの前に出た。彼に追い越されないよう、歩幅を広げた。グラント郡の警察署では、レナだけが女の刑事だった。警官になったその日に、警察の慣習を思い知った。男たちの序列のなかで地位を維持すべく、絶えず闘わなければならなかった。

た。「ようボス」ミッチが税金の査定官のオフィスで入手した家屋の見取り図から顔をあげ

た。「風邪でも引いたか?」

自分がどんな見てくれをしているか、レナにはわかっていた。泣いたせいでまぶたは赤く腫れ、目は充血しているのだろう。手の甲で鼻の下を拭った。「まあね。ジャレドにもらったの」

「ジャレド以外にありえないね」デショーンがうなり声をあげると、ほかのメンバーもそろってポルノ映画の音楽をコーラスした。

「ばーか、やめなさい。廊下でグレイ署長に会ったわ。ウォラーを連れて帰らなければ、わたしたちはお払い箱だとはっきり言われた」レナはデショーンをにらみつけた。「あんたも例外じゃないのよ、秘蔵っ子さん」

ミッチはアニメのスクービー・ドゥーのまねをして「ロゥロゥ」と声をあげたが、デショーンがグレイのお気に入りであることは周知の事実だった。

レナはガレージ内を見まわした。整備の連中は昼の休憩へ行き、当番の巡査部長はおそらく車のなかで拗ねているのだろう。ゆうべ、チームBは現地を監視していた。レナは、彼らには遅くに出勤してもいいと言っておいた。強制捜査のあいだ、チームBは現場周辺を警備することになっているので、レナたちのように屋内の動き方を予習しておく必要はない。

だが、やはりひとり足りない。

「エリックはどこ？」

デショーンが答えた。「あの音からして、昼飯で腹をくだしたみたいだ」

レナはちらりとポールを見やった。彼はいつも、頭に浮かんだことを残らず顔に出す。いまもやはりエリックのことを心配しているらしい。心配するのももっともだ。古い諺をもじって言うなら、エリックの腹は心の窓だからだ。

デショーンが尋ねた。「どうかしたのか、ボス？」

レナはいつもの自分を呼び覚まそうとした。「いいえ、わたしのチームは小さな女の子ばかりなのかと思って」

案の定、メンバーたちは悪態をつきながら中指を立てた。

レナは彼らを無視した。密売所の間取りのとおりにテープを貼ったコンクリートの床を見おろした。実物大の見取り図だ。居間、寝室二室、バスルーム、ダイニングルーム、キッチン。いざ現場に踏みこんだときにもたもたしないよう、ここでそれぞれの部屋の広さを歩測して体に覚えこませるのだ。

サムラッチ錠。デッドボルト。スライド錠。ドアにどんな種類の鍵がかかっているか、あれこれ可能性を考えてさんざん時間を無駄にしたが、わかるわけがない。

最大の問題は、普段から密売所には男が四人、ひょっとすると五人もいることだ。ジャンキーがふたりほど泊まることもあるが、それは週末のパーティのあとが多い。客は午前七時半ごろからやってくる──登校前の子どもも、通勤途中の大人もいる。二、三時間後には、退屈な家事を片付けるための気付けの一服を求めて、母親たちがSUVで乗りつける。ランチタイムは混んだり混まなかったりだが、四時半ごろからラッシュアワーがはじまり、午前三時過ぎまでがかき入れ時だ。

シド・ウォラーが現れるのもその時分だ。ほとんど例外なく、コルベットをインターステートの北出口から出してオールマン・ロードに入り、左に曲がってレディング・ストリートを走り、砂利敷きの私道をゆっくりと走って密売所に到着する。

ウォラーはたいてい三時間ほど滞在する。そのあいだになにをしているのかはまったくわからない。その時刻に情報屋を送りこむのは危険すぎる。どのみち、情報屋たちもその時間帯には酔って正体をなくしている。ポールは、ウォラーが製品の味見をしているのではないかと考えている。デショーンは、女とやっているのではないかと言う。デニース・ブランソンは、金を数えているのだろうと見ている。

レナとしては、その全部であってほしいと思っている。暗く湿った地下室におりたときには、ウォラーにクスリとセックスのやりすぎで酩酊(めいてい)していてほしい。そして、恐怖のあまりなすすべもなく目をみはっているだけの彼に手錠をかけてやるのだ。

顔をあげると、チームの全員が待っていた。デショーンは、マニキュアをすべきかどうか迷っているかのように、両手を見つめている。頭に銃を突きつけられていてもおしゃべりをやめられないミッチとキースは、ぼそぼそと話をしている。ポールの表情は雄弁だ。興奮してぴょんぴょん跳びまわり、お漏らしをしかねない子犬を思わせる。

ドアがきしみながらあいた。エリック・ヘイグが、おどおどとした笑みを浮かべて入ってきた。ポールの言うとおりだ。エリックは明らかに様子がおかしかった。デスクのまわりに集まっているチームにくわわったときには、はっきりとわかるほど躊躇(ちゅうちょ)していた。メンバーたちは全員、出動の準備ができている。ところが、エリックはたったいま入ってきたドアから出ていきたくてたまらないように見えた。

とはいえ、だれもが厄介な人生を生きている。

「では、お嬢さんたち」レナは両手を打ち鳴らした。「決まったわ。明日午前零時三十分、ここを襲撃する」

8

サラはネルのトラックの助手席から、窓の外を流れていくメイコンの景色を眺めた。アトランタのそこここに美しい庭や並木道があるが、森に囲まれているとなぜかほっとした。メイコンと同じくグラント郡も大学町で、州のなかでも変化の遅い地域にある。木立を見ているだけで、肺がまた正常に機能しはじめたような気がする。肩にとまっていたハゲタカも、どこかへ行ってしばらく帰ってこないらしい。自分らしい自分に戻った気分だ。

この穏やかな気持ちをもたらしてくれたのは、風景だけではないのかもしれない。ネルが掃除用具を買っているあいだに、サラは妹にいまの気持ちを吐露する長いメールを送った。テッサからの返信も同じくらい長かったが、負けずにがんばれとか、甘い復讐を楽しめといった陳腐な決まり文句ではなく、リストが書いてあった。ウィル・トレントの好きなところ十個。いままで父親が言ったジョークのなかでくだらないもののベストスリー。幼い娘イジーの前でうっかり口にしてしまい、地獄へ送られる原因になりそうな言葉のなかでも最新のもの八個。祖母ほどビスケット作りがうまい人がほかにひとりもいない理由六個。サラもテッサも、絶対に、なにがあってもしないと母親に誓っておきながら、ほとんど毎日していること五個。

サラの状況に関しては、追伸にひとことだけ書いてあった。

〝お願いだから、ドリー・パートンをまた聴きはじめないでね〟

ネルが言った。「あたしもしょっちゅうやってる」

サラはわれに返った。「なにを？」

「ジェフリーのことを思い出して笑顔になること」ネルも笑顔だった。「あの人は森のなかが好きだった。ハイスクールのころは、よくハイキングに行ってたわ」

サラは、そうではないのだと言いかけたが、やめておいた。

「いいのよ」ネルが言った。「なにを思い出していたのかは、ジャレドが目を覚ましたときのために取っておいて。そのときに、みんなで笑いましょう」

サラはうなずいた。病院を出た直後から何度も同じ言葉を聞いていた。ジャレドが目を覚ましたときのために、あの子の家を掃除しておかなくちゃ。ジャレドが目を覚ましたときのために、清潔なパジャマを買ってこなくちゃ。サラはネルに目的ができてよかったと思っていた。それがなければ、ネルは前に進めないとわかっている。

ネルの携帯電話が通知音を発した。レナとジャレドの家の位置をGPSで調べていたのだ。「たぶんここね」ネルはつぶやき、ゆるゆると右へハンドルを切った。

サラは唇を引き結んだ。ネルは老女のように運転し、決して制限速度を超えることはなく、合流したがっているように見える車をいちいち自分の前に入れた。ときおりトラックを止めて標識を読んだり、通行人についてひとこと言ったりした。ネルはいまでも田舎町の時間に閉じこめられている。急ぐことは無作法で、路上に犬がいるとき以外にクラクションを鳴らさない、小さな町の時間に。

ネルは通りに並ぶ民家を眺めた。「まあまあね」それは、トラックに乗りこんで以来、ネルがメイコンについて発した言葉のなかでもっとも肯定的なものだった。「どこも同じ雑誌を参考に設計したみたい」

サラはネルの視線をたどった。単調な家並みだが、家と家の間隔はゆったりとしていて、だれも使わない部屋を無駄に詰めこんだりしていないようだった。前庭の芝生は手入れが行き届いている。私道にはミニヴァンが駐まっている。ポーチにはアメリカ国旗が掲げてある。まさに警官がふたり住んでいそうな通りだった。

ＧＰＳはもう必要なかった。ネルは、ＧＢＩの科学捜査班の白いヴァンのそばにトラックを駐めた。チャーリー・リードが開いた裏口のそばに立っていた。チャーリーは、若い男から受け取ったプラスチックのかごを、ヴァンの貨物スペースにそっと置いた。封をした証拠袋が入っていることが、検死官だったサラにはわかる。また過去が忍び寄ってきた。その感覚は、通りの端に駐めたパトカーの脇に立っている警官ふたりが目に入ったとたんに強くなった。

「ふうん」ネルが言った。不安そうに建物を見あげている。

たぶんネルが想像していたのは魔女のコテージのような家で、急斜面のてっぺんに立つ、下見板に覆われた古風な平屋ではなかったのだろうと、サラは思った。全室が前から後ろへつながったショットガンスタイルの家で、幅より奥行きのほうが長く、真ん中に玄関のドアがあった。ポーチには、アメリカ国旗ではなくオーバン大学のロゴの入ったオレンジとブルーの旗が掲げられていた。

ネルはその旗がうれしかったようだ。「とりあえず、あの子はふるさとを忘れていないみたいね」

サラは、励ましにも取れるようなつぶやき声を発した。レナがこの家に暮らしているのを想像してつらくなっているのは、ネルではなく自分のほうかもしれない。濃いグリーンのカーペットのような芝生。茎のひょろ長いペチュニアが郵便受けを包みこんでいた。玄関までの通路脇には、ヒメヤブランが点々と植わっている。玄関のドアは赤い。ポーチの木のプランターにもペチュニアがこぼれるように咲いている。レナが花の世話をしているところはもちろんのこと、風水の本を読みながらメモを取っているところなど、サラには想像できなかった。

「入らないの？」ネルが尋ねた。

サラはドアを押しあけた。窮屈なトラックの車内にくらべて、空気がひんやりとしていた。通りの端にいる警官たちが、好奇心をあらわにしてこちらを見ている。サラは手を振った。うなずきがふたつ返ってきた。

ネルが言った。「ポッサムに電話をかけて、看護師に様子を訊いたか確かめてみる」携帯電話を開き、番号を押した。片方の手を腰に当て、家を見あげながら、ポッサムが応答するのを待っていた。

サラは、ネルが思いなおしてくれるのを願った。ここまで来る三十分のあいだ、実際に犯罪現場を掃除するのがどんなことかさんざん話した。話が終わりに近づくにつれて、サラは手加減をやめた。かなり残酷なことを言ったが、ネルはかえってますます決意を固めただけだった。

ネルが電話の相手に言った。「あの子はどう？」

サラはネルのプライバシーのためにトラックから離れた。空気をかきまわすそよ風に吹かれながら、科学捜査班のヴァンのほうへ歩いていった。両腕をさすりながら、ジャケットを持ってくればよかったと思った。

「リントン先生」チャーリー・リードがほほえみかけてきた。顔立ちはととのっているのに、両端をピンとカールさせた天神ひげのせいで、ラウンジ歌手のように見えた。「アマンダがついにきみをうちにかっさらってくれたのか。頼むからそうだと言ってくれ」

「残念ながら違うわ」なにがあっても、アマンダ・ワグナーの下で働くのは遠慮したい。「友達と来たの」ネルのほうを指す。「ジャレド・ロングのお母さん」

「えっ」チャーリーの笑みが消えた。「まさか、現場を見たがって……？」

「それならまだいい。掃除をしたがってるの」

チャーリーはついてこいと合図し、ヴァンの前へまわった。声が届かないことを確かめるためだろう、ネルのほうをちらりと見た。「室内はめちゃくちゃだ。そりゃもっとひどい現場もあるが、ショットガンが使用されているし、格闘もあった。血の量が――」

サラは両手をあげた。「彼女を連れて帰ることができるものなら、よろこんでいますぐ帰るわ」

チャーリーはまたネルを見た。ネルの決意の固さがわかったようだ。「まあ、とにかくきみがついてきてくれたのはよかった」

「まだ説得はつづけてるの」

「説得に応じるような人には見えないな」チャーリーはつぶやいた。「よかったら、ざっと説明しようか？」

サラは、詳細を聞きたくてたまらない自分を恥じながらもうなずいた。

チャーリーの声がベテランらしい響きを帯びた。「われわれが加害者その二と呼んでいる男は、正面の窓から侵入した」当該の窓を指さした。黒い指紋パウダーが白い窓枠を汚している。「ポケットナイフを使った可能性が高い。枠の隙間に差しこんで、サムラッチ錠を押しあけた」

サラはうなずいた。強盗がよく使う手だ。

チャーリーはつづけた。「指紋から推測すれば、加害者その二が玄関ドアを内側からあけて、加害者その一とわれわれが呼んでいる男をなかに入れた。壁や床に残留していた火薬から、加害者その一は、まず廊下の手前にある正面の部屋からショットガンを発砲したと考えられる。銃身を切りつめた二八ゲージのレミントンM八七〇」

至近距離からであれば、ショットガンで厚さ一センチ強の合板を割ることができることを、サラは過去に担当した事件で知った。銃身を切りつめると、散弾が広がる。ジャレドが即死せずにすんだ唯一の理由がそれだろう。

「病院に搬送されたときの報告書を読んだ。おれの予備捜査でも裏付けられたが、ショットガンの散弾は被害者の胸部、だいたいT‐2からT‐7にかけて、直径二十センチの範囲に集中し、何発かは頭部を貫通している。現場のドア枠の周囲に、数発の散弾がめりこんでいた。おそらく散弾のほとんどは被害者に命中したと考えていい」

サラの日常からは、法廷で供述するような話を聞くことがすっかりなくなっていた。

「ジャレドは部屋の入口に立っていたの？」

「ああ。被害者の体は、ドア口のほぼ中央にあった。腕組みをしていたか、両腕を体の前につけていた可能性が高い。病院の報告書によれば、左右の上腕後部も両手も無傷だ。ツールベルトを装着していた。アダムズ刑事はそこから金槌を抜いたと見られる」

そのことは、サラもずっと考えていた。レナが寝室に金槌を常備していたとは考えにくいものの、彼女のやることなど想像できるわけがなかった。

「アダムズ刑事は金槌で加害者その一、つまり狙撃犯を寝室の入口で殴りつけた」チャーリーは目の真下を指さした。「鉤がここに食いこんだ。眼窩に引っかかり、硝子体(しょうし)に刺さった。ショットガンが二度暴発して、反対側の壁におよそ直径三十二センチの穴をあけた。どこかの時点で加害者は床に倒れ、同時に金槌が顔からはずれた。床上およそ二十五センチから四十センチの壁に血痕や骨片を発見したので、金槌が抜けたとき、加害者は仰向けだったと考えられる。金槌が勢いよく抜けたので、天井にも組織が飛び散っていた」チャーリーは身震いした。「すまん、おれは金槌が苦手なんだ」

「あなただけじゃないわ」

「そうは言ってもなあ」チャーリーはまた体を震わせた。「ある時点で、加害者その二が助っ人に入った。残留した火薬から判断すると、彼は寝室の外、一メートル八十センチくらいの位置でスミス＆ウェッソンの5ショットリボルバーから三発の弾丸を発射した。ところが、弾は仲間に当たった。どういうわけか、加害者その一は撃たれたとき背中をドア口に向けて立っていた。ただし、撃たれてすぐにまた床に倒れたことは明らかだ。その後、なんらかの理由で加害者その二が倒れ、アダムズが彼に襲いかかった」

「加害者その二は、彼女に襲われる前から倒れていたの？」

「ひざまずいていた」チャーリーは訂正した。「すまん。膝頭と手の跡が床の血だまりに残っていた。ひざまずいていたその二の頭を、アダムズがショットガンの台尻で殴ったらしい。ショットガンから髪の毛と血液を採取した。床上約八十センチの壁とベッドに血しぶきが散っているので、ショットガンを野球のバットのように振りまわしたと考えられる。抜けた歯は証拠品として取ってあるから、とりあえずお袋さんの目に入ることはない」まだネルを見やった。ネルは電話を終え、トラックの荷台にのせた掃除道具の袋のなかを探っている。

サラは尋ねた。「加害者その二が倒れたあとはどうなったの？」

「隣人が到着した」チャーリーは道路のほうへ顎をしゃくった。「この通りには警官ふたりだけじゃなく、救命士と消防士（ファイアマン）も住んでいるんだ。すまん、ファイアウーマンだ。ふたりはジャレドに心臓マッサージをほどこして、蘇生（そせい）させた。おれにとっては幸いだが、九一一で呼ばれた当直の巡査たちは寝室に足を踏み入れなかった。おれが到着したとき、現場はきれいなままだった」

「ジャレドの心臓は一度止まったということ？」だから、救急隊は彼を外傷センターではなく最寄りの病院へ搬送したのだ。

「そうだ。おれの理解しているところでは、隣人たちは救急車が到着するまで、かなりの時間を蘇生に費やしたようだ。正直に言わせてもらえば、生き延びたのが意外なくらいだ。かなり出血していたし。おれの見立てでは——ちゃんと計算するまではだれにも言わないでくれよ——おそらく二リットル」

サラはその情報を頭に染みこませた。チャーリーが正しければ、ジャレドの出血はクラスⅢで、全血液量の三十ないし四十パーセントを失っていたことになる。深刻な頻脈に次いで、なだれのように呼吸困難と臓器不全が起きる。隣人たちが心臓マッサージをほどこしていなければ、今朝ネルとは病院ではなく葬儀社で再会していただろう。

そもそも大量出血を引き起こした傷の重症度も忘れてはならない。

「こんにちは」ネルが言った。ビニールの買い物袋が手に食いこんでいたが、サラが何個か受け取ろうとしても、ネルはかぶりを振り、チャーリーに自己紹介した。「ダーネル・ロング、ジャレドの母親よ」

「チャーリー・リードです。州から来ました。息子さんのことはお気の毒です、ミセス・ロング。でも、いい医者がついている」

「神さまはあたしたちに耐えられない試練はお与えにならないわ」

チャーリーは両手を握り合わせた。「〝わたしに従う者は暗闇のなかを歩かず〟」

ネルはチャーリーが聖書を引用したことに驚いたようだった。サラも意外に思った。チャーリーが教会に通うタイプだとは思いもしなかった。もっとも、彼も南部の生まれであり、赤ん坊が母乳とともに聖書の言葉を飲んで育つのが南部だ。

「仕事に戻るよ」チャーリーの笑顔は、ふたりの反応を楽しんでいることを示していた。

「では失礼」彼はヴァンへ戻っていった。

「ふうん」ネルがチャーリーの後ろ姿を見送りながら、ぼそりと言った。サラは、それが非難だとわかるようになっていた。ネルが最初にそうつぶやいたのは、一ドルショップの隣のストリップクラブの駐車場にずらりと並ぶ車を見たときだ。

ネルはサラに尋ねた。「あのひげはなんだろうね？」

「チャーリーは州でもトップクラスの鑑識の専門家よ。それに、とてもいい人なの。仕事熱心だし」

「ふうん」ネルはそれ以上なにも言わなかった。私道を歩いていく。買い物袋が重そうだった。何本もの持ち手が指の血管を圧迫しているに違いない。

「それ、ほんとうに手伝わなくていいの？」サラは尋ねた。

「あと少しだもの、ありがとう」そう言いながらも、ネルはふうふうとうなりながら私道の最後の部分をのぼっていった。

ジャレドの白バイがガレージの前に駐まっていた。ドアの上の投光器がついたままになっている。サラは通りに目を戻した。だれが見ても、ここに警察官が住んでいることはわかる。夜の暗闇でも、投光器のおかげでバイクがはっきりと見えるはずだ。

ネルが尋ねた。「これ、どうすればいいの？」警察のテープがドアの前に渡してあったが、チャーリーはまだ家を封鎖していなかった。

「テープならたっぷりあるから」サラはテープを引っぱってはずした。だが、ドアはあけなかった。「ネル、もう一度言うけど、やめておいたほうがいいと思う。あなたの想像よりずっと残酷だから。なかで激しい格闘があった。ジャレドが大量の血を流した。その血は床にも壁にも、あらゆる場所に残ってる。この家はバイオハザードなの。医療廃棄物は適切に処理しなければならない。絶対に、専門家にまかせるべきよ」

ネルは買い物袋を持ちあげた。「あたしだって汚れものの始末くらいできるわ」

「お金なら貸してあげる。ううん、わたしが払ってもいい。どっちでも――」

「いいえ」ネルは、これ以上この話をする気がないとはっきり伝える口調で言った。「ありがとう」

ネルは待っている。結局、サラはノブをまわしてドアを押しあけた。

あらゆる犯罪現場で嗅ぐことのできる、特有の臭気がした――血液の鉄分が酸化することによる金臭さではなく、恐怖のにおいだ。サラは以前から直感を重視している。あらゆる生物に危険を知らせる原始的な部分が、人間の脳にもある。レナとジャレドの家の玄関に入ったとたん、サラのその部分がフル稼働しはじめた。

ひとりの男がここで死んだ。ふたりが死にかけた。ひとりの女が命懸けで格闘した。暴力の気配がすえたにおいのする室内に充満している。

サラは、ネルがすべてを感じ取るのを見ていた。ネルの顔色が変わった。買い物袋を取り落としそうになった。サラは声をかけた。「座りましょうか」

「大丈夫よ」

「座りましょう」

ネルはかぶりを振った。正面の部屋を覗いた。居間とキッチンがつながった、広い空間だった。窓から日が差しこんでいる。ソファの上の天井ファンが、かすかな音をたててゆっくりと動いている。この空間では、禍々（まがまが）しいことはなにも起きていない。家具はひっくり返っていない。壁は抑えたライトグレー。乱れているのはキッチンのエリアだが、そこはリフォーム中だったようだ。組み立て式の戸棚が入った平らな段ボール箱がきちんと重ねてある。キッチンのシンクは、古い洗面台に置いたバケツだ。隅に食器洗浄機があり、コードとホースが蝶（ちょう）ネクタイのように巻きつけてあった。コンロは壁から離してあるが、ガス管はつながっているのが見えた。

サラは思わずつぶやいた。「あの子もジェフリーに似てだめねえ」

ジェフリーはつねになにかを修理の途中で放置していた。古い車の修復。バスルームに追加する洗面台。キッチンの再修理。なにかを直していると、完成のよろこびとはいかないまでも、達成感が得られるようだった。サラとつきあっていたころは、彼の家のキッチンの外壁は分厚いビニールシートだった。冷蔵庫はダイニングルームにあった。正面の窓からホースを引きこみ、何個かのバルブを経て製氷機につなげていた。

ネルが言った。「ジェフリーはいつも手を動かしていたわ」ツーバイフォーの木材に合板を渡したカウンターに、買い物袋を置いた。合板を指でなぞる。彼女の目は、シンクがわりのバケツと、コンクリートがむき出しだが掃き清められた床をさまよった。「あの女に家事ができないとは言えないみたい。ジャレドがこんなふうにきれいに掃除できるわけがないもの」

サラは黙っていた。レナは以前から几帳面だった。警察署内のレナのデスクは、オフィス用品のカタログ写真のようだった。

「あの子の父親を呼んで、仕上げてもらうわ」ネルは重なった段ボール箱のほうへ顎をしゃくった。「ポッサムなら一日で組み立てられる。吊り戸棚を取りつけるのは、あたしが手伝えばいい。床に置くものはポッサムひとりでも大丈夫。カウンターの天板はないようだけど、適当なものを見繕って――」ネルはしゃべるのをやめた。サラはネルの視線をたどり、ソファを見た。枕と、きちんとたたんだ上掛けが置いてあった。コーヒーテーブルには、リモコンのほかにグラスが二個、水の入ったグラスが一個、歯の保定装置のプラスチックケースがのっている。

「こんにちは」フェイス・ミッチェルがあいたままの玄関ドアから入ってきた。病院でネルとポッサムには会っている。サラが紹介したのだ。「いま来たばかり？」

「ええ」ネルはソファをいつまでも見ていた。フェイスは状況を読み取ったようだが、黙っていた。サラに向けた苦笑は、気まずいことばかりだと言いたげだった。

サラは言った。「チャーリーに会ったの」

「まだヴァンに荷物を積みこんでる」

ネルがガサガサと音をたてて買い物袋から掃除用品を取り出し、漂白剤とビニール手袋の箱を合板のカウンターに置いた。

フェイスは、現場の感覚を体に取りこもうとしているらしく、歩きまわってあれこれ手に取った。パートナーのウィルより一歳下だが、アトランタ市警で経験を積んでからGBIに転職したフェイスは、てきぱきしていると同時に疑り深い。サラは、ウィルにとってフェイス以上のパートナーは望めないと思っている。フェイスは頭がよく、有能だ。リスクを冒すのをいやがる。言い換えれば、レナ・アダムズとは正反対だった。

そして、恐ろしいほど詮索好きだ。なにかひとこと言いたそうな雰囲気を漂わせ、ネル並みに鋭い目でカーテンや家具を観察した。

サラは、自分の鈍感さに気づいた。ネルはここへ掃除のためだけに来たのではない。レナにジャレドの病室から追い出された仕返しに、レナの家に侵入したかったのだ。

ネルは買い物袋から掃除用品を出し終えた。合板のカウンターに両手をついた。「まずは部屋を見なくちゃね」

もはや止めても無駄だ。ネルはどうしてもやるつもりらしい。サラはフェイスとともに、ネルを追いかけて廊下に出た。

ネルはまだそこにいた。客用バスルームの外で立ち止まっている。シャワーカーテンが引いてあった。ちびて汚れた石鹸（せっけん）のそばに、アックスのシャンプーがあった。トイレの便座はあがったままになっている。カウンターの上には、男性用化粧品が乱雑に置いてある――制汗剤、剃刀とシェービングクリーム、毛が開ききった歯ブラシ、半分使った歯磨き粉。ジャレドはひげを剃（そ）ったあと、シンクをきちんと洗い流さなかったらしく、細かいひげが残っていた。

ネルはふたたび廊下を歩きだし、ぼそりと言った。「あの子はバスルームも使わせてもらえなかったのね」

フェイスも同じくらい低い声で言った。「男に自分のバスルームを使わせるなんて、お金をもらってもいやだ」

「アーメン」サラは言い、ネルのあとを追った。床に白いチョークで描かれた円をまたいだ。チャーリーがDNAを採取したのだろう。見たところ、加害者が自分の存在をアピールするために唾を吐いたようだ。

ということは、やはり加害者たちは最初から意図してジャレドたちを襲ったのだ。

廊下の両側に、予備の部屋があった。一部屋は書斎になっていた。もう一部屋は、改装中のようだった。壁は明るい黄色に塗ってある。木挽台にクローゼットの扉がのっていた。ネルは、この部屋もまたポッサムの仕事に追加するつもりらしく、かぶりを振りながら前を通り過ぎた。そして、主寝室の手前で足を止めた。

鋭く息を吸う音が聞こえた。ネルは両手を震わせてドア枠をつかんでいた。

出血量に関するチャーリーの推定は控えめだったと言ってもよさそうだった。かなり時間がたっているのに、ジャレドが倒れていた場所に残っている血だまりは、まだ乾ききっていなかった。表面がぬめった輝きを帯びている。周縁は暗い錆色(さびいろ)に凝固し、木の床に染みこんでいた。

ほかの血痕は乾いて数時間たつらしく、激しい格闘を物語るワイン色の染みになっていた。最悪なのは天井と壁ではない。大きなブーツの足跡とレナの裸足(はだし)の足跡が、床の上で入り乱れていた。大きな血しぶき。小さな血しぶき。霧状の血しぶき。滴。膝頭の跡。手形。ジャレドの体の下でラグが丸まっていたらしく、そのあたりも汚れている。ベッドまでだれかが這っていった跡もある。さらに、最初に駆けこんできた隣人や救命士たちがジャレドを助けようとしたことがわかる足跡もあった。ここを出るときには、彼らは血まみれになっていただろう。赤い痕跡は途切れることなく、バスルームの目地にまで染みこんでいた。

だが、もっとも真実があらわになっているのが、寝室のドアだった。ジャレドが撃たれた場所だ。レナが最初に侵入者に襲いかかった場所だ。壁や天井に散った大小さまざまな血痕は、それだけで鑑識の教科書のページが埋まりそうだった。サイズも形も濃度もさまざまで、非常に激しいものだったということがひと目でわかる格闘の経過を緻密に再現する際に役立つだろう。歯や骨の破片がなくなり、凶器も証拠品として持ち去られてはいるが、それでも死の影が部屋の隅にひそんでいた。

ネルが声を詰まらせた。「こんな……どうすればいいの……」

サラは黙っていた。

ネルは鼻をすすったが、涙はこぼさなかった。「水洗い式の掃除機なら……」また声が途切れた。ドア口の裂けた木材を握る手に、ますます力がこもった。

サラがフェイスを見ると、彼女はただ、かぶりを振った。

「よし」ネルは思いきったように部屋のなかへ入った。チェストへ歩いていく。気をつけていても、暴力の痕跡の上を通らないわけにはいかなかった。スニーカーが乾いた足跡を踏んでいく。ブーツの足跡を。短靴の足跡を。手形を。

ネルの声が高くなった。「ジャレドはいつもパジャマのほうがよく眠れてたのよ」抽斗を次々とあけはじめた。すでにチャーリーのチームがなかの写真を撮っているはずだ。

「ちゃんとした男が病院のガウンなんか着てちゃだめ。絶対に、あの子はできるだけ普通の格好をしたがる」

サラはドアの外でフェイスと立っていた。ネルがレナとジャレドの私的なものをかきまわすのを、ふたりは黙って見ていた。いちばん上の段の三個はレナのものらしかった。下着は実用的なものばかりだったが、ネルに言わせれば一線を越えたものを見つけたらしく、鼻息の音をたてた。下の段はジャレドのものだった。ゆったりとしたショートパンツやTシャツ、ボクサーパンツでいっぱいだった。彼は、毎日の八割は制服で過ごしていた。おそらくクローゼットには、冠婚葬祭用のスーツが一着と、もう少しカジュアルな場に出るときのためのポロシャツとチノパンツが二、三着あるきりだろう。

ネルは捜索をやめた。両手を腰に当てて室内を見まわした。「あの子はいまでもパジャマを着ているはずなんだけど」

サラは口を固く閉じていたが、ネルがベッドサイドテーブルへ移動したからには、もう黙っていられなかった。「ネル」

ネルは顔をあげたが、手は抽斗を引いていた。

「それはレナのものでしょう」サラは、ハンドローションとリップバームの脇にあるロマンス小説とおぼしき閉じた本を指さした。

そこから動こうとしないネルに、フェイスが言った。「息子さんの奥さんがベッドサイドテーブルにしまっているものなんか、見ないほうがいいですよ」さらにつけくわえた。

「まあ、息子さんのも見ないほうがいいけど」

「いったいどういう意味――」

そのとき、バイクのエンジン音がした。サラは振り返った。玄関のドアは大きくあいている。通りに少なくとも六台のバイクが止まっていた。サラの知っている警官たちなら、ジャレドの母親の面倒を見にやってくるだろう。それも、ちょうどいいタイミングで。

フェイスはこれ幸いとばかりに、ネルに提案した。「ジャレドのお友達と話しませんか？　きっと、みんな彼の様子を知りたがってますよ」

「あたしはみんなのママをやる時間はないのよ」ネルは口を尖らせたが、それでも足早に部屋を出ていった。

「あらまあ」フェイスは、ネルが声の届かないところへ行くのを待ってから口を開いた。

「あの人、剃刀の舌の持ち主ね」

サラは考えごとをつづけていた。「チャーリーとは話した？」

「さっき、ざっと報告を受けた」フェイスは寝室に目を戻した。「そろそろ病院からネルに電話がかかってくるはずなの。ジャレドの熱があがった」

「感染症を起こしたの？」

「看護師はそう言ってる」

看護師が間違うこともある。サラは、ネルの鋼の意志を思った。この数時間ずっと、ジャレドが目を覚ましたらあれをしようこれをしようと考えていたネル。「ジャレドが助からなかったら、ネルは立ちなおれないと思う」

「気の強い人って、えてして崩れ方も激しいものね」

サラはうなだれた。

フェイスは部屋に入り、警官らしく平然と乾いた血痕の上を歩いていった。「パジャマを捜してあげようかな。そうすれば、あの人も息子の役に立っている気分になれるかもしれない」

「そうね」サラはドア枠に寄りかかり、フェイスがクローゼットのなかを探るのを見ていた。床のあちこちに残った足跡を眺める。血液はからからに乾いていたが、チャーリーは注意深く現場を保存していた。いまだに足跡をたどることができる。レナの足が小さいことも、わかりやすさに一役買っていた。サラはいつも、レナが小柄だということを忘れる。身長は百六十センチほど、体重は五十キロもないくらいだろう。

チャーリー・リードの話では、近所からまず四人が駆けつけた。床の血の足跡から判断すれば、四人はバスルームのドアのそばに待機して交替でジャレドに心臓マッサージをほどこしたようだ。ということは、二種類のブーツの足跡は加害者のものだ。どちらもカウボーイブーツで、平らなプラスチックのソールが感嘆符に似た形の赤い跡を残している。

一足は、かかとにスカルと二本の交差した骨の意匠が彫りこまれている。もう一足はノーブランドのもので、溝の並んだ一般的な靴底だ。ふたりともバイカーらしく、足首の軸が内側に傾く回内足だった。

だが、足跡はまだある。

サラはベッドのそばへ歩いていった。ひざまずきながら、フェイスに尋ねた。「加害者はふたり、よね？」

クローゼットの棚を漁っているフェイスの声はくぐもっていた。

「そうよ」

「駆けつけた人は四人？」

「ええと――……」フェイスは声を引きのばした。「うん。警官がふたり、非番の救命士がひとり、消防士の若い女の子がひとり」

「これはなに？」

フェイスが振り返った。

サラは、ジャレドのベッドサイドテーブルに接している足跡を指さした。これもブーツだが、ほかの二足より大きく、かかとにはキャッツポウのすべり止めつきラバーヒールのあの特徴的なロゴがついている。

フェイスはクローゼットに向きなおった。それがどうしたのかと言わんばかりだった。

「チャーリーが調べてるでしょ」

「でも、見て。レナは裸足だった。加害者ふたりはカウボーイブーツ」ほかの足跡を示した。「近所の人たちのうちふたりはスニーカーで、三人目はたぶん室内用スリッパ。四人目は靴下履き」

フェイスは棚からスウェットパンツを二着取り出した。それから、汚れもののかごからTシャツをくわえた。「これでパジャマになるよね？」

サラはゆっくりと立ちあがった。「ゆうべ三人目の加害者がいたかもしれないのに、気にならないの？」

「あたしがちゃんと仕事をしてないって言いたいわけ？」

「そんな」サラは当然のことながらしゅんとした。「もちろん、そんなことはないわ」

「あなたは救急隊のことを忘れてる」フェイスは指を出して数えあげた。「三チームが来たのよ、いい？　ジャレドがまず運び出された。その次が狙撃犯。最初に侵入してきた男は遺体安置所に送られた。つまり、少なくともあと六人、男がいた。ということは、あと十二種類の足跡があってもおかしくない。それに、メイコン警察のだれかがここにうっかり入ったのかもしれない」

「チャーリーは、九一一で呼ばれた警官は寝室に入らなかったと言ってた」

「ほんとに？」

フェイスはむっとしたようだったが、サラは話をつづけた。「一台目の救急車が到着するまで時間がかかったそうよ。体外に出た血液は五分、せいぜい十分もあれば凝固する。だから、救急隊がわざとジャレドの周囲の血だまりを踏んでここまで歩いてきたのでなければ、この三種類目の足跡がつくはずがない」サラはことさら専門家らしいことを言った。「この足跡を残した人物は、犯罪が起きた時点でここにいたのよ」

「そこはふたり目の加害者が倒れた場所でしょう」フェイスの声は張りつめていて、いらだちを抑えているのがわかった。「きっと、最初に到着した救急隊が倒れていた男をチェックしたんでしょ。違う？　入ってきて、死体を見つけて、あとのふたりをチェックせずに放置するなんてありえない」

「救急隊は、おそらく5・11タクティカルのブーツを履いていた」それは救命士や消防士のためにデザインされたブーツで、サラもよく知っている。「それを抜きにしても、血液は彼らが到着するころには乾いていた。なぜなら、ほかに救命士の足跡がないでしょう？　ジャレドの周囲にもない」

フェイスは聞こえよがしにため息をついた。「ゆうべはこの部屋でいろいろなことがあった。その足跡がどうしてついたのか、はっきりしたことはわからない。いい？」

サラはうなずいたが、収拾をつけるためで、納得してはいなかった。救急隊のひとりが、部屋を出る前にふたり目の加害者をチェックした可能性がないわけではないし、なんなら確実にそうしたはずだと言ってもいい。だが、倒れている人間のかたわらに立ち、前屈してチェックすることは絶対にない。救命士はバイタルサインを確認するときには両膝をつく。曲芸師でもなければ、ベッドサイドテーブルに足をくっつける理由などない。

「ねえ」フェイスがクローゼットの扉を閉めた。「あなたがこういうことに詳しいのは知ってるけど、ここはチャーリーの現場よ、サラ。チャーリーはジャレドが搬送された直後からここにいる。もしかしたら、それはチャーリーの足跡かもしれないし、ほかの人のものかもしれない。それか、踏んではいけない場所をうっかり踏んだか、よろけた救命士のものだと、すでに判明しているのかもしれない。チャーリーは、あらゆる可能性を排除せず、その足跡がだれのものか解明するはずよ。あなたもそれは知ってるでしょう。どんな石ころもひっくり返す」

「そのとおりよ」サラはうなずいたが、それまでのつきあいから、フェイスが嘘をついていればわかる。どうやら、なにかべつの事情があるらしい。

フェイスが言った。「来て。あたしの計画がうまくいくか試してみよう」

ここはついていくべきなのだろう。サラはもう一度ブーツの足跡を見てから、廊下を戻っていった。検死官モードからなかなか切り替えられないのは、その仕事を離れて何年もたち、切り替えのコツを忘れたせいだろう。キャッツポウのロゴから、あのブーツの持ち主について多くのことがわかる。靴がだめになっても、すぐに捨てないでソールを張り替えて履きつづける倹約家だ。サイズから推測して、身長は百八十センチ以上。電気を通さないゴム底で、すべらない靴が必要な職業についている――たぶん、機械工か電気工か建設作業員。分析すれば、多孔質のラバーソールが運んできたオイルや、なんらかの残留物が検出されるはずだ。そこから、加害者の仲間を絞りこむことができる。いや、近隣の靴の修理店に電話をかけるだけで、キャッツポウのラバーヒールを購入した客のリストが簡単に手に入る。

たぶん、チャーリーのチームのだれかがいまごろそうしているのだろう。

フェイスの言うとおりだ。チャーリーはとても有能だ。フェイスもそうだ。彼らがなにかを隠しているのなら、相応の理由があるに違いない。気持ちのうえでは違うけれど、自分が完全な部外者であることを繰り返し思い出すしかない。

開いた玄関ドアの前に、フェイスが立っていた。通りでは、白バイ隊員がネルを守るように取り囲んでいる。くだけた雰囲気で、話しやすそうな若者ばかりだった。きっとネルの息子の武勇伝を語っているのだろう。事実かどうかは関係ない。警官ほど作り話のうまい連中はいない。

「あの人たちがあたしの提案を聞いてくれたのは意外だった」フェイスが言った。「掃除業者を雇うためにカンパをお願いしたの。剃刀の舌を持つおばさんだって、あの人たちにノーとは言えないでしょ」

サラはつい笑ってしまった。「それ、すごく賢いやり方ね」

「アマンダがよく使う手よ――でも、あたしがまねしたことは内緒ね。自分の家を片付けるのに業者を雇ったりしようものならなにを言われるかわからないって、みんな思うのよ。それって南部ならではかもしれないけど」フェイスはキッチンへ戻った。「あの人たちにキッチンのリフォームも手伝ってもらおうかな。うー、バケツで皿を洗わなければならないなんて、あたしだったら自分でジャレドを殺してたかも」

「見た目ほどひどくないのよ」サラは言った。バケツの底には穴があり、配水できるようになっていた。庭用のホースも水栓につないであった。まさにジェフリーがやりそうなことだ――完全に間に合わせだが、たしかに機能に問題はない。

反対に、ウィルは珍妙な工夫にあきれただろう。ジェフリーと似ている点も多いが、ウィルはたんに作業を終わらせるだけでなく、完璧に仕上げる。いや、自分なりに完璧だと思えるくらいまで仕上げる。彼は、サラのアパートメントの改装業者がすべてのドアの上端を塗り残していたのを知ったとき、ひどくいらいらしていた。

「ちょっと頼んでもいい？」フェイスはキッチンのテーブルにのった郵便物の束を調べていた。「ネルがまだ外にいるか見てきてくれる？」

サラはつま先立ちになり、斜面の下を眺めた。「いるわ。どうしたの？」

フェイスが一通の封筒を破いてあけた。

「それ、不法行為じゃない？」

「見られてなければかまわないって」彼女の視線が送り状らしきものの表面をさっとなでた。「これをあけたのはジャレドだから。ただ、頭のけがのせいで覚えてないだけ」

「そんなこと言って、罰が当たるからね」

「それほどの価値もなかったわ」フェイスは送り状をたたんだ。「レナの子宮頸部細胞診の結果は異状なしだそうよ」紙を封筒に戻した。「ネルにジャレドのことを話してくる。もう病院から電話がかかってきてもおかしくないのに」

「待って。そういう話にはならないと思うけど、ネルにはウィルのことを言ってないの。その、ウィルとわたしのこと。つきあってるって」母親にささいな嘘をつくときのように、心臓が跳ねはじめた。「ネルには話さないでほしいの」

フェイスが驚いたかどうかわからないが、とにかく表情は変わらなかった。「わかった。黙ってる」

サラは言い訳せずにいられなかった。「ウィルはまだ離婚していないし、それに……」声が途中で小さくなった。嘘をつく理由などない。「ただ、ネルたちはジェフリーをほんとうに愛していたから。どうしてわたしが前に進めたか、ふたりにはたぶんわからない」

サラは言葉を切った。「ときどき、自分でもわからなくなるの」

「あたしはよかったと思うけど」フェイスはテーブルに寄りかかった。「ウィルもあなたを愛してるよ、知ってる？　そりゃもう、夢中で。アンジーとはそういうのがぜんぜんなかった。あなたに会った日から、あの人の両足は地面に着かなくなっちゃった」

サラはほほえんだが、よくわからないウィルの妻のことは、いまいちばん考えたくなかった。

「ほんとよ、そんなウィルって見たことなかった。あなたがあの人を変えたの。あなたのおかげで、ウィルは――」フェイスはびっくりだと言わんばかりに肩をすくめた。「幸せなの」

どういうわけか、サラは目が潤むのを感じた。「わたしもあの人のおかげで幸せよ」

「じゃあ、大事なことはそろってる」フェイスは眉をひょいと動かした。「〝これもまた過ぎ去るだろう〟」

サラは目元を拭った。「今日はびっくりするほどたくさんの人に聖書を引用されたわ」

「母はあたしの名前を聖書からとったの。あたしは望んでいることを保証するものであるはずなんだけど。希望的観測と言えば」フェイスはテーブルから体を起こした。「ネルを連れてこなくちゃ。この段階で感染症を起こしたら、かなり危険なの？」

「たぶん、CDCからだれか呼ぶでしょうね」感染症予防センター（CDC）には、アトランタとその近辺を担当するチームがいる。「近くてよかった」

「あまりいい話に聞こえないけど」

「ええ」サラは認めた。「感染症は予測がつかない。治療にどう反応するかは個人差がある。感染症が心臓や脳に達すると、助かる可能性は低くなる。助かっても、回復するまでは厳しいわ」だが、とっさにつけくわえた。「でも、ジャレドは若くてもともと健康だった。それはとても価値があることよ」

「ああ、来たわ」フェイスはネルがポーチの階段をのぼってくるのを待った。ネルは片方の手にフェデックスのクッション封筒、もう片方の手に小さな封筒を持っていた。

「あなたたちの思いどおりになりそうよ」ネルは封筒を尻ポケットに突っこんだ。「あの子たちが言ってたわ、こういうことが起きたら寄付をするものなんだって。失礼なことは言いたくなかったけど、あたしは病人じゃないのよ」ネルの言葉は刺々しいが、ほっとしているのが表情から見て取れた。ひたいの深い皺も薄くなっている。顎もこわばりが取れていた。「いい子たちね。あたしも文句を言っちゃいけないわ」

フェイスが言った。「あなただけじゃなくて、みんなも心細いんですよ、ミセス・ロング。たとえあなたができることでも、あなたのためになにかできれば、みんな気が楽になるんです」

「そうなんでしょうね」ネルは言った。フェデックスの封筒を掲げた。裏に〝親展〟という文字が赤いペンで書いてあった。「あの子たちと通りにいるときに、配達人が持ってきたの。レナ宛よ。親展って書いてある。あたしがあけてもいいのかどうかわからなくて」

「差出人は書いてある？」フェイスはたいして関心がなさそうな顔をしているが、サラはだまされなかった。

ネルは目を細くしてラベルを見つめた。「汚れがひどい。あけてもいいかしら？」

フェイスは演技に見えないほどさりげなく肩をすくめた。「どうぞ。レナが必要としているものかもしれませんよ」

ネルは大笑いした。「アラバマでもここでも同じね――あたしの顔に小便をかけるのはかまわないけど、雨が降ってるとか言わないでよ」

フェイスは歯をむき出して笑った。

「ほらね、やっぱり」ネルはキッチンへ行き、カウンターからバッグを取った。サラは、彼女が大きなカッターナイフを取り出しても驚かなかったが、フェイスはぎょっとした。両方の眉がさっとあがった。

「さて、この私的なものがなにか見てみようかしらね」ネルはカッターナイフでクッションの封筒をあけた。なかを覗きこんだが、なにが入っているのか見えないのか、眉根を寄せた。

サラは尋ねた。「なにが入ってるの？」

ネルは封筒のなかに手を入れた。「さあ――」

封筒が床に落ちた。

ネルが掲げたのは、小さなパーカーだった。赤ん坊に買うようなものだ。ダークブルーで、袖にオレンジのライン、背中にオーバン大学のロゴがついている。

彼女の唇がびっくりしたように分かれた。サラを見て、フェイスを見て、それから小さなパーカーに目を戻した。襟に縫いつけられたフードを手のひらにのせた。

なにも言わず、ネルは廊下へ出ていき、角に肩をぶつけた。サラは追いかけ、予備の部屋の前で追いついた。

「あの子はなんにも――」ネルが声を詰まらせた。両手でパーカーを握りしめ、部屋の中央に立ちつくしていた。「どうして――」押し殺した泣き声を漏らす。小さなパーカーに顔を埋めた。「ああ、なんで――」

フェイスがサラの背後に来た。唇をきつく結んでいる。肌から放たれる罪悪感が目に見えるようだった。

「ここは子ども部屋なのね」ネルがパーカーを抱きしめてささやいた。「あの子は子ども部屋を造っていたんだ」クローゼットの扉を指先でなでた。何個かの風船が鉛筆で下書きしてある。床には、明るい色のペンキの缶が並んでいる。筆とスポンジと、ペンキを入れるトレーもあった。

ネルがフェイスをにらんだ。鋭く棘のある口調で言った。「知っていたんでしょう？」

今回ばかりは、フェイスも嘘をつかなかった。

電話が鳴りはじめた。ネルはポケットから電話を取り出した。震える声で応答した。

「ポッサム、どうしたの？　いま取りこみ中なんだけど」ポッサムの話を聞いて何度かうなずき、電話を閉じてポケットにしまった。「ジャレドが感染症を起こしたって」その声は冷静だった。「戻ってこいって言われた」

「送るわ」サラは申し出た。

「いいえ」ネルは胸にしっかりとパーカーを抱いた。「しばらくひとりにしてくれない？その人を送ってあげて」フェイスに話している。「しばらく時間がほしいの、いい？」

ネルは返事を待たずに部屋を出た。空気が残らず彼女と一緒に出ていったようだった。

フェイスが長々とため息をついた。「最悪」

サラは黙っていた。

フェイスが探るようにサラを見つめた。「サラ？」

サラはかぶりを振り、室内を眺めた。窓から入ってくる日差しが床を横切っている。黄色の壁は温かく明るい雰囲気を醸していた。窓に薄いカーテンがかかり、夏のそよ風にさらさらと揺れるさまが見えた。クローゼットの扉とそろいの風船が、壁にも描かれるのだろう。パーカーは小さなプラスチックのハンガー――内装に合う、カラフルなハンガーにかけられるのだろう。パーカーは新生児用ではなかったが、レナの赤ん坊が三カ月から六カ月のころにはちょうどよくなるだろう。フェイスが言った。「黙っててごめん」

かぶりを振りつづけるのが精一杯だった。いま口を開けば、なにを言いだすかわからない。

サラとジェフリーがともに計画していたことのうち最後のひとつが、養子を迎えることだった。サラは子どもを産めない。何年もかけて養子について同じ考え方をするに至り、ふたりで子どもを育てる準備ができたと思えるようになった。

ところがジェフリーが亡くなり、サラはすっかり壊れてしまった。養子縁組仲介業者には、申し込みを却下された。当時、サラはそのこともほとんどわかっていなかった。自分のこともろくにできなかったのだから、赤ん坊の世話など論外だった。

「サラ」フェイスの声がした。「なにか言ってくれない？」

口のなかが酸っぱいもので満ちていた。

ずるい。

サラはそう言いたかった。声をかぎりに、そう叫びたかった。

こんなのずるい。

レナは強いわけではない。でも、たわんで受け流すので、壊れることがない。いままで悲劇が起きても簡単に立ちなおったように、きっと今回もあっさり回復するだろう。

ジャレドを失っても、レナはいつでも自分のなかに彼の子が育っているのを感じることができる。いつでも赤ん坊の手を握って、ジャレドの手を思い出すことができる。いつでも子どもが笑い、学び、成長し、スポーツをやり、学校の課題をやり、大学を卒業するのを見守ることができる。そしてレナは、いつまでも、いつまでもずっと、ジャレドを思い出せる。孫やひ孫のなかにジャレドの面影を見るだろう。死の床についても、夫とふたりで美しいものを生み出したのだとわかっていれば、心穏やかでいられるだろう。死んでもともに生きつづけることができるのだ。

「サラ」フェイスが言った。「どうしたの？」

今朝あの暗い場所からようやく抜け出したのに、また引きずり戻されたことに怒り、サラは目を拭った。「なぜあの人はなんでも簡単に手に入れるの？」しゃべるのが苦しかった。出ていこうとする言葉のひとことひとことを、喉が締めつけた。「いつも道が開けて、あの人は無傷で通り過ぎるだけで――」息を継いだ。「気楽なものよ。なんの苦労もない」

フェイスはドアを指した。「行きましょう」

サラは動けなかった。

「ほら」フェイスにそっと腕をつかまれ、部屋の外へ連れていかれた。家を出ていくのかと思ったが、フェイスはキッチンのテーブルのそばで足を止めた。そして、先ほどあけた封筒を差し出した。

サラは受け取らなかった。「あの人の子宮頸部細胞診なんかどうでもいい」

「差出人を見て」

言われたとおりにした。メイコン医療センター。産婦人科、ドリスコル・ベネディクト。「だからなに？」

フェイスは封筒をあけ、医療明細書を開いた。サラに見えるように掲げた。日付は十日前になっていた。診察料は、ＥＲ利用料を含めて請求書を別送するという但し書きつきで省略されていた。

最下部に、だれかの手書きの文字があった。「おふたりに神のお恵みがありますように。あなたたちのために祈っています」

サラはフェイスから明細書を受け取った。膝から力が抜けた。椅子に腰をおろす。見舞いの言葉がなくても、サラには医療請求コードの意味がわかる。

レナは流産していた。

9

　ウィルは銃座のように首を巡らせながら、でこぼこだらけの州道をバイクで走っていた。ときおり裏道で見かけるトレーラーのほかには、鹿に気をつけなければならなかった。十分ほど前にも、いきなり牡鹿(おじか)がバイクの前に飛び出てきたばかりだ。鹿は威厳があった。それ以外に適切な言葉が見つからない。胸から腹にかけて隆起した筋肉。バレリーナを彷彿(ほうふつ)とさせるすらりとした脚。角は樹木のように枝分かれしていた。鹿はウィルに一瞥もくれなかったが、それは好都合だった。相手が人間であれ獣であれ、恐怖で凍りついた自分のあんな顔を見られたら、恥ずかしくていたたまれなかっただろう。数学者でなくても、走っている鹿に走っているバイクが衝突した際の生存率くらいはわかる。検死官は、退職の日まで鹿の胸郭からウィルの破片をつまみ取って過ごすはめになっていただろう。

　アトランタの周辺にはさまざまな野生動物が棲息(せいそく)しているらしいが、摩天楼のまんなかをバスや車や電車が猛スピードで走り過ぎる場所にいると、動物と出会う可能性は低い。

　だが、ウィルがメイコンに来てもっとも驚いたことのひとつは、野生動物ではなく、富裕層と貧困層の住む場所が完全に分かれていることだった。アトランタでは、ウィルのつつましい家からサラのアパートメントまでほんの数ブロックで、サラのアパートメントの近所には薬物依存症のクリニックがある。

メイコンには、文字どおりのスラムはないが、市街地を囲む曲がりくねった通りを境に、街並みがすり切れた絨毯のようにくたびれた様子になる。古い豪邸がなくなって小さな一軒家が増え、さらに外側へ向かうと、下見板張りの家や荒れ果てたトレーラーパークがあり、最終的には掘っ立て小屋が並ぶようになる。ジョージア州のあちこちで仕事をしているウィルは、それなりに貧困を見てきたが、それでも水道すらなさそうな家の前に洗濯物が干してある光景には、とりわけ気が滅入った。

ウィルはバイクのスピードを落とした。前方に目を凝らし、道路に迷いこんだ鹿がいないことを確かめた。やがて、黄色のフォルクスワーゲン・ビートルが見えてきた――『宇宙家族ジェットソン』のジョージ・ジェットソンが乗っていそうな新型ではなく、子どものブーブー言う声のような音を発する古いモデルだ。後部はバンパーステッカーで覆われている。ブレーキランプのかわりに方向指示器が点滅した。ウィルはもう一段階シフトダウンした。ビートルは突然Uターンして対向車線に入ると、未舗装の道路脇に郵便受けが並んでいるあたりへ向かった。人間の手が窓から飛び出て、ひとつの郵便受けのなかを確認し、すぐさまふたたびUターンした。ウィルが気をつけていなければ、バイクは衝突してひっくり返っていただろう。

ウィルはさらにシフトダウンし、並んだ郵便受けの向かい側にバイクを止めた。携帯電話で時刻を確認した。本来なら二十分で到着するところ、一時間近くかかっていた。ウィルはもともと方向音痴なうえに、たいていのディスレクシアのある人間は、右に曲がって左に曲がってと電話で指示されるのが苦手だ。それに、いまのウィルは後ろめたさにさいなまれてもいた。サラは、ウィルが潜入捜査をするのをいやがっている。これからほかの女とデートをすることになっているのを知ったら、いやがるに決まっている。厳密に言えば、カイラ・マーティンとはデートをするわけではないが、あちらがそう思っているからには、いかにもデートのようで落ち着かない。

フェイスと話したあと、ウィルはビッグ・ホワイティにすべてを突きつける時機が来たと判断した。一時間近くかけてトニー・デルを捜したが、見つからなかった。かわりにカイラ・マーティンに会うのはいい考えのように思えた。あの看護師のほうが、ずっと扱いやすい——いろいろな意味で。ウィルがカフェテリアでランチをとっているとき、だれかの手がトレーの下にさっとメモを差しこんだ。熟練した動きだった。だれにも気づかれなかったようだ。ウィルはこの機会をうまく利用したつもりで、オルドリッチ・エイムズよろしくメモをこっそりポケットにしまった。きっと、あの有名スパイはトイレの個室に隠れて指示書を読んだりはしなかっただろうけれど。

午後七時——十二番出口を出て左、未舗装の道の右側。明かりのついている家はうちだけ。遅れないでね!!

カイラが感嘆符の下の点をスマイルマークにしていたことで、ウィルの罪悪感はますます強まった。ウィル自身も、ときどきサラにスマイルマークを書き残すからだ。メールでスマイルマークの絵文字を送ることもある。サラも同じ絵文字を返信してくる。ふたりでふざけていたとき、サラがウィルの腹にいくつもスマイルマークを描いたこともある。

ウィルは憂鬱な気分で長々とため息をつき、バイクを降りた。

アイフォーンのキーパッドを表示し、秘密のアプリにアクセスするための十二桁の暗証番号を入力した。すぐに表示されたアイコンのなかから、すかさず一時的に電話番号を変えるアプリを選択した。アプリが立ちあがった。十桁の番号を打ちこむ。

ヘルメットにアイフォーンの角が当たった。ウィルはストラップをゆるめてヘルメットを脱ぎ、バイクのハンドルに引っかけた。めずらしく四度目のコール音まで待たされたあと、サラが応答した。電話のむこうから、ピアノの音と低い会話の声が聞こえた。

サラは挨拶もせずにいきなり尋ねた。「ブランズウィック？」

アプリがきちんと作動したらしい。「いや」ウィルは彼女の居場所を周囲の音から特定しようとした。バーか病院のようだが。「いまどこにいるんだ？」

「わたしがどこにいるかって？」サラは都市部から離れると、南部訛りが濃くなる。「〈メイコン・デイズ・イン〉のバーでスコッチを飲んでるの」

たちまち、サラを引っかけようとしているろくでなしが思い浮かんだ。なんとか冷静な声で返した。「そうなんだ」

「そう」サラは最後の破裂音を発音した。ウィルは彼女の唇の形を想像した。弓形の唇を。とたんに、金のチェーンネックレスを着けたどこかのばか野郎がサラに近づいてきて、おかわりはどうかと尋ねるところが目に浮かんだ。

「バーにいるなんてきみらしくないね」

「そうね」サラも同意した。「だけど、今日はわたしらしくないことをたくさんやってるの」

ウィルには、その口ぶりに隠れている意味を解読できなかった。酔っ払っているようには聞こえないのが救いだ。サラが大酒飲みだとは聞いたことがない。

「深夜零時ごろ、遅くても一時ごろにはそっちへ行けるかもしれない」

「ううん、スウィートハート。こっちには来ないで」

突然、突きあげるような不安を覚えた。サラにスウィートハートと呼ばれるのは、なにか鈍感なことをしでかしたときだけだ。メイコンにいることがばれたのだろうか？　秘密が漏れそうな部分を突き止めるべく、ウィルはあれこれ考えた。フェイスがしゃべるわけがない――うっかりしゃべったとしても、すぐに教えてくれるはずだ。デニース・ブランソンはそこまで愚かではないだろうが、もし愚かだったとしても、サラのことは知らない。レナは黙っていると約束してくれたが、彼女は金槌で人ひとり殴り殺したうえに、隠しごとをしている。そんな女の言うことを信じるのは、よほどの間抜けだけではないか？

「ウィル？」

ウィルは強い不安を呑みくだした。サラについて知っている事実のひとつが、彼女は駆け引きをしないということだ。ウィルがメイコンにいるのを知っているのなら、バーでピアノなんか聞かずに、本人に説明を求めるだろう。

「ジャレドの様子はどう？」

「よくないわ」サラは言葉を切り、スコッチを口に含んだ。グラスをカウンターに置く音が、ウィルにも聞こえた。「切開した部位から感染したの。敗血症を起こしてしまった。CDCから医師が来て、治療に当たってる。腕はいいけど――」サラはいったん黙りこんだ。「レナは妊娠していたの。十日前に流産してる」

ウィルはいまだにサラの口調に感じられる棘の意味がわからなかった。サラは子どもを産めないが、それはレナとはなんの関係もないはずだ。「フェイスは知ってるのか？」

「その場にいたの。わたし、フェイスの前でくそを漏らしたも同然だった」

ウィルはバイクに目をやった。いますぐ引き返してサラに会いに行くべきだ。〈デイズ・イン〉はインターステートのすぐそばにあり、ここから三十分もかからない。

「フェイスはとても優しかった。あなたもくそを漏らすようなことがあったら、フェイスにそばにいてもらうといいわ」

「そうだね」セミトレーラーが走ってくる音が聞こえ、ライトが薄闇を切り裂いた。エンジン音が空気を震わせ、サラの声をかき消した。

「なんだって？」

「なんでもない」氷がカランと音をたて、サラが喉を鳴らしてスコッチを飲みこんだ。

「いま、道路の脇にいるの？」

「きみの様子を確かめたかった。今朝、ひどく動揺していたから」

「ええ、いまも動揺してる」サラは辛辣な口調で言った。「大昔、父に言われたの。復讐したがるのは毒をすすりながら他人が死ぬのを待つようなものだって」

「いまのきみがそうなのか？」

「わからない」サラはまた黙りこくった。「なんだか、不法侵入した気分。レナからなにかを盗んだみたいな。わたしのものではない、レナ個人のものを」少しもおかしくなさそうに笑った。「わたしの取り分の肉一ポンドは、思っていたよりもぜんぜん少ないわ」

ウィルは並んだ郵便受けを見やった。それぞれの家のドアには、さまざまな人の手で、さまざまな色のスプレーで番地が書いてあった。ある郵便受けには、だれかがヒナギクを描いていた。べつの郵便受けには、ジョージア・ブルドッグズのロゴが描かれている。

サラが言った。「会いたい」

最後に会ってから十二時間もたっていないが、サラの声を聞いて、ウィルは自分も彼女に会いたくてたまらないのだと気づいた。このめちゃくちゃな状況から抜け出す方法はないのだろうか。なにも話せなくてすまないと言わなければいけないのに。いまそばにいてやれなくてすまない、と。臆病で嘘つきですまない、自分はきみにふさわしくない、でもきみがいなければだめになるのはわかっている、と。

「とりあえず」不意にサラの口調が変わった。「わたしはスコッチ一杯が限界だから、病院に戻ってネルのそばにいなくちゃ。レナが流産したことを話したの。もう知っていたわ。レナに聞いたのかも。ううん、どうかな。レナはあまりしゃべらないし。もちろん、わたしは――ネルには言ってない」わざとらしく笑った。「ぺらぺらしゃべってごめんなさい。疲れてるの。昨日のこの時間から寝ていないから。眠ろうとしたんだけど、眠れなかった」

「これから家に帰るのか？」ウィルは計画を立てはじめた。カイラとの用事が終わったら、バイクに飛び乗ってまっすぐアトランタへ帰るのだ。

サラがその考えをつぶした。「今夜は部屋を取ったの。犬たちは大丈夫。この状態で長距離を運転するのは危ないし」

「ぼくが迎えに行くよ」懇願に聞こえないようにこらえた。「そうさせてくれ」

「いいえ」サラの口調はきっぱりとしていた。「ここには来ないで、ウィル。あなたには距離を置いていてほしいの」

ウィルは、自分の嘘に捕らわれているような気がした。「ごめんよ」

「謝らないで」サラは息継ぎをしたかったのか、また少し黙っていた。「とにかくあなたはあなたのいるべき場所でやるべきことをやって。それが終わったら、わたしのもとへ帰ってきて。一緒に食事をして、話をして、笑って、そのあと寝室へ行って――」

またトラックが轟音をあげて通り過ぎたが、サラが電話口でささやくみだらな言葉はひとことも漏らさず聞き取れた。「そういうこと、できる?」サラが尋ねた。ウィルは咳払いした。「できる」

口のなかで、舌が分厚くふくらんでしまった感じがした。

「よかった。だってそれがわたしのしてほしいことなの、ウィル。またちゃんと自分の人生を生きている感覚を味わわせてほしい。あなたと共有している人生を」

ピアノの音が止まった。氷がグラスのなかで鳴った。

だれかの笑い声がした。サラが言った。「わたしたち、順調よね?」

「ああ」このときだけは、ためらわずに答えることができた。「すこぶる順調だ」

「わたしもそう思う」

「サラ――」自分の声が切羽詰まっているように聞こえたが、サラの名前のほかに言うべきことを思いつかなかった。

「もう行かなくちゃ」

「行かなくてもいい」

「先のことだけを考えて、いい？　わたしの家で一緒になにを食べたいか、それとも映画に行くか、犬の散歩に行くか。いつもどおりのわたしたちでいましょう。いまわたしはそういうことを考えてる。そうして、いまを乗り越えるの」

「そうだね。それ、全部やろう」ウィルはサラがまだなにか言ってくれるのを待ったが、電話は切れた。

サラを呼び戻すことができるわけでもないのに、電話をじっと見おろした。もっとも、慰めになるような言葉は持ち合わせていなかった。それどころか、電話でほとんどなにも話していない。いまさらながらそのことに気づいた。明らかに、サラはウィルがなにか――なんでもいいから――安心できるようなことを言ってくれるのを待っていたのに、彼女にばかりしゃべらせてしまった。

ウィルはぼそりとつぶやいた。「ばか野郎」

もう一度、アプリにアクセスするための十二桁の暗証番号を入力した。アイコンが現れたが、今度は指を動かすのが遅れた。やりなおしたが、最後の二桁でためらった。

サラになにを言えばいいのだろう。会いに行きたい。赤信号を全部無視すれば、十分でたどり着ける。サラの求めることなら全部、それ以上のこともしてやりたい。でも、会いに行ったりすれば、なぜこんなに早く着いたのかと問いただされるだろう。サラになんと説明するか、考える時間は十分間ある。〈デイズ・イン〉のそばで道路が混んでいれば十五分だ。ウィルはバイクのハンドルからヘルメットを取った。塗装の一部が削り取られていた。ヘルメットをかぶり、ストラップをとめた。バイクにまたがると、前輪を元来た方向へ向けた。

もはや選択の余地はなかった。あんな電話のあとですべきことはただひとつ、まっすぐホテルか病院へ行き、サラと一緒に座って現状をつぶさに話すことだ。フェイスの言うとおりだ──事態はかなりまずいところまで来ている。最初は小さな隠しごとだったのが、積もり積もって大きな嘘になり、ふたりの関係を壊してしまうかもしれない。

自分のために、サラに毒を飲ませるようなことはできない。

バイクのエンジンをふかし、インターステートへ向かった。暗くなっていく空を見あげた。ホテルは空港のそばなので、飛行機が離着陸しているあたりを目指せばいい。とにかくウィルは、サラの言う〈デイズ・イン〉は空港のそばにあるホテルだと思いたかった。〈デイズ・イン〉は大きなチェーンだ。メイコンだけでも一軒はあるかもしれない。

そのとき、黒いピックアップトラックが道路の中央に止まっていることにぎりぎりで気づいた。対向車線は白いホンダがふさいでいる。ウィルはクラクションがあればよかったのにと思いながら、スピードを落とした。道路の外側を走るのは危険だ――土手を転落しかねない。ブーツで地面をこすりながらバイクを止めた。

「おい！」ウィルはどなった。「どいてくれ！」

「落ち着けよ！」ピックアップトラックの運転手が、窓から首を突き出した。顔を見る前に、ウィルはトニーの声だと気づいていた。「なんだ、バド、なんでそっちから来たんだ？　カイラの家はあっちだぞ」

トニーは道路と鋭角に交わっている未舗装の道を指した。背の高い木立が入口を見えにくくしていた。標識などはなく、未舗装の道があることを示すものもない。ウィルひとりでは決して見つけられなかっただろう。この手の駆け引きに慣れているカイラは、電話番号を教えてキャンセルされないよう、住所だけを頼りに家を捜すよう仕向けたのだ。

「来いよ」トニーが手招きした。

ウィルは、白いホンダの運転手のほうにさりげなく目を向けながら、エンジンをふかした。黒い癖毛のてっぺんと高いひたいが見えた瞬間、窓がするするとあがった。

トニーは未舗装の道へ曲がった。ラジオから流れる曲のメロディーがウィルにも聞こえた。レーナード・スキナード。《フリー・バード》だ。さもありなん。

ウィルは、象も窒息しそうなほど大量の赤土を巻きあげているトラックから距離を保った。もはや逃げることはできない。カイラの家で長くても二時間を過ごしたら、サラを捜しに行き、最初からやるべきだったことをやるしかない。

たぶん、いまごろサラは病院に向かっている。友人の前でサラを驚かすわけにはいかないし、ほかに人がいる場所では話ができない。ホテルで会ったほうがよさそうだ。いままでサラとは本気で口論をしたことがなかった。サラがなにをするか見当もつかない。ものを投げつけられるか、ひどくののしられるか。いや、サラが怒りにまかせてものを投げるところなど見たことはないし、彼女はめったに悪態もつかない。毎日子どもを相手に仕事をしている副産物だ。

もしかすると、無口になるかもしれない。心配ごとがあるときはいつもそうだ。サラが黙りこむと、ウィルは生きた心地がしなくなる。でも、黙りこくられたほうがまだましだ。はっきりわかっているのは、サラに別れを告げられるくらいなら、走ってくる電車の前に身を投げ出しても止めてやるということだけだ。

トニーのトラックの後部車輪が溝にはまって空転した。ウィルは、泥水がたまったくぼみをよけた。未舗装の道路はだんだん細くなり、一車線になった。ウィルは周囲を見まわしたが、数軒の家の輪郭しか見えなかった。ほとんど日が暮れ、あたりは暗かった。ヘッドライトをつけていても、ずいぶん先にいるトニーの様子はわからない。トニーがブレーキを踏んだらしく、テールランプが赤土の道を冷たい黒に変えた。

ひょっとしたら、トニーは人里離れた場所へ自分を誘いこんで殺すつもりなのか、とウィルは思った。トニーには人殺しなどできそうには見えないが、以前も彼には驚かされている。普通、死は予告なしに訪れる。先週トイレで死んだ四十三歳起業家も、まさかパンツをおろした状態で発見されるとは思いもしなかっただろう。

照明に照らされた小さな看板があり、トレーラーパークの入口があることがわかった。流れるような字体で書かれたパークの名前を椰子(やし)の木のイラストが囲んでいる。家族向けのパークらしく、手入れは行き届いていた。各家のポーチの前には、子ども用自転車がきちんと積んであった。大型ゴミ容器も道端に置きっぱなしにせず、片付けてある。車も決められた場所に駐めてあった。閉じたカーテンのむこうに、テレビの薄明かりが見える。

バイクのサイドミラーからトレーラーパークが消えたころ、道はふたたび二車線になった。ウィルは前方に目を凝らした。トニーが手を空中に突き出している。音楽に合わせて指を鳴らしていた。ジョージ・マイケルの《アイ・ウォント・ユア・セックス》だ。文明から遠く離れたこんな場所では男を殺しかねない歌だが、トニーはなんとも思わないようだ。

突然、未舗装の道が舗装路に変わった。バイクがつんのめりそうになった。幸い、ウィルはさほどスピードを出していなかったので、ハンドルのむこうへすっ飛んでいかずにすんだ。

　街灯が舗装路の隅々まで照らしていた。数百軒分の住宅の基礎工事までがすんでいたが、施工業者が資金不足に陥ったのか、街を出ていったのか、放置されている。おそらくその両方だろう。流しこまれたコンクリートから、鉛管や配水管が爪楊枝のように突き出ている。家はないのに、なぜか郵便受けだけ立っている区画もあった。ひび割れた白いコンクリートの歩道からは、雑草が伸びている。

　カイラ・マーティンは、袋小路の突き当たりにある、完成した家の一軒に住んでいた。見捨てられた分譲地はメイコンだけでなくアメリカのどこでも見られるが、カイラの家はとりわけ悲しげな雰囲気を漂わせていた。芝生は雑草だらけで、玄関のそばのかわいそうな木は、曲がって枯れかけている。完成した当初からだれもこの家を気にかけていないのだ。窓枠に下塗りをほどこしていないのか、ペンキがはがれている。ななめにはめこまれている窓もあった。玄関のドアすら傾いているのに、だれも垂直に直そうとしないようだ。これを建てた業者は、サラのアパートメントを改装した怠け者ではないのかと、ウィルは思った。

　トニー・デルが短い私道にトラックを入れ、黒いトヨタの後ろに駐めた。ドアがあいた。トニーはほとんど転がり出るようにトラックを降りた。フォードのＦ２５０はトニーには大きすぎて、子どもが父親の靴を履いてどたどたと歩いているようだった。薄闇のなか、トニーはいつもの陽気な足取りで近づいてきた。「すげえな、バド、そんなものに乗ってたらタマが凍りつかねえか？」

ウィルはバイクから降りて肩をすくめたが、たしかに寒かった。トラックのほうへ顎をしゃくった。「あれはどこで手に入れたんだ？」

「友達から借りたんだ」

「いい友達だな」押収されたキアにくらべて、かなりの進歩だ。

「あんたが今夜いいことをするつもりで来たんじゃなければいいんだが」トニーはポケットに両手を突っこみ、家のほうへ歩いていった。「おれも来てもいいってことになった。しばらく前から水道の蛇口が漏れてるらしくて、修理に行ってやるって言ったんだ」

「おまえがここに来るのを知ってるのか？」

「知ってるさ」だがトニーの声は、正直に答えているにしてはやや高すぎた。「今日は早退けしたのか？」

「まあな」ボスは退職まであと半年を残すのみで、陰でつきあっている女がいる。ウィルはサレミの仕事ぶりをくさそうとしたが、そのときポーチの照明の真下に立ったトニー・デルを見て、言葉を失った。

トニーはめちゃくちゃに殴られていた。そうとしか言いようがない。鼻は曲がり、両目のまわりは痣になっている。頬の長い裂傷は、黒く太い糸で縫い合わされていた。

ひどく顔が痛むだろうに、トニーはにやりと笑った。「おまわりにやられちまった」

「ヴィカリーか?」フェイスには冗談であんなことを言ったのだが、ポール・ヴィカリーのしわざを目の当たりにすると、まったく笑えなかった。「いったいどうしたんだ?」

「落ち着こうぜ、バド」トニーは警戒して両手をあげた。「おれはなにも言ってねえよ。あいつはだれかをぶん殴らないと気がすまなかっただけだ。あんたが殴られてたかもしれない。結局おれだったけどな」

騎士を気取った態度がかえって怪しい。「警官に暴力を振るわれたと訴えたのか?」

トニーは大笑いした。「おもしろいじゃねえか、バド。あいつらがおれらになにをしてくれるって言うんだ」片方の手をあげてドアをノックした。「あんたがおれを誘ったことにしてくれ、いいか?」

「そんな――」

カイラが満面の笑みでドアをあけた。ところが、トニー・デルに気づいた瞬間、その顔に殺意がよぎった。「なにしに来たの?」

「バドが誘ってくれたんだ」トニーはウィルの背中を叩いた。「そうだよな、バド?」

ウィルはそっけなく言った。「ああ」

カイラは、トニーの惨状を気にもとめていないようだった。冷笑を浮かべて言った。

「この卑怯者(ひきょうもの)」

「おう、そんなこと言うなよ」トニーは無理やり家に入ろうとした。カイラの腕をくぐり抜けなければならなかった。

トニー・デルと知り合って以来はじめて、ウィルはこの小男がそばにいてよかったと思った。カイラは完全にデートのつもりだったらしい。厚化粧が過ぎて、目元で顔料が固まっている。デニムのショートパンツが胴体と脚を区切り、白いレースのブラウスを透かして、濃い紫色のブラジャーがはっきりと見えた。ポーチにいても、香水のにおいを嗅ぐことができた。この手のことには疎いので、香水が安物なのかどうかわからないが、こんなに大量に使うのなら一括購入割引で買えていますように、とウィルは思った。

トニーは大げさににおいを嗅ぐそぶりをした。「おい、おまえ、いいにおいだな」

「うるさい、トニー。言ったでしょ、あたしにそんな口をきかないでって」カイラはウィルに引きつった笑みを向けて手招きした。「こいつ、あたしの兄なの」

「義理の兄だ」トニーはウィルにウィンクした。「血のつながりはない」

カイラはうめきながらドアを閉めた。「あたしたちがジュニア・ハイのころ、こいつの父親があたしのママと結婚したの。そのときから、靴にへばりついたくそみたいにつきまとってくるってわけ」

トニーは褒められたかのように声をあげて笑った。

ウィルはうなったが、ビル・ブラックの演技をしたのではなく、たんに言葉が出なかった。

「あんた、素敵よ」カイラが言ったが、ウィルはこのときのために念入りにドレスダウンしてきた。ジーンズの裾は破れている。ブルーのオックスフォード地のシャツは、二年前にはきれいだったが、襟がすり切れている。その下に着た黒いTシャツは、両脇に穴があいていた。

「ビールでも飲む？」カイラが尋ねた。

「いや、いい」ウィルは酒も煙草もやらない。前科者のふりをする際には、重いハンディキャップとなる。「あとでもらおう」

トニーが言った。「おれは冷えてるやつを頼む」

「だったら、そのやせこけたケツをトラックに乗せて買いに行けば」トニーはカイラの提案にうなり声で答えた。たしかに、兄と妹らしい会話だ。

ウィルは口論が終わるのを待ちながら、室内を見まわした。片付いてはいないが、清潔だ。カイラは人形が好きらしい。ひらひらしたドレスを着た大きな人形が、ほとんどすべての平面を埋めている。大きな塊のチーズのようにガラスケースに入っているものや、スタンドに支えられて傘を持っているもの、乳母車を押しているものもある。部屋中がピンクとブルーのパステルカラーだった。大きなフラットスクリーンのテレビが、組み立て式の水色のソファの前に鎮座している。

口論が終わった。いや、トニーは終わったと思っているようだった。ソファの背を乗り越え、テレビの正面に陣取った。「ここで食ってもいいか？　そろそろゲームがはじまる」

「ひとりで食べればいいでしょ」カイラはウィルを手招きした。「次はあんたとあたしのふたりだけで会いたいわ」

ウィルはうなり、カイラのあとからキッチンに入った。新しい家にしては珍しく、一部屋一部屋が狭い。キッチンと居間を分ける壁は、テープでとめてあるように見えた。真ん中の両開きのドアは高さが違う。テトリスのブロックのように、二枚のドアの上部が二センチ半はずれていた。

「あたしたちはここで食べましょ」カイラは両開きのドアをあけて押さえた。

ウィルはキッチンのなかを見た。狭苦しいが、とてもおいしそうなにおいがして、腹が鳴りだした。灰皿に染みついた煙草の悪臭ですら、フライドチキンとビスケットと甘いコブラーかなにかのにおいを消すことはできなかった。

「おなかはすいてる？」

ウィルはうなずいた。口のなかがよだれでいっぱいで、声が出なかった。サラはいろいろなことができるが、料理はどうしても苦手だ。

「こんがりしたチキンを用意するって言ったでしょ」カイラは戸棚から皿を取り出した。コンロで鍋が温まっている。カイラはスプーンを取り、皿に料理を盛りはじめた。

ウィルはテーブルの前に座った。

カイラが尋ねた。「あの警官、どうもよくないって聞いた？」

ウィルは黙っていた。

「感染症にかかったみたい。敗血症を起こしたんだって」

カイラにしゃべりつづけさせようと試みた。「それはどういう意味だ？」

「血が汚れちゃったってこと」灰皿から煙草を取りながら、山盛りの皿をウィルの前に置いた。フライドチキン、グリーンピース、ササゲ、グレービーをかけたマッシュポテト、その上に危ういバランスで二個のビスケットがのっていた。

カイラは煙草をくわえ、深々と煙を吸いこんだ。「外科ではよくあることなのよ。何本もチューブを抜き差しするでしょう。細菌が血管に侵入するの。心臓がやられる。毒された血が体中を巡って、すべての臓器が機能しなくなる」

ウィルは、彼女の文法が急に進歩していることに気づいた。カイラ・マーティンはさまざまなしゃべり方ができるらしい。「そりゃよくないな」

カイラはもう一口、ゆっくりと煙を吸いこんでから、火を消した。「でしょ。そろそろビール飲む？」

ウィルはうなずいた。「助かるんだろうか？」

「あの警官？」カイラは冷蔵庫の前にいた。肩越しに振り向く。厚化粧の下の顔立ちは、悪くはない。賢い男を愚かな行為に走らせそうな、あの奇妙な魅力がある。「助かるかもよ。若いし。体力はあるし。どうしてあんたが気にするの？」

ウィルは肩をすくめてフォークを取った。「べつに」

両開きのドアがあいた。トニーが怪しむような目でふたりを見た。嫉妬の視線が灯台の光のようにキッチンをさっと巡った。

カイラが不機嫌をあらわにしてトニーを見返した。「試合を観てるのかと思ってたけど」

「そうだろうな」トニーは両手を握りしめてキッチンに入ってきた。ウィルに向かって言う。「今日、あそこに行ったんだってな。ＩＣＵに」

ウィルは豆を頬ばった。ベーコンの脂と塩気が味蕾（みらい）をなでた。

トニーが尋ねた。「あの女に気づかれなかったか？」ウィルはちらりとカイラを見やった。

「大丈夫よ」カイラは缶ビールのプルトップをあけ、ウィルの前に置いた。「こいつ、あたしが聞きたがらないこともしゃべるのよ」

「あの刑事だよ」トニーも義理の妹と同様にさまざまな顔を持っていた。にわかに厄介者ではなく犯罪者らしくなった。

ウィルはしばらく間を置いてから訊き返した。「刑事がどうしたんだ？」

「あんたに気づいたか？」

「いや」ウィルはふたたび豆を口に放りこんだ。頬にまだ空間が残っていたので、ビスケットを半分詰めこんで脂を吸わせた。

トニーが椅子を引いた。少し離れた場所で座り、脚を開いて腕組みをした。明るすぎるキッチンの照明の下では、顔のけががはっきりと見えた。頬の裂傷はひどい傷跡になるだろう。

「そりゃ考えが甘いんじゃねえか、バド。気づかれなかったのかどうか、確かめたほうがいい。おれたちが困ったことにならないかどうか」

ウィルは口のなかのものをなんとか呑みこんだ。「おまえはどうか知らんが、おれはなにひとつ困ることなどない」

カイラが笑い声をあげた。だが、すぐさま険しい表情になった。「あんた、なんでおりてきたの?」

ウィルは振り返った。小さな男の子がドア口に立っていた。髪はくしゃくしゃで、やせた体にぶかぶかのパジャマを着ている。胸に絵本を抱いていた。男の子には幼すぎる内容のようだが、ウィルは絵本の専門家とは言えない。

「くそっ」カイラがいまいましげに言った。「二階にいないとどうなるって言った?」

男の子は口を開いたが、カイラはさえぎった。

「空きっ腹を抱えることになるって言ったでしょ」カイラは立ちあがり、新しい皿に料理を盛りはじめた。子どもをウィルに紹介した。「ベンジー。姉の子どもよ。ベンジー、この人はミスター・ブラック」

「ほんとの姉だ」トニーがつけくわえた。椅子をカウンターまで押し戻した。ベンジーはトニーに近づこうとしなかった。大回りしてウィルのむかいに座り、絵本を膝に置いた。

「ほら」カイラはウィルの皿よりかなり盛りの少ない皿をベンジーの前に置き、トニーに尋ねた。「あんたにも食べさせなきゃだめ？」

「そのおっぱいの片っぽでいい」トニーはカイラにさっと手をのばすふりをして、ふざけているだけだと言わんばかりに喉を鳴らして笑った。

カイラはトニーの両手を叩き払った。「やめてよ、トニー」ぶつぶつひとりごとを言いながら、コンロに向きなおった。

ウィルはベンジーに目を向けた。彼はじっと膝を見おろしている。ウィルは、あからさまに見つめないよう気をつけながら、ベンジーを観察した。いまにも悪いことが起こるのではと待ち構えているような子どもの様子は、ウィルには見覚えがあった。肩が前に丸まっている。ずっとうなだれたままだ。両耳がいまにもレーダーのように回転をはじめそうに見えるのは、周囲の変化や危険の徴候を聞き逃すまいとしているからだろう。ウィルには、それが生き延びるための戦略だとわかる。大人が怒り狂ったら、とばっちりを食うのはたいてい子どもだ。

ウィルはベンジーに尋ねた。「メイコン育ちか?」

ベンジーは答えず、おばのほうを見た。

カイラがかわりに答えた。「バトンルージュよ。とりあえず、最後にいたのはそこ。その子の母親はヤク中なの。やめられないのよ。ふたりで車に住んでるのをおまわりに発見されたの」ベンジーの骨張った肩に手をのせた。ウィルは、ベンジーがかすかにびくりとしたのを見逃さなかった。

「またベンジーを施設に入れさせることはできなかった。この前入ったときは殺されかけたのよ。ほんとに。ただ小突きまわされたんじゃなくて」

ベンジーはすべて承知なのだろうが、ウィルはこんな話を子どもに何度も聞かせたくなかった。ウィルはベンジーに尋ねた。「年はいくつだ?」

今度は本人が指を九本立てて見せた。

「なんの本を読んでるんだ?」

ベンジーは絵本を掲げた。ウィルには筆記体のタイトルが読めなかったが、最初の一文字と笑顔の猿のイラストで、『おさるのジョージ』だとわかった。その本は、何度も繰り返し読まれたようだった。ページの隅が折れている。表紙もすり切れていた。この子はどこか普通ではないところがあるのだろうかと、ウィルは思った。「どこの学校に通ってるんだ?」

ベンジーはまた膝に絵本を置いた。両手を見つめている。

カイラが大げさなため息をついた。「どうしたの、ちびすけ？　あんたがどこの学校に通ってるのか教えてあげなさいよ」

ベンジーの声は甲高かった。「アンダーソン・ドライヴのバーデン小学校で、ウォード先生の四年生のクラスにいるよ」

ウィルは感銘を受けたかのように、低く口笛を吹いた。「いい学校みたいだな。学校は好きか？」

子どもの細い肩がひょいとあがった。

「好きな科目は？」

ベンジーはまたカイラを見たが、おばより先に自分で答えた。「算数」

「おれも算数が好きだ」ウィルは言った。嘘ではなかった。数字は心を安らかにしてくれた。ほかの子ども達のように文字が読めなくても、自分にもちゃんとできるものがひとつはあるということを示す、奇妙な証拠のようなものだった。

「分数」ベンジーがささやいた。「ママと一緒にやったんだ」ウィルの顔を見あげた彼の目は潤んでいた。蛍光灯に照らされ、目尻が光っていた。ベンジーにすがりつくような顔をされ、ウィルは彼と目を合わせることができなかった。

「早く食べなさい」カイラが皿をベンジーのほうへ押した。スプーン一杯の豆、ビスケット一個、チキンの脚が一本。充分な量には見えなかったが、ベンジーは文句を言わなかった。だが、食べはじめもしなかった。許可を待っているようだ。

ウィルは、カイラがグレービーをたっぷりかけたフライドチキンの大きな一切れを取った。たしかに、鶏を揚げるカイラの腕前はすばらしい。口のなかで、パリッと揚がった皮がほとんどとろけた。もう空腹ではないのが残念だ。

〈アトランタ子どもの家〉で、ウィルは精神的に傷ついた子どもたちを何人も見てきたが、ベンジーほど孤独な子どもと食卓をともにしたことはなかった。ベンジーは特別な周波数に共鳴する。体の動きはぎこちない。無表情な仮面をかぶっているが、目つきは――ウィルだからこそベンジーの瞳に痛みを読み取ることができるが、ベンジーほど痛みを隠す方法をマスターした九歳児は、世界中のどこを捜してもいないだろう。

ベンジーは母親を恋しがっている。明らかに自分を無視し、虐待した母親を、それでも必要としている。分数を学ぶのを手伝ってくれた母親を。もしかしたら、ほかの宿題も見てくれたのかもしれない。ベンジーの母親は、きっと息子をあちこち連れまわし、つねに児童福祉局より一歩先に逃げていたのだろう。それは、ヤク中の売春婦であっても自分は悪い母親だと認めたくないからだ。

ベンジーには訛りがないことが、彼の生い立ちを物語っている。おそらく、ひとところに長くとどまることがなかったので、訛りが身につかなかったのだ。この家にいる三人の大人のだれよりも教養のありそうな話し方をする。それに、テーブルマナーもいい。フォークとナイフを上手に使ってチキンの皮をはいだ。

トニーが鼻を鳴らした。「その気取った食い方、どこで習ったんだ、坊主？」

「その子にかまわないで」カイラがぴしゃりと返した。そして、さりげない口調でウィルに尋ねた。「あんたは病院の仕事が気に入ってるの？」

ウィルはうなずき、口いっぱいに食べ物を頬ばったまま尋ねた。「あんたはあそこでどれくらい働いてるんだ？」

「五年ほど」カイラは言ったが、嘘だった。納税の記録によれば、彼女は数カ所のクリニックでパートタイマーとして働いたのち、半年前にメイコン総合病院の薬局に入った。その後も非番の日にはほかのクリニックで働いている。飲酒運転の罰金を払うためだろう。それに、市場価値が暴落した自宅のローンも返済しなければならない。

「あの病院はいい職場よ。薬局の勤務時間も文句ない。ベンジーがいるから、学校が終わるころには家に帰っていたいの」

ベンジーは、それを聞いて驚いたように体をこわばらせた。

「この子とはいつから一緒に暮らしてるんだ？」ウィルは尋ねた。

「今回はってこと？」カイラは肩をすくめた。「二、三週間くらいかな。そうだよね、ベンジー？」

「一カ月」ベンジーはウィルに言った。頭のなかにカレンダーがあって、毎日、印をつけているのだろう。それまでより静かな声で言った。「一カ月前に連れていかれた」

トニーが言った。「おれは病院に勤めだして一年だ。満足してるとは言えねえな。日がな一日、くそとゲロを掃除しなけりゃならない。小間使いみたいに扱われるしな」

カイラは腹立たしそうに、眉間に皺を寄せた。「だったら、ビューフォートに戻って、田舎者たちと暮らせば？」

ウィルはカイラの刺々しい口調ではなく、言葉そのものに集中した。「ビューフォート？　シー諸島があるところだろう？　カロライナの？」

トニーが険しい目でウィルを見た。「なぜそんなことを？」

ウィルは肩をすくめた。「しばらく前にバイクで走った。チャールストン、ヒルトンヘッドだろ。それからサヴァンナへ南下して。海岸線の風景がきれいだった」

カイラはライターでまた煙草に火をつけた。「まあね、でもトニーはそのきれいなところの出身じゃないの。夏はブロード川のスラムで母親と過ごしてた」

トニーがどこのスラムで育っていようが驚きではないが、この新しい情報は非常に興味深い。ＧＢＩはアンソニー・デルについて念入りに調べていた。彼がメイコン郊外で生まれ、ずっとその近辺で暮らしていたことはわかっていたが、学校の休みに過ごしていた場所に関する記録はなかった。

ウィルはトニーに尋ねた。「ヒルトンヘッドに行ったことはあるか？」

トニーは答えず、ウィルをじっと見つめた。全身の毛穴から疑念がにじみ出ている。

ウィルもトニーを見つめ返し、どこまで押すべきか考えた。ビッグ・ホワイティはヒルトンヘッドとサヴァンナに進出したことが明らかになっている。トニーは数年前からビッグ・ホワイティの噂を聞いていたのではないだろうか。手下になろうと躍起になる理由が急に見えてきた。小さい男は決まって大きな犬を連れて走りたがるものだ。

カイラが口を挟んだ。「トニーはヒルトンヘッドで三度、夏を過ごしてる」トニーに向かって眉をあげてみせた。「母親はウェイトレスをしながら、家賃を稼ぐために股を開いてたの」

トニーは苦々しげな顔になったが、否定はしなかった。

カイラがつづけた。「安酒場を転々として、店にうんざりされるか、盗みがばれるまで働いた」また煙を吸いこんだ。「トニーは、ええと、ベンジーくらいの年から？　毎年夏を母親と過ごすようになったの。親が離婚したのって、あんたが八歳か九歳のときじゃなかった？」

トニーはむっつりして片方の肩をすくめたが、ウィルはなぜこれらの情報が身許調査であがってこなかったのか、ひとまず理解した。子ども時代に逮捕歴があったり、少年院に入ったりしたことがないかぎり、車を購入したりアパートメントを借りたり、税金を納めたりする年齢になるまでは、公的な記録が残されることはほとんどない。

ウィルは言った。「あのへん（アップ・ゼア）はいいところだな」

「それを言うならあのへん（オーヴァー・ゼア）だろうが」トニーが異議を唱えた。目が小ずるそうに光った。「上じゃなくてむこうだ」

カイラが割りこんだ。「どっちでもいいでしょ、ばかねえ」

「地図の見方くらいおれだって知ってる」

ウィルはふたりを放っておいた。地理は昔から苦手だが、サウスカロライナ州の低地とジョージア州の海岸が入り組んでいることは知っている。兄妹の言い争いがいったん止むのを待ってから言った。「どっちにしても、フロリダよりいいビーチがある」

「あんたにフロリダのなにがわかる？」トニーが語気を強めた。他愛のない会話のはずなのに、やけに怒っている。ウィルは自分が正しい軌道に乗っていることを確信した。

「フロリダは州だ」

「おれをからかうなよ」

「もう、トニーってば」カイラが煙を吐き出した。「なにをカリカリしてんの？」

トニーは身を乗り出し、両手の拳をテーブルに押しつけてウィルに尋ねた。「いつフロリダに行った？」

「ジョージアの人間でしょ」カイラが言った。「フロリダ以外のどこで休暇を過ごすのよ?」

トニーは納得しなかった。彼の怒りが室内を満たした。ベンジーは避難モードに入った。椅子の上でずるずると縮こまった。首が肩のなかに消えた。いまはじめて見るかのような顔で絵本を見つめている。

ウィルはもう一口チキンをかじった。のろのろと咀嚼して時間を稼いだ。トニーがそわそわしている。彼は辛抱強い男ではない。ウィルはついにチキンを呑みこんだ。「マクディルにいたんだ」

カイラが尋ねた。「陸軍にいたの?」

「空軍だ」ウィルはトニーを見つめながらまたチキンにかぶりついた。トニーが疑念を抱くのも当然だ。偶然が多すぎる。マクディル空軍基地は、ビッグ・ホワイティがはじめて警官を殺したとされているタミアミ・トレイルのあるサラソータからほど近い、サウス・タンパに位置する。

「将校かなにかだったの?」

「射撃演習中だった」ウィルはビスケットで皿の脂を吸い取った。口に入れながらも、トニーから目をそらさなかった。

「追い出されたの?」

「べつべつの道を進もうということになった」

冗談と思ったのか、カイラは笑った。「制服姿のあんたが見たかったな。写真はないの？」

ウィルは質問が聞こえなかったふりをした。トニーはそれができなかったようだ。

「なんでこいつの写真をほしがるんだ？」トニーがどなった。「おれの写真をほしがったことはないのに」

カイラがあきれたように両目を上に向けた。ウィルに尋ねた。「マイアミには行ったことがないの？」

ウィルはかぶりを振った。「わざわざ行くほどのところじゃないだろう」人種差別主義者のトニーのために、わざとつけくわえた。「ちょっと色が濃すぎて、おれの好みじゃない」

トニーはうなずいたが、機嫌はなおらなかった。明らかに、カイラを取られるのを心配しているようだが、それは警戒すべきであると同時に、うんざりさせられる。だが、疑われるより嫉妬されるほうが好都合だ。どちらにしても、トニーには用心しなければならない。小男は汚い手を使いがちだ。

「ねえ、トニー」カイラが緊張をほどこうとした。「覚えてるでしょ、あたし何年か前にタミアミを走ったのよ。ネイプルズとヴェニスとサラソータを通って。チャックと一緒にハーレーに乗ったの」

「あのばか野郎か」気に入らない名前だったらしく、トニーがうなった。

ウィルは興味のないふりをした。最後の一口のチキンを骨からはがして口に入れた。こんな態度のトニーは見たことがない。フェイスは、トニー・デルが見た目より危険かもしれないという仮説を立てていた。ウィルはすぐさま否定した。どちらかと言えば、小さな羽虫のようにうっとうしい男だと思っていたからだ。だが、いまのトニーを見ていると、フェイスが正しいのではないかという気がしてきた。

「それ、飲まねえのか？」トニーが尋ねた。

ビールのことだ。ウィルは肩をすくめた。「飲んでいいぞ」

トニーはビールを一気にあおった。喉仏を上下させて、がぶがぶと飲んでいる。口の端からビールをこぼした。聞こえよがしにげっぷをして、テーブルに叩きつけるように缶を置いた。

カイラは無視した。灰皿で煙草を揉み消して端をひねり、ウィルに尋ねた。「なにをして入ってたの？」

刑務所のことだ。ウィルは肩をすくめた。

カイラがウィルの顔に目を向けた。「きっと、怒りっぽいんでしょ」褒めている。「だからトラブルに巻きこまれるんだ？」

ウィルは、そのとおりだと言うように肩をすくめた。

「もう一本もらうぞ」トニーがテーブルをまわり、ベンジーの頭のてっぺんをぐいと押してから、冷蔵庫へ向かった。ドアをあけると、瓶同士がぶつかって音をたてた。カイラはゾンビによる世界の終末が来ても大丈夫なほど大量のビールを貯蔵していた。食べるものはほとんど入っていない。

トニーがウィルに尋ねた。「なぜ空軍を辞めたんだ？」

ウィルはチキンの骨をかじり、骨髄を吸った。

またカイラが介入した。「メキシコ湾岸の白い砂のビーチって素敵よね。そう思わない、トニー？　大西洋の水は超冷たいし」

トニーがにっこりした。少しでも注目してもらえれば満足なのだ。タフガイのトニーは消え、羽虫の彼が戻ってきた。冗談めかして言った。「ふん。白いビーチなんか見たことないくせに」

「自分の好きなビーチくらい知ってるわ」

「おまえはなにも知らねえ」

ビーチはどこがいい、観光客相手のバーならここがいい、などと言い合っている兄妹を放置し、ウィルはベンジーを見ていた。ベンジーは、ものをひっくり返すのを恐れているのか、鳥のように両腕を体にぴったりとつけて動いた。〈アトランタ子どもの家〉では、子どもたちは餓えた獣のように食べ物をむさぼり、自分の取り分をかすめ取られないように皿を両腕で抱えていた。ベンジーは明らかに、人前で恥をかかないようしつけられている。膝にナプキンを敷いている。両手と口をナプキンで拭く。食べ物をちゃんと咀嚼してから呑みこむように気をつけている。

ウィル自身は、食事をするたびに喉を詰まらせるのは嚙まずに丸呑み（まるの）しているからだとティーンエイジャーになってから気づいた。

ベンジーがこっそりウィルを見た。観察されているのを知っているのだ。ウィルはウィンクした。ベンジーはすぐさまうつむいた。たぶん、母親のことを考えているのだろう――いまどこにいるのか、自分のことを思い出してくれているのか、そもそも母親がいなくなったのは、自分のどこが悪かったからなのか。

ウィルもあの目を知っている。

「おい」トニーがウィルの顔の前でパチンと指を鳴らした。

この男の前では、ウィルはビル・ブラックだ。トニーの手を叩き払った。

「いてっ」トニーは手を胸に当て、水栓のほうへ顎をしゃくった。「あれを手伝ってくれって言っただけだぞ」

ウィルは、キッチンに入ってきた瞬間から、水漏れの音が聞こえていたことに気づいた。

「たぶん、新しいワッシャーがいる」

男に手伝いを頼むときに高い声を出す女がいるが、カイラもそうだった。「修理してくれない、バド？　あたし、どんな道具がいるのかもわかんないの」

ウィルはためらった。切れた電球を交換したり、ドアの上部を塗ったりといった作業は、サラのためにやることだ。「まともな道具がない」

「トラックに積んでる」トニーが口を挟んだ。

ウィルはついうっかり言ってしまった。「トラックは借り物だったんじゃないのか」

トニーがにんまりと笑った。「なんもかも積んだまま借りたんだ」

「ワッシャーは？　たぶんワッシャーが原因だ。セラミックかもしれない。安物の水栓じゃないからな」

カイラはそれを聞いてうれしそうな顔になった。「〈ホーム・デポ〉で買ったの。一度くらい贅沢してもいいかなって思って」

「店はまだあいてる」トニーが水栓をいじりはじめた。「ふたりでワッシャーを買いに行って、ちゃっちゃっと修理しちまわないか？」

ウィルは椅子の背にもたれた。仕事とサラの板挟みになった気分だった。電話で話したことを忘れてはいない。恋人が自分を必要としている。いや、真実を知るまでは必要としてくれるはずだ。けれどいま、トニーは機嫌をなおし、おしゃべりになっている。カイラがそばにいないほうが、過去の話をするかもしれない。

トニーが水を止めた。「なあ、バド、いいだろ。デートしてくれって言ってるわけじゃねえんだからさ」

「デートと言えば」カイラが口を挟んだ。「バド、バイクでトニーについていったら？　ひとりで戻ってきたらいいじゃないの」

「おいおい」トニーが言った。「そりゃないぜ」

「あんたは関係ない」カイラはぴしゃりと言った。「いいでしょ、バド。あのシンクには何週間も前から悩まされてるのよ」

ウィルはベンジーを見やった。ベンジーもウィルを見つめ返した。ウィルは尋ねた。

「おまえはどう思う？」

ベンジーは唇を噛んだ。唇はひび割れている。まぶたは重そうだった。ウィルは、目の下のくまに気づいた。ベンジーは毎晩遅くまで母親が来るのを待ち、窓から外を眺めているのかもしれない。いや、母親を失ったのは自分のせいだと思って眠れないのかもしれない。

ウィルは立ちあがった。この子のそばにいると、よけいなことばかり考えてしまう。

「わかった」トニーに言った。「行こう」

ウィルはトニーと並んでトラックに乗っていた。バイクは、カイラのガレージにあったゴムロープで荷台にくくりつけてある。角を曲がるたびに、バイクが抗議のうめき声をあげるのが聞こえたが、夜になって気温がさがり、雨も降っているので、ウィルとしても暖かく乾いた車内にいられるのはありがたかった。

トニーとはホームセンターで別れることになっていた。ウィルは、カイラの家に戻るべきかどうか決めかねていた。カイラは、ウィルが戻ってくると思いこんでいる。やたらとウィルの体にさわってきた——背中をさすったり、腕をつかんだりした。別れ際に、頬にキスまでした。ウィルは、べたべたさわられることは我慢したが、おびただしい数の人形と絶望の気配に満ちたあの窮屈な家に戻るなど、考えるのもいやだった。

それに、絶えず変化しつづけるメイコンのドラッグ業界に侵入するには、トニーが近道のように思われた。車を走らせているうちに、トニーはくつろいで話をするようになった。ヒルトンヘッドの子ども時代、夏はビーチで昼寝をし、荷物をそのへんに置いたまま海で泳ぐ愚かな観光客から財布を盗んだことも話した。

ゆうべレナの家へ車を走らせたとき、トニーは落ち着きがなかった——ラジオをつけ、ダッシュボードを指で小刻みに叩いてほとんど片手運転をしていた。彼の選ぶ音楽は意外だった。プレイヤーに入っていたマドンナのCDは八〇年代のものだった。再生ボタンを押すと《ライク・ア・ヴァージン》が流れてきた。

「八七年に、アトランタのオムニ・コロシアムでマドンナを観たんだ」トニーはビールを一口飲んだ。すでに、グローブボックスのビニール袋に入っていた錠剤をビールで飲みこんでいる。「小さかったな。あの変なブラのせいで、おっぱいが弾丸みたいだった」ウィルは窓の外を眺めた。

「さっきは悪かったな」トニーが言った。「フロリダのことで腹を立てたりして」

ウィルは肩をすくめた。

「十六のとき、サラソータでいろいろあってな」

ウィルは先を促さずにまた肩をすくめた。「べつにいいさ」

「逮捕されたんだ。危うくぶちこまれるところだった」トニーは盛大にげっぷをした。

「兄貴を警察に売った。半分しか血がつながってない。間抜けなやつだった。銀行強盗をやって、二十年食らったんだ」トニーは笑い声をあげた。「銀行強盗なんか、ばかがやることだ。信じられるか？」

ウィルはかぶりを振った。犯罪のなかでも、銀行強盗はリスクが高いわりに儲けが少ない。「りこうじゃないな」

「そうだろ。警察は母親の家にいたあいつをすぐに捕まえた」トニーはビールを飲み終えた。窓をあけて缶を投げ捨てた。「兄貴を警察に売ったことは、カイラには内緒にしといてくれよ」

「おれの口から聞くことはない」

「よし」トニーは次の缶をあけた。「カイラはおれらが義理の兄妹ってことにこだわってるが、おれの親父とあいつのお袋が一緒に暮らしてたのはせいぜい二年間だ。兄妹でもなんでもない。もしそうだとしても、知ったこっちゃない」

ウィルはひとこと言いたいのをこらえた。

「あんたがあいつを見てたのは気づいてたよ、バド。それはいいんだ。あいつは美人だからな。じろじろ見る男はいくらでもいる」トニーはウィルに人差し指を突きつけた。「ただ、あいつにさわるな」

脅迫めいた口調だったが、ウィルはカイラ・マーティンにまったく興味を持っていないので、相手にしようがない。

「あいつのお袋には、カイラのほかに四人の子どもがいた。地下室が、おれやほかの兄弟の部屋だった。あの女、酔っ払ったらよく地下室へ来て、おれの目を楽しませてくれた」

ウィルは思わずぎょっとした。

トニーはビールを鼻に吸いこみ、むせた。「違う、母親のほうじゃない。カイラだ。ぴったりしたTシャツに下はパンツだけでおりてくるもんだから、たちまちおれのシーツはテントみたいになっちまった」当時を思い出したのか、トニーはくっくっと笑った。「おれらがあの地下室でなにをやってたか、とてもじゃないが言えねえな。家を全焼させるところだった」

ウィルは、詳しい話を聞かずにすむよう真剣に願った。「カイラのことはいつから知ってるんだ？」

トニーはすぐさま答えた。「十五のときから、あいつを愛してる」

「長いな」

「そうとも」

ウィルが窓の外を眺める一方で、トニーはビールをごくごくと飲んだ。六缶パックはあと半分残っている。ビニール袋に入っている錠剤は、形と色から察するにオキシコンチンだろう。

「スピードを落とせ」ウィルは言った。

トニーの足はすでにブレーキペダルにかかっていた。ペダルを踏みこんでも、スピードはほとんど落ちなかった。「カイラはときどきつれなくなるが、困ったときはかならずおれを呼ぶんだ」ちらりとウィルを見る。「そういうときに女の気持ちがわかる。面倒なことになったときにだれを呼ぶかって話だ」

ウィルはサラのことを考えないようにした。

「聞いてるか？」

ウィルはうなずいた。

「おれは本気なんだ、バド。カイラを愛してる。あいつがいるから、なんとか起きる朝もある」手の甲で目の下を拭った。「おれにはあいつしかいない」

同性の友人は少ないウィルだが、マドンナを聴きながら恋愛について語るのは、男の娯楽リストの上位には入っていないのではないかと思った。「そんなこと言ってると、股のあいだにもうひとつ穴ができるぞ」

トニーがばか笑いした。「ちくしょう、バド、あいつもまったく同じことを言うんだ。あんたは恋をしたことがないのか？」

まともに頭が働かないほど熱烈な恋をしている最中だ。

「マクディルはどうだった？」

ウィルはしばらく答えなかった――詳しいことを思い出せなかったからではなく、ビル・ブラックはなんでもすぐにしゃべるタイプではないからだ。「なんでそんなことを訊くんだ？」

「たいした理由はないさ。訊いてみたかっただけだ。あっちに知り合いのパイロットがいる。長時間のフライトで起きてなきゃならないっていうんで、ヤクを融通してやった」

サラソータでトニーはそういうことをしていたのだ。

「で、どうだったんだ？」

「暑かった」

「そりゃフロリダだからな」

ウィルは窓の外を見やった。トラックはハイウェイを走っている。ときおり、長距離通勤の自家用車を見かけた。「甥っ子はどうしてカイラと住んでるんだ？」

「ベンジーか」トニーのいまいましそうな口ぶりが、ウィルは気に入らなかった。「あいつの母親は売春婦だ。子どもの前でコカインをやってるところを逮捕された」

「そりゃ気の毒に」

「あいつは厄介者だ。学校で生意気な口ばかりきく。カイラは仕事を早退けして迎えに行かなくちゃならなかった。二日つづけて居残りの罰を受けたんだ」

ウィルには、子猫相手に生意気な口をきくベンジーすら想像できなかった。「やせっぽちだな」

「ああ、親がパイプをやるのに忙しくて子どもに飯を食わせるのを忘れてばかりいると、ああなる」トニーはラジオをつけた。曲のセレクションをスクロールして、シンディ・ローパーを選んだ。

「まじか」ウィルはつぶやいた。

「おれは強い女が好きなんだ」トニーは方向指示器をつけてスピードを落とした。

「どこへ行くんだ？」〈ホーム・デポ〉は病院のそばだ。方向が違う。

トニーは缶ビールを掲げた。「ちゃんと飲もうじゃないか」

「おれは飲みたくない」

「あんたは運転手じゃないだろ」トニーはカーブを曲がった。声音が変わっていた。無頼な態度が戻ってきた。「海外の任務は経験があるのか?」

「なぜそんなことを?」

「訊いてみただけだ」トニーはさらにビールを飲んだ。「メイコンに来てどれくらいだ、二週間か?」

「まあだいたい」

「前はアトランタに住んでたんだろ?」

　ウィルは答えなかった。

「病院の仕事はどうやって見つけたんだ?」

　ウィルは妙な雰囲気を元に戻そうとした。「なんだかおまわりみたいだな」

「はっ」トニーは笑った。「おれがおまわりに見えるか?」

「違うのか?」

　トニーは缶ビール越しにウィルを見やった。「あんたはどうなんだ?」

「おれがおまわりなわけがないだろう」都市伝説とは反対で、警察官は嘘をつき放題で、なんのとがめも受けない。「そうだったら、十日前におまえがカートからクスリをくすねたのを見た瞬間に逮捕してる」

　そのときのことを思い出し、トニーは笑った。「あんたに見られてることに気づいた瞬間、くそを漏らしそうになった」

嘘だ。トニーはあのとき、明らかにこちらを試していた。

また窓があいた。トニーが空き缶を投げ捨てた。「カイラがネットの売買サイトで売りさばいてくれてた」

「女がやるのは危ないぞ」

「受け渡しはおれの役目だった」トニーは新しい缶ビールをあけた。「だいたいは大学生だ。安物は売らねえ」

ウィルは詳しい話を訊き出そうとはしなかったが、トニー・デルに対する見方を変えた。フェイスはヒルトンヘッドとサラソータに電話をかける必要がありそうだ。トニーは刑務所に入らずにすむなら実の母親も裏切りかねないタイプの犯罪者ではないか。

「とにかく」トニーが言った。「売買サイトはもう使わない。ビッグ・ホワイティのおかげで商売繁盛だ。使い途に困るくらいの金が入ってくるようになった」

「売買サイトのほうが安全だろう」

「儲からないんだ」

「儲けが多けりゃ問題も増える」

「充分儲かってれば、金で問題を解決できる」トニーはハンドルを切り、混雑した駐車場に入った。

ウィルの知っている場所だった。〈ティプシーズ〉だ。屋根の上で、ポールをのぼったりおりたりする女のネオンサインが輝いていた。「どうしても入るのか？」

「いい店じゃないか」トニーはトラックを駐めた。「カイラの家に行く前も寄った」

ウィルはうなじの毛が逆立つのを感じた。「どうして？」

「あんたもICUのおまわりの様子を見に行っただろ。おれの顔を見たやつがいないか確かめた」

信じられない。「それで？」

「それで……おれたちは大丈夫だ」不意に、お調子者のトニーが戻ってきた。イグニッションからキーを抜き、肩でドアを押しあけた。「行こうぜ、バド。おれはまだ飲みたい」

ウィルはトラックを降りたが、全身の分子が一粒残らず、いまからよくないことが起きると告げていた。選択の余地はまったくない。ジャレド・ロングはまだ病院から出られない。レナ・アダムズは危うく殺されかけた。ドラッグの売人が野放しになっていて、嬉々(きき)として害をばらまいている。自分がしくじったら、さらに多くの人間が病院送りになる。あるいは、地面の下に埋められる。

「早くしろよ、バド」トニーは好戦的な鶏めいた足取りで歩いていく。隠しごとをしているのは間違いない。そして、そのことを楽しんでいる。

ウィルはゆっくりと歩きながら、自分が歩いていく先になにが待っているのか考えた。ビッグ・ホワイティの正体はトニー・デルではないかという気がしてきたのは、これがはじめてではなかった。

フェイスはほぼ最初からそう疑っていた。たしかにフェイスは鋭い観察眼の持ち主ではあるが、ウィルは彼女の考えを支持しなかった。なにしろトニー・デル本人に会っているのだ。それなりの時間をそばで過ごした。だが、トニーは狡猾な策士には見えなかった。

いや、そこがポイントかもしれない。

トニーはどこから見てもケチな悪党だ。安い仕事を請け負う。安い車に乗っている。住まいはストリップクラブの三軒隣のアパートメントだ。警察の記録によれば、公共の場所で飲酒したとして二度逮捕されている。どちらも微罪だ。それから、更生施設を出所後すぐに薬物所持容疑で逮捕された。さらに薬物売買容疑で逮捕されたが、不起訴処分になった。公共の場にたむろした、信号を無視した。トニーはその程度の迷惑な犯罪者に過ぎず、大物ではない。

トニー・デルがほんとうにビッグ・ホワイティなら、彼は演技の天才だ。

アイフォーンはジーンズの前ポケットに入っている。ストリップクラブの金属の屋根の下に入ってしまったら、追跡機能が使えなくなるのではないだろうか。サラの車にはGPSがついている。病院の地下駐車場に入ったとたんに信号を拾えなくなる。鉄筋とコンクリートの壁が電波を遮断するのだろうと、ウィルは思っている。〈ティプシーズ〉のなかに入ってしまえば、アイフォーンも使えなくなるかもしれない。

ドアまで十メートルほど離れているが、ウィルは騒々しい音楽がアスファルトを伝わってくるのを感じた。鼓膜は音楽をひとつづきの低い雑音に変換してしまった。

トニーはウィルのほうをちらりと振り返ってから、ドアを押した。その顔に笑みがないことが、ひとつ目の警告だった。ふたつ目の警告はもっとわかりやすかった。ウィルの背後でドアがしまった瞬間、だれかの手がウィルの肩をつかんだ。

ウィルは振り向いた。たいていの場所ではウィルがだれよりも長身だが、いま背後にいる男は冷蔵庫並みの体格だった。それも、普通の冷蔵庫ではない——てっぺんにモーターののっている業務用冷蔵庫だ。

なにをするのかと尋ねても無駄だ。

冷蔵庫は店の奥へ顎をしゃくった。ウィルはメッセージを理解した。冷蔵庫はウィルの肩をがっちりとつかんで舵取(かじと)りをしながら、混み合ったバーを進んだ。

トニーが先に立っていた。この状況に驚いた様子がない。それどころか、まったく平然としている。ウィルがついてきているか振り向いて確かめるたびに、その顔がいやらしくにやにや笑っているのが見えた。ストロボライトとミラーボールに照らされた傷や痣は、下手な特殊メイクのようだった。傷が痛むはずだが、トニーは恍惚(こうこつ)そのものの表情をしていた。

まんまとしてやられたことは認めるしかない。トニーは巧妙にカイラの家へ入りこみ、ウィルをはめて連れ出した。そもそもシンクを修理すると言いだしたのはトニーだ。最初からこうするつもりだったのだ。トラックの荷台にはウィンチと荷台スロープがわりになりそうなフォーバイフォーの角材が積んであった。すべてが終わったあと、トニーはそれらを使ってバイクを川に沈めるつもりなのかもしれない。

ウィルはできるだけ深く息を吸った。アルコールと汗のすえたにおいが肺を満たした。ポケットに手を入れる。親指がアイフォーンの電源ボタンを探り当てた。それを三度押して録音をはじめた。アマンダは、ウィルとどこかの悪党との会話か、どこかの悪党がウィルを殺す様子のどちらかを聞くことになるだろう。

いきなり冷蔵庫に脇へ押され、騒々しい酔っ払いの集団にぶつからずにすんだ。店の奥へ進むには、あちこちまわり道をしなければならなかった。店内には曲がりくねった花道が設置されている。あちこちで女たちがポールを相手に猥褻な動きをしていた。男たちがステージに詰めかけては用心棒に押し戻され、三度目の正直だか百度目の正直だか、今度こそはとまた詰めかけている。

トニーが表示板のかかったドアの前に立っていた。あいかわらず腹黒い笑みを浮かべている。彼はウィルと冷蔵庫が追いつくのを待っていた。これ以上ないほど楽しそうな顔で、ドアを押しあけた。部屋のなかは暗かった。いや、部屋ではなく長い通路だと、ウィルは気づいた。あいたままのドアから差しこむ光だけが唯一の明かりだった。だが、冷蔵庫がドアを閉めたのを最後に、ウィルにはなにも見えなくなった。

不意に、トニーが耳打ちした。「歩け」ウィルはトニーに押されて前へ進んだ。

選択肢はいくつかある。トニー・デルを殴り倒すのは簡単だ。以前もぬいぐるみのように小突きまわしたことがある。ただし、そのときのトニーは旧型で、〝ひょっとするとビッグ・ホワイティかもしれないトニー〟ではなかった。体格より闘志のほうがものをいうことはままある。

しかも、トニーには味方がいる。

大きな味方が。

ウィルはセメントブロックの壁に手のひらを押し当てながら通路を歩いた。膀胱が痛いほど満タンだ。背中を汗が伝い落ちる。手になじんだグロックの感触を思い浮かべた。グロックは引き金に指をかけて軽く引けばセーフティが解除される。だが、いくら思い浮かべてもしかたがない。グロックはアトランタの自宅のクローゼットに置いたガンセーフのなかだ。

クラブの奥は防音がほどこされているらしく、音楽はさほどうるさくなかった。ウィルは、顔の前になにかがあるのを感じた。思わず狼狽した瞬間、それがカーテンだと気づいた。布を押してみた。ドアの上で緑色に光る出口サインのおかげで、カーテンのむこうはうっすらと明るかった。全力で出口へ走りたかったが、ふたり目の冷蔵庫がそこに立ちはだかっていた。ひとり目がミニ冷蔵庫に見えるほどの大男だった。袖が腕の筋肉ではち切れそうだ。肩幅はほとんどドア口をふさぐほど広い。耳にはブルートゥースのイヤホンを着けている。ウィルが近づくと、冷蔵庫二号はイヤホンをタップして、ぼそぼそとなにか言った。

冷蔵庫二号が壁際のカーテンを引いた。また表示板のついたドアがあった。表示板の文字は、ウィルも百万回は見たことのあるものだった。〝オフィス〟と書いてある。冷蔵庫二号がドアをあけた。その手は、ノブがすっぽり隠れるほど大きかった。

急に明るい光で照らされ、ウィルは手をかざして目を守った。このクラブのバックルームは、ギャング映画でよく見るタイプの部屋に驚くほど似ていた。黒い天井、暗赤色の壁。裸の女をモデルにした酒造会社のポスター。毛足の長い白いカーペット。金属とガラスの大きなテーブル。黒いレザーのソファに、太った白人(レッドネック)が三人だらしなく座っていた。三人は、ガラスのコーヒーテーブルに置いた箱のピザを食べていた。チーズとソーセージのにおいで、ウィルの胃はむかついた。酸っぱいものがこみあげ、ササゲが口のなかに戻ってきた。

男たちは、さして興味もなさそうにウィルとトニーを眺めた。ギャング映画なら、三人はめかしこんだイタリア系のはずだ。だが、このメイコン版はかなり大衆的だった。腹のまわりでTシャツがのびきっている。ジーンズは腰からずり落ちているが、膨張した腰回りに合わせて六サイズ上のものをはかないからだ。

冷蔵庫二号がドアを閉めた。ウィルは、ソファのむかいにあるものを見過ごしていたことに気づいた。

男が椅子に縛りつけられていた。裸の両腕と胸にロープが食いこんでいる。うなだれた頭のてっぺんは裂けている。出血の源は頭の傷だけではなかった。両手と両足に切り傷がある。胸から腹にかけて、何十個ものX形の傷で埋まっている。致命的ではないが、耐えがたい痛みを味わわせるには充分な深さの傷ばかりだ。

この男は拷問を受けている。

「うわ」トニーが言ったが、驚きではなく賞賛の声だった。「先客がいたとは知らなかったな」

「黙れ」白人ギャングのひとりが言った。折りたたみナイフで、爪のあいだを掃除している。「おれにやれと言われたことだけやればいい」

「いつもそうしてるだろ?」

「口のきき方に気をつけろ」

「了解」トニーは口を尖らせた。

やはりトニーがビッグ・ホワイティであるわけがない。ウィルの見たところ、この白人がボスらしい。責任を負った男の雰囲気を漂わせていた。取り巻きのふたりは、ボウリングで自分の番を待っているかのようにピザを食べている。ひとりはビールでピザを流しこんだ。もうひとりはダイエットコークを飲んでいる。

ボスは爪の掃除をつづけた。だれひとり彼を急かそうとしない。

ウィルはその場にじっと立っていた。トニー・デルに殺されるのではないかと、今夜だけでも何度か考えたが、殺される方法が想像できたのはこれがはじめてだった。椅子に縛られている男はまだ生きている。心臓が止まっていれば、あんなふうに血が流れつづけることはない。呼吸は浅い。筋肉は不随意運動を繰り返している――まず腕、それからふくらはぎ。男の喉から低いつぶやき声が漏れた。死を願っているのかもしれない。この連中は男を切り刻んだ。殴りつけた。そのうえでのんびり食事をしているのは、男の苦痛をすぐに終わらせるつもりがないからだ。

トニーは彼らほど気が長くなかった。いや、たんに愚かなのだろう。錠剤の詰まったビニール袋をポケットから取り出してデスクに放った。「大将はどこだ？　会わせてくれると言っただろ」

「黙れ」ボスが繰り返した。爪の掃除を終えた。ナイフは刃渡り十センチほどだった――長くはないが、切れ味がよさそうで、刃先が禍々しくカーブしている。ボスはおもむろにナイフをたたみながらも、そのあいだずっとウィルから目を離さなかった。「なにか問題でもあるか？」

ウィルはかぶりを振った。

「おれらに問題を持ってくるつもりか？」

ウィルはもう一度かぶりを振った。

ボスは大儀そうにうめきながら立ちあがった。大柄だが、冷蔵庫一号二号のような筋肉質ではなく、腹回りに脂肪がついていた。

ボスはデスクのそばへ歩いていった。のろのろとした重たい足取りだった。デスクから一冊のファイルを取る。「ウィリアム・ジョゼフ・ブラック」

ウィルは待った。

ボスは読書用の眼鏡を取ったが、かけずに拡大鏡のように使ってファイルを読んだ。

「ジョージア州ミレッジヴィル生まれ。非公開の非行記録あり。二十二歳で入隊。二十五歳で不名誉除隊。婦女暴行二件。警備員に対する暴行一件。アトランタの刑務所で服役。ケンタッキーでＦＢＩに追われた。ピストル強盗一件と不法侵入二件の疑いで指名手配された」ボスはしばらく黙った。「これで全部か？」

ウィルは答えなかった。

ボスはデスクにファイルを放り出した。「インターステートのそばの〈スター・ゲイザー・モーテル〉で部屋を借りてるな。十五号室。濃紺のトライアンフは二部屋隣のスペースに駐めている。食事は〈レイス・トラック〉で。病院に勤務。この店にも、一物を硬くしに来る。母親はおまえがイラクに行っているあいだに死んだ。父親は不明。兄弟もいない、つきあいのある親戚もいない」

ウィルは口を薄くあけて息を吸いこんだ。バイクに乗ることにした理由はただひとつ、アトランタへ帰る際に尾行されたくなかったからだ。サラのもとへ帰るときに。ウィルは心臓が激しく打つのを感じながら、ボスがサラの住所を読みあげるのを待った。

ところが、ボスはこう尋ねた。「ゼブ・ディークスは？」

いまウィルが黙っているのは、なんの話かさっぱりわからないからだ。

「ゼブ・ディークスだ」ボスが繰り返した。「この男を知ってるか？」

人名か。男の。

ボスが待っている。どこまでも気が長いようだ。

ウィルはビル・ブラックの人生を大急ぎで思い返した。ブラックにはハイスクール時代と大学時代はない。空軍時代と刑務所時代があるだけだ。ゼブ・ディークスとは外国人のような響きだが、空軍の記録にその手の記述はなさそうだ。おそらくあだ名だ。普通なら、あだ名だけで人物を特定するのは難しかっただろうが、ビル・ブラックの人生に関わりそうな人物のなかで、Zではじまる名前の男はひとりしかいない。

ゼブロン・ディーコンは仲間を売った報復を受け、フルトン郡刑務所で刺された。ビル・ブラックは同じ棟にいたことになっている。ディーコンを知っていなければおかしい。

あだ名も知っているだろう。

なによりも、ブラックなら、仲間を売れば一悶着起きることを知っている。

ウィルは返事をせず、肩をすくめた。

「知らないのか?」

ふたたび肩をすくめた。

ボスが言った。「ジュニア」

取り巻きのひとりが、のっそりとソファから立ちあがった。ジュニアはボスと同じような体格だったが、ボスより若い。体力も勝っていることは間違いない。

前口上はなかった。ジュニアの強烈なパンチを顔に食らい、ウィルの目の前で光が点滅した。首が後ろに倒れた。骨がぽきりと鳴った。まるで手斧が鼻の骨にめりこんだようだった。

「ゼブ・ディークスだ」ボスが言った。

ウィルはかぶりを振った——知らないと答えるためではなく、気を確かに保つためだ。鼻を殴られたことなら、数えきれないほどある。もっともダメージを受けるのは、つい鼻をすってしまい、奥にたまっていた血の塊が喉をすべり落ちるときだ。ウィルは吐き気と闘い、こみあげてきたものを呑みくだした。

四度、同じことを訊かれた。「ゼブ・ディークスは?」

ジュニアが拳を引いた。

「わかった」ウィルは言った。「知ってる。あの告げ口野郎は当然の報いを受けた」

「どこで？」

「ムショで」

「どこを？」

「タマを。削った歯ブラシで刺された。庭で血まみれになってた」

トニーがくっくっと笑った。「痛かっただろうな」

ボスの胸が上下した。しばらくウィルを見つめ、ソファに座っていたもうひとりの取り巻きにうなずいた。三人目もやはりゆっくりと立ちあがった。膝の関節がぽきりと鳴り、腹が突き出た。体格のわりに、三人目とジュニアは敏捷だった。ウィルはあっというまに両腕を背後で押さえつけられた。

ボスが近づいてきた。ピザとアルコールのにおいがした。煙草も吸うらしい。蒸気機関のような呼吸音がした。彼は白人の大男だが、ビッグ・ホワイティでないことはトニーの言葉からわかっている。この暴力的な田舎ギャングたちをまとめている男には結局会えないのではないかと、ウィルは思いはじめていた。この時代遅れなストリップクラブのバックルームから出られないまま、残り少ない人生を終えるのではないか。

ボスは両手を掲げて自分のしていることをウィルに見せた。折りたたみナイフの柄（つか）は、真珠と金の飾りがほどこされている。ナイフを開くと、刃が光を反射した。ヒンジのリベットに血がこびりついている。椅子に縛られている男にこのナイフでXの文字を刻んだのだろう。ボスのナイフの扱い方はごく自然だった。軽く柄を握るだけで、ナイフがもう一本の指のように見えた。

ステンレスの鋭い刃で首をそっとなぞられ、ウィルはひるんだ。ナイフが頬をすべる。それから目の下へ。ボスが少し強く刃を押すと、肌が切れた。恐怖のあまり、ウィルは痛みを感じなかった。血が頬を伝い落ちなければ、切られたことも気づかなかっただろう。ウィルは目を閉じた。ここはどこだろう。あの部屋ではない。カイラとトニーがビーチの話をしていたせいかもしれない。潮の香りがして、ウィルは海から吹いてくる暖かなそよ風を感じていた。

三カ月前、サラに凧の揚げ方を教わった。フロリダのビーチに行ったときのことだ。黄色と青の凧で、白く長い脚がついていた。ウィルはそれまでビーチで休暇を過ごしたことがなかった。フロリダの知識は、ウィキペディアと『マイアミ・バイス』で仕入れたものがすべてだった。サラは教えるのがうまかった。辛抱強く優しかった。水着の彼女は最高にセクシーだった。幼いころに、父親に凧揚げを教わったらしい。赤ん坊の妹に両親を取られたような気がしているのではないかと心配した父親が、サラに特別な気分を味わわせてやろうと遠足に連れ出したのだ。

ウィルの目がさっとあいた。ナイフは耳元にあった――やわらかい耳たぶではなく、頭蓋骨に薄い軟骨が重なっている部分だ。

ボスは楽しそうににやにやと笑っていた。完璧にそろった、真っ白な歯。歯茎がほとんど青く見える。

ウィルはじっとしていた。ナイフの切れ味は鋭かった。刃先が皮膚を破り、軟骨を切った。耳のなかに血がたまった。血はじれったいほどじわじわと外耳道に侵入していく。ウィルは全身をぞくりと震わせてしまいそうな予感を覚えた。列車が近づいてくるときのように、最初はかすかだった。ごく小さな震動がだんだんと強くなっていき、やがて大地が揺れはじめる。歯がカチカチとなり、足と地面が引き裂かれた。

その瞬間、ボスがナイフをさっと引いた。

「くそっ！」ウィルは激しくかぶりを振った。両腕を押さえつけている取り巻きたちの手がますますきつくなった。もう一度かぶりを振る。耳のなかで、まだ血が動いていた。

ボスは笑い声をあげながらナイフをたたんだ。「服を脱げ」

ジュニアと三号がウィルを放した。ウィルは小指を耳の穴に突っこみ、鐘の舌のようにやみくもに動かした。

「服を脱げ」ボスが繰り返した。

ウィルは彼をにらみつけた。「くそったれが」ドアへ向かったが、ジュニアに制された。

ボスが言った。「無理やりやってやろうか」

ジュニアがパートナーのほうへウィルを突き飛ばし、パートナーはウィルを壁に叩きつけた。

ボスが尋ねた。「無理やりがいいか、楽なのがいいか?」

もはやビーチのことなど考えられなかった。サラのこともほかのこともすべて考えられず、生き延びることだけを考えた。

ビル・ブラックならこの状況を切り抜けられるはずだ。クラブのバックルームにも、何度も入ったことがあるだろう。年がら年中、犯罪者や悪党と渡り合っていたはずだ。記録では、ブラック自身が犯罪者であり悪党なのだ。

ウィルは、現実のブート・キャンプが映画のそれと違うのかどうかまったく知らないが、アトランタ近辺の刑務所で新入りがどんなふうに受け入れられるかはよく知っている。ビル・ブラックも、少なくとも百人はいる新入り受刑者のひとりとして、看守のチェックを受けたはずだ。丸裸にされて身体検査を受け、髪を剃られ、シラミを駆除され、トイレがわりの汚水のたまった穴のある幅一・五メートル、奥行き三メートル弱の監房に、もうひとりの受刑者と一緒に入れられる。シャワーは共用だ。ときどき体腔(たいこう)検査がある。隠れ場所はどこにもない。

田舎の荒くれ者集団の前で服を脱ぐくらいでは、ビル・ブラックはひるまないだろう。

ウィルはシャツの前を引きちぎった。ボタンがいくつか取れた。次にTシャツを脱ぎ、ジーンズをおろした。ブーツのつま先でもう片方のかかとを押さえて裸足になり、ジーンズを脱いだ。

静まりかえった室内で、くぐもったクラブミュージックのビートだけが聞こえた。

男たちは、動物園に展示された生き物を見るような目でウィルを眺めていた。

ウィルは自分の体をめったに見ない。サラには感謝しているが、なぜ彼女がこの体に耐えられるのかわからなかった。全身に虐待の跡がある——脇腹には煙草の火を押しつけられた跡があるし、黒い粉を皮膚のなかに吹きつけたかのような電気火傷の跡もある。背中の傷は、午前中ずっとスプレー式塗料を吸っていた女が、ウィルの皮膚の下に虫が這っているという幻覚を見て、めちゃくちゃにかきむしった跡だ。

そのほかにも、自傷の跡がある。

トニーが沈黙を破った。「すげえな、バド。どうしてそんな体になったんだ？」

ウィルは黙っていた。

はじめてボスの目にもウィルがただの面倒ごとの種ではなくひとりの人間として映ったようだ。「イラクか？」

ウィルはどう答えるべきか考えた。傷跡はブラックの一部ではない。ボスがビル・ブラックに関する警察の記録を入手しているのは間違いない。また、食物連鎖の上位にいる犯罪者たちから情報も得たようだ。だが、軍の記録に接近できるほどの影響力を持っているだろうか？ ＧＢＩに抜かりがなくても、連邦政府が偽造したビル・ブラックの記録は穴だらけの適当なものだった。

ボスがたたみかけた。「アラブ野郎に捕まったのか？」

返事をするかわりに、ウィルは首を巡らせて壁を見た。ビル・ブラックも、いまの自分と同じ気持ちになるはずだ。他人にひどく痛めつけられたことを決して誇らしく思わないだろう。

「もういい」ボスは答えをあきらめたようだが、調査を終えたわけではなかった。「パンツも脱げ」

ウィルはボスを険しい目でにらんだ。

ボスはほとんど申し訳なさそうに見えた。「タマに盗聴器をテープで貼りつけたおまわりに捕まったやつを知ってるんでな」

選択肢はない。みずから脱がなければ、取り巻きたちに脱がされるだけだ。ウィルはパンツをおろした。

ボスはちらりと視線を落とし、もう一度よく見てから言った。「よし、いいぞ」

トニーが眉をあげた。「驚いたな」

ウィルはパンツをあげた。ジーンズを取ろうとしたが、ひったくられた。

ジュニアがポケットのなかを探った。ビル・ブラックの財布と携帯電話が見つかった。今朝トニーから取りあげた紙幣がデスクに放り投げられた。

「調べさせてもらうぜ」ボスが手を差し出した。まず財布を受け取った。面テープがビリッと音をたてた。カイラの手書きの住所が写真入れに入っていた。ボスはそれをめくり、ポケットのなかを見た。二十ドル札四枚、クレジットカード二枚、ビル・ブラックの運転免許証がわりのスピード違反の切符。「通学路で時速八十キロ超えか」チッチッと舌を鳴らす。

ジュニアが携帯電話をボスに渡した。ウィルはジーンズをつかんだ。

ボスが尋ねた。「暗証番号は？」

「四三二一」ボスが暗証番号を入力しているあいだに、ウィルはジーンズを引っぱりあげた。

ボスはウィルよりよほど慣れた手つきでさまざまなアプリを開いてスクロールした。唇を動かして、なにかを読みあげた。「このテネシーの女は何者だ？」

ウィルはTシャツを着た。脇の穴が裂けて身頃の縫い目までほどけていた。

トニーが言った。「その女とのあいだにガキができたんだ」ついこらえきれない様子でウィルに尋ねた。「その女が植物造形（トピアリー）に凝ってるのか？」

ウィルはオックスフォード地のシャツを着た。ボタンは三個だけ残っていた。ボタンをかけることに集中したが、指が動こうとしなかった。

ボスはすべてのアプリを開いて、中身を調べようとしているようだった。ウィルはこの携帯電話を支給されてすぐにあれこれいじってみて、隠しアプリを偶然開いてしまう方法がないか調べた。なにを試しても隠しアプリが開くことはなかったが、欠点のないシステムなどない。それに、録音機能を作動させてテストしたことはなかった。ひょっとしたらソフトウェアに欠陥があり、なにかの拍子に隠しアプリのアイコンが現れ、またボスがナイフを抜くことになるのではないか。

「これはどこだ？」ボスがウィルのほうに向けた写真は、ハイウェイから撮ったもののうちの一枚だった。

「十六号のそばだ。いい眺めだと思った」

「位置情報は四七五号のそばと書いてあるが」

ウィルは肩をすくめたが、口のなかはからからに乾いていた。写真の位置情報のことをすっかり忘れていた。アイフォーンの位置情報サービスのひとつで、写真を撮影した場所の緯度経度が記録される。ＧＢＩのプログラムがそれを隠してくれるのかどうか、ウィルは知らなかった。

「これはネットで拾ったのか？」ボスは裸の女の写真をウィルに見せた。

ほっとしたのもつかのまだった。その写真はアトランタのパソコンでダウンロードしたものだ。位置情報はどうなっているのか――記録されているのは写真をダウンロードした地点なのか、それとも元の写真が撮られた場所だろうか。

ウィルは、ボスがスクリーンをスワイプするのを見ながら待った。

「アジア系は好みじゃねえな」ボスはスクロールをつづけた。

危うくちびりそうだったが、なにごともなかったかのような顔をして、ウィルはカフスのボタンをはめた。ボタンの一個が糸でぶらさがっていたが、手に取ったとたんにはずれた。どうすればいいのかわからず、とりあえずポケットにしまった。

ここで死んだら、だれがポケットのなかのボタンを見つけるのだろう。十中八九、検死官だ。ピート・ハンソンが数カ月前に引退し、アマンダが呼んだ後継者は、自分の口から出た言葉をまったく疑うことのない、うぬぼれた若造だった。あの男はこのボタンをどう解釈するのだろうか。サラの耳にも入るだろうか。シャツを着るたびに、自分のことを思い出すことになるのだろうか。

ウィルはポケットからボタンを出して床に捨てた。

トニーが舌打ちした。ウィルはトニーに目をやった。トニーは、おまえの味方だぞと言わんばかりにウィンクした。だれかほかの人間がウィルをこの男たちに殺させるために連れてきたかのように。

なぜトニーは寝返ったのか？　きっとカイラとの夕食が原因だ。カイラがしゃべったとしか考えられない。カイラはトニーが来るのを予測していた。ふたりの男が争うように仕向けたかったのだろう。義理の兄だろうがなんだろうが、何年にもわたってトニーをじらしていたくらいだ。

いや、もっと危険な事態も考えられる。トニーはいまだにウィルが警官ではないかと疑っているのかもしれない。ゆうベレナの家に駆けこんだのが失敗だった。まともな頭を持つ前科者が銃声のするほうへ走っていくわけがない。たとえ妊娠した元ガールフレンド百人に訴えると脅されているとしても。

「よし」ボスがついに言った。ウィルに携帯電話を差し出した。

ほかにどうすればいいのかわからず、ウィルはひとまず受け取った。ケースが温もっていた。手のひらが汗ばんでいたので、取り落としそうになりながらもなんとかポケットにしまった。

ボスがデスクのむこうから身を乗り出し、電話機のボタンを押した。ブザー音がしたあとに、ボスはもう一度ボタンを押した。なにかの合図だろうか。その場の全員が待った。さらに待ちつづけた。ウィルは頭のなかで数を数えたが、そのうちどこまで数えたかわからなくなり、一からやりなおした。

だれかの携帯電話が鳴った。ボスはなかなか出なかった。デスクの上の書類の束の下に、アンドロイド携帯が埋まっていた。ボスは六度目のコールで応答した。話を聞きながら、ときおりうなずく。視線がウィルのほうへすべった。「ああ、そのようだ」というひとことで、通話が終わった。

「ビッグ・ホワイティか？」トニーが尋ねた。子どものようにはしゃいでいる。「おれたちは問題ないって言ってたか？」ウィルの背中をぴしゃりと叩いた。「言っただろう、大丈夫だって」

ボスはポケットから百ドル紙幣の束を取り出した。トニーがデスクに放ったビニール袋をちらりと見やり、紙幣を十枚数えてトニーに差し出した。「これでも払いすぎくらいだ、このくそ野郎をおれたちの商売に巻きこみやがって。ちゃんと始末しろよ」

ウィルは恐慌を来しそうになったが、ボスは椅子に縛りつけられている男のことを言っているのだと気づいた。ウィルは男に目をやった。いまこの瞬間まで完全に忘れていた。頭のどこかで、彼が死んだと思いこんでいたせいだ。

ボスが言った。「死体が見つかるような場所に捨てろ」

「お安いご用だ」トニーが椅子のほうへ歩いていった。男の頭をはたいた。「行くぞ」

男がうめいた。開いた口から唾がこぼれた。

「ほら早くしろ」トニーがさらに強く男を叩いた。「立て、間抜け。行くぞ」

男はロープにあらがった。立ちあがりたくても、立てるわけがない。

「このばか、信じられねえな」トニーの目は燃えるように輝いていた。どう見ても、他人をいたぶるのを楽しんでいる。椅子を蹴った。いまのトニーは羽虫ではなく、自分よりランクの高い相手でもためらわずにパンチを叩きこもうとする強靭なタフガイそのものだった。

ボスがうんざりしたように言った。「いいかげんにして、さっさと連れていけ」

トニーがブーツからナイフを取り出した。折りたたみ式ではなく、いかにも物騒な、刃渡りが二十五センチほどある鋸歯状のハンティングナイフだった。トニーはそのナイフで男を縛りつけているロープを切った。男は解放されてうめき、つんのめった。トニーは彼が床に倒れこむ前に抱きとめた。ナイフを空中で一回転させ、ウィルに柄を向けた。「こいつを立たせろ」

ウィルは、男の両脚をくくりつけているロープにナイフを入れた。最後の数ミリを切りながら、ちらりと目をあげた。男のまぶたは腫れてまともにあかなくなっていたが、白目が充血しているのが見えた。ひたいから流れた血が睫毛にこびりついていた。前歯も折れている。鼻梁はつぶれていた。それでも、ウィルはこの男に見覚えがあるような気がしたが、なぜそう感じるのか考えるひまがなかった。

「目を覚ませ、ボケ」今度は、トニーは下から男を殴った。男がのけぞった。血しぶきが飛んだ。「遊んでるんじゃねえぞ。さっさと立ちやがれ」

男は従おうとした。むき出しの両足がカーペットにくっついていた。脚全体ががくがくと震え、膝が折れたままだった。ウィルは進み出た。見ていられなかった。肩で男のほぼ全体重を支えて立たせた。

「助けてくれ……」男の懇願する声が、かろうじて聞き取れた。

ウィルは室内を見まわしたが、必死の願いに心を動かされた者はひとりもいないようだった。それどころか、うるさそうな顔をしている。

「とっとと連れていけ」ボスが命じた。ソファに戻り、開いたピザの箱の前に座った。

ウィルは男をドアのほうへ引きずっていこうとした。この部屋を、このクラブを出ることができれば、男を救う方法が見つかるかもしれない。

ボスがピザを取った。「また連絡する、バド。ミスター・ホワイティがおまえの専門にぴったりだと言ってる仕事があるんだ」

ウィルはうなったが、男が重かったからだ。どうしても男を歩かせることはできなかった。ウィルは男を背負った。ドアまで一メートル半。あと二メートルで外に出られる。建物をまわって、駐車場へ行く。トニーのトラックに乗る。背後からトニーを殴り倒し、キーを奪う。男を病院へ連れていく。フェイスに連絡して、彼を保護拘置する。それからサラを捜し、足下にひれ伏して、状況をよくしてくれることを祈るのだ。

ウィルはトニーに言った。「ドアをあけろ」

「カーペットはどうしてくれるんだ？」ジュニアが尋ねた。「蒸気を当てりゃ消えるわけじゃなかろう」

「くそっ」トニーが口を尖らせた。「おれは絨毯の洗濯屋じゃねえぞ」

「はがして燃やせ」ボスはピザを食べ終えた。「死体はそいつの家の芝生に捨てればいい。そうすりゃ人目につく」

トニーは、彼らのためにひと肌脱いでやるのだと態度で示した。ズボンをずりあげ、ひざまずく。カーペットを端から巻き取りはじめた。ウィルはしかたなく振り返り、トニーを眺めながら待った。

そのとき、男が行動を起こした。

男はいきなりウィルの背中からおりた。

ドアノブをつかむ。だが、筋肉は男の思いどおりに動かなくなっていた。両手も血でぬめっている。男はドアをあけられずにもたれかかった。板一枚むこうに助けが待っているかのように、悲鳴をあげてドアを激しく叩いた。

ウィルはとっさに動いた。この部屋でもっとも弱いのは、拷問を受けた男だ。ウィルは男のウエストをつかまえた。口をふさごうとしたが、蹴りつけられ、嚙みつかれ、拳で殴られ、思わず手を離した。

逃げられない——窓はなく、ドアは入ってきた一カ所だけだ。男は恐怖で錯乱し、その場でぐるぐるまわっていた。足下でカーペットが丸まった。男はコーヒーテーブルやデスクのあるほうへよろめいた。トニーが背後から飛びかかり、男をうつ伏せに押し倒した。トニーは、男に馬乗りになった。ハンティングナイフを両手で握りしめ、男の背中、肩、首に突き立てた。ナイフがピストンのように繰り返し上下した。刃が肌を貫くたびに、鋭く濡れた音をたてた。糸を引く血しぶきがトニーのまわりに飛び散る様子は、まるでホラーハウスの入ったスノードームのようだった。

手出しをするなと言うように、ジュニアがウィルの胸に銃口を突きつけた。ウィルは、むき出しの骨に触れられているような気がした。ジュニアは不気味なほど落ち着いて、男をめった刺しにするトニーを眺めていた。それからボスと目を合わせ、いったいこいつはどうしちまったんだ、と問いかけるように、一度だけかぶりを振った。もうひとりの取り巻きは、無表情でソファに座ったまま、トランプのゲームを見るように目の前で繰り広げられる虐殺を見物していた。

男がことされても、トニーはナイフを繰り返し振りおろしつづけた。やがて体力を使い果たした彼は、ようやく手を止めた。両足のかかとをつけてしゃがみこむ。すっかり息があがり、汗もかいていた。シャツの袖で顔を拭う。ひたい、口元、頬。どこもかしこも血だらけだった。

ジュニアが拳銃をホルスターにしまった。ウィルは動けるようになったものの、どこにも行き場がなかった。二晩で二度、人間が人間を攻撃するのを目の当たりにしてしまった。

もっとも、レナは襲ってきた相手に、とっさに反撃しただけだ。ところがトニー・デルは、獲物をなぶり殺すジャッカルのようだった。最初から最後まで殺しを楽しんでいた。ナイフが体にもぐりこむたびにうめき、叫んでいた。顔に血しぶきを浴び、ますます血への欲望を煽られていた。

そしていま、トニーは笑っている。

歯についた血が口紅に見えた。トニーはウィルに尋ねた。「どうだ、バディ？　このいかれ野郎が暴れるのを見たか？　ほんとに見ものだったな」

ボスは不機嫌だった。「おまえのせいでこのありさまだ」

「どっちみち絨毯は捨てるつもりだったんだろ」

「汚れたのは絨毯だけじゃないぞ、見ろ」

トニーは目を丸くして自分の仕事ぶりを見まわした。かぶりを振り、ハンティングナイフの刃をズボンで拭いてブーツに突っこんだ。太い骨や頭蓋骨を刺したせいか、刃が曲がっていたので、鞘にねじこまなければならなかった。そのとき、トニーは自分の手のひらに切り傷があることに気づいた。「くそ、手がすべっちまったらしい」ウィルに頼んだ。「病院に連れていってくれないか、バド？　膿んだらやばい」

ボスはうんざりするより腹を立てているようだった。「ジュニア、女を呼んで掃除させろ」つづいて、トニーに言う。「死体を運び出せ。さっきも言ったが、そいつの家の前庭に捨てろ」

「ほんとにそれでいいのか？」

「ビッグ・ホワイティがそう言うんだ。見つかりそうな場所に捨てろと。メッセージを送るなら、だれもが読めるようにしないとな」ボスはウィルに向かって次の指示を出した。「こいつから目を離すな。しくじらないように見張ってろ」

「おれはしくじったりしねえよ」トニーがどなった。「ビッグ・ホワイティに伝えてくれよ、こいつを始末してやったのはおれだって」

「手柄を自分のものにしたいのか」ボスがジュニアにかぶりを振ってみせると、ジュニアも同じしぐさを返した。

ウィルは言った。「こいつとふたりで始末する」それがここを抜け出すいちばんの早道だ。床にひざまずく。「絨毯の上にそいつを転がせ」

「友達の言うとおりにしろよ、トニー。いい兵隊は命令に従うもんだ」ボスはゆったりとソファに座りなおした。ふたたびナイフで爪のあいだを掃除しはじめた。「さっきも言ったが、ミスター・ブラック、また連絡するからな」

ウィルはそれ以上ぐずぐずするつもりはなかった。トニーに身振りで指示した。「急げ。絨毯の上にそいつを転がすんだ」

トニーは死体を押したが、物理の法則に邪魔された。死んだ男はひどく重い。トニーのブーツがコンクリートの床をずるずるすべる。必死になるあまり、顔がゆがんでいる。ついに死体が裏返った。片方の腕が、もうなにも見たくないと言っているかのように目を覆った。

トニーは死体の両手を取り、胸の前で両腕を交差させた。そして、絨毯の反対側へ向かおうとした。

「違う」ウィルは言った。「死体を巻くんだ」死体の肩をつかんだのは、そちらのほうが重いからだ。それに、トニーが死体を転がすのをこれ以上見ていられなかった。

トニーが尋ねた。「いいか?」

ウィルは死体の顔を見おろした。死んだあとも苦痛で顔が変形したままだったが、この男がだれか、やっと思い出した。ほんの数時間前に、フェイスの携帯電話で男の顔写真を見たばかりだ。

椅子に縛られていたのは、エリック・ヘイグ刑事だった。

10

金曜日

午前零時を少し過ぎていたが、サラはまだＩＣＵの待合室のソファに座っていた。雑誌をめくり、周囲の会話を遮断しようとした。午後になって、何人かの患者が運びこまれた。狭い待合室は患者の家族で混み合っていた。新しくくわわった人々は共同体のようなものだ。それぞれなにがあったのか話をしたがった。自分たちの悲劇をくらべたがった。ネルは苦い顔をしていた。詮索されるのも、混雑した部屋にいるのもいやがった。サラがホテルの部屋に帰って少し眠ったらどうかと勧めると、あっさり従った。

どのみち、ネルが病院にいなければならない理由はなかった。ジャレドの容態は、抗菌薬を点滴されても変わらなかった。サラは手術後の感染症の治療を一度ならず経験している。感染症は無差別に容赦なく患者を襲う。効果があるかもしれない治療薬の種類は限られている。

長い一日のあと、サラはいつのまにか朝のスタート時点に引き戻されていた。この二十四時間がリセットされた。ジャレドは手術を生き延びたが、感染症を生き延びることができるかどうかは、時間がたたなければわからない。

サラは雑誌をテーブルに戻した。有名人のゴシップ記事を三度読み返しても、内容が頭に入ってこなかった。まるで奇妙なフーガだ。夕方にスコッチを飲んだことも、繰り返し悔やんでいる。自己治療はやめておくべきだが、ストレスとアルコールと三十時間ぶっ通しで睡眠をとっていないことが一緒くたになると、ほとんど凶器だ。二日酔いの症状はあっても、まったく気分はほぐれなかった。頭痛がして、神経が過敏になっている。スコッチを飲んでいるときから大きな間違いを犯していると自覚していたことが、さらに気を滅入らせた。電話でウィルと話したあとにおかわりを注文しなかったことだけが、唯一の慰めだ。

ひとつ、話したのを後悔していることがあった。案外、自分は酒に弱かったのだろうか。そうでなければ、ウィルとの関係が思っていた方向へ進んでいないから、あんなことを言ってしまったのだ。ウィルとベッドでしたいことを必死に並べあげたら、完全に聞き流された。愛していると言わなかったのは不幸中の幸いだ。うっかり愛の告白などしてしまい、返ってきたのが無言だったら、どんなに恥ずかしかったことか。ウィルは明らかに腰が引けていた。自分がしてはいけないことをしたか、言ってはいけないことを言ったからだ。

車で迎えに来てくれと言われなかったことに、彼はほっとしたのではないか。北か南か、彼がいまどこにいるのかわからないけれど。

とにかく、ここにいなくてよかった。

できれば自分もここにいたくなかったと、真剣に思う。

それ以上じっと座っていられなかった。サラは立ちあがって伸びをした。脊椎が溶けてくっついてしまったかのようだった。室内のあちこちから、遠慮がちな笑みを向けられた。サラはひとりになりたくて廊下に出た。

夜更けなので、照明が落としてあった。ポッサムが三十分前とまったく同じ場所にいた。背中がサラのほうを向いている。ＩＣＵの閉じたドアの前に立ち、窓のむこうを覗いていた。あそこからジャレドの病室は見えないはずだ。警備の警官が病室の前に立っている。若い彼も睡眠不足でいらいらしているのだろう。ポッサムのほうをちらちらとうかがっては、ナースステーションの看護師を見やるが、気の毒な看護師になにができるわけでもない。

ポッサムはサラとほとんど口をきいていなかった——無作法なのではなく、サラの姿を目にするたびに涙があふれそうになるからだ。それがジェフリーを失った悲しみを思い出すせいなのか、ジャレドを失いかけているからなのか、それともその両方に耐えられないからなのか、サラには判じかねた。

わかるのは、自分がもうほとほとここにはいたくないと感じていることだけだ。

サラはエレベーターの前まで行ったものの、せめてもの運動に階段を使うことにした。恐怖と悲劇のにおいがこもっていない場所で、新鮮な空気を吸う必要がある。それから、ウィルについて自分自身と対話したほうがいいかもしれない。自分は彼の沈黙の裏にある深い真実に目をつぶっていたのではないだろうか。彼に愛していると告げたことはないが、彼のほうもそう言ってくれたことはない。

経験では、たいていもっともシンプルな解釈がもっとも醜悪なものだ。

階段を二階分おりたとき、ピンクとブルーの表示板が見えた。産科棟だ。サラはほっとしてまわり道をすることにした。グレイディ病院でとりわけ疲れる一日を過ごさねばならなかったとき、サラはよく新生児を見に行く。なにも見えていない真新しい目がまばたきし、歯のない口が微笑の形になるのを眺めていると、気持ちが穏やかになった。生まれたばかりの子どもたちは、命がただ存在しつづけるだけではなく、どんどん成長するものだということを示す証(あかし)だ。

サラは、夜更けのこんな時間に新生児棟に来る人は少ないだろうと思ったが、そのとおりだった。面会時間はとうに終わっている。残っている人々を追い返す看護師もいない。新生児がすやすや眠れるように、大きな窓にシェードをおろす者もいないようだった。廊下の薄明かりがベビーベッドの列を優しく照らしていた。新生児はピンクかブルーのニットキャップをかぶり、同色のブランケットにきっちりとくるまれていた。小さな顔はレーズンのようで、なかには生まれてまもなく、まだ子宮に浮かんでいるつもりなのか、首を左右にそっと振っている子もいた。

サラは窓ガラスにひたいを当てた。ガラスはひんやりとしていた。ひとりの新生児は目を覚ましていた。うっすらとあいた目が天井を見ている。天井には、色とりどりのイラストが描いてあった──虹やふわふわの雲、ぽっちゃりした兎たち。子どもではなく、親のための装飾だ。新生児の目はごく近くしか見えない。基本的な構造こそ完成しているが、その機能を使いこなせるようになるのは数カ月後だ。いまのところ、天井の装飾はぼんやりした愉快な染みにしか見えない。

背後のドアがあいた。サラは看護師が来たものと思って振り返った。そこにいたのはレナ・アダムズだった。

レナはティッシュを持っていた。目が合ったとき、レナが一瞬狼狽し、すぐにあきらめたような顔になったのがわかった。レナはエレベーターへ引き返そうとした。

「待って」サラは声をかけた。

レナは足を止めたが、振り向かなかった。

サラはたちまち後悔した。呼び止めたところで、なにを言えばいいのかわからなかった。このたびは残念だと？　たしかにレナが流産したことは気の毒だ。けれど、それで過去が変わるわけではない。

「行かなくてもいいじゃない」そう言うのが精一杯だった。

レナはのろのろと振り返った。サラのほうを見ようともしなかった。窓のほうへ歩いてきた。サラと同じように、窓枠に指先をのせた。周囲とのあいだに塀を築いているように見えた。新生児を見つめるその様子はひどく痛々しかった。切ない思いがガラスを突き抜けそうだった。

サラはまた、踏みこんではいけない領域に踏みこんでいるような気がした。別れの挨拶をしようと口をあけたが、レナにさえぎられた。

「あの人は変わらない？」

「ジャレド？」サラは訊き返した。「ええ」

レナはうなずいただけで、まっすぐ前を向いたままだった。手を腹部へ動かし、手のひらをそこにぴったりと当てた。

サラはふたたびレナを慰めたくなり、言葉を呑みこんだ。なにか前向きになれるようなことを言ってやりたかった。だが、結局は気力が足りなかった。胸の奥のどこかには、まだレナを哀れに思うことのできる部分がある。ときどきその部分が動きだすことがあったが、寒い日の車のエンジンのようだった。何度か空ぶかしをしても、いつも少しずつ勢いが弱まり、最終的には止まってしまう。

サラはもう一度立ち去ろうとした。「もう行かなくちゃ――」

「赤ちゃんがこんなに小さいなんて知らなかった」すぐ前にいる新生児を見つめるレナの横顔はやわらかかった。「こんなに壊れやすそうなことを知ったら怖くなるでしょうね」吐息でガラスが曇った。サラの返事を待っているようだ。

「そのうち慣れるわ」サラは赤ん坊に囲まれて育った。赤ん坊のいない生活など想像もできなかった。

レナが言った。「わたしは赤ちゃんを抱っこしたことがないの」

「いとこはいなかったの？」

「ええ。ベビーシッターとかもしたことがない」レナは低く笑った。「わたしは世間の親が安心して子どもをあずけるようなティーンじゃなかったから」

サラは、そうだろうと思った。

レナはぎこちなく長いため息をついた。「わたしを必要としている存在をこんなに愛することができるなんて、思ってもいなかった」

「残念だったわね」サラは言った。「こんな言葉は慰めにもならないけど」

「慰めにもならないけど」レナは繰り返した。「ネルはわたしを前ほど嫌わなくなったみたい」

サラもそれは感じていたが、いつまでその状態がつづくかはわからなかった。

レナが言った。「嫌われていたほうがよかった。嫌われるのは平気だもの。わたしたちどっちも」首を巡らせてサラを見た。「流産したらいい人になると思ってるのかしらね」

サラはその言葉の意味を考え、レナの真意を読み解こうとした。レナはなにかを求めている。いつもそうだ。

「ありがとう、サラ」レナはまた窓のほうを向いた。「あなたならわたしに同情しないだろうと思ってた」

もう立ち去るべきだ。いまは古い憎しみを呼び起こしてはならないけれど、レナとしゃべっているうちに、自分がそうしてしまいかねないことはわかっている。「ポッサムの様子を見てこなくちゃ」

「あなたに会ったら苦しむだけよ」

たしかにそのとおりだ。「でも——」

「手紙は届いた？」

手紙。

四年前、郵便受けをあけたとき、レナからの手書きの手紙を見つけた。封を切らずに封筒をバッグに突っこんだ。仕事に遅れそうだったからだ。そして、読みたくなかったからだ。それでも、捨てたくもなかった。ほぼ一年近く、手紙はサラについてまわった。職場へ、買い物へ、レストランへ、そしてまた家へ。バッグを替えるときは、手紙も入れ替えた。財布を取り出したり、鍵を捜すたびに、封筒が目に入った。

気がつくと、レナにじっと見られていた。「読んだのね」

認めたくなかったが、正直に答えた。「しばらくたってからだけど」

「わたしは間違ってた」

「え？」手紙はリーガルパッド三枚にわたって書かれていた。涙の跡のあるページ三枚が、長ったらしい言い訳と嘘と責任転嫁の言葉で埋まっていた。「どの部分が間違っていたの？」

「全部」レナはガラスに肩をあずけた。「わたしは、ジェフリーが助けに来てくれるのを知ってた。自分が彼の命を危険にさらすこともわかってた」

サラは顔が熱くなるのを感じた。胸のなかで、閉じこめられた小鳥のように心臓が暴れていた。ずっと前から、この告白を、レナがこんなふうに認めるのを待っていたのに、いざそのときが来ると、レナはなにかをたくらんでいるのではないかとしか思えなかった。

レナが言った。「自分でマッチを擦って家を全焼させておきながら、びっくりしたふりなんてできない」

サラは努めて冷静な口調で返した。「あの人に警告したんでしょう」とにかく、手紙にはそう書いてあった。自分はちゃんと警告したのに、ジェフリーが耳を貸さなかったと、四段落にもわたって弁解していた。「手出しをするなと、あの人に伝えたんでしょう」

「彼が聞かないのは承知のうえでね」レナは堂々とサラを見据えた。「わたしが死ぬべきだった、彼ではなく」

こんな唐突な話を鵜呑みにするわけにはいかない。サラは、ジャレドがネルに言った言葉を借りてレナに鎌をかけてみた。「ジェフリーはバッジを受け取った瞬間に危険な仕事だとわかっていたはずよ」

「ウィルも同じような覚悟をして仕事に出かけるのかしら?」

わけもなく、サラはレナの口から出てきたウィルの名前をぴしゃりと叩きつぶしたい衝動に駆られた。二年近く前、レナは勾留中の被疑者を死なせ、同僚の警官が刺されるのを傍観して瀕死の重傷を負わせたことがあり、ウィルはその件でレナを調べた。ウィルは結局レナの責任を立証できなかったのだが、あのときはサラのほうが落胆した。

「あなたがウィル・トレントについて知っているのは、彼がもう少しであなたを刑務所送りにするところだったということだけでしょう」

「もう少しでね」レナの唇がゆがんで冷笑になった。仮面がはがれかけている。「トレント捜査官のことで、わたしがなにを思い出すか教えてあげる」なぜか浮かれた口調だった。「あの人はあのころからあなたに夢中だった。あなたもいまあの人に恋をしているんでしょう? 顔を見ればわかる。あなたは以前から惚れっぽかった」

サラはかぶりを振った。この話の行き先が見えてきた。「かわりがほしくて好きになったわけじゃない」

「あなたはどうやら前に進んだみたいね。わたしたちふたりとも前に進んだ」

「わたしはそうするしかなかったのよ、レナ。夫が殺されたんだもの、前に進むしかなかった」サラは憎しみを嚙み殺した。「ほかにどうしようもなかった」

「わたしは悪人とは違う。あなたにどう思われようがかまうもんかと、長いあいだ自分に言い聞かせてきた。あなたからいい人間だと思われていなくても、しかたないと受け入れてきた。善良ではないと思われていても」

「あら、悪かったわ」サラは辛辣に返した。「お詫びになにをすればいいのか教えてくれる？」

「そのうち、わたしが変わったことがあなたにもわかる」

「あなたは変わっていない。変わっていたら、あなたもわたしもいまごろこんなところにいなかった」恨みがましい口調にならないよう、必死にこらえた。「あなたにとっては、なにもかもゲームなのよ。いまわたしと話していることもゲーム。あなたは絶対に自分から退場しない。だれが相手だろうが、主導権を握らせない。いい警官のつもりだろうけど、仕事なんかどうでもいいし、自分のかわりに仕事をしてくれる人のことも気にかけない。とにかく、どんな犠牲を払おうが、自分が勝負に勝ちさえすればいい」

レナが薄く笑った。「なんとでも言えばいいわ、センセイ」

「こんなこと、やってられない」サラは歩きだした。

「あなたに嫉妬していた自分が信じられない」

思いがけない言葉に、サラはぽかんと口をあけて振り向いた。

「あなたの家族。あなたの人生。あなたの結婚生活。町のみんなに尊敬されて。崇拝されて」レナは肩をすくめた。「でもある日、あなたみたいになりたくないって気づいたの。なろうとしてもなれないって。なれる人なんかいない。あなたは完璧すぎる。人に厳しすぎる。あなたの求める水準に達する人はいない。ジェフリーですらだめだった」心から遺憾だと言わんばかりにかぶりを振った。「ウィルも無理ね」

一瞬、サラは呆然として口もきけなかった――レナの言葉そのものではなく、話をひっくり返すみごとな手腕に驚いたのだ。

「自分の人生を再開したことに罪悪感を抱けと言いたいの？」

レナのにやにや笑いがすべてを語っていた。数時間前にサラに言われた言葉をそのまままねた。「あなたもやっとどんな気持ちかわかったでしょう」

「いまこんな話をするの？ どうしても？」

「わたしに負けるのが怖い？」

サラは腕組みをして待った。

「もう何年もわたしよりあなたのほうがいい人だと考えてたけど、無駄な時間だった。かわいそうなサラ、夫を失った悲劇の女性。それが、いつのまにか新しい警官と知り合って、さっさとその男の馬に乗ってたとはね」

罪悪感がどっと襲ってきた。海のなかで一滴の血のにおいを嗅ぎ取る鮫、それがレナだった。「違うわ」

「違わない」レナはぴしゃりと返した。「あなたはちょっときれいなお飾りなの。自覚はある？」

サラはその程度かとほっとし、笑い声をあげた。トリムは警官と寝る女を示すスラングだ。「それで？」

「自分がジェフリーのなにを愛したのかわかってる？　リスクを取りに行くところよ。あの人は危険を恐れず、邪魔をする者がだれだろうと叩きのめした」

「それだけ？」

レナが迫ってきた。「ジェフリーが自分の戦いを人まかせにする腰抜けだったら、見向きもしなかったでしょう」

「それ、自分のこと？」

皮肉が通じた唯一の証拠に、レナは唇を結んだ。「あなたがジェフリーを見る目——自分だけのヒーローを見る目だった。大きくて強い、自分だけの警官。きっとウィルに対してもそうなんでしょう。どうかと思うわ、警官から警官に乗り換えるなんて。ジェフリーはどんな気持ちかしらね」

少しも打撃を受けていないかのように、サラはかぶりを振った。「こんな話になんの意味があるの？」

「あなたはジェフリーに、立派に戦ってほしかったのよね。男らしさを振りまわして、暴力で犯罪者を負かして、名をあげてほしかった。ひとつ教えてあげるけど、サラ、ジェフリーが危険を冒したのは、あなたがそう求めたからよ。あなたはジェフリーを崖っぷちへ押しやって、安っぽい興奮を得ていた。彼に行き先をあげたのはわたしだったけれど、危険を冒したご褒美を与えていたのはあなた――あなただった」

「やめて」サラははねつけた。あまりにも深いところを抉（えぐ）られた。「もう黙って」

「さぞいい気分でしょうね？　自分ではどうしようもなかったことで責められるのは」

「もうこの話は終わりにしましょう」サラは立ち去ろうとしたが、腕をつかまれた。「さわらないで」

「こうなると思っていたわ」

サラはレナの手を乱暴に振り払った。

レナが言った。「あなたはいつも自分のことを賢いと思ってるけど、目の前にあるものも見えていない」あきれたような笑い声が無人の廊下に響いた。「ねえ、あなたもやっぱり間違いは犯すのね」

「間違いを犯さないと思ってた？」怒りで声が震えた。いまにも自制心が吹き飛びそうだった。「ジェフリーにあなたを採用すべきだと言ったのはわたしよ。あなたを昇進させろと言ったのもわたし。あなたは有能だから彼を守ってくれると思いこんでいたのもわたし」

レナは窓に背中を押しつけていた。サラが追い詰めたせいだ。サラは自分がレナに迫っていたことに気づいていなかった。いつのまにかレナの胸に指を突きつけ、もう片方の手で拳を作っていた。

レナはそろそろと横を向き、頬を差し出した。「どうぞ」シルクのようになめらかな声だった。「思いきりやりなさいよ」

両足がむずむずした。底なし穴の縁に立っているような気分だった。レナの肩のむこうでブランケットにくるまれている新生児たちに、無理やり目をやった。そして、天井に描かれたカラフルな虹や雲に。

レナに勝たせるわけにはいかない。今度こそ。こんなふうに勝たせてはいけない。サラは穴の縁からあとずさった。手をおろし、背筋をのばす。顔をあげて、長い廊下を歩きだした。

「もう終わり？」レナが尋ねた。

急いで階段をおりなければならない。外に出て、新鮮な冷たい空気で胸を満たせば、いまのやり取りを忘れる方法を見つけられる。この五分間に五年間を消されてたまるものか。レナはサラがどんなことをくぐり抜けてきたのか知らない。どんなふうに闘ってきたのか知らない。どんなふうにみずからの手で新しい人生を形作ってきたのかも。ジェフリーのことも知らないし、ましてやウィルのことなどなにも知らないくせに。

ゆっくりとした拍手の音が廊下に響いた。サラはぎくりとしないよう体をこわばらせた。一音一音が銃声に聞こえた。

「お見事ね、センセイ」レナはますます大きな音で拍手をした。「退場のしかたも傲慢」

サラは振り向かなかった。振り向くことができなかった。振り向けば、レナの思いどおりに挑発に乗ってしまいそうだった。

階段に通じるドアをあけた。両手はなかなか開こうとしなかった。小走りで踊り場を曲がった。一段おりるごとに怒りがあふれてきた。

もちろん、自分はジェフリーの強さを愛したのだ。生きている女が強い男とともに生きたいと願うのは当然ではないのか。だからといって、ジェフリーが殺されたのは自分のせいだということにはならない。レナを信用しないでくれ、もうレナの尻拭いはしないでくれと、ジェフリーに懇願したこともあった。それに、ジェフリーのかわりにウィルに乗り換えたなどと言われるのは心外だ。ふたりはまったく似ていない。ただし、ふたりともいまのレナの言い草を聞いていたら、彼女を見捨てていただろうけれど。

一階におりたとたん、サラは安堵するあまり泣きそうになった。また薄暗い廊下があった。この時間帯まで残っている者や見舞客はいない。床の緑色の線をたどれば、エレベーターホールと出口にたどり着ける。

人に厳しすぎる。

完璧すぎる。

それがほんとうだったらどんなによかったか。

自分は間違いを犯してばかりいる。間違いに呑みこまれている。小さなミス。大きなミス。この五年間、大地を揺るがし、人生を一変させる失敗につきまとわれつづけ、その締めくくりがこんなところへ車を飛ばしてきたことだ。

携帯電話が鳴ったが、応答しなかった。閉まった売店の前を通り過ぎた。ポリエステルフィルムの風船が天井にくっついている。冷蔵庫にはチェーンがかかっている。携帯電話の音がやんだ。だが、すぐにまた鳴りはじめた。サラは留守番電話に切り替えた。つかのま沈黙がおりたのち、ふたたびコール音が鳴った。

サラは発信者を確かめた。

ジョージア州ジャスパー。

ウィルだ。

数時間前、ウィルは海岸地帯にいた。いまは山のなかにいることになっている。

サラは電話に出た。なんでもない声を出すのに骨が折れた。「いま話せないの」

「どこにいる?」

「病院よ」

「上の階か?」

「いいえ」サラは涙を拭った。前方に玄関がある。駐車場の照明が、ロビーをぼうっと照らしていた。「これから出るところ」

「ホテルに帰るのか?」

「家に帰るわ」そう言葉にしてはじめて、自分は本気で家に帰るつもりだと気づいた。バッグは車の後部に置いてある。リモコンキーはポケットのなかだ。そのほかのものはホテルにある。グレイディのロッカーに常備している着替えと洗面道具を持ってきた。脱出を延期させるほど大事なものではない。ホテルの清掃係が処分するか、持っていくかするだろう。それでかまわなかった。町を出たら、ホテルのフロントに電話をかければいい。

「サラ?」ウィルが尋ねた。

「話せないの」手がぎゅっと閉じたり開いたりした。歯を食いしばっていたせいで、鈍い痛みがあった。「あとでかけなおすわ」

「切らないでくれ」

サラはかぶりを振った。「いまは話せない」

「とにかく止まってくれ。いますぐ」

「ウィル――」

「サラ、立ち止まって」

サラは立ち止まった。

「話があるんだ」

サラは電話を見おろした。そして、目をあげた。なぜ歩いていたのがウィルにわかったのだろう？　無人のロビーを見まわす。「いまどこにいるの？」

「いままでのことを話したいんだ」ウィルの声は必死だった。「ずっと前からのことじゃなくて、今夜あったことだ。それとゆうべ」

そのとき、ウィルの姿が目に入った。彼は玄関のガラスドアのむこうに立っていた。黒っぽいパンツにグレーのシャツを着ている。その制服は見たことがあった。病院の施設管理係が着ていた。

ウィルの手がガラスのほうへのびた。

とっさに、サラはウィルに逃げ道を与えた。信じられないことに、彼に言い訳する機会を与えた。「フェイスと仕事をしているのね」

ウィルは答えなかったが、サラはついに理解した。何度もかかってきた電話。内容を教えてもらえない潜入捜査。昨日の朝会ったときの、ウィルの後ろめたそうな表情。なにを隠しているのか話せないと言ったウィル。彼がほんとうのことを言わない理由はひとつしかない。

「またレナを調べているんでしょう」

「そうじゃない、でもレナはぼくがここにいるのを知っている」ウィルが言った。「すまない、ベイビー。ほんとうにすまない」

サラの目は熱くなった。レナはウィルがここにいるのを知っていただけではない。ウィルがサラになにひとつ教えていないことを知っていた。

あなたはいつも自分のことを賢いと思ってるけど、目の前にあるものも見えていない。

「ひどい」サラは電話口で吐き捨てた。レナの笑い声がいまだに耳のなかに残っていた。

「おかげで、あの人に笑いものにされたわ」

「ごめん」ウィルの手がまたあがった。ガラスに手のひらを押し当てた。「そこまで考えていなかった。ぼくは――」言葉を切った。「許してほしいんだ、サラ。お願いだ」

「だましたくせに」声がまた震えていた。どこもかしこも震えていた。自分がウィルを拒んでいるのではないかと思っていたのに、距離を置こうとしていたのは彼のほうだった。

「わたしの顔を見ながら、平気でだました」

「きみが離れていくと思ったから言わなかった」

サラは自分のなかでなにかがぷつんと切れた気がした。「それは当たってる」

「サラ――」

痛みは耐えがたかった。サラは、電話を粉々にできればいいのにと思いながら握りしめた。次の瞬間、それができることに気づいた。携帯電話を壁に投げつけた。プラスチックとガラスの破片が顔に跳ね返った。破片を拾いあげ、また壁に放り投げた。

「サラ！」ウィルが叫んだ。あいかわらず外からガラスのドアを引っぱっている。「サラ！」

なんて愚かだったのだろう。この男に心を開いてしまった。ベッドをともにしてしまった。夫には言ったことのない言葉を、この男には言ってしまった。

それなのに、彼はサラの背中を刺すためのナイフをレナ・アダムズに渡した。

「サラ！」ドアの鍵がカチャリと音をたてた。

サラはウィルに背を向けて階段のほうへ引き返した。

「待ってくれ！」

サラは歩きつづけた。ウィルを待つつもりはなかった。二度と待つ気はない。この建物から出なくては。この町から。レナから離れなければ。ウィルと彼の嘘から。逃げる以外にどうしようもない。自分は愚かで、なにも見えていなかった。ウィルは裏切った。ウィルになにもかも差し出したのに、彼は裏切った。

「サラ！」ウィルの声が大きくなった。ドアをあけて、なかに入ってきていた。

サラは足を速めた。ウィルの足音が無人のロビーから廊下へ響き渡った。彼が追いかけてくる。

思わずサラは走りだした。ウィルと顔を合わせるのを想像しただけで耐えられなかった。腕を振り、腿を高くあげる。ウィルの足音がどんどん騒々しくなった。開いたドアが壁にぶつかったが、サラは階段室に駆けこんだ。上ではなく、下へ向かった。職員のロッカールームが地下にあるはずだ。管理員室。倉庫。遺体安置所。荷物の積み降ろし場か裏口か、とにかく脱出口があるはず。

「サラ！」

踊り場におりたとき、頭上でドアが勢いよくあいた。

ウィルが叫んだ。「待ってくれ！」

サラはつまずいて手すりをつかみ、最後の階段を転がるようにおりた。ドアをあけると、また通路があった。まぶしい光に目を刺された。

「止まってくれ！」

ウィルが踊り場まで来ていた。彼のほうが、足が速い。出口にたどり着く前に追いつかれるだろう。開いたドア口を目指して全力で走ったが、靴がすべった。

「話をさせてくれ！　サラ！」

サラはバタンとドアを閉め、鍵はないかと必死に捜した。

　ドアが内側からあいた。サラは後ろによろめいた。ウィルに腕をつかまれ、そのままぐいと引き寄せられた。サラは力一杯ウィルを平手で打った。その手を取られ、反対の手でウィルを殴った。ウィルが憎かった。目を引っかいてやりたかった。心臓を抉り出してやりたかった。彼が最初にサラの心臓を抉り出したのだから。

「サラ、お願いだ――」

　サラはもう一度ウィルを殴った。止められなかった。殴るとすっきりした。顔を平手打ちした。爪が彼の肌を引っかき、血がにじんだ。ウィルの片手がサラの両手をつかんだ。逃げられない。壁に押しつけられた。コンクリートブロックに頭がぶつかった。膝蹴りをしたかったが、体が密着していて動けなかった。

　唇をふさがれた。ふたりの歯がぶつかった。ウィルの指がサラの口をこじあけた。舌が入ってきた。サラは拳でウィルの胸を叩いた。ウィルがサラのジーンズのジッパーをおろす。サラは止めなかった。協力した。感覚が麻痺していた。ひとつを残してあらゆる感情が引いていった。だれかの面倒を見るのはもううんざりだ。いい友人でいることも、正しいことをするのも、なにかをほったらかしにするのも。

　ウィルが手に唾をつけた。それだけでは充分ではなかった。彼が入ってきたとき、サラはあえいだ。ウィルは深く突きこんできた。深すぎる。サラの息が止まった。それでも、ウィルの肩にきつくしがみついてウィルの腰の動きに合わせているうちに、肉体が理性に勝ち、サラは自分が屈服するのを感じた。

サラの口がウィルの口を見つけた。彼の舌を吸い、唇を噛む。両足のかかとがウィルの膝の裏にめりこんだ。ウィルのシャツの下に両手をすべりこませると、彼はひるんだ。サラはかまわず彼の傷跡だらけの背中を引っかいた。口から言葉がこぼれ出た――みだらな言葉で、ウィルに細かな指示を出す。何度も繰り返し腰を打ち合わせながら、サラは歯を食いしばって叫びたいのをこらえた。

興奮は少しずつ高まっていくのではなく、突然、サラの奥深くでとめどなくはじけた。耐えがたいほど激しいよろこびだった。サラはウィルの肩に噛みついた。汗がしょっぱかった。全身の分子の一粒一粒が強烈な快感に震えていた。サラはウィルの名前を叫んだ。我慢できず、快楽の奔流を押しとどめることもできなかった。

ウィルがぐったりとのしかかってきた。ふたりとも立っていられず、ずるずると床に崩れた。ふたりとも息を切らし、自分たちのしたことに呆然としていた。

「サラ――」

サラは両手で顔を覆った。ウィルの顔を見ることができなかった。いま起きたことを認められなかった。

「サラ――」耳元に彼の口があった。唇が耳たぶをかすめた瞬間、思わず身震いしてしまった。「ああ」ウィルがささやく。「サラ、お願いだから――」

サラはウィルを押しのけた。脚のあいだでまだ彼が脈動しているのを感じた。完全に負けた気がした。自分はおかしい。

「サラ……」

消えてしまいたくて、かぶりを振った。「消えて」懇願した。「お願いだからもう消えて」

「サラ――」

「消えてってば！」

ウィルはよろよろと立ちあがった。ジッパーをあげ、シャツをたくしこむ音がした。大きな音をたててドアがあき、また音をたてて閉まった。

サラは顔をあげた。

ウィルの姿はなかった。

11

強制捜査四日前

レナは窮屈な捜査班のヴァンのなかで、両手を上着のポケットに突っこんで座っていた。目の前に三台のモニターがある。デスクの下のパソコンが熱を発散していた。デショーンとポールは半袖Tシャツ姿だった。ふたりとも汗をかいているが、レナはイヌイットのイグルーのなかにいるような気がしていた。まだ妊娠六週目なのに、すでに体調がめちゃくちゃだった。だから妊婦は気難しくなるのだろう。体温がピンポン球のように激しく上下するらしい。

デショーンは数台の監視カメラの映像をスクロールしながらつぶやいた。「ミスター・スニッチ、どこにいる?」

「ミスター・スニッチ」ポールが芝居っ気たっぷりにまねた。

秘密情報提供者はそれぞれ暗号名を持っている。CIの個人情報を保護するのは、悪魔の契約のうちのひとつだ。書類にも暗号名を書く。現場でも暗号名で呼ぶ。たったひとことうっかり漏らすことがCIの死を意味しかねない。密告屋(スニッチ)はさほど独創的な名前ではないが、数日前に寝返らせたジャンキーにはぴったりだった。あの男はつかみどころがなく、どことなく蛇を思わせる。あのがさがさした皮膚と小さな目のせいかもしれないと、レナは思っていた。

「頼むよ、スニッチー」デショーンがキーボードを叩き、〈チックフィレイ〉の外に複数設置された監視カメラがとらえた映像を次々と切り替えた。「出てこい、スニッチー・スニッチー」

ポールが言った。「だから、約束を一時間遅らせたんだ」

デショーンがアングルの異なる映像をスクロールしている隣で、レナはモニターの映像が切り替わるのを見ていた。昔からジャンキーは大嫌いだった――おじがそうだったからだろう。ハンクはいまでこそクリーンだが、もともとのジャンキー気質は変わっていない。それでおれはなんの得をするんだ、というのがハンクの口癖だ。

「よーし来たぞ」ポールが一台のモニターを指さした。白い乗用車が店の入口近くの駐車スペースに入ってきた。サイドブレーキが引かれた。窓が閉まった。

レナは尋ねた。「マイクはつけてる？」

デショーンは、スニッチの盗聴マイクが拾った音を受信するチューナーのダイヤルをひねった。スニッチのカーラジオからピザ店の広告が流れるのが聞こえた。音がやんだ。キーがじゃらじゃらと音をたてた。車のドアがあいた。

スニッチは小柄でやせていて、無精ひげを生やしていた。野球帽を目深にかぶっている。大きな黒いサングラスが顔の上半分を覆っていた。ブラックジーンズに黒いTシャツといういでたちだ。背後と左右に目を配りながら、フライドチキンの店へ歩いていく。

「ばかめ」ポールがうめいた。「あれじゃネオンサインをつけてるようなもんだ」

スニッチはきょろきょろしながら店に入り、カウンターの前の列に並んだ。女が彼をよけて脇の出口へ向かった。レナは、混雑するランチタイムの直後に接触を設定していたが、数人の客が長居しておかわりを待っていた。衣擦(きぬず)れの音に混じって低い話し声が聞こえた。スニッチが列の前へ進んだ。アイスティーを注文しながらも、ずっと体をかき、そわそわと体を揺すっていた。

「ジャンキーにはおクスリが必要だな」デショーンが言った。

「ジャンキーにはやるべきことをやってもらわないと。わたしが刑事免責の取り消しを申し立てる前にね」

ミスター・スニッチはカウンターの前で待っていた。あいかわらず落ち着きがない。レナはモニター越しに腕をのばして彼を押さえつけたくなった。

作戦の成否はこのジャンキーにかかっている。レナのチームは、匿名で密告のあった薬物密売所を二週間近く監視していた。密売所をただ閉鎖するだけではだめだ。シド・ウォラーの商売を完全に潰さなければならない。だが、たちまち捜査は行き詰まった。たいていの場合、現金や報酬と引き換えに寝返る悪党がいる。だが、今回は違った。だれひとり、シド・ウォラーを裏切ろうとしない。だれもが盗聴器を身に着けて取引に行くのを拒んだ。ドラッグや銃の売買について証言する者もいなかった。

ミスター・スニッチが現れるまでは。

ポールはレナの心の内を読み取ったようだ。「スニッチが二重スパイだとまだ疑ってるのか？」

「わからない」レナは正直に答えた。そもそも、ミスター・スニッチがレナを名指ししてきたのだ。電話がかかってきたとき、レナはクリニックを出るところだった。ジャレドとのお祝いディナーは署で食べるテイクアウトになった。「わたしたちが手詰まりになったと同時に、あの男が現れたのはどうも気になる」

「でも、おれたちが手詰まりになったことをあいつが知っているわけがないだろう？」

レナは肩をすくめた。「スニッチは勾留されて二時間もたたないのに、わたしと連絡を取りたいと係員に持ちかけたのよ。だいたいなんでわたしの名前を知ってるの？」

ポールとデショーンが大笑いした。レナはがむしゃらに仕事をするのが好きだ。町のジャンキーはひとり残らずレナの名前を知っている。

「はいはい、知ってて当然よね。でも、捜査がこれだけ長引くと、だれも協力してくれないと思ってた」

「そうかな」ポールが言った。「あのやせっぽちは、はじめて留置場にぶちこまれたわけだろ――二時間で限界が来ても不思議じゃない」

デショーンが補足した。「刑務所じゃオキシコンチンは手に入らないからなあ」

「しゃぶるべき一物をしゃぶれば手に入る」ポールがハイファイヴを求めて手をあげた。デショーンが待ってましたとばかりに応じた。

「あの男、どこへ行った？」レナは身を乗り出してモニターに目を走らせた。

デショーンがカメラを動かし、べつの角度の映像に切り替えた。「いたぞ」

ドアのてっぺんが閉まるのが見えた。スニッチは子どもの遊戯コーナーに入っていた。砂場の周囲に、カラフルなプラスチックの滑り台やブランコがあった。男児と女児がひとりずつ、のぼりロープで遊んでいた。レストランより遊戯コーナーのなかのほうが監視カメラの数が多い。隅々までモニターに映っている。

スニッチはベンチに腰をおろした。日差しを顔に浴びている。時間があり余っているかのように、両腕を広げてベンチの背にかけた。胸に貼りつけたマイクを通して、彼のハミングが聞こえた。

「追い出されるぞ」ポールが言った。「成人男性は子ども連れでなければ遊び場に入れないんだ」

「あいつなら大丈夫かもよ」カウンターの奥で、店員たちがのろのろと動いているのが見えた。ランチタイムのあとなので、中だるみしているようだ。ひとりの若者がカップをぽんと放ってはキャッチした。ほかの若者たちは、退屈と疲労が入り混じった目でそれを見ていた。

「母親はなんとも思ってなさそうだぞ」デショーンがブース席にひとりで座っている女性を指さした。アイパッドに入力しながら携帯電話で話している。テーブルには書類が広げてあった。どうやら仕事中らしい。

ポールが言った。「子どもを連れてきていると亭主に伝えてるんじゃないか」

レナは返事をしなかった。自分が母親になるとわかると、それまでより寛大になっていることに気づいた。「時間は四十五分しかないのよね？」

「まあそのくらいだ」デショーンが言った。「ウォラーは遅刻魔で有名だ」

ポールはいつもひとこと言わずにいられない。「早めに現れるかもしれないぞ、下見のために」

「もし現れたら、わたしの携帯に電話をかけて」レナはドアをあけた。「すぐ戻る」

うつむきながら駐車場を突っ切った。顔を見られる可能性は低い。捜査班のヴァンは、〈チックフィレイ〉から五十メートルほど離れた〈ターゲット〉の前に駐めてある。レストランの無線セキュリティシステムに侵入するのは決して合法とは言えないが、レストランの支配人は無線アクセスポイントの暗号化設定をもっとましなものにすべきだろう。どのみち、カメラの映像を録画するつもりはなかった。デショーンも録画はしていない。ミスター・スニッチを見張りたいだけだ。とにかく、レナの目的はそうだ。盗聴器だけでは不安だった。自分の目でスニッチの動きを追いたかった。

スニッチという男は、なにかが引っかかる。はじめて会ったのは数日前だが、レナは彼がおかしいと直感で確信していた。留置場で対面した瞬間に、そう感じた。とりわけ疑念がふくらんだのは、シド・ウォラーを差し出すと言われたときだ。

シドニー・ミッチェル・ウォラー。

その名前は聞き飽きている。署内のだれもがそうだ。ウォラーはただの薬物ディーラーではない。ただのポン引きでもなければ、銃砲や弾薬の密輸業者でもない。昨年、警察はウォラーが姪をレイプして妹を殺したと見て、二十四時間態勢で捜査した。ところが、姪が訴えを取りさげた。参考人が姿を消した。人々が証言を撤回した。予審の三日前にウォラーは不起訴となり、レナはもちろんのこと、だれもが苦い後味とともに手を引いた。

そんなとき、ミスター・スニッチが黄金のチケットを携えて現れた。これほど都合のいい筋書きはレナにも書けない。スニッチはインターステートのそばの薬物密売所の情報を詳細に語った。銃器売買。売春。メイコン一帯に大量の薬物が出まわり、シド・ウォラーはのんびりと現金を数えている。有罪は決まったも同然だ。ウォラーは刑務所で数年過ごすことになる。強姦罪より銃器売買のほうが、刑期が長い。

ただ、レナは直感を無視しなかった。つねに頭のなかで、話がうますぎるという小さな声が聞こえ、何度黙らせても止まらなかった。一年間ウォラーを追いつづけ、突然むこうから転がりこんでくるなどということがあるだろうか？　ミスター・スニッチはどんな得をする？　刑事免責といっても、たかだか八カ月の服役免除に命を賭けるほどの価値があるか？

けれど、ぐずぐず考えている余裕はなかった。この作戦を中途半端に終わらせることはできない。

正直なところ、レナはシド・ウォラーに執着するようになっていた。かならず借りは返してやると固く決意していた。もっともらしい口実を見つけては、ウォラーを任意同行した。ウォラーを刑務所に入れることはできなくても——いまはまだ——安くない弁護料を支払わせることはできたはずだ。先週も、取調中に彼はレナをおまんこ呼ばわりした。先々週は、レナをファックする方法を並べあげた。こうした暴言はすべて録音されていたが、ウォラーは気にもとめていないようだった。彼には、たいていの警官より法律に詳しい有能な弁護士がついていた。

判事がまったく協力的ではないのは、そのせいかもしれない。レナは、夜ごと密売所に疑わしい連中が出入りしていることを根拠に捜索令状を請求した。だが、判事は却下した。デニース・ブランソンが、秘密情報提供者のミスター・スニッチからの情報であることを示す証拠を提出した。判事は却下した。今日の接触の一部始終を記録できることになったのは、ひたすらしつこく判事を説得したからに過ぎない。それでも判事がようやく許可したのは、音声の録音だけだった。

これが最後のチャンスだ。証拠を録音できれば、判事とて協力せざるを得なくなる。ミスター・スニッチの仕事は、ウォラーにあの密売所についてしゃべらせることだ。銃器や薬物や金の話をさせてくれれば、レナたちは強制捜査を実行して悪党たちを捕まえることができる。

とにかく、レナはそうなるよう祈っていた。シド・ウォラーほどの大物を捜査することは、この先しばらくないだろう。何カ月かは産休で、その後の二週間、ことによれば一カ月は、子どもと家にいなければならず、仕事に復帰するのはそれ以降になる。

それほど長いあいだ仕事から離れなければならないと思うと不安になった。レナはずっと警官だった。自分の一部を失うことはできない。だが、このごろはしかたがないと感じるようになった。疲労のせいで眠れず、眠気のせいで集中できない。四六時中トイレに行かなければならない。寒気がする。体が火照る。そしてまた寒気がする。これが妊娠期間中ずっとつづくなら、耐えられる自信がない。そのうえ吐き気も容赦ない。つわりは一日中つづくのに、なぜ〝モーニング・シックネス〟というのだろう？

レナは〈ターゲット〉の前のベンチに腰をおろした。駐車場から少し歩いただけなのに、いつのまにか汗ばんでいて、上着のジッパーをあけなければならなかった。ポケットからティッシュを取り出して鼻をかんだ。なぜ一日中、鼻水が止まらないのかわからなかった。ジャレドには、ふたり分だからだと言われたけれど。

レナは携帯電話で時刻を確かめた。シド・ウォラーは四十五分後に現れることになっている。少し休んでからヴァンに戻るつもりだった。その前に眠りこんでしまわなければいいのだが。まぶたの重みを感じながら、駐車場を見まわした。

この世はいつもこんなふうに子どもたちであふれていたのだろうか、それとも妊娠したから目につくだけだろうかと、いつのまにか考えていた。母親に店のほうへ引っぱられた小さな男の子が、甲高い声で叫んだ。わめき声をあげながらミニヴァンのまわりを走っている男の子を、母親が困った顔で追いかけている。店の入口では、べつの気の毒な母親が、泣き叫ぶ赤ん坊を腰骨の上で揺すってあやしていた。

この幸福な絵の仕上げは、大きなおなかを抱えて車のトランクに荷物を積みこんでいる妊婦だ。腹部はビーチボールほどもあった。汗で髪が頭皮に貼りついている。彼女が車を駐めているのは妊婦用スペースで、レナはいつも妊婦が特別扱いされることに腹を立てていたが、いまでは完全に理解できた。あの妊婦は、ドアに近いスペースをもらって当然だ。

あんなにつらそうなのだから。最後の袋をカートから移し終えた妊婦は、拳で背骨をぐりぐりと押した。ワンピースは窮屈そうだった。遠くからでも、Tバックのショーツがデンタルフロスのように尻のあいだに挟まっているのがわかった。

「やれやれ」レナはつぶやいた。肉屋のカウンターの内側を覗き見た雌牛のような気分だった。

体がぞくりと震えた。両手が冷えきっている。はじまりはいつもこうだ。体の末端から、じわじわと暑さ寒さの感覚が変わっていく。レナは両手を上着のポケットに突っこんだ。写真をそっと包む。超音波の画像も写真の一種だろう。なんにせよ、レナの内部のスナップ写真には変わりない。

長年のあいだに、X線写真も医師による診断書も山ほど見てきた。超音波画像も、冷蔵庫に貼りつけたものやテレビ画面に映るものを何度も見たことがある。妊婦が殺された事件の審理で証拠として提出されたものさえあった。

そのような画像に、とくに心を動かされたことはなかった。レナにしてみれば、モノクロのぼんやりした画像に過ぎなかった。小さな斑点や奇妙な曲線の重なりに感嘆の声をあげる能力は、自分にはないのだと思っていた。それに、他人の体の内部を見ることに、なんとなく抵抗もあった。お堅い考えなのかもしれないが、超音波画像を他人に見せるのは、セックスをしましたと世間に知らしめるのと同じことではないかと思っていた。

だが、自分の子の超音波画像を見てからは、そうではなくなった。昨日すべてが変わった。わけがわからなかった。あんなに小さな、脈打つ豆のようなものが、なぜ心のなかの大きな部分を占めるようになったのだろう？

そのうえ、ジャレドがますます愛おしくなったのはなぜなのか？ 変化の理由が説明できなかった。ジャレドへの愛情は特段新しいものではないが、急激にその深みが増したのが怖かった。それまで男にこんな気持ちを抱いたことがなかった。完全に自分をコントロールできなくなり、弱さを隠しきれなくなっている。夜はジャレドにくっついた。昼間もやたらと彼に触れた。当初、そんなレナにジャレドはやや困惑していた。いつもは目的なくべたべたされるのをいやがるジャレドも、しばらく前からそんなレナを受け入れるようになった。レナは、自分ががなんらかのホルモンのようなものを発散しているに違いないと思っている。職場の男たちの視線すら変わった。

職場。

おなかが出っ張ってきたら仕事はどうなるのか、考えたくなかった。もうすでにふくらみはじめている。おおかたみんなには太ったと思われているのだろう──たしかに、脂肪がついてきた。パンツのウエストがきつい。ブラジャーから乳房があふれ出ている。ジャレドはこの変化に有頂天だった。レナは、大きな胸は悪党を追いかけるのに邪魔だとしか思えなかった。たぶん数カ月は内勤を強いられることになる。みんながおもしろいことをしているあいだに、自分は書類仕事をして、供述書を整理するのだ。それだけの値打ちがあることなのだろうか？

レナは超音波画像を見おろした。白い三日月の上にのっている小さな粒に触れた。もちろん、値打ちがあるに決まっている。

ジャケットのポケットのなかで携帯電話が振動した。デニース・ブランソンだ。なんらかの知らせを待って、署内をうろうろしていたのだろう。

レナは応答した。「なんですか、D？」

「ニュースはないの？」

レナは時刻を確かめた。そろそろヴァンに戻ったほうがいい。「あと三十分後に来る予定ですが、いつも遅刻するので」

「こっちも会議をあとに延ばしてもらってるの。わたしたちふたりの首がかかってるのはわかってるでしょうね」

「わかってます」レナは渋々ベンチから立ちあがった。「よくわかります」

「ねえ聞いて」ブランソンは言いたくてたまらないことがあるようだった。「ビッグ・ホワイティのパズルにはめる大きなピースを見つけたの」

「デニース――」

「いつもあなたの言うことを聞いてやってるんだから、たまにはわたしの話を聞きなさい」

　たしかに、それくらいはしてやってもいいだろう。「わかりました」

「『サヴァンナ・トリビューン』にこんな記事を見つけたの。一年半前に白人の少女ふたりの遺体が教会の裏で発見された。ちゃんとした家の子たちだけど、家出していた。死因はふたりともヘロインの過剰摂取。わずか一カ月で、優等生から完全なジャンキーに転落。ふたりの腕には注射針の跡があった。どこかで聞いた覚えはない？」

「ヘロインで死ぬ優等生なら年中いますけど。一日百件はありますよ。何千件かも」

「この町でも似たようなことがあったでしょう」

　いまやり合ってもしかたがない。「デニース、友人として言わせてもらいます。あなたはこだわってる。距離感が近すぎる」

「だったらどうなの？」

　レナはかぶりを振りながら、駐車場を引き返した。こだわりの強さが長所になるのは、法執行機関のなかだけだ。

　ブランソンが言った。「あなたこそシド・ウォラーにこだわってる」

「こだわって、もうすぐあいつを逮捕するところまで来ました」レナは言い返した。「わたしは捜査本部を立ちあげた。参考人もいる。手がかりを入手して写真も撮って細かいスケジュールも組んだ。あなたは幽霊を見ているだけ」

「最初からなにもかもそろってた？　少しずつ進めたんじゃないの？」

レナは、ブランソンにも一理あるとは認めたくなかった。ミスター・スニッチが魔法のように出現するまでは、ブランソンもレナがウォラーを捜査することに反対したかったはずだ。だが、そうしなかった。レナに必要な支援と時間をくれた。「弁護士事務所から探ってみましたか？」

「いまやってるところ。なんらかのつながりがある」

「もしそうなら、わたしたちおたがいに協力できるかもしれません。シド・ウォラーは業界の大物です。彼を逮捕すれば、ビッグ・ホワイティの情報を聞き出せます」

ブランソンは鼻で笑った。「シド・ウォラーが寝返ると思う？　あいつは刑務所の外だけでなく内側でも商売できるのよ」

そのとおりだ。刑務所内を支配しているのはギャングで、ウォラーはなかでも最高の権力者になる。それでも、レナは言った。「可能性がないわけじゃない」

「ウォラーとは取引しない。あいつには刑務所のなかで腐り果ててもらうわ。ビッグ・ホワイティはこの手で捕まえる」

レナは、いつのまにかさっきの妊婦のように背骨を拳で押していたことに気づいた。その手をおろす。「わかりました。捜査をはじめるつもりなら、応援が必要です。ひとりの人間の手には余る。わたしを数に入れてくれれば、ふたりになります。いつでも手を貸しますよ」

ブランソンは鼻を鳴らした。「わたしは帳簿外でしょう。グレイ署長には、数カ月前にもうこの件から手を引けと言われてるのに、いまさら助けてくれなんて言えない。あの人、ビッグ・ホワイティには二十五セント玉一個だって出す気はないわ。出す気になるころには、もう手遅れよ」

それもまたブランソンの言うとおりだった。財政が逼迫しているために、警察は犯罪を予防するよりも、犯罪が起きてから動くことが多くなっている。

レナにはひとつ考えがあった。「州に手を貸してくれそうな人がいます」

「署長の頭越しにそれはできないわ」

「わかってます」グレイはメイコンに来て日が浅いが、十五年間、ジョージア州内のさまざまな警察を指揮してきた。レナもブランソンも彼を尊敬しているので、背中から刺すようなことはできない。もちろん、彼はいざとなったらレナたちの背中にそのナイフをねじこむこともできる。「非公式に要請すればいい。信頼できる捜査官を知っています」二年前に自分を調べた捜査官だとは言わなかった。「警官なのに、警官らしくないんです。彼ならあなたに必要なサポートをしてくれる。最低限、いくつかのパズルのピースをつなげる手伝いはしてくれるはずです」

「わたしの庭をＧＢＩが踏み荒らして、手柄を持っていくなんて、わたしが許すと思う？」ブランソンはかすれた笑い声をあげた。「わたしがいままでどれだけの時間をかけたか知ってる？　車を何キロ走らせたか。幾晩もの眠れない夜を過ごした。わたしはね、この戦いでたくさんのものを犠牲にしたの、リー。いまさらあきらめるわけにはいかない」

　レナはその口調に義憤を聞き取った。五年前なら、レナも同じことを同じ口ぶりで言っていただろう。ジェフリーが死ぬまでは、自分を心底信じていた。いつも正しいのは自分だった。他人の助けは必要なかった。どこかの間抜けに手柄を横取りされるのがいやだった。来る日も来る日も、たったひとりで世界と対峙（たいじ）していた――世界に打ちのめされるまでは。

　ブランソンが言った。「あなたもあの子に会っていたら、あの子の母親の話を聞いていたら、わたしと同じ気持ちになったと思う」

「ええ」レナは、娘にも母親にも会っていなくてよかったと思った。そうでなければ、ブランソンとともに呑みこまれていただろう。「あなたが捜査をしてください。でも、捜査に振りまわされないで」

「どういう意味？」ブランソンが鋭く訊き返した。

「あなたが追っている幽霊は――あなたの人生を動かしている」

「どんなふうに？」

レナは黙っていた。ブランソンは、なぎ倒すことのできるボウリングのピンをほしがっている。レナは経験上、この仕事が孤独な女に優しくないことを知っている。この仕事は、従事する者を突き動かす。無情にする。周囲の人々を怯えさせて追い払う。

ジャレドと出会ったおかげで、仕事がレナをそんなふうに追い詰めることはなくなった。ジャレドが重い荷物を半分引き受けてくれた。なにもかもひとりで背負いこまなくても大丈夫だと思わせてくれた。

それに、子どももいる。レナは腹部に手のひらを当てた。顔が熱かった。ばかみたいに口元がほころんだ。ホルモンのせいだ。ポールやデショーンとヴァンに乗っているときでなくてよかった。たぶん、自分は発光しているも同然だ。

「どうしたの、アダムズ」ブランソンがせっついた。「はっきり言いなさい」

レナは聞き流した。「デショーンがまた離婚するのを知っていますか？」

「彼が黒人で、わたしも黒人だから、お似合いのカップルになるとか言いたいわけ？」

「すみませんけど、あの人は運がいいんです」偽善的に聞こえるのは承知のうえで、レナは言った。「わたしは、両方は無理だと言いたいだけです――仕事と結婚して、妻と結婚するのは。でも、帰りを待っていてくれる相手がいるからこそ働くんじゃないんですか？」

ブランソンの言葉は尖っていた。「夫がいるからこそってことね」

気まずい沈黙がおりた。デニース・ブランソンは毎週日曜日に教会へ行く。見た目のいい男が通り過ぎれば、それなりに関心を示す。ただ、レナの妹シビルもそうだったが、ブランソンはまぎれもなく同性愛者だ。

ブランソンはふたたび事務的な口調になった。「接触が終わり次第、電話をちょうだい。ウォラーの話を録音できなければ、署長にこってり絞られるからね。あなたの味方はしないわ、署長が正しいんだから」

「デニース、そんなこと言わないで助けてくださいよ」

「助けてとか言ってる場合じゃないわ、もううちは破産寸前なんだから。どれだけ経費がかかったかわかってる？　十日間連続で二十四時間態勢の監視。みんなに残業させて、みんなのお母さんにも迷惑かけて。先週、ついに経費が五十万ドルを超えたのよ。いまどれくらいになってるか、計算したくないくらい。この接触が成功するのを待ってるの。成功してくれないと、ロニーに報告したらドアから蹴り出されるわ」

「わたしのかわりにあの人の熱い怒りを受け止めてくれますよね」

「ふん」ブランソンがぼそりと言った。「熱い怒りですむわけないでしょう。わたしはいま、燃えさかる炎に取り巻かれてるのよ」

ヴァンまであと少しだった。レナはちらりと周囲の様子をうかがい、だれにも見られていないことを確認した。「かならずウォラーを逮捕します。約束します」

「逮捕できなかったら、新聞を買ってきて。あなたもわたしも転職先を探さなくちゃ」ブランソンはぶつりと電話を切った。

レナはポケットにまた手を入れた。超音波画像の縁をなぞりながら、横腹に〈AT&T〉のロゴの入った白いヴァンのほうへ歩いていった。レナの知るかぎり、電話会社に許可は取っていない。ただで宣伝してやっているのだから、文句はないはずだ。

「よう、ボス」デショーンがヴァンの陰から現れた。大男なので、彼の影がすっぽりとレナを覆った。

レナの手が喉へあがった。「大型トラック並みの体格にしては、静かに動くのね」

「ご婦人方がみんなそうおっしゃる」デショーンはウィンクした。「大丈夫か？」

レナはたちまち警戒した。「なにが？」

デショーンは肩をすくめてかぶりを振った。「いや、なんとなく」

「モニターの前から離れて、なんとなくここでわたしを待ってたの？」

彼は殊勝にも待っていたことを認めた。「ウォラーのことで、あんたがずっとストレスを感じてたんじゃないかと思って」

「どうして？　署長になにか言われた？」レナは、デショーンがグレイの目と耳であることは知っていたが、告げ口屋だとは思ってもいなかった。「なんて言われたの？」

「いや、なにも言われてないし、おれもなにも言ってない」デショーンは、被害妄想だと言いたそうな顔でレナを見た。「しっかりしてくれよ。おれはあんたのチームメイトだろ」

「なにがあったの?」よく見ると、デショーンはなにか気になることがあるのか、そわそわしていた。「なんか様子が変だけど」

デショーンは重々しくため息をついた。「最近、あんたはやけに疲れやすそうだな」

「だからなに? 疲れてるのはみんな同じでしょ。ここのところずっとめちゃくちゃに忙しかったんだから」

デショーンがまたため息をついた。「とにかく言っておきたかったんだ。もしだれかの下についてもいいと思うなら、おれはかまわん」

「ふざけないでよ」レナは嚙みついた。「わたしはいままで一度たりともだれかの下についたことなどないわ」

「わかったよ」デショーンは両手をあげた。「ただあんたを心配しているだけだ」

「どうして心配するの?」

デショーンは言うべきかどうか迷っているかのように、片方の口角を曲げた。デショーンの姉には娘がふたりいる。もしかしたら、レナが妊娠していることに気づいたのかもしれない。そうだったら、この話はさっさと終わらせなければならない。

「くだらない心配するのはやめて、ショーン。ありがたいとは思うけど、いまわたしたちがすべきことは、あなたはあなたの仕事、わたしはわたしの仕事。いい?」

デショーンはまた降参のしるしに両手をあげた。「あんたがボスだ」

レナはヴァンの横腹をノックした。「わたしよ」

エリック・ヘイグがドアを少しだけあけた。チーム全員がそろっていた。「ウォラーを監視しているやつから連絡が入った。あと五分で着く」

ポールが我慢できない様子でつけくわえた。「おれの言ったとおりだろ。早めに来て、レストランを下見するつもりだって」

レナに言わせれば、どうでもいいことだった。ヴァンのなかへ引っぱりあげてもらおうと手を差し出しかけて、自力で動けることをデショーンに見せてやったほうがいいと思いなおした。それでも、ヴァンにあがるときにうめき声が漏れた。

デショーンは、これ見よがしにひょいと飛び乗ってきて、ドアを閉めた。

「ちょっとなにこれ」レナは両手でぴしゃりと顔を覆った。耐えがたいにおいがした。

「いったいなにをしてたの？」

「すまん」エリックが言った。「ランチにメキシコ料理を食った」

「ありがとよ、間抜け」ポールがエリックの腕を小突いた。エリックは、レナが聞いたこともないほど濡れた音をたてて放屁（ほうひ）した。

「もう」レナは鼻をつまみ、口で息をした。「スニッチはまだあそこにいる？」

ポールが答えた。「ミスター・スニッチはベンチで子どもたちを眺めてる」

「どうして？」レナはモニターを見た。スニッチはあいかわらずサングラスをかけていた。ベンチの背に両腕をかけている。「まさか、眠ってないでしょうね？」

「足を見てくれ」

なるほど。スニッチのかかとはすばやく上下に揺れていて、カメラはかろうじてその動きをとらえていた。「母親はどこ？」

デショーンが席に戻っていた。ブース席の映像を呼び出した。母親はしばらくそこにいるつもりなのか、両脚を投げ出してまだ電話でしゃべっていた。

「あいつが小児性愛者じゃなくてよかった」レナはエリックに、椅子を空けろと合図した。

エリックが言った。「シートが少しばかりあったまってるかもしれん」

ポールがまた笑った。レナはポールの後頭部をぴしゃりと叩いた。「このヴァンのなかにいるやつらって、わたし以外はどうしてばかばっかりなの？」

ポールが尋ねた。「大丈夫か、ボス？」

レナはポールをにらみつけた。「いつからわたしがボスになったの？」

「だって、あんたが責任者だろ」ポールは、だれも座っていないレナの席を指した。「いったいどうしたんだ？　顔が真っ赤だぞ」

サラは頬に触れた。肌が熱かった。「ガス中毒かもね」

「ほんとうに大丈夫か？」ポールは片方の眉をあげたが、それ以上は訊かなかった。

「よーし、お嬢さん方とレナ」デショーンが両手をこすり合わせた。「ミスター・ウォラーのお出ましだ」

赤いコルベットが駐車場でアイドリングしていた。窓がおりた。シド・ウォラーは駐車場を二周してから、道路のそばのスペースに車を駐めた。彼は用心棒を連れてきていた。ディエゴ・ヌニエスが助手席に乗り、ドアに腕をかけている。その手から煙草がぶらさがっていた。

エリックが眉間に皺を寄せてモニターを見つめた。「大麻か？」

デショーンが応じた。「たぶんな」

「おやまあ」ポールが言った。「〈チックフィレイ〉はオカマを嫌うんだぞ。しかも大麻を吸うヒスパニックなんか入れてくれるかな」

「黙って」レナは男たちの声を頭から締め出しながら、車から出てくるシド・ウォラーを見ていた。彼は財布についているチェーンを揺らしながら、気取った足取りで駐車場を歩いていく。ぱさぱさの長い髪はひとつに束ねてあった。ぼろぼろのジーンズに、袖を取ったネルシャツ。両腕にびっしりとタトゥーが入っている。ポールと同じく、ウォラーも普通にドアをあけることができないらしい。自分の到着を知らしめるかのように勢いよくあけた。

四人はそろって首を巡らせ、店内の映像が映っているモニターを見た。ウォラーが入ってくると、数人の客が眉をあげたが、ここはメイコンだ。無害な長髪の白人労働者と、危険な白人とを見分けるのは難しい。だが、カウンターのなかの女たちはすぐさま察したようだった。レナは以前から、女のほうが男より危険に敏感だと思っている。だからこそ、レナ自身もミスター・スニッチにどうしてもいやな予感を覚えるのだ。

そのジャンキーが、ウォラーの到着に気づいた。ベンチの上で体を起こした。片手をさっとあげて振った。ウォラーがなかなか気づかないので、その手をおろすことができずにいる。とうとう立ちあがってドアへ向かった。だが、店内へは戻らず、外の遊戯コーナーからウォラーを手招きした。

レナはブース席の母親の様子を見た。母親はシド・ウォラーに気づくと、あんぐりと口をあけた。

デショーンが言った。「どうした、ママ。そろそろ子どもたちを見に行ったほうがいいぞ」

ウォラーがドアをあけた。突然、彼の声がヴァンのなかに響き渡り、レナはぎくりとした。「いったいなにをやってるんだ、ばか野郎」スニッチがそわそわと子どもたちのほうを見た。

ありがたいことに、反対側のドアからあわてた母親が入ってきた。スニッチの隠しマイクを通して、母親の甲高い声が聞こえた。「ブリトニー、ランダル、早くいらっしゃい」

子どもたちはすぐさま従った。シド・ウォラーのいる空間からは、たちまち人がいなくなる。

「場所を空けろ」ウォラーが言うと、スニッチはベンチの上で尻をずらした。「こんなところでなにをしているんだ？　変態野郎はここには入れないはずだが」

スニッチは、おもしろい冗談だと言うようにくすくす笑った。

「黙れ、短小野郎」ウォラーはポケットから煙草を取り出した。一本振り出し、ライターを捜した。

スニッチが遊戯コーナーの四隅に目を走らせた。

「なにか気になるのか？」ウォラーが尋ねた。ライターの炎を煙草から数センチ離して手を止めた。

スニッチはかぶりを振った。

「サングラスを取りやがれ」

スニッチはサングラスをはずした。

ウォラーは煙草に火をつけた。半分ほど一気に吸い、長々と煙を吐いた。「で、いったいなんの用だ？」

「ピルがある」スニッチがポケットに手をのばした。

ウォラーが鋭い目つきでスニッチを制した。「おれがヤクの売人に見えるか？」

スニッチはポケットに手を突っこみかけたまま凍りついた。彼は、ウォラーに錠剤を渡すよう指示されていた。そうすれば、ひとまず盗品の薬物を受け取った現行犯で逮捕できるからだ。

ヴァンの内部に緊張が走った。

エリックが言った。「見ろ。ビビりあがってる」

そのとおりだった。スニッチはパニックに陥っている。

ウォラーが立ちあがり、出ていこうとした。

「待ってくれ」スニッチが言った。「つれないふりをするなよ」

ウォラーはドアをあけずに寄りかかった。広い胸板の前で腕組みをした。煙草をくわえている。

レナは息を詰めてふたりの男を見つめた。まるでにらめっこをしているかのようだ。

意外にも、スニッチが勝った。ウォラーは目を落とし、煙草の灰を落とした。

スニッチが言った。「おれはのしあがりたいんだ」

ウォラーはまた煙草をくわえた。

「ブツはもっと手に入れられる」

「なぜおれがそうしてほしがると思うんだ？」

スニッチが立ちあがった。野球帽を脱ぎ、手で髪を梳いてから、帽子をかぶりなおした。

「あれはなにかの合図？」レナは尋ねた。

「汗をかいただけだと思う」ポールが答えた。「しきりにズボンの股を引っ張ってるだろ」

彼の言うとおりだった。スニッチは股間から手を離そうとしなかった。

「どうなんだ？」ウォラーがたたみかけた。「理由を言え」

驚いたことに、スニッチは台詞を思い出した。「病院から持ち出せるんだ。質のいいやつを。メーカー品だ。中国産の粗悪品じゃない」

煙がウォラーの目を隠した。彼は考えている。レナには、彼が考えているのがわかる。

「さあ来い」レナは祈るような思いでつぶやいた。モニターを囲む人の輪がじわりと縮まった。のるかそるかの一瞬――ウォラーを捕まえるチャンスは、おそらくこの一度きりだ。

ウォラーがスニッチに背を向けてドアをあけようとした。

「くそっ」デショーンが拳でテーブルを叩いた。モニターが揺れた。「信じられん、ここでしくじりやがるとは」

スニッチも同じことを思ったようだ。また野球帽を脱いだ。「あんた、ばかだな」

ウォラーが立ち止まった。

エリックがささやいた。「なんてこった」

ウォラーが振り返った。ドアが閉まるまで、ひとことも発しなかった。

「いまおれになんと言った？」

「あんたはばかだと言ったんだ」

レナの心臓が一瞬止まった。ウォラーは蛇並みに狙った獲物を逃さない。スニッチが殺される前に、数人がかりでウォラーを引きはがさなければならないかもしれない。

「おれがばかだと?」ウォラーは、いま一度はっきりさせようと言うように尋ねた。

スニッチはひるむどころか、堂々と答えた。「量を二倍にする、最高の上物を流すと言ってるのに、おれに背を向けるのか?」どうしても人生を取り戻したいのだと言わんばかりに、ウォラーに一歩詰め寄った。「おれはのしあがりたいんだよ、シド。ずっといい兵隊だったけど、いつか将軍になりたいんだ」

ウォラーは興味を惹かれたようだ。「そうか」

「ああ、そうだ」スニッチは野球帽をかぶった。「ちょっとはおれのことを認めてくれたかな」

ウォラーはふたたび煙草を取り出した。吸い終えた煙草を新しいものに取り替えて火をつけた。「で、おれはどんな得をするんだ?」

「おれが商売上手なのは知ってるだろ。汚れ仕事もやる」

「汚れ仕事が好きそうだな」

「濡れるような仕事があるのか?」

ウォラーは答えなかったが、レナはかぶりを振った。スニッチはやりすぎだ。殺してほしい人間がいるのかとウォラーに尋ねるとは。

ウォラーは古い煙草を砂場に捨てた。「専門以外のことに手を出さないほうがいいぞ。二倍の量だ。レディングの家に持ってこい。ジャンキー連中がドアの前で待ち構えてるんだ」

デショーンが全員と音をたてずにハイファイヴをした。レディングの家とは麻薬密売所のことだ。これで捜索令状がなくても踏みこめる理由ができた。

ところが、スニッチはおとなしく立ち去ろうとしなかった。「いつがいい？」

「できるだけ早くがいい。今週は入荷が遅れていてな」ウォラーが煙を吐いた。「マイアミでトラックがやられた。キューバ人が二十万ドル相当のオキシを奪いやがった」

スニッチの内なるジャンキーが目を覚ました。「現金取引だ。それが条件だぞ」

ウォラーが笑った。「もう命令口調か、たいしたもんだな」スニッチの背中を強く叩き、ブランコのほうへよろめかせた。「おれは毎晩、午前三時ごろにあの家に行く。遅れるんじゃねえぞ」

「信じられない」シド・ウォラーが遊戯コーナーを出ていったと同時に、レナは笑い声をあげた。「ほんっと、信じられない」

ポールも笑っていた。「ケツを出して待ってろよ、ウォラー。でかい一物をぶちこんでやるから、覚悟しとけ」

エリックが大きな放屁をし、男たちをさらに笑わせた。

レナはうめきながら彼らの脇を通り、ヴァンの運転席へ移動した。「あんたたち、ほんとに最低」

男たちはレナの声も聞こえないほど爆笑していた。

レナは運転席にどすんと腰をおろした。窓をあけて、新鮮な空気で肺を満たした。おなかの子が男の子でありませんようにと祈った。双子の男の子だとますます手に負えない。双子の多い家系はある。ベネディクト医師は、次の検診まではわからないと言っていた。

レナは携帯電話を取り出し、デニース・ブランソンの番号を呼び出した。フロントガラス越しに〈チックフィレイ〉が見えた。距離がかなり離れているものの、スニッチがまだ遊戯コーナーにいるのはわかった。またベンチに座って両腕と両脚をだらしなく広げている。サングラスをかけていた。表情は見えないが、どうやら自分の仕事ぶりに満足しているようだ。もう大丈夫だと思っているのだ。ウォラーに密売所のことをしゃべらせた瞬間に、刑事免責が確実になったのだから。

デニース・ブランソンの留守番電話が応答した。レナは電話を切った。ブランソンは会議中なのだろう。テキストメッセージを送ることにして、手早く入力した。〝一時間以内にハゲ頭に記録を届けます〟。

ハゲ頭とは、強制捜査にノーと言いつづけた判事にレナとブランソンがつけたあだ名だった。考えすぎかもしれないが、レナは電話がハッキングされている可能性を無視したくなかった。

背後に目をやった。男たちはあいかわらず有頂天で、刑務所のレイプをネタに、だれがいちばん下品な冗談を言えるか張り合っている。

レナはあきれて目をむき、前に向きなおった。ミスター・スニッチはまだベンチに座り、日差しを顔に浴びていた。子どもたちが彼の前にあるブランコで遊んでいる。スニッチは、なんの屈託もなさそうだった。

この仕事でもっとも嫌いな部分がこれだ。あのジャンキーは子どもにクスリを売って逮捕されたのに、また商売に戻ろうとしている。警察がそれを許したからだ。だが、いまスニッチを押さえつけて、結果としてすべてを台無しにすることはできない。一度裏切り者と思われたら、この先取引に応じる犯罪者はひとりもいなくなる。手出しをせずに、スニッチが自爆するのを待つしかない。

いや、そうともかぎらない。

レナは携帯電話のメールアプリを立ちあげた。インターネットショッピングに使っているグーグルのアカウントを選んだ。アドレスを調べれば送信元はすぐにわかるだろうが、かまわなかった。レナは、先ほどデニース・ブランソンに助言したことをみずから実行するつもりだった。どんな警官もひとりきりではなにもできない。応援を頼むのを恥じることはない。それに、ミスター・スニッチが取引をした相手はメイコンであり、ジョージア州ではない。

つまり、レナ自身はアンソニー・デルに手出しできないが、ウィル・トレントにはそれができる。

12

金曜日

ウィルはよろよろと病院を出た。外に出ても、サラの泣き声が聞こえた。彼女が肌に残した跡を感じた。彼女のにおいがした。味がした。

バイクの横を通り過ぎて駐車場を突っ切った。足が縁石に引っかかった。段をのぼり、建物の裏の森へ入った。だが、すぐに歩けなくなった。がっくりと膝をつく。口をあけ、体の内側を侵食する酸を吐き出そうとした。

なんということをしてしまったのだろう。

冷たい地面にひたいを押し当てた。頭のなかで、この二十四時間のことが早送りされた。すさまじい暴力。激しい痛み。この目で見たもの。自分の手がもたらしたこと。金槌を振りあげたレナ。ナイフを構えたトニー。そしてサラ。

サラになんということをしてしまったのか。

彼女を失ってしまった。あんなひどいことをした一瞬のせいで、彼女を永遠に失ってしまった。

「おい、くそ野郎！」

ウィルは顔をあげた。ポール・ヴィカリーが走ってきた。ウィルは体を起こすこともできず、頭を蹴られた。

地面に突っ伏した。目の前に星が飛び散った。肺から一気に空気が抜けた。

ポールが飛びかかってきた。風車のように拳を振りまわす。ウィルは何度ものけぞり、ポールを振り落とそうとした。だが、ポールはウィルの首をつかみ、全体重をかけて喉を締めつけた。ウィルは彼の指をはがそうとした。口が大きくあいた。さらにぐいぐいと喉を押さえられ、窒息しそうだった。舌がふくれあがり、目が爆発しそうだった。意識が遠のいていく。結局はこうなるのか？　せっかく生き延びたのに、ここで死ぬのか？

突然、喉を締めつける力がゆるんだ。急激に空気が喉に流れこんできて、ウィルはむせた。

ポール・ヴィカリーが吹っ飛んだ。アスファルトに尻餅をつく。縁石に後頭部がぶつかった。

ウィルは激しく咳きこんだ。足が勝手にばたついた。

「大丈夫？」フェイスがいた。長さ五十センチのスチールの警棒を持っている。彼女はもう一度繰り返した。「大丈夫？」しばらくポールの様子を見てから、ウィルに目を戻した。

「あたしが見える？」

ウィルにはフェイスがふたり見えたが、すぐに三人に増えた。ポールが起きあがろうとした。

フェイスはポールの腎臓のあたりに警棒を叩きこんだ。容赦なく一発、そしてもう一発。

「このアマ！」ポールは地面の上でもだえながら叫んだ。

「うるさい！」フェイスはポールの顔に警棒を突きつけた。「動くな」

「そいつは警官を殺したんだぞ！」

フェイスはポールの顔を警棒で押さえつけたまま、グロックを抜いてウィルに銃口を向けた。「起きろ」

ウィルはきょとんと銃口を見た。フェイスの指はトリガーガードにかかっている。ウィルは動ける自信がなかった。痛みがひどい。どこもかしこも、ひどく痛い。

「ブラック」フェイスが言った。「とっとと起きろ」

ブラック。

ウィルは、フェイスがなにを言っているのかわからなかった。暗号名かなにかか？

「起きろ」フェイスが繰り返した。警官らしい声音は、彼女が容疑者のひとりを逮捕し、いままたもうひとりを逮捕しようとしていることをあらわしている。「起きろって言ってるだろうが」

ウィルの脳はついに両腕と両脚につながった。ウィルは手をついて起きあがった。それだけで、また倒れそうになった。

「動くな」

フェイスに命令されるまでもなく、ウィルは動けなかった。

「ビル・ブラック、仮釈放規定違反で逮捕する」

「仮釈放規定違反?」ポールがどなった。「こいつは警官を殺したんだぞ」

「証拠は?」ポールが黙りこんだので、フェイスはウィルに言った。「あなたには黙秘権がある」

ポールがぶつぶつ言った。「このばか女」

フェイスはかまわずつづけた。「あなたの供述や行動は、法廷であなたに不利な証拠として用いられることがある」

ウィルは屈んで嘔吐(おうと)した。豆。なにか白いもの。緑色の豆。こんなものを食べた記憶はないが。

「あなたには弁護士の立ち会いを求める権利がある」

ウィルは鼻をすすった。とたんに、また吐き気を催した。

「弁護士を依頼する経済力がなければ、公選弁護人をつけてもらうこともできる」

「わかった」ウィルは片手をあげてフェイスを黙らせた。彼女の声はアイスピックのように脳を刺していた。「権利は放棄する」

フェイスはグロックをホルスターにしまったが、警棒は手に持っていた。ウィルに手錠を放ってよこした。「自分でかけて」

ポールがこの隙に立ちあがろうとした。

フェイスは警棒を一振りし、ポールの足首を叩いた。小枝が折れるような音がした。

「こいつ！」ポールが苦悶の声をあげた。「このくそ女！」

「立て」フェイスはウィルの腕をつかんだ。それでも、ウィルは動けなかった。「ほら」

フェイスが屈みこんだ。耳元でささやく彼女の声が、水中のようにくぐもって聞こえた。

「頼むからしっかりしてよ」

ウィルは体の奥深くから力を集めて立ちあがった。はじめて立ちあがる子馬のように脚ががくがくした。フェイスはウィルの腕をつかみ、駐車場へ引っ張っていった。ウィルはまた縁石につまずいた。フェイスはウィルを支えるのに苦労していた。

フェイスが指示した。「歩いて。とにかく歩きつづけて」

ウィルは言われたとおりにしようとした。腱が切れてしまったかのように、脚がぐにゃぐにゃしていた。地面の様子が変だ。なにもかも大きすぎるか小さすぎる。ミラーハウスのなかを歩いているようだった。フェイスに支えてもらわなければ、ばったりとうつ伏せに倒れてしまいそうだった。

ポール・ヴィカリーはしつこかった。「今夜そいつが〈ティプシーズ〉のバックルームに連れていかれるのを見たと言ってるやつがいる」少し離れて足を引きずりながらついてきた。「レナを襲った連中が出入りしていた店だ」

フェイスは取り合わなかった。ウィルをぐいと引っ張っていく。

「そいつに訊いてみろ、そのあとどこに行ったのか」ポールが言った。「おれのチームメイトが襲われたとき、どこにいたのか訊いてみるがいい」

フェイスは警棒を掲げて警告した。

ポールがあとずさった。「そいつを署に連行するのはおれだ」

「あんたのところには行かせない」フェイスはウィルを黒いサバーバンに寄りかからせた。「うちの支局に連れていく。州が身柄を拘束する」

「そんなことはできないぞ」

フェイスは後部ドアをあけた。ポールのほうを向いたまま、ウィルを後部座席に乗せようとしたが、重すぎて手に負えなかった。結局、ウィルは座席に倒れこんだ。

「あんただって手順は踏まなきゃならない」ポールが言った。「そいつを郡に、フルトン郡に送致するんだろう。なんとかしてそいつを返してもらうからな」

ウィルの手首には手錠がかかったままだった。腹筋に力をこめ、ウィルは体を起こした。

痛みは耐えがたく、思わず口をあけた。また吐き気を催しそうだった。

「そこから動くな、ヴィカリー。いいな？」フェイスはドアを閉めた。リモコンでドアをロックした。警棒を握ったまま、サバーバンの前をまわった。

「ぶっ殺してやる、ブラック！」ポールがドアを殴った。拳で窓ガラスを叩いた。「聞こえるか？　かならず叩きのめす！」

ウィルは目を閉じた。世界がぐるぐるまわっていた。車が揺れつづけている。二トンを超す車をひっくり返せると思っているのか、ポールがしきりに体当たりしていた。

「さがれ、ばか！」フェイスが叫んだ。運転席に座っている。ほかにもなにか言ったが、ウィルの耳は聞こえたり聞こえなかったりした。ポールは、男が思いつくかぎりの女の蔑称をフェイスに叫びつづけていた。フェイスも負けずに言い返した。

運転席のドアがあいた。

フェイスがどなった。「やれるもんならやってみろ、ゲス野郎」ドアを力まかせに閉めた。大砲の発射音のような音がした。エンジンがかかった。フェイスがギアを入れたと同時に、車ががくんと揺れた。タイヤが舗装した地面をこすって甲高い音をたてた。

ウィルは前屈みになり、頭を膝頭にのせた。両手を胸と膝のあいだできつく握り合わせた。開いた口から唾液と血が垂れ落ちた。フェイスがなにか言うのを待った。どなられるのを待った。いったいなにをしていたのかと問い詰められるのを。

窓が少しだけあいた。ウィルは、冷たい夜風が吹きこんでくるのを感じた。目を閉じて、口で息をした。周囲が薄暗くなった。タイヤと道路が接する低い音がしていた。

フェイスはひたすら運転していた。ひとことも発さず、振り向きもしなかった。

ウィルの呼吸が落ち着きはじめた。ようやく吐き気がおさまった。体の感覚が戻ってきたのはあいにくだった。全身が痛みに目を覚ましていた。鼻が折れたかもしれない。まぶたがひりひりした。唇も切れている。首は剃刀で削られたかのようで、頭も心臓の鼓動に合わせてずきずきしていた。

フェイスがスピードをあげた。ハイウェイに入ったらしい。ウィルは低く一定したエンジンの回転音でそう察した。やがて、どのくらい時間がたったのかわからないが、車はスピードを落としてカーブを曲がった。車内で低く連続したハム音が聞こえていたのが、砂利を踏むような音に変わった。サバーバンはブレーキをきしませて停車した。フェイスがギアをパークに入れた。ペダルを踏みこんだらしく、サイドブレーキのかかる音がした。

運転席のドアがあいた。フェイスが車をまわってくる音が聞こえた。

ウィルは体を起こした。少しずつでなければ動けなかった。激しい頭痛に顔をしかめた。喉がひりつく。口のなかで血の味が消えない。

後部ドアがあいた。フェイスはまだ黙っている。車内灯をつけた。ウィルはまばたきし、眉間に皺を寄せた。手錠がはずれた。ウィルは手首をこすり合わせてしびれを治そうとした。フェイスが座席の下から救急箱を取り、ガーゼやさまざまな薬品や抗菌軟膏や絆創膏を出した。両脇から車の音が聞こえた。サバーバンは中央分離帯の途中の制限区域に駐まっているらしい。周囲は木立になっている。割れたビール瓶や使用済みのコンドームが地面に散らばっていた。

フェイスが言った。「こっちを見て」

ウィルは首を巡らせた。目を閉じる。包装を破る音がした。アルコール綿。消毒薬。ウィルは目を閉じたまま、フェイスの手当てを受けた。その手つきはてきぱきとしているが、優しくはなかった。ありがたい。以前、サラにも傷の手当てをしてもらったことがある。彼女はいつもウィルにそっと触れた。優しくなで、ここは癒やすのに特別な助けが必要だからと言いながら、その場所にキスをした。

フェイスはウィルの目の下をティッシュで拭いた。

ウィルは口をあけ、もっと肺に空気を取りこもうとした。フェイスに礼を言いたかった。黙っていてくれたのがどんなにありがたかったか伝えたかった。普段のフェイスは口うるさくてかなわない。けれど、いまのウィルはあちこち壊れていて、今夜サラとなにがあったのか話せそうになかった。

鼻のまわりの血もごしごしと拭かれた。フェイスが言った。「エリック・ヘイグが殺された」

た。

「知ってる」ウィルはかろうじて声を発した。食道に綿が詰まっているようで、咳払いした。

「一時間前に遺体が発見されたの」

「自宅の前庭だろ」ウィルはかすれた声で言った。「トニー・デルがそこに運ぶのを手伝った」

フェイスの手が止まった。

ウィルは目をあけた。「ぼくは、あいつが殺すのを見ていた。トニー・デルがエリックを殺すのを」思わず咳きこんだ。綿が剃刀の刃に変わった。「〈ティプシーズ〉で。ハンティングナイフ。デルはブーツにナイフを仕込んでる。身に着けてる」ウィルは唾を呑みこもうとしたが、喉は拒んだ。「ナイフは川に捨てた。どこの川かわからない。コンクリートの橋から。周囲に家はなかった」

「捜すわ」

「トニーを見つけてくれ」

「いなくなった。自宅は空っぽ。車はまだ押収車両の保管場にある」フェイスは抗菌軟膏の箱をあけた。「デルはATMで預金を全額引き出した」綿棒に軟膏を絞り出す。「捜索指令を出した」

ウィルはまだ唾を呑みこめなかった。ごくりという音がするだけだ。「現場には男が三人いた。白人だ。大男だった。太っていた」ウィルは、現場の店名をフェイスに話したかどうか思い出せなかった。「〈ティプシーズ〉だ。トニーがエリック・ヘイグを殺したのは」

フェイスは綿棒でウィルのひたいに軟膏を塗った。「だれかを行かせるわ」

「三人はバックルームにいた。ぼくはトニーに三人のもとへ連れていかれた。店のなかに入るまで、トニーの目的に気づかなかった」

フェイスはさらに軟膏を綿棒の先に絞り出した。

「連中はぼくがビル・ブラックだと知っていた。全部知っていた。ぼくを監視していたんだ。アトランタまでは尾行されていない――バイクだから――でも、ぼくのホテルも習慣も知っていた」ウィルはポケットに手を入れて携帯電話を取り出した。ひび割れたスクリーンを見おろす。

あのとき、サラは携帯電話を壁に投げつけた。ウィルの目の前で、それはばらばらに壊れた。あんなふうにものに当たるサラを見たのははじめてだった。

「ウィル？」

まだ携帯電話を握ったままだった。スクリーンが割れている。ウィルはそれをポケットに戻した。「三人のうち、ひとりはジュニアと呼ばれていた」なんとか唾を呑みこんだが、痛みで気を失いそうになった。「胸に銃を突きつけられた。銃把に真珠がついたスミス＆

ウェッソン。ナイフも柄に真珠がついていた。トニーのじゃなくて、白人のやつだ。トニーのは橋から捨てた」

フェイスは綿棒でウィルの目の下に軟膏を塗った。ウィルは、あの白人にそこを切られたことを思い出した。あれが今晩の最初の傷だった。

「ぼくの服はロッカーのゴミ袋に入ってる。着替えてシャワーを浴びた。トニーはERに行った。ヘイグを刺したときに、手を切った。縫合しなければならなかった」ウィルはつい、つけたさずにいられなかった。「何針縫ったのかは知らない」

「奥さんが発見したの」

「トニーは結婚していたのか？」

「エリック・ヘイグ。奥さんがヘイグを庭で発見したの。最初はいろいろ混乱があった。奥さんもヘイグだとわからなかったの」

ウィルは思い出した。「家の前の芝生に捨てろと言われたんだ。ビッグ・ホワイティの命令だ」フェイスが怪訝そうな目をしたのがわかった。「電話がかかってきた。本人には会っていない。白人が電話でホワイティと話して、トニーに遺体を捨てる場所を指示した。ビッグ・ホワイティじきじきの命令だ」

「クラブにかかった電話の記録を追跡してみる」

「携帯電話だ。たぶんプリペイドの」

「どっちにしても調べる」フェイスは綿棒を救急箱に放りこんだ。綿が赤く染まっていた。

「ヘイグは二日前から行方不明だったの。奥さんは届け出なかった。強制捜査以降、夫の様子がおかしかったから。内部調査官が動いているのを知ってたの。夫が疑われないようにしたかったのよ」

「強制捜査」ウィルは繰り返した。さっきもフェイスがその話をしていたような気がするが、内容を思い出せない。「ヘイグは拷問されていた」

「知ってる」

「白人ギャングがトニーに……」なにをどこまで話したのかわからなくなった。「どこまで話した？」

「白人ギャングがトニー・デルに？　エリック・ヘイグの話をしていたんだけど」

それでも思い出せなかった。「ギャングのボスはぼくにまた連絡すると言った。仕事があると」

「クラブに行ったのは何時？」

「何時？」質問の意味がわからなかった。「何時って？」ウィルはポケットから携帯電話を取り出した。スクリーンが割れていた。それでも、ボタンを押すと明るくなった。「午前一時三十一分だ」

フェイスはウィルを仰向かせ、目を合わせた。「病院へ連れていこうか？　べつの病院に」

ウィルはかぶりを振った。どこの病院だろうが行きたくない。

「脳震盪(のうしんとう)を起こしたみたいね」

「どうして?」

「ポール・ヴィカリーに頭を蹴られたでしょう」

「いつ?」ウィルは尋ねたが、正しい質問ではなかった。ポールに蹴られた自覚はある。

「いや、ヴィカリーは病院へなにをしに来たんだ?」

「撃たれそうになったの」フェイスは補足した。「ポール・ヴィカリーが病院に来たのは、今夜何者かに殺されかけたからよ」

「ごめん、なにを話していたのかどんどん忘れていく」

「いいよ」フェイスは必要以上にゆっくりと話した。「ヴィカリーは自宅にいた。銃弾は正面の窓から撃ちこまれた。だから腕に包帯を巻いてたの」

ウィルは包帯を見た覚えがなかった。「大丈夫なのか?」

「大丈夫だから、あなたに襲いかかったんでしょ」フェイスは眉をひそめた。「あの人、女みたいな攻撃をするのね。首に引っかき傷ができてる」フェイスはウィルに横を向かせた。「嚙みつかれたの?」

ウィルは目をそむけた。それらの傷をつけたのは、ポール・ヴィカリーではない。サラだ。サラに蹴られ、嚙みつかれたが、ウィルは止めなかった。サラになにをされても、ますます興奮が高まるばかりだったからだ。

フェイスは綿棒で軟膏を塗るのをやめた。自分の指に軟膏を取り、ウィルの顔に塗った。

「デショーン・フランクリンも狙われた。少し前に映画館の外で襲われたの。ガールフレンドが悲鳴をあげて、九一一に通報した」

「ちゃんと病院へ連れていってもらったのかな?」

「ウィル、こっちを見て」フェイスはウィルとしっかり目を合わせた。「エリック・ヘイグの遺体が自宅の前庭に捨てられた晩に、だれかがフランクリンとヴィカリーを襲ったの」

ひとつひとつはわかっていたが、フェイスが簡潔にまとめてくれたおかげで、すべてがぴたりとはまった。「つまり、計画的だった」

「そういうこと。何者かがメッセージを送ってる」フェイスは絆創膏の剥離紙(はくりし)をはがした。

「あのギャングのボスもそう言っていた――メッセージを送るなら、だれもが読めるようにしないと、と」

「そう、もしそいつにもう一度会うことがあったら、メッセージは間違いなく受け取ったって言っといて。むこうを向いて」

ウィルは横を向いた。フェイスが首の引っかき傷に絆創膏を貼った。

「それできみも病院に来たのか? ヴィカリーたちが攻撃されたから?」

「あたしはあなたを捜していたの」

「デショーン・フランクリンのことがあったから」ウィルはかぶりを振ったが、たちまちめまいに襲われ、後悔した。「エリック・ヘイグのことがあったから、きみは病院へ来たんだな。遺体を見て、ぼくも同じ目にあってるんじゃないかと思ったんだろ」

「ヘイグをあなただと思ったの。奥さんもわからなかったくらいよ。あなたの遺体を確認するつもりで病院へ行ったの」

「ごめん」

「サラが電話に出なくてよかった」フェイスはまたウィルを仰向かせた。引っかき傷は大きすぎて絆創膏一枚では間に合わなかった。「大騒ぎだったんだから。ポール・ヴィカリーとデショーン・フランクリンが搬送されてきたとき、あたしはちょうど遺体安置所からあがってきたところだった。アマンダと電話で話していたの」

「ヘイグが殺されたことをふたりに話したのか?」

「ええ」フェイスの声は張りつめていた。「でも、そのときトニー・デルが手を縫合してもらってるのを見て、ふたりともデルに飛びかかった」ウィルが訊き返すより先につづけた。「警官六人がかりで、やっと引き離したんだから」

「どうしてあのふたりがトニーを襲うんだ?」

「たぶん、レナたちが襲われたとき、デルの車が現場の外に駐まっていたから。ヴィカリーはクラブであなたを見かけたやつがいると言ってたけど、そいつはデルの姿も見てるはず。あなたたちふたりがヘイグ殺しに関与していると考えても、さほど突飛ではないでしょ」

たしかにそのとおりだから、突飛ではない。「デルはなんて言ってるんだ？」

「そんなのわかるわけないでしょ」フェイスはいらだちをあらわにした。「五秒前に言ったけど、六人がかりでデショーンとヴィカリーをトニー・デルから引き離したのよ。みんなが気づいたときには、デルは消えていた。病院中を捜したけど、あの男はまんまと逃げおおせた」

「前もって十通りは脱出方法を考えてあったんだろうな」ウィルはふと、あることを思い出した。財布を取り出す。カイラ・マーティンの手書きの住所のメモが写真入れに入っていた。「トニーの義理の妹の住所だ。調べてくれ」

フェイスは怪しむような顔でメモを受け取った。「身許調査では、デルには親族がいないことになってたけど」

「家族だったのはほんの二年ほどだ。トニーはこの女に惚れている」

フェイスの表情から、やっぱり病院へ連れていこうと考えているのがわかった。

「変なことを言ってるのはわかるが、事実なんだ。病院で看護師をやってる」

「だれかを行かせるわ」

ウィルは咳きこんだ。出血しているかもしれないと思いながら、手のひらを見た。「ヴィカリーはぼくを警官殺しと言ったな」

フェイスもわけがわからないというようにかぶりを振った。「あなたたちがエリック・ヘイグの家から離れるのを見ていたとか？」自分の疑問にみずから答えた。「それはないな。もしそうだったら、その場であなたたちを殺したでしょうから。今夜、ヴィカリーにどこかで会った？　もしくは、ほかの刑事には会わなかった？」

ウィルは考えた。頭のなかでマーブル模様が渦巻いているようで、なかなか考えがまとまらなかった。

フェイスが言った。「サラに電話する」

「やめてくれ」

「サラにも知る権利が――」

「だめだ」ウィルはフェイスの腕をつかみ、すぐさま放した。「サラはもう全部知ってる」

フェイスはウィルの顔をまじまじと見た。なにが見えているのだろうと、ウィルは思った。痣は、あと数時間は現れないはずだ。側頭部には、ポール・ヴィカリーの靴跡があるかもしれない。鼻梁も真っ赤だろう。切れた唇も血がにじんでいる。引っかき傷。嚙み傷。それらの傷を、フェイスはどう解釈するのだろう？

「支局に行かなくちゃ」フェイスが言った。

ウィルはアトランタに帰りたかった。サラのアパートメントから犬を引き取らなければならない。歯ブラシと、サラが空けてくれた抽斗にしまってある着替えも。自分を思い出させるものをあそこに置きっぱなしにしてはいけない。自分にできるせめてものことだ。

「もう終わったんだ」ウィルはフェイスに告げた。「サラとは。もう終わった」

「ほんとうなの？」

「ほんとうだ」いままでこれほどなにかを確信したことは一度もない。

フェイスは救急箱の蓋を閉じ、プラスチックのロックをはめた。「そう、あの人も損したね」

「サラにはサラの理由があるんだ」

「いいえ、そんなのない」フェイスはきっぱりと言いきった。「あなたがなにをしたにせよ、それを許せないと言うのなら、サラはあたしが思ってたような人じゃなかったってことね」

ウィルは口をつぐんでいた。遅かれ早かれ、フェイスも真実を知ることになる。

「助手席に乗って。早くしないと遅れちゃう」

「なにに？」

「ブランソンとの会合に」フェイスの口調から、これも言われたのに忘れたのだろうかと、ウィルは思った。「病院で会ったの。話をしたがってる」

「なぜいまなんだ?」

「だれかが部下の刑事をふたりも殺そうとしたのよ──レナを数に入れれば三人。エリック・ヘイグは拷問されたあげく刺し殺された。ジャレド・ロングも危うく殺されるところだった。そりゃあ、あたしたちと話したくもなるでしょ。ブランソンは資料を持ってきてくれる。支局で会うことになってるの」フェイスは腕時計を見た。「十分前に」

「資料?」

「あの麻薬密売所の資料」フェイスはウィルに動けと合図した。「デニース・ブランソンは最初からあたしたちをだましてたの。ついに強制捜査の資料を見せてくれるみたいよ」

GBIの支局のトイレで、ウィルは鏡を見つめて顔の損傷具合を確かめた。生い立ちのせいで、すっかり傷の専門家になっている。白い線の跡が残る切り傷と、かすかな記憶しか残さない傷の区別がつく。見たところ、一生残りそうなこの夜の名残は、あの白人にナイフで切られた傷だけのようだった。目の下の小さな切り傷は、一針は縫ったほうがいいのかもしれない。そのためには病院へ行かなければならないが、これ以上病院には絶対に行きたくなかった。

とりあえず吐き気はしなくなった。頭のずきずきする痛みも、ややテンポが遅くなった。

体の震えも止まった。脳出血やなにかは免れたと思ってもよさそうだ。ただ、嚥下機能にはいまだに問題があった。フェイスにコーラを二瓶飲まされて、そのことがいやと言うほどわかった。それから、フェイスににらまれながら、チーズクラッカーを一パック無理やり食べた。偉そうなフェイスがだんだんうっとうしくなってきたが、それも彼女の手当てが効いてきた証拠だろう。

ウィルは喉を見て、はっきりと赤くなりはじめた痣にそっと触れた。自分に才能があるとすれば、それはサバイバル能力だ。だからこそ、この夜を生き延びた。あの白人ギャングたちにはたいしたことをされていない。トニー・デルにも殺されずにすんだ。殺されてもおかしくなかったけれど。ポール・ヴィカリーには何発もやられたが、フェイスが彼の足首を折るか、それに近い痛手を与えた。仕返しとしては充分だ。

そう、自分は生き延びた。だから、少しくらいいい気になっても許されるはずだ。

でも、サラのことがある。

子どものころ、自分に投げつけられる石礫も矢も、すべて簡単に片付けることができると想像していた。それらを自分の内側にためておく必要はない。箱に詰めこんでしまえばいい。しばらくすると、箱が大量に増えた。その箱をしまうところがない。養護施設のウィルのベッドの上には、たくさんの箱が漂っていた。箱は学校までついてきた。通りを走って逃げても、箱はいじめっ子のように追いかけてきた。

成長するにつれて、箱の保管場所が問題になった。いや、ウィル自身とともに象徴の形も変わった。漂う箱は書類の束になった。書類の束はファイルに入れた。ファイルはファイルキャビネットにしまいこんだ。キャビネットには厳重に鍵をかけ、その中身を二度と見なくてもすむようになった。

サラと出会ってからは、ファイルの部屋の存在ごと忘れていた。大量の書類の束があることを忘れていた。錆びついてときどきあかなくなっていたキャビネットの鍵のことも。

でも、いま思い出した。

支局のトイレで、ウィルはサラ・リントンをファイルに入れ、抽斗を閉めた。

「ウィル？」フェイスがドアを軽くノックした。「大丈夫？」

ウィルは水栓をひねり、生きていることをフェイスに伝えた。水は氷のように冷たかった。顔を洗いたかったが、洗っても水をはじきそうだった。フェイスに抗菌軟膏を塗りたくられ、顔がてかてかと光っていた。

トイレのドアをあけた。フェイスが両手に水のボトルを持って立っていた。

ウィルは口を開いたが、出た声は老人のようだった。「ぼくが便器に座って死んでるんじゃないかと思った？」

「ぜんぜんおもしろくない」

「ありうるよ」しわがれた声で言った。「新聞で読んだことがある」

フェイスが水を差し出した。「また吐いてたの？」

「いや」さっきみたいに黙っていてくれないだろうかと、ウィルは思ったが、本人にそう告げるほどぶしつけではない。「大丈夫だ。ありがとう」

「全部飲んじゃって」フェイスは先に立って廊下を歩きだした。「パトカーをカイラ・マーティンの自宅へ行かせたんだけど、捜すのにやたらと時間がかかった。マップクエストにもグーグルにも載ってなくて」

ウィルはうなずいた。トニーの助けがなければ、自分も見つけられなかっただろう。

「とにかく、最終的には見つけた。マーティンは家にいた。トニー・デルが地獄に落ちようがどうでもいいそうよ。デルを見つけるのに役立つ情報を出せば、報奨金をもらえるのか、だって」

ウィルはまたうなずいた。いかにもカイラ・マーティンらしい。

「パトカーはそのあとしばらく近所を流して、デルが現れないことを確認して交替した。わたしはそのあいだ、アマンダに今夜あったことを全部報告した。スカイプで会議に参加してもらおうと思ったんだけど、なにか技術的な問題があるみたい」

その問題とは、こちら側のものではないだろう。

「ロニー・グレイも来てる。メイコン警察の署長」

「アマンダが呼んだのか？」

「デニース・ブランソンよ。あの署長を呼ぶ勇気には脱帽したわ。あたしたちがマーティンの家を捜しているあいだに、ブランソンはグレイと外で話してたの。話してたというより、ブランソンがグレイに一方的にどなられてた。そりゃあもう、ものすごい剣幕で」

ウィルは水を一口飲んだ。「首になるのか？」

「運がよければ首ですむだろうけど。グレイは、ブランソンがあたしたちをだましていたことを知らないの。ブランソンは、よくて公務執行妨害、悪ければもっと重罪で告発されかねない」フェイスはちらりと背後をうかがった。「ヴィカリーがあなたにしたことは、まだグレイに話してない」

ウィルはかぶりを振った。「話さなくていい。ヴィカリーのことは自分でなんとかする」

「アマンダを止めないと。ヴィカリーの頭の皮をはぐ気満々よ」

ウィルはかぶりを振りつづけた。「なんでアマンダに言うんだよ」

「まあね、あたしもなんで『ダイ・ハード』のオールナイト上映でヴァージンを失ったんだろうと思うこともあるわ。でも乗り越えられる」フェイスはドアを押しあけた。

会議室は、ほかのＧＢＩの支局の会議室と気味が悪いほど似ていた。偽物のオークのパネルが壁を覆っている。部屋の中央に長いテーブルがある。座面のすり切れた合成皮革の事務用椅子が隙間なく置いてあり、大柄な男ふたりが並んで座るのは窮屈そうだった。金属のカートに、小さなプラズマテレビがのっている。その下の段のさまざまな電子機器から、コードが何本も垂れさがっていた。テレビの画面には、アマンダのスカイプのプロフィール画像らしきものが表示されていた。一九八〇年代に撮られた写真だろう。アマンダはテニスウェア姿だった。木のラケットを肩にのせ、ジェーン・フォンダを彷彿とさせるヘアバンドで髪をまとめている。だが、なによりも胸をざわつかせるのは、アマンダの笑顔だ。

テーブルの上のスピーカーから、アマンダの大きな声がした。「手を振ってるわたしが見える？」

「見えません」支局長のニック・シェルトン捜査官は、自分の前に置いてあるノートパソコンに触れなかった。眉間を指で揉みながら、かぶりを振った。「できるかぎりのことはしました。ほんとうに、そちらの設定に問題はありませんか？」

「ええ、絶対に違うわ」アマンダがぴしゃりと言った。「ＧＢＩのロゴしか見えないんだけど。なにも映らないのよ」

ニックがフェイスを見て首を振った。ウィルに手を差し出した。

「トレント捜査官」

「ウィルがそこにいるの？」アマンダが尋ねた。「なんにも見えない」

ウィルはできるだけしっかりした声を出した。「います」

「どうして小声なの？」

フェイスが答えた。「首を絞められて死にかけたので」

いつものように、アマンダは気にもとめなかった。「だったら、もっとマイクのそばに寄って。二分ごとになにを言ったのか訊き返さなくちゃいけないなんて、勘弁してちょうだい」

「はい、わかりました」

「わたしのパソコンを設定した役立たずと話をしなくちゃ」アマンダは不平がましく言った。「三回も呼んだのに、そいつが帰ったとたんに調子が悪くなるの」

フェイスは我慢できなかったようだ。「酢より蜂蜜を使ったほうがたくさんの蠅を捕まえられるって言いますよ」

「そうね、フェイス、ありがとう。たしかに、わたしにはたくさんの蠅が必要だわ」

ウィルはぐったりと椅子に座り、ふたりの女がさらに有用な提案を交換するのを聞いていた。テーブルには、正式な会議の準備がしてあった。五本の水のボトルが、五脚の椅子の前に置いてある。その脇に、ペンとメモ帳が並んでいる。ウィルは、このような会議に何度も同席し、何人もの警官が職を失うところに居合わせたが、今回ばかりは気の毒に思った。デニース・ブランソンは警官として致命的なミスを犯したが、彼女なりに正当な理由があったはずだ。

レナ・アダムズが同じ轍を踏むのも時間の問題だ。

ウィルは壁のデジタル時計を読んだ。午前三時一分。疲れているはずなのだが。カフェインとコーラのおかげで、一時的に気分が昂ぶっているのだろう。いや、この先も生きつづけるのだと、体がようやく納得したのかもしれない。

ウィルは、フェイスに無理やり渡された水のボトルを見つめた。一本は中身が四分の一ほど減っていた。口のなかはからからに乾いているが、もう一口飲まなければと思っただけで、喉が痛くなった。海で溺れているような気分だ。

ドアがあいた。ニックが立ちあがった。「副長官、グレイ署長とブランソン警視が部屋に入ってきました」

デニース・ブランソンは、あの輝かしいユニフォーム姿ではなかった。ゆったりしたブラウスを着て、ジーンズをはいていた。前回会ったときにまっすぐのびていた背筋は丸まり、見るからに打ちひしがれていた。革のブリーフケースだけが、昨日の朝アトランタで会った女と同一人物であることを示していた。

一方、ロニー・グレイは満艦飾だった。金色の肩章が、天井の照明を受けてきらきらと輝いていた。彼は帽子を脇に抱えていた。年を取っているものの、日の出前から腕立て伏せ百回で一日をはじめる男の外見をしていた。そして、見るからに立腹していた。口ひげの下の唇はきつく結ばれ、ほとんど見えないほど細くて白い線になっている。ひたいには鋤ですいたような深い皺が刻まれていた。

全員が握手を交わした。ウィルは、グレイとブランソンが理解してくれればいいのだがと思いながら、椅子に座っていた。

「グレイ署長」アマンダが言った。「残念ですが、技術的な問題がありまして。わたしは自宅でスカイプを使っています」

テニスウェア姿のアマンダの写真を見ながら話すのと、ナイトガウン姿のアマンダを相手にするのと、どちらがいやか、ウィルには決めかねた。

「結構ですよ」ロニー・グレイはウィルのむかいに座った。そして、はっとしてウィルの顔を見なおした。デニース・ブランソンも同じことをした。口をぽかんとあけたまま、署長の隣にゆっくりと腰をおろした。

当分のあいだ、こんなふうにじろじろ見られることに慣れる必要がありそうだと、ウィルは思った。

ニックが言った。「副長官、全員着席しました」

「ありがとう。ロニー、息子さんのことは残念だったわ。亡くなったことを知らなかったの」

「ありがとう」グレイは私生活の話をしたくないようだった。すぐに本題に入った。「マンディ、あなたにお詫びしたいことがある。きみの部下とGBIには、うちの狼藉者(ろうぜきもの)が迷惑をかけた。だが、これから組織を引き締めていくので、安心していただきたい」さっとブランソンをにらんだ。「いますぐ着手するつもりだ」

「それはありがたいわ、ロニー」まったくありがたそうではなかった。「ブランソン警視、前もって言っておくわ。あなたは正式な捜査対象なので、この会話は記録される。あなたの供述はあなたに不利な証拠として使用される可能性がある。あなたは弁護士を——」

「弁護士はいらないわ」ブランソンはそう言ったが、必要だということはその場の全員が知っていた。「書類をください」

ニックが用意していた。ブランソンに押しやった書類は、ミランダ告知が行われたことを正式に認めるものだった。

ブランソンは書類を読まなかった。何度となく見たことがあるはずだ。ペンをカチリと鳴らし、書類の下部の署名欄にサインし、ニックのほうへ押し戻した。

ロニー・グレイはブランソンにうなずき、報告をはじめるよう指示した。

ブランソンは、すぐには口を開かなかった——今回は駆け引きではなく、これが最後の報告になるのを覚悟しているからだろう。

しばらくして、ブランソンは深く息を吸って切りだした。「約三週間半前、アダムズ刑事から、レディング・ストリートの薬物密売所と疑われる住宅について報告がありました。わたしは捜査を許可しました。数日、当該の住宅を監視し、情報が事実であると判断しました」ブランソンは言葉を切った。ボールペンを取り、二本の指で挟んで揺らしはじめた。

「監視をつづけるうちに、アダムズ刑事は、麻薬密売所を経営しているのがシドニー・ウォラーという男であることを突き止めました」

グレイが引き継いだ。「ウォラーは非常に危険な大物ディーラーだ。わたしは二年前にここへ赴任してきたが、当時の最重要課題は彼を逮捕して起訴することだった。だが、署が一丸となって取り組んでも、容疑を固めることができなかった」

みずからの失敗を認めることができるグレイは謙虚だと、ウィルは思った。

ブランソンもそう思っているようだった。グレイのほうを向いてうなずいてから、話をつづけた。「麻薬密売所をつぶすだけなら簡単ですが、シド・ウォラーが関わっているのなら、またとない好機だと思いました。わたしはアダムズ刑事と話し合い、ウォラーを逮捕して有罪にするために、作戦を拡大することにしました」

グレイが言った。「わたしが介入したのはここからだ。地区検事に協力を仰ぎ、署内で捜査本部を立ちあげた。これ以外にも動いている案件がいくつもあったので、デニースと調整しなければならなかった」

署長に階級名ではなくファーストネームで呼ばれ、ブランソンがひるんだことに、ウィルは気づいた。それでも、ブランソンは言った。「作戦開始から十日がたったころ、ウォラーを逮捕するのは難しいということがわかりました。彼は恐れられている。ジャンキーたちが姿を消しはじめました。盗聴に協力してくれる者がひとりも見つからない。いきなり密売所に踏みこみ、その場にいる者を一斉検挙するしかないようでした。ウォラーがいるタイミングを狙うことはできますが、それでは残念賞にもならない」

アマンダが言った。「ウォラーが経営者だという証拠がなければ、ほかのジャンキーたちと一緒に釈放されてしまうからでしょう」じれったそうな口ぶりだった。「だけど、状況が変わったようね？」

「アダムズ刑事がとある情報提供者と取引したんです。その提供者はマーサー大学の学生にオキシコンチンを売った容疑で逮捕された。大学構内ではなく、カフェで売買していたんです」

その違いは大きい。学校施設内で違法薬物を売ったり配ったりすれば、刑期が倍増する。

アマンダが尋ねた。「それはアダムズがいつも使っているCI？」

「いえ、その男とは、そのときはじめて会いました。彼は留置場に入って二時間たたないうちに、アダムズを名指しして取引を持ちかけてきた」ブランソンはつけくわえた。「アダムズは、町中のジャンキーに知られた存在です。だから、とくに怪しい話ではなかった」

アマンダはウィルより頭の回転が速かった。「そのCIがトニー・デルね？」

ブランソンが口ごもった。「はい。デルは、刑事免責を条件に、シド・ウォラーを売ると持ちかけてきた」

ウィルはフェイスをちらりと見た。これで、レナがウィルにメールを送ってきたことはわかっただろう。レナはデルを逃がしたくなかったのだ。

アマンダがブランソンに言った。「ウォラーに盗聴器をつけた。それで、令状を取る理由ができたのね?」

「そうです。四日後に強制捜査を実施しました。デルから、大口の入荷があると情報が入ったんです。アダムズ刑事とチームが密売所に踏みこみました。そして、発見したのがこれです」ニックにうなずく。

ニックがノートパソコンのキーを叩くと、アマンダの写真が消え、犯罪現場の写真が現れた。

ウィルは画面をじっと見つめた。死体が二体。ヒスパニック。上半身裸。ぼろぼろのソファに座っている。喉が掻き切られている。

ニックがアマンダに尋ねた。「見えますか?」

「右がエリアン・ラミレス。オキシ中毒で、たまたま運悪く居合わせた。左はディエゴ・ヌニェス。ウォラーの右腕です。故殺に素行不良がくわわって、二十代を刑務所で過ごしました」

ブランソンはうなずいて写真を替えさせようとしたが、ニックがノートパソコンを彼女のほうへ押しやった。

ブランソンが次の写真を説明した。頭のてっぺんをそぎ落とされた男が写っていた。「トーマス・ホランド。ここに出入りするようになったのは最近で、高校の最終学年にクラックの使用で逮捕されている。このときは、おそらくクスリをやるために来ていた。凶器は手斧」頭部の写真に切り替わり、すぐにべつの角度から顔を撮ったものに替わった。若く、十七歳くらいだろう。金髪、青い目は鋭い。頭の一部を失っていなければ、ディズニー映画のポスターに写っていてもおかしくない。

ブランソンは、さらに数枚、さほど刺激のない写真を見せた。寝室、バスルーム、ダイニングルーム。ウィルは、数カ所の密売所を見たことがある。この現場も、ほかとよく似ていた。どの部屋も、クラック用のパイプと注射針が床やマットレスの上に散らかっている。マットレスをどこから運びこんだのか、なぜ自分の血管に毒を注射する連中が意識を失うのに心地よい場所を必要とするのか、ウィルにはわからなかった。

「これを見てください」ブランソンは一枚の写真を提示した。開いた地下室のドアが写っていた。両脇のドア枠にU字金具が取りつけてあり、床にツーバイフォーの角材が落ちていた。

「地下室です。ここにシド・ウォラーが隠れていた」

ウィルは、まだ自分の頭がおかしいのだろうかと思った。普通、地下室に閉じこめられていることを、隠れている、とは言わない。それを言うなら、捕らわれている、だろう。

「刑事二名が地下室に突入しました。ミッチ・キャベロとキース・マクヴェイルです」

フェイスが体をこわばらせた。ウィルもフェイスも、その二名の名前を知っていた。マクヴェイルは休職し、キャベロは強制捜査の日に病院へ搬送された。

ブランソンがつづけた。「アダムズとヴィカリーはキッチンに残りました。地下室におりたキャベロとマクヴェイルが異状なしと大声で言い、アダムズ刑事に大量の現金を発見したと報告した。おそらく、その直後にシド・ウォラーが隠れ場所から現れた」

次の写真には、壁からはずれてぶらさがったパネルと、そのむこうに掘られた黒く湿った穴が写っていた。写真は不鮮明だったが、男ひとり隠れられるほどの穴であることは見て取れた。

「ウォラーはキャベロの頭を殴って気絶させた。それからマクヴェイルを捕まえた——音をたてずに。その後すぐ、アダムズ刑事が現金を押収するためにおりていった。そして、マクヴェイルが人質に取られたことを知った。マクヴェイルの頭に銃を突きつけていたウォラーに、アダムズも銃を向けた。しばらく膠着状態がつづいたのち、ウォラーはアダムズに逮捕されるのを拒み、みずから頭部を撃った」

ウィルは黙っていまの話を頭のなかで再生した。まったくの予想外だった。「シド・ウォラーが自分で自分を撃った？」

「三名の刑事が全員同じ供述をしているの」ブランソンは両手をあげて、質問を制した。

「科学捜査班も、彼らの供述に矛盾がないことを確認している。検死でも自殺と断定された。薬物検査では、仏教の僧侶もおかしくなりそうなほど大量のピルを飲んでいたことがわかった。どう見ても事実は揺るがない。すべての証拠が、ウォラーは自殺したと示している」

アマンダはセカンドオピニオンを求めた。「ロニー？」

グレイが椅子の上でもぞもぞと体を動かした。「情報提供者が、商品の入荷が遅れているというウォラーの話を録音している。マイアミでトラックがキューバ人に襲われたと言っていた。フロリダの情報筋に連絡を取って確認したが、ウォラーはキューバ系カルテルと一触即発の状態だった」

ブランソンが言った。「ウォラーは刑務所に入ればその日のうちに殺されるとわかっていた。刑務所でキューバ人に刺されるよりは、銃で自殺するほうを選んだんでしょう」

アマンダは話を進めた。「で、ビッグ・ホワイティはどう関わってくるの？」

グレイがブランソンを見た。子どもに失望させられた父親のような、悲しげな表情だった。

ブランソンが言った。「わたしが独自に捜査していたんです。グレイ署長には、たとえ勤務外だろうが勝手なことはするなと言われていました。でも、わたしはビッグ・ホワイティを捕まえることに執着していた」

「ウォラーとなにか関係があるの？」

「間接的に、ですが」ブランソンは渋々といった体で答えた。

「その間接的な関係を話せない理由でもあるの？」

ブランソンはまたブリーフケースに手をのばした。分厚いファイルを取り出し、もう一冊取り出した。さらにもう一冊。三冊をテーブルに積みあげた。

フェイスは遠慮しなかった。三冊をつかんで自分のほうへ引き寄せた。

ブランソンが言った。「ビッグ・ホワイティがわたしのレーダー網に入ってきたのは一年半前のことでした。わたしは統計が好きなんです。数字を見て、犯罪がどこで起きるか分析して、どこに人員を集中させれば犯罪を予防できるか考えるのが好きで」ブランソンは言葉を切った。その好きな仕事を二度とすることはないと実感したのだろうと、ウィルは思った。

「とにかく」ブランソンがつづけた。「昨日のお話にあったとおり、サヴァンナとヒルトンヘッドでも同じことが起きていた。もっと大きな、組織的な動きがあるように感じられた。底辺の犯罪者が金を持つようになった。この町にも、そういう連中が使っている弁護士事務所がある。いわゆる救急車の追っかけ弁護士。いいかげんで、安い連中。ところが突然、フロリダの一流事務所と合併した」

「ヴァンホーン・アンド・グレシャム」フェイスがファイルから目をあげた。「ジャレド・ロングの狙撃犯たちの弁護士でしょう」

「そのとおり。フレッド・ザカリーのような低レベルの犯罪者が、彼らのおかげで不起訴処分になることが珍しくなくなった。わたしはその界隈の連中や情報屋から話を聞きはじめ、町に新しいプレイヤーが入ってきたことを突き止めた」

「ビッグ・ホワイティですね」

「そのとおり」ブランソンは繰り返した。「ホワイティは手はじめに、ペインクリニックのチェーンと提携した。よくあるやり口です。ジャンキーを使って、処方箋を売る。ほとんどは白人労働者です。彼らがメサドンの市場も支配しているから、ホワイティが現存する市場に入りこむのは自然な流れだった」

グレイが割りこんだ。「わたしはビッグ・ホワイティという人物が実在するとは考えていなかった。フロリダから聞いていたのは大雑把な話で、本名も外見的な特徴もどことつながっているのかもわかっていない。まるで幽霊だった」肩をすくめる。「それに、当時は忙しかった。市内の私立高校でヘロインの過剰摂取がつづいたんだ。まともな家の娘ばかりだった。その種のケースではあまり見られないタイプだ」

「裕福な白い娘たち」フェイスは偏見と取られかねない言葉を、気にする様子もなく口にした。「死亡したんですか、それとも病院へ搬送されただけですんだんですか？」

ブランソンが答えた。「三人が死亡。六人がＥＲに搬送されて、白人娘専用の監獄に入った」つまり更生施設のことだ。「この町ではわりに知られた家の娘たちだった。逮捕するしないで揉めたわ。さっきも言ったように、ホワイティは白人労働者を使ってピルを流していた。多くの場合、非医薬品の錠剤を売りさばくディーラーは黒人かヒスパニックでしょう。だれがだれの下で仕事をしているのか、調べるのは簡単」

フェイスはもっと簡潔に言った。「つまり、白人が怖がって、警察になんとかしろと求めた。それで、警察は黒人とヒスパニックを逮捕しまくったってわけですね」ダメ押しに皮肉を言った。「それは大成功だったでしょうね」

グレイはフェイスの率直さが気に入らなかったようだ。いや、会話が録音されていることを意識したのかもしれない。「われわれは、ヘロインを売っていると言われていたディーラーを逮捕したんだ。うちの署は人種を根拠に判断したことはないし、これからもない」

ウィルはグレイの口ぶりから、彼は以前も同じことで批判されたのだろうと察した。アトランタでもしょっちゅう政治的スキャンダルがニュースになるが、メイコンで起きた騒ぎをニュースで見た記憶がぼんやりと残っていた。ロニー・グレイは、仕事をつづけられるかどうか悩みながら、毎日出勤していたに違いない。

ブランソンが渋々言った。「取り締まりによって、ホワイティの競争相手の勢力が弱まった。人種間の不満が爆発し、町がまっぷたつになって、政治家たちが犠牲を求めて騒ぎはじめた」

グレイが言った。「その時点で、わたしはデニースに手を引かせた。存在するかどうかもわからない男に人材や経費を割く余裕はなかった」

「そのときが――」声がうわずり、ウィルは咳払いした。「そのときが、ビッグ・ホワイティにとって勝利の瞬間だったのでは？　ヘロインの市場を牛耳れるかどうかがかかっていたんですよね？」

ブランソンが答えた。「彼はすべてを手に入れた。覚えておいて、彼がやってるのは町の売人レベルの取引ではなく、一大ビジネスなのよ。彼はメイコンへ来て知り合いを増やし、食物連鎖の上位メンバーからシド・ウォラーのようなチンピラまで、みんなを儲けさせて満足させた。ホワイティは運転資金にもこと欠かない。ペインクリニックを開業して常連を獲得して、ジャンキーを雇って商売をさせた。そのうちビジネスの場をショッピングモールや郊外まで広げた。金持ちの子弟を引っかけて、その子たちがもっと強いものをほしがるようになったら、ヘロインを教える」ブランソンはかぶりを振ったが、ウィルには彼女が半分感心していることがわかった。「このビジネスモデルが成功すると、今度は競争相手を徹底的につぶしはじめた」

アマンダが尋ねた。「それがパターンだとどうしてわかるの？」

「サヴァンナへ行って、引退した警官から話を聞いたんです。電話では盗聴が怖くて話せないと言われました」

グレイの握り拳は、たったいまはじめてその事実を聞いたことを示していた。彼はブランソンを恐ろしい目でにらみつけた。

ウィルには気になることがあった。「グレイ署長、あなたはホワイティが実在するとは思わなかったんですね？」

グレイは不本意そうにブランソンから視線をはずした。「メイコンの犯罪者の世界では、これほど洗練されたケースは見たことがなかったのでね。マンディ、知ってのとおり、わたしはジョージア州のあちこちで仕事をしてきた。だが、マイアミやニューヨークでなければ、こういうことはなかなかないものだよ」

ホワイティがさほど大きくない都市を支配したことには、いわゆる小さな池の大きな魚理論が当てはまる。また、彼はジョージアでもアフリカ系アメリカ人の多い地域を二カ所選んだ。自分のビジネスモデルをフランチャイズ化しているかのようだ。

ウィルはブランソンに尋ねた。「警視、あなたはなぜホワイティが実在すると確信したんですか？」

「それを返してくれる？」ブランソンはフェイスに尋ねていた。三冊のファイルのうち一冊が必要らしい。

「どうぞ」フェイスは三冊をまとめてテーブルのむこうへ押しやった。

ブランソンはファイルのページをめくり、写真を見つけた。それをテーブルに置いた。ブロンドのきれいな少女がカメラに向かって、危険を知らない十代の娘たち特有の、媚びるような表情をしていた。

「マリー・ソーレンセン。十六歳。高級ショッピングモールの〈リヴァー・クロッシング〉のチーズ店でアルバイトをしていた。そのモールには、郊外の退屈した子どもたちがたむろしている。ソーレンセンは、仲間内でもっともきれいだった。そして、ビッグ・ホワイティに目をつけられた」

ニックがアマンダに言った。「あとでスキャンして送ります」

「そこまでしてくれなくてもいいわ。ビッグ・ホワイティは、ソーレンセンにヘロインを教えたのね？」

「自分の車に彼女を乗せました」ブランソンはべつの写真を出した。この写真のソーレンセンは、十も年を取ったように見え、十キロ近くやせていた。両目のまわりに痣がある。顔は膿んだできものだらけだ。髪の一部が抜けてなくなっている。

「これもビッグ・ホワイティのパターンですが、彼はこれを楽しみのひとつとしてやっていた」二枚の写真を並べた。「彼は女の子たちにモデル事務所の者だと言って近づく。女の子たちは信じてしまう。なぜなら、生まれたときからきれいだとちやほやされているから。彼は女の子を車へ連れていき、トランクに閉じこめて、海岸地帯のホテルへ行く――

ティビー、フォートキングジョージ、ジェキル。そこで女の子をレイプする。仲間にもレイプさせる。そしてヘロインを打つ。彼は女の子たちをだますの」

ブランソンは言葉を切り、写真から目をそむけた。

「ソーレンセンは最初こそ抵抗した。ホワイティはこの子を犬用のケージに入れて懲らしめた。二週間で彼女が屈服すると、インターネットで売りに出した。ランチタイム特別料金が百六十ドル、一時間二百五十ドル。二時間で四百ドル。一日に十人から十五人の客を取らされた。クスリ代が一日二百ドル。ビジネスモデルとしては悪くない。計算してみて」

フェイスはまっすぐ前をにらんでいた。彼女も写真を直視できないのだ。自分の娘のことを考えているのだろうかと、ウィルは思った。

「その子はどうなったんですか？」

「あっというまに老けこんだ。若い娘たちの不幸はそれよ。いつまでも若くいられない。二カ月後には、次の場所に移動させられた。それがこいつらの手口よ——女の子たちを決してひとところにとどめず、転々とさせる」

ブランソンはまた黙った。痛みはまだ新しいようだ。「最後にはカリフォルニアへ送られて、路上に出ることになる。ソーレンセンはロサンゼルスにたどり着いた。何度か母親に電話をかけて助けを求めた。母親は私立探偵に娘を捜させた」

フェイスが尋ねた。「メイコン警察に失踪届は出ていなかったんですか？　その子はもう十六歳だったんですよね」

ブランソンの表情がすべてを語っていた。彼女が受け取り損ねたボールがそれだったのだ。だから、彼女はこの件に執着した。「彼女がいなくなった時点で、失踪届は出ていたの。本人から電話がかかってきたと母親に聞いて、わたしはロサンゼルスに連絡を取った。捜しても無駄だと言われたわ。ハリウッドのバス乗り場を閉鎖しなければならないくらい、毎日数えきれないほどの若い娘が流れこんでくるんだから、と」

フェイスは口紅を塗るときのように唇を合わせた。

ブランソンはべつの写真を差し出した。ウィルの見たところ、マリー・ソーレンセンの頭の横に置かれた小さな定規は、検死の際に使われるものだった。

「ロサンゼルスの私立探偵が住所を突き止めた。警察はそのアパートメントを三回捜索して、ようやくこの子を見つけたの。ベッドの下のスーツケースに押しこまれていた。まだ生きていた」ブランソンはゆっくりと息を吐いた。「まだ生きていたの」

検死の写真を見おろした。彼女に先を促す者はいなかった。

ブランソンは、また深呼吸した。

「母親は最初の飛行機でカリフォルニアへ飛んだ。ソーレンセンは三週間、入院した。背中を縫合して、栄養を取らせて、ヘロインを抜いて。ただ、心を回復させることはできなかった。母親と一緒に帰ってきて二週間後、家をこっそり出て自殺した。ヘロインで。警察は、教会の裏で遺体を発見した。ビッグ・ホワイティとあのモールを出た日から、半年しかたっていなかった」

室内は静まりかえった。ソーレンセンは美人だった。ウィルは三枚の写真を見た。ブランソンの話は誇張ではなかった。ソーレンセンは美人だった。ほんとうにモデル事務所にスカウトされたと信じたのだろう。検死の写真は別人のようで、いまでも彼女に帰ってきてほしいと願っているのは悲しみに暮れる母親だけだという、暗い事実を思い起こさせた。

ついにアマンダが口を開いた。「ソーレンセンがメイコンに帰ってきたとき、本人と会ったの？」

「会いました」ブランソンは両手を見おろした。「ホワイティは、あの子にも本名を教えていなかった。最初からビッグ・ホワイティと呼ばせていたんです。彼がどこのだれかも知らなかったから、わたしたちも起訴するための情報を得ることができなかった。ほとんどずっと目隠しされていて、客を取っているとき以外はクローゼットかスーツケースに閉じこめられていた。彼女が教えてくれたホワイティの特徴は断片的だった――黒っぽい髪、黒っぽい目。とくに目立つようなものじゃなかった」

フェイスが尋ねた。「彼女が正直に話していなかったとは思いませんか？」

「そうね」ブランソンは正直に答えた。「ホワイティを恐れていたから。自分のベッドで眠ることもできなかった。自宅にいてもクローゼットの奥に隠れて、ホワイティが捕まえに来るのを恐れていた」

「モールで誘拐されたのなら、監視カメラには映っていなかったんですか？」

「カメラが作動していなかったの。警備員を抱きこんでいたのか、たんに運がよかったのかはわからない」ブランソンはつけくわえた。「あの男はいつも運に恵まれているのよ」

「モール内でも駐車場でも、なにか目撃した人は？　買い物客や友達はなにも見ていない？」

「目撃者はいなかった。携帯電話やメールからも手がかりは見つからなかった。ホワイティに、こっそりつきあおうと言われていたんでしょう。人目をあざむくのは、あいつの特技だからね」

　アマンダが声を発したとたん、いままで黙っていたのは敬意からではなかったことに、ウィルは気づいた。アマンダは激怒していた。「ミズ・ブランソン、教えてほしいんだけど、あなたの町で性的搾取の人身取引が行われていたのに、ＧＢＩがなにも知らなかったのはどうしてかしらね？」

　ブランソンの頬の色が濃くなった。「おっしゃるとおりです。すべてわたしの責任です。彼女を救うために全力を尽くさなかったことを恥じ、ビッグ・ホワイティに手を出すなと言われたことに怒っています」彼女はグレイに向きなおった。「あなたに言うべきでした、ロニー。わたしはあなたが間違っていることを証明したくて躍起になっていた。あなたに隠れて動くのではなく、支援を求めるべきでした」

グレイは優しくなかった。「そのとおりだ」

「申し訳ありません」

「もういい。あの家でなにを発見したのか報告しなさい」

「密売所のことですか？」フェイスが驚きの声をあげた。密売所の話はもう終わったと思っていたらしい。

ウィルは、答えを知っているような悪い予感がしたが、それでも尋ねた。「パネルの奥に、なにがあったんですか？」

ブランソンがノートパソコンの向きを変えた。キーを叩き、次の写真を表示した。

男の子の写真だった。携帯電話で撮影されたものらしく、粒子が粗かった。まぶたは腫れ、目が黒い裂け目になっていた。マリー・ソーレンセンと同じく、彼の顔もやせ細っていた。唇がひび割れ、肌はできものに覆われていた。ウィルがついに顔をそむけたのは、その子の目のせいだった。うつろな目つきを見ていられなかった。

アマンダが沈黙を破った。「死因は脱水症状？　栄養失調？」

ブランソンは驚いたような顔をした。「いいえ、生きています」

ウィルは、この会合がはじまって以来、はじめて心から衝撃を受けた。

「ただ、身許がわからないんです。話はできますが、話そうとしません」

フェイスはいまにもテーブル越しに、ブランソンにつかみかかりそうに見えた。「一週間たつのに、なにもしゃべらないと？」

ブランソンは答えなかった。長いあいだ隠していたために、状況を俯瞰できなくなっていた。すべてを話すことで、明らかに自分の壊滅的な過失をさらしてしまっている。

フェイスが言った。「この子のことはニュースになっていませんよね」

「FBIのデータベースで照会してみたけれど、メイコンははずしたの」ブランソンはグレイをちらりと見た。彼は自分の両手の骨を折ろうとしているかのように、きつく握り合わせていた。「地元警察が騒いだら、この子が生きていることをホワイティに知られてしまう。わたしたちがホワイティについて知っているのはたったひとつ、だれだろうが邪魔者は殺すということだけ。彼がこの子を殺すのは、わたしがいまここに座っているのと同じくらい確実なことよ」

「どこに入院しているんですか？」

「医師の管理下にあるわ」ブランソンはそれ以上の説明をせず、グレイに言った。「おそらくほかの州で誘拐されたんです。地元の警察は知っているはずです。こんなことを言ってもしかたないけれど」

室内の全員がすでにわかっていたことだと、ウィルは思った。毎年、報告されているだけでも八十万人の子どもが行方不明になっている。一日に換算すれば、二千人以上だ。

ブランソンが言った。「少年には目立った特徴がない。どの地方の出身かもわからない。いつ誘拐されたのかも。まったくの他人による誘拐事件の報告書もすべて当たりました。でも――」弁解がましく聞こえていることに気づいたらしい。弱々しい声で言った。「この子は、ビッグ・ホワイティを知っている唯一の生き証人なんです」

フェイスが問いただした。「しゃべってくれないのに、どうしてそれがわかるんですか？」

「わたしがビッグ・ホワイティという名前を出したときの反応で。それに……あの特徴的な傷跡が……マリー・ソーレンセンの体にあったのと、同じ跡があった」

「ちょっと待って。話を戻しましょう。ほかにこのことを知っているのは？」

「片手で足りる程度よ。わたしが現場から全員を追い出したあとも、アダムズ刑事が残っていた。地下室へおりるのを許可した救命士はふたりだけ――ハイスクールのころから知っている女の子たちよ。そのふたりが二十四時間態勢で交替してこの子を見てくれている。病院には連れていけなかった。だれにも知られない場所にいるの。ディーン・トーマス医師が治療に当たっている。ディーンは、わたしが子どものころからの知り合いよ。それから、わたしが警備できないときに交替する警官がひとり。命をあずけてもいいくらい信用している人たちしか、この子の居場所は知らない」

ウィルはロニー・グレイに目をやった。その表情から、彼もこの情報をほんの少し前に聞いたばかりだということが、すぐにわかった。顔が真っ赤だった。口の上のひげがチョークのように見えた。

グレイが問いただした。「いまこの子を警備している警官はだれだ？」

「保安官補で、親しい友人です」ブランソンはグレイのほうを見ようとしなかった。また頬の色が濃くなった。ウィルが思うに、その保安官補はただの友人ではなさそうだ。「信用できる人です」

「どうやらわたしより信用しているようだな」

「申し訳ありません。あなたに知らせれば、義務として州に通報することがわかっていました。ほかの署員にも知られてしまう。そうなったら、この子の安全を確保できません。ビッグ・ホワイティの息がかかった者はどこにでもいる。この子は数時間のうちに殺されていたでしょう」

「またそれか」グレイはテーブルのスピーカーを通して、アマンダに向かって言った。「デニースは、うちの署にビッグ・ホワイティのスパイがいると考えているんだ」

ウィルは〈ティプシーズ〉のデスクに置いてあったファイルを思い出した。あのなかに、ビル・ブラックに関する警察の資料が入っていた。軍の資料も持っていた。想像力をたくましくしなくても、ホワイティが警察内部の人間をひとりふたり味方につけているのではないかと思いつく。パターンどおりなら、スパイは複数だ。

フェイスは違う視点から分析していた。彼女はブランソンに言った。「警察内部に、ビッグ・ホワイティに強制捜査の情報を漏らした人物がいると思っているんですね」

ブランソンは肩をすくめながらも答えた。「チームは家に踏みこんですぐに、三人の遺体を発見した。シド・ウォラーは誘拐した少年と地下室に閉じこめられていた。ほとんど決定的でしょう」

グレイはブランソンのほうを向いて問いただした。「だれがスパイだと言うんだ？　ヴイカリーとフランクリンは今夜殺されそうになった。アダムズは襲われた。エリック・ヘイグは拷問されて殺された。どうしてこんなことになったと思うか、デニース？　なぜヘイグが拷問されたと思う？」その質問に、グレイはみずから答えた。「連中がこの少年を捜しているからだ。内部にスパイがいるなら、警官たちを襲って情報を聞き出そうとはしないだろう」

ブランソンはテーブルを見おろした。室内に沈黙がおりた。

ウィルはICUでレナ・アダムズと会ったときのことを思い出した。彼女はウィルに、自分が正しいことをできるようになったといつかわかるはずだと言っていた。それまでの失敗がすべて補償されるかのように、そう言った。少年を救えば、流産の悲しみも埋め合わせることができると考えていたのだろうか？　いや、たとえ過ちを犯してもそれは大義のためなのだという、レナの不変の思いこみに過ぎないのだろうか？

ウィルは尋ねた。「レナはその子の居場所を知っているんですか？」

「知るわけないだろう」グレイが割りこんだ。

ウィルはもう一度尋ねた。「知っているんですか？」

ブランソンはかぶりを振った。「レナは知らない。彼女には、州がすでに動いているから、この子を守るためにもこのことは秘密にしなければならないと言い含めた。きっとジャレドにも話していないはずよ」

グレイがいまさらながら気づいた。「アダムズは内部調査室をだましたのか。尋問でこんな話は一切なかったぞ」心底腹を立てている様子だった。「なんということだ、デニース。おまえはアダムズに、正式に記録される場で嘘をつかせたのか」

ブランソンは抵抗した。「レナはこの子を守っていたんです。証人がいると知ったら、ビッグ・ホワイティがどうするか知っていたから、黙っていたんです」

「そしておまえは、わたしも承認しているとアダムズに言ったんだろう？」返事は結構だと言わんばかりに、グレイは追い払うそぶりをした。「ひどい話だ。おまえを信じていた自分にあきれるな」

フェイスが言った。「どうやら、その子が生きていることが漏れているみたいですね。レナが夜中に襲われた理由は、それしか考えられない。強制捜査にくわわったメンバーが狙われた理由もそうです」ブランソンに言った。「ほんとに感謝します。おかげであたしは時間を無駄にしたし、パートナーは殺されかけたし」

アマンダが尋ねた。「その子はいまどこにいるの？」

グレイは、かつて腹心だった女のほうを向き、答えを促した。

ブランソンははぐらかした。「盗聴の恐れのある場所では話せませんが、この会合が終わり次第、ここにいるふたりを現地へ連れていきます」

驚いたことに、アマンダは却下しなかった。「デニース、救命士のふたりに移送の準備をするように伝えて。秘密は守るけれど、その子をアトランタへ移送する必要がある」

ブランソンの内なる警官がおもてに出てきた。「準備に少し時間がかかります。救急車の手配が必要です。救命士たちはふたりで交替しているので。トーマス医師にも準備をお願いしないと」

アマンダはウィルよりコンマ数秒早く口を開いた。「サラ・リントンがまだそっちにいるでしょう？」

フェイスがウィルを見て答えた。「います」

「ウィル、なんとしてもサラをアトランタ行きの救急車に同乗させて。そちらで情報が漏れているのがほんとうなら、こっちの人員をできるだけたくさん使わなくちゃ」

ウィルの口のなかはからからに乾いていた。また唾を呑みこめなくなっていた。

アマンダは、ウィルの沈黙を同意と受け取ったようだ。「トニー・デルの捜索はまだつづいているでしょう。その少年がしゃべらなくても、デルを寝返らせることはできるかもしれない。今度こそね。ウィル、あなたの勤務は何時からはじまるの？」

ウィルは、ビル・ブラックの病院の仕事をすっかり忘れていた。「八時です」

「時間どおりに行きなさい。ブラックのふりをつづけて。あなたは前科者。デルは逃亡中。きっと警官がうようよしているわ。こうなったら、あなたがいろいろ詮索しはじめても、だれも不思議に思わないでしょう」

「病院で看護師と知り合いました。デルの義理の妹です。ぼくが暴行罪で刑務所行きになったのを知っている。たぶん、うまくやれば脅してしゃべらせることができるかもしれない」

「必要ならたっぷり怖がらせてやりなさい」アマンダはいますぐスカイプを終えたそうだった。「ロニー、また連絡するわ」

「ありがとう。ご協力を――」

「すみません」ニックが申し訳なさそうに言った。「もう切れています」

グレイ署長はニックを無視し、怒れる獅子（しし）のごとくブランソンをにらんだ。「たいしたものだな。校長室にいたずらっ子を呼ぶように、夜中にわたしをこんなところへ呼びつけるとはな。そのうえ、州で屈指の警察官たちの面前でわたしを笑いものにした。それでもまだ、その子の居場所を明かす気はないのか?」ブランソンの返事を待った。だが、返事がないとわかると、低く言った。「役立たずめ。おまえが制服を着ていたと思うと、胸が悪くなる」

ブランソンの目に涙が浮かんだ。「署長、失礼ながら――」

「おまえは失礼の意味も知らないだろう」グレイはテーブルから帽子をひっつかんだ。「人事に連絡させる。わたしやほかの署員に連絡を取ろうとするな。懇願しても無駄だ。わたしの名前も口にするな。わたしに言わせれば、おまえはわたしとうちの署とはもうなんの関係もない」つかつかと部屋を出ていった。

ブランソンの喉が上下した。つかのま立ちなおる時間が必要なのか、うなだれてテーブルに両手をついた。

フェイスはその時間を与えなかった。「あなたはレズビアン?」

ウィルはぶしつけな質問にぎょっとした。ブランソンは屈辱を覚えたようだった。壁のほうへ顔をそむけた。

フェイスが言った。「ジャレド・ロングが攻撃される数分前に、彼の携帯に電話をかけたでしょう」

ブランソンは理解したらしい。涙を拭った。「彼がわたしと浮気をしていると思ったのね」

「そうでなければ、なぜ真夜中にレナの夫に電話をかけるの？」

「レナが心配だったからよ。様子が変だった」

「強制捜査のせい？」

「いいえ、それ以前から。レナはなんとなく――」ブランソンは言葉を探した。「わたしたちは友人だった。ほんとうにそうだった。でも、このところずっと様子が変だった。とても元気で、ウォラーを逮捕すると張り切っていたのに、準備ができたとたんに、なぜか沈みこんだ。なにがあったのかは教えてくれなかった。だから、ジャレドに訊けばわかるかと思ったの」

レナはデニース・ブランソンに流産した話をしていなかったのだと、ウィルは思った。フェイスはすぐさま話を変えた。「男の子はいまどこにいるんですか？」

ブランソンは深く息を吸い、しばらく止めていた。その表情に、ウィルは逡巡を見て取った。この八日間、ブランソンは少年を守るために持てる時間のすべてを費やしてきた。友人を遠ざけ、署長を怒らせて職を失うかもしれないと承知のうえで、危険を冒した。担当していた事件からよろこんで手を引く警官などいない。とりわけ、それが心に大きな傷を残した事件だったら。

「わかった」ブランソンがついに答えた。「わたしのガールフレンドの農場にいる」

「保安官補のこと？」

「そう。ふたつの郡にまたがって仕事をしている。つきあいはじめたのは一年前くらい。だれもわたしたちのことは知らない」

「よかった」フェイスが言った。「ここから農場まではどのくらいですか?」

「そんなに遠くないけれど、用意に時間がかかるわ。わたしたちはたがいに電話をかけないようにしているの。わかってるだろうけど、電話は番号非通知であっても、通話の跡が残る。わたしの通話記録に、彼女たちの電話番号を残したくないの。連絡は同性愛者の救命士たちが情報交換するメッセージ板を使ってる」ブランソンは腕時計を見た。「トーマス医師が六時ごろ、出勤前に来るの。いまはわたしの元ガールフレンドがついてる――救命士の片方ね。彼女のガールフレンドが六時に交替に来る。保安官補がわたしと交替する。もともとわたしは夜の当番なんだけど、こういう事態になったから」

フェイスも自分の腕時計を見た。「ということは、あと二時間ちょっとでみんながそろうんですね?」

「午前四時にメッセージ板を読んでいなければね」ブランソンはニックに尋ねた。「ノートパソコンを借りてもいい?」

ニックが言った。「ぼくのオフィスにあるパソコンのほうが厳重ですよ」ビッグ・ホワイティのファイルを抱え、フェイスに言った。「手はじめに、こいつからやるよ」

ブランソンがニックとドアへ向かったが、出ていく前に立ち止まった。「あなたたちの時間を無駄にしてごめんなさい。わたしはいつも、自分に必要なだけ強情に振る舞うけれど、必要以上にそうならないようにしているつもりなの」

ウィルはうなずいたが、フェイスはまったく許す気がないようだった。ブランソンが出ていくのを待ち、フーッと息を吐いた。

「どう思う？」ウィルは尋ねた。

「トニー・デルは、あたしたちが思っていたよりビッグ・ホワイティに近いみたいね」ウィルはうなずいたが、そういうことを訊きたかったのではないと、ふたりともわかっていた。

「ビッグ・ホワイティがだれにせよ、すごい天才ね」フェイスは賞賛の気持ちを声に出さずにいられないようだった。「フィドル奏者がフィドルを扱うみたいに、人を思いのままに操る」

「あの家にいた男ふたりだけど」ウィルは何度か咳払いしてつづけた。「トニーがふたりの喉を掻き切るのが目に浮かぶよ。そのあと三人目の男を手斧で殺した。あいつは人殺しだ。自分の手を汚すのが好きなんだ。三人を殺して、地下室のドアにかんぬきをかけて、シド・ウォラーを閉じこめた。そして、ゆうゆうと逃げたんだ」

「トニー・デルはレナに情報を流していた。強制捜査が行われることも知っていた」フェイスは、ウィルの咳の発作が収まるのを待った。「デルはビッグ・ホワイティではないと、いまでも考えてる？」

ウィルはむせながら水を飲んだ。「どう考えたらいいのか、もはやわからなくなった。トニーは抜き身の剣みたいなやつなんだ」また咳が出た。「それに、妹との関係も変だし。義理の妹だけど。でも、トニーが男の子と一緒にいるところは想像できない。甥っ子と一緒の部屋にいるのもいやそうだった」

「人間のやることはわからないよ」フェイスが言った。「義理の妹はなにか知ってると思う？」

ウィルは肩をすくめて返事を省略した。カイラ・マーティンにしゃべらせる方法を考えなければならない。ほかに選択肢はない。

フェイスは画面に映った粒子の粗い写真を眺めた。「かわいそうに。まだ七歳にもならないでしょうに」

ウィルは画面を見たくなかったが、いったんそちらを向いてしまうと、目をそらすことができなくなった。この子がまだ生きているのが信じられなかった。あの暗く湿った穴で、どうやって生き延びてきたのだろう？　あそこにいるあいだに、どんな目にあったのだろう？

「サラに電話するね」フェイスは携帯電話を取り出して、サラの番号にかけた。

ウィルは、口をあけて無駄だと言おうとした。声が出なかったのは、喉が痛むせいではなかった。少年が話さないのは、話すことがないからだと気づいたのだ。

　写真の表情がすべてを語っている。少年は、二度と元に戻れない。以前のように、ぐっすり眠ったり、自由に遊んだりすることはできないだろう。ボールを追いかけたり、凧を揚げたり、母親が食事の支度をするのを手伝ったり――なにをしていても、絶えず危険を確認せずにいられない。いや、両親のもとへ帰りたがらないかもしれない。両親も息子がわからないかもしれない。少年をひと目見て、この傷ついた生き物はだれなのだ、本物の息子になにをしたのだと尋ねるかもしれない。画面に映った粒子の粗い写真に、すべてがとらえられている――恐怖、孤独、のしかかってくる屈辱。

　マリー・ソーレンセンも同じ顔をしていた。彼女はさらわれた。虐待された。そして、捨てられた。自宅に帰っても安心できなかった。あげく、ほんとうに自分にしかできない唯一の決断をくだした。

　ウィルは彼女を責められなかった。

　このような恐怖を入れておくことができるほど大きな箱は存在しない。マリー・ソーレンセンは生き延びたものの、死を願った。この少年が同じことを願っても、だれが責められるだろう？

「電話に出ない」フェイスは電話を切った。「病院にいるのかな？」

　ウィルは答えなかった。

サラはもう、終わらせたのだ。それだけはたしかだ。けれど、一緒にいたのは短いあいだだったが、サラはウィルを変えた。ウィルのなかの獣を手なずけた。サラのおかげで安心できた。完全な人間になった気がした。あのファイルの部屋を完全に閉鎖できたわけではないが、遠ざかったような感じがする――だれかほかの人の記憶、ほかの人の過去のように。

サラにそう言わなければならない。なぜサラがこんなに必要なのか、説明しなければ。

「捜すよ」ウィルはフェイスに言った。

この少年に話をさせることのできる人間がいるとしたら、それはサラ・リントンだけだ。

13

「サラ？」

うるさい音から離れようと、サラはベッドで寝返りを打った。ゆうべは普通に眠りについたというよりも、むしろ疲れで気絶した。

「サラ？」ネルが言った。「サラ？」

夢も見ないほどの深い眠りから、サラはゆっくりと浮上し、目を覚ました。両目を手で覆う。「いま何時？」

「四時半をちょっと過ぎたところ」

サラは手をおろした。ネルを見あげる。ここはホテルの部屋だった。ゆうべウィルとあんなことになり、アトランタまで車を運転する気力が残っていなかった。「ジャレドはどう？」

ネルは奇妙な笑みを浮かべた。「ポッサムからさっき電話があったの。もうすぐあの子を起こすかもしれないって。あたしは病院へ行く準備をしていた」

サラは無理やり体を起こした。痛んでは困るところがあちこち痛かった。

「わたしも行く」

「ドアをあけてあげて。男の人が、話があるって待ってる」

サラはようやくネルの言葉の意味を理解した。メイコンでいまこの瞬間に話をしたいという男はひとりしかいない。自分が彼と話したいのかどうかわからなかった。それでも、指で髪を梳（と）かしてドアへ向かった。

そして、ウィルの姿を見てあんぐりと口をあけた。

一瞬、ウィルの顔のけがは自分がやったのだと思った。

そしてすぐに、彼は殴られたのだと気づいた。

「どうしたの？」サラは手をのばしたが、無傷の部分がどこにもなく、触れることができなかった。両目の血管すら破れている。「首を絞められたのね？」

ウィルは唾を呑みこんだ。痛そうに顔をしかめた。声がしわがれていた。「アマンダに頼まれて来た」

サラはかろうじて彼の言っていることを聞き取った。「入って」

ウィルは動かなかった。サラは彼の腕をつかみ、部屋へ引き入れた。

「ネル、この人はわたしの友達」詳しいことを省いたのは、ウィルが潜入捜査中だからであって、それ以外の理由はないと、自分に思いこませた。「アトランタに住んでるの」

「会えてよかった」ネルはバッグに手を突っこんだが、その目はウィルの腕を握っている
サラの手に向けられていた。

ネルが言った。「よかったじゃない、サラ。あたしもうれしいわ」カードキーを掲げた。

サラは手を離した。

「あたしは病院に行くから」

出ていく前に、ネルはウィルに会釈した。ドアがひとりでに閉まり、金属の枠にぶつか
って大きな音をたてた。

ネルを追いかけてもしかたがない。サラはウィルに尋ねた。「どうしたの？」

ウィルは無理やり声を出すためか、喉に指を当てた。「一時間しかない」

サラはぽかんと彼を見つめた。「なんの話？」

「ぼくに会いたくないのはわかってる」ウィルは咳きこんだ。話すだけでも大変なのだ。

「アマンダに頼まれて――」また咳きこんだ。そしてまた。顔が紅潮しはじめた。

「座って」サラはまだ腹を立てていたが、目の前でウィルに卒倒されてはたまらない。小
さな冷蔵庫から、テネシーウィスキーのミニボトルを出した。「半分飲んで」

ウィルは腰をおろしたが、ボトルは受け取らなかった。アルコールが大嫌いなのだ。

「酔っ払ったりしないから」サラは言った。それでも彼は手を出さない。

サラは彼の顔にボトルを突きつけた。「薬だと思って飲んで。喉の感覚が麻痺するから」

ウィルは渋々ボトルを受け取った。キャップをあける。中身を飲む前に、においを嗅いだ。そして、鼻に皺を寄せた。ラベルを見つめる。彼には流れるような書体は読めないと、サラは知っているのに。

「ウィル、さっさと飲んじゃって」

思ったより声が尖ってしまったが、効き目はあった。

ウィルは一口飲んでむせた。

「なんだこれ！」苦しそうに、胸の奥から咳をした。目が潤んでいる。犬のようにぶるぶると首を振った。

サラは思わずウィルをさすってやりたくなり、腕組みをしてこらえた。ゆうべは疲労困憊して眠ることしか考えられなかったが、いま急になにもかも思い出した。ウィルのことは心配だったが、怒りはそれにも勝っていた。

ウィルはさらに何度か咳きこんだ。キャップを閉めてボトルをゴミ箱に投げこんだ。

「さて、なにがあったのか話せる？」

ウィルはまばたきして涙を払った。「アマンダに――」

「スウィートハート、あと一度でもその名前を言ったら、あなたかわたしのどちらかがここを出ていくことになる。でも、それはわたしじゃない」

ウィルが歯を食いしばった。

負けるつもりはない。「本気よ、ウィル。ぼこぼこに顔を腫らしてここへ来た。その切り傷は縫わなくちゃ。耳にも血がこびりついてる。ＭＲＩで検査したほうがいい。でも、わたしにはなにごともなかったふりをしなきゃいけない。自分には子ども時代などなかった、全身のその傷もない、みたいなふりをして――」その先はつづかなかった。あげればきりがない。「話して、ウィル。わたしは強情な人ならなんとか相手にできるけど、黙りこむ人にはもう耐えられない」

案の定、ウィルは押し黙った。片方の足首をもう片方の膝にのせた。サラにはブーツの底が見えた。かかとにキャッツポウのロゴがあった。

サラは思わず目を閉じ、自分を抑えた。十まで数え、二十まで数え、ようやくウィルに目を戻すことができた。「ウィル、あなたがなにも話してくれないことが、そもそもわたしたちがこんなことになる原因でしょう」

ウィルは唾を呑みこんだ。アルコールが効いたようだ。今度は顔をしかめなかった。

「悪かった」

サラはまるで校長先生だと思いながらも、訊き返さずにいられなかった。「なにが悪かったの？」

ウィルはブーツのステッチをいじった。「きみを追いかけたりして。きみを――」口をつぐんだ。「捕まえたあと、あんなことをして」

思い出すと、頬が熱くなった。

「つい自分を抑えきれなかった」

彼ひとりに責めを負わせるわけにはいかない。「わたしたちどっちもそうだったでしょう」

「きみを傷つけた」

「わたしはアーミッシュじゃないのよ、ウィル。荒っぽいセックスなら経験がある」

ウィルのぎょっとした顔から、べつのことを想像しているのがわかった。

「わたしはやめてと言わなかったでしょう」こんなに明白なことなのに、この人はなぜ勘違いするのだろう。「わたしはあなたを怖がってはいなかった。怒ってたの。あなたを傷つけたかった。でも、怖がってはいなかった」

ウィルの目が光った。それがウィスキーのせいなのか、サラにはわからなかった。

「ウィル、わたしはあなたに腹を立てていた――いまでもそうだけど。それは、あなたがわたしをだましたから。一度だけじゃない、何度も。どうやら、ゆうべはあなたも大変な目にあったみたいね。わたしたちはおたがいにそれをぶつけて憂さを晴らした。ときどき大人がしてしまうことよ。でも、知っておいて。めちゃくちゃにわたしをファックしても、状況は変わらない」

ウィルはまだ狼狽していた。自分を非難する気持ちがあふれそうな声で言った。「きみにそんなことをしたかったんじゃないのに」

「ベイビー――」その言葉は、自然に口から出ていた。サラは、その言葉がウィルにもたらす効果を見て取り、ゆうべは最悪だったけれど、別れたあとに彼はもっとつらい思いをしたのだと悟った。

「サラはベッドの端に腰掛けた。「お願いだから、話して」

ウィルはサラのほうを見ようとしなかった。身を屈めて膝に肘をのせた。彼の顎に力が入ったり抜けたりするのが見えた。こめかみに、暗紅色の線が縦横に走っていた。網目模様ということは、だれかに蹴られたのかもしれない。

「自分のためにここへ来たんじゃないんだ」ウィルが言った。

「だれのため？」

ウィルは両手を握り合わせた。じっと床を見おろしている。しばらくして、ようやく口を開いたが、声はかろうじて聞き取れる程度だった。「自分が消えそうな気がする」

よりによって、これほど意表を突く言葉はない。サラは返事に詰まった。

ウィルも返事を求めていないようだった。また彼の顎が動いた。ウィルが全身全霊で話すのをやめたがっていることが伝わってきた。それでも、彼は言った。「ぼくはずっと見えない存在だった。学校でも。ホームでも。職場でも。仕事はする。家に帰る。翌朝起きて、また仕事へ行って帰る」両手をますますきつく握り合わせた。数秒後、彼はなんとか話を再開した。「きみがそれを変えた。きみがいるから、朝起きようと思える。きみがいるから、きみのもとへ帰ろうと思える」ついにサラと目を合わせた。「ちゃんとぼくを見てくれたのは、きみがはじめてだった」

サラはあいかわらず声が出なかったが、それは心を激しく動かされたせいだった。ウィルの寂しさに、サラは引き裂かれていた。

「きみと出会う前には、もう戻れない」ウィルの声はしわがれていた。「戻れない」戻すものか。怒りは指のあいだをすり抜ける砂のように引いていった。サラはウィルの頬をそっと手で包んだ。この男を知っている。彼の心を知っている。ウィルはわざとサラを傷つけたのではなかった。愚かで頑固だけれど、邪悪なところはない。そしてサラも、レナ・アダムズが思っているような女ではない。完璧を求めたりしない。だれも達成できないような高い水準を求めたりしない。

人生ではじめて愛した人はもういない。ふたり目の人まで失うわけにはいかない。

「わかった」サラはウィルの首筋に手を当てた。「わたしたちは大丈夫」

ごまかされているのではないかと言わんばかりに、ウィルの目がサラの顔を探った。

「ほんとうに？」

サラはうなずいた。

ウィルもうなずいたが、それは自分を納得させるためのように見えた。「傷つけてごめん。ぼくが悪かった」

「お願いだからもう謝らないで」サラはふたりの距離を詰めた。彼の肩に両腕をまわした。

「わたしはあなたのガールフレンドでしょう。隠しごとをしたからというだけではこんなに怒らない。わたしを信頼してくれないから怒ったの。わたしにはわからない話かもしれないし、同意もできないかもしれない。でも信頼して、ほんとうのことを話して」

「きみは正しいよ」ウィルはサラを抱き寄せた。彼の指が髪を梳く。サラは頭のてっぺんに彼の唇を感じた。「約束してほしいことがあるんだ」

サラは体を引き、ウィルの目を見た。「言ってみて」

「二度と別れないと約束してくれないか」

サラは笑いだしたが、ウィルの真剣な顔つきを見て黙った。

「ぼくは約束する。ぼくはきみから離れない」こんなに自信たっぷりのウィルは、サラは見たことがなかった。「出ていけと言われても出ていかない。きみの家の外に車を駐めて、そこで眠る。職場にもついていく。ジムにも。食事に行けば、隣の席に座る。映画に行けば、後ろの席に座る」

サラは眉根が寄るのを感じた。「ストーカーになるつもり？」

ウィルは、これで決まりだと言わんばかりに肩をすくめた。「きみを愛しているからね」

サラはとうとう笑ってしまった。「そういう言葉はそういうふうに言うもんじゃないわ」

「きみを愛している」

深い水の底へ飛びこむ前に息を吸うように、返事は自然に出てきた。「わたしもあなたを愛してる」

ウィルは身を乗り出したが、キスはしなかった。力強い言葉とは裏腹に、許可を待っている。サラは彼の唇にできるだけ軽く口づけした。慎ましいキスだったが、それで充分だ。

「ぼくたちは大丈夫だ」

サラはうなずいた。「ええ、大丈夫」

ウィルはサラの手を両手で包んだ。指の一本一本にキスをする。それから、手を裏返して腕時計を見た。「もう行かなくちゃ」

「どこへ?」

彼はいきなり立ちあがった。「車のなかで説明するよ。レナがあるものを発見した」

「宝くじの当選券?」

「違う」ウィルはサラが立ちあがるのを手伝った。「男の子だ」

サラはＢＭＷをガレージの空きスペースに入れた。金属のガレージのなかには、二台の車が先に駐まっていた。そこから数メートル離れたところに、広い平屋があった。馬を飼育する農場だ。赤い納屋のそばに、数頭の雌馬と一頭の子馬がいた。太陽は地平線からのぼりはじめたばかりだった。馬たちは静かに草を食みながら、ガレージの扉が閉まるのを見ていた。

そばに駐まっている黒いサバーバンには見覚えがあった。Gライド、つまり政府支給のSUVだ。フェイスかアマンダが来ているのだろう。奥の保安官事務所パトカーは、おそらくこの農場の主のものだ。馬を飼うのは費用もかかるし、リスクも大きい。普通、アマチュアの農場主はもっと堅い仕事を探す。サラは二度、落馬したことがある。馬の農場を経営するのは、保安官補よりほんのわずかに危険度が低いだけではないかと想像した。

ウィルが車を降りた。後部ドアをあけ、座席からサラの救急バッグを取ったが、サラには渡さずに持っていた。

「こっちだ」ウィルは通用口へ歩いていった。

サラは彼のあとを追い、小さな部品が埋めている四台目の駐車スペースの脇を通り過ぎた。ウィルの手につかまり、巨大なレーキにも似たトラクターのアタッチメントをまたいだ。ウィルは必要以上にサラの手を握っていた。サラは彼の指を親指でなでながら、この二十四時間を消してもう一度やりなおせたらと思った。いや、消さないほうがいいのかもしれない。いろいろな意味で不思議だけれど、以前よりウィルに近づけた気がする。

フェイスがウィルより先にドアをあけた。サラと目を合わせようとしなかった。「すぐ見つかった？」

「GPSがまっすぐここまで案内してくれた」

「そう」フェイスはバッグに手を入れ、ジョリー・ランチャーの飴（あめ）を数個取り出した。「男の子はまだ眠ってる。できるだけ寝かせてあげたいの。ブランソンとガールフレンドと、救命士ひとりがここにいる。医師はメッセージ板を読んで、今日は来ないことにしたみたい」

「わかった」ウィルは飴を受け取り、ポケットに入れた。「病院に出勤するまであと二時間くらいある。どうする？」

ウィルがまた潜入捜査に戻るのだと思うと、サラの胸はむかついたが、その感情はしまっておいた。

フェイスが言った。「もうひとりの救命士が、いまバスでこっちに向かってる。わたしは通信指令室へ行こうとしていたところ。管理者に話をして、無線が通じなくなってもパニックにならないようにしたいの。どこまでこの話が広がるかわからないでしょう。男の子が無事にアトランタに着いたと聞くまでは、指令室に居座るから」

ウィルが尋ねた。「救急車の護衛は？　サラひとりで行かせられない」

「ブランソンがアトランタまでついていく。拳銃とショットガンも持たせる。アマンダは、あまり大げさな護衛をつけると、かえってビッグ・ホワイティに気づかれるかもしれないと思ってるの」

ウィルはサラに携帯電話を差し出した。「これで三十分ごとにフェイスに連絡してくれ」

サラはあれこれ指示されてむっとしそうになったが、我慢した。「病院用のブラックベリーを持ってきてるんだけど」

「六八九の番号の？」サラがうなずくと、ウィルは携帯電話をポケットに戻した。「ほんとうに気をつけてくれ。相手は平気で第三者を巻きこむような連中だ。無事に病院に着くまでは、三十分ごとにフェイスに連絡を入れてくれよ」

サラはそこまでする必要はないように思ったが、反論するひまはなかった。ウィルは母屋のほうへ歩いていく。見ていると、ウィルはポケットから飴を一個取り出した。包装紙をむかずに、歯で引きちぎった。

もう一度、サラはウィルを追いかけた。彼はいつもの彼に戻った――責任感を取り戻した。不格好な施設管理員の制服を着ていても、元のウィルに見える。サラは彼の流れるような軽やかな足取りと、広い肩の線を眺めた。強くて大きな、わたしだけの警官。もし自分がお飾り(トリム)だとしても、おとなしく飾られているタイプではないことはたしかだ。

フェイスがサラの隣を歩いていた。黙ったまま、庭を突っ切った。静電気が起きているかのように、ふたりのあいだはぴりぴりしていた。

サラは言った。「あなたはすごい嘘つきね」

フェイスはにやりと笑った。「まあね」

思わずサラも笑みを返した。

フェイスが尋ねた。「ウィルに聞いた?」

「全部聞いた」

フェイスは片方の眉をあげた。

「メイコンで起きたことを全部」サラは訂正した。ホテルの部屋を出てすぐに、ウィルは話しはじめた。あんなに長々と彼が話すのを聞いたことはなかった。レナから内密のメールが届いたこと、〈ティプシーズ〉の白人ギャングのこと、地下室で見つかった少年と、彼を守ろうとしたデニース・ブランソンのこと。ひとつだけ聞きたくなかったことがあるとすれば、ウィルがバイクに乗っていたことだ。けれど、サラが息を呑んでも、ウィルは口をつぐまなかった。サラは車のスピードを落とし、ウィルが急になにもかも包み隠さず話すようになったことをありがたく思い、いつか彼の人生そのものも話してくれるよう願った。子ども時代を。家族のことを。失敗した結婚生活のことも。

道路が何キロつづいても足りないだろう。

フェイスが言った。「しばらく前に、あなたはウィルのそばにいなければならないって言ったよね」

サラはそのときのことをよく覚えていた。フェイスにウィルがどんな生い立ちで育ったのか尋ねられたのだ。あのときサラは、わずかな知識を勝手に教えるのはよくないような気がした。「わかった。あなたも彼のそばにいなければだめなのね」

フェイスは安堵をあらわにしてほほえんだ。

サラは尋ねた。「医師から男の子の症状についてなにか聞いてる？」

「最初の数日は、液体栄養をとらせて、抗菌薬を投与した。でもそれだけ。医師が毎日立ち寄ったのは、男の子に日常の感覚を取り戻させて、新しい問題が起きないようにするためだった」

「たぶん、それがなによりだったのよ。どんなときも子どもには規則正しい生活が必要だもの」

「男の子はまだひどく不安定な状態なの。デニースは、拉致されているあいだにクスリを盛られていたんじゃないかと言ってる。コーラは飲まないけど、ミネラルウォーターは飲んだ。あちこちあけて、クスリを警戒しているみたい。なにかを一口かじったら、気分が悪くなるか眠くなるか様子を見て、大丈夫だったらつづきを食べる。簡単には細工できないような食べものをあげてるの。シート状のグミとか、ランチョンミートとか。それでも、細かく分解して食べてる」

サラはうなずいた。なにも言えなかったからだ。子どもがどんなひどい目にあっているか知ると、いつも胸が苦しくなる。フェイスも同じ気持ちに違いない。母屋に着くまで、ずっと黙りこくっていた。

ドアがあき、小柄なアフリカ系アメリカ人の女が出てきた。Tシャツとジーンズ姿だったが、腰に銃を携帯し、扱いにも慣れているようだった。引き締まった両腕から察するに、農場の仕事にも慣れているらしい。声は、意外なほどやわらかかった。「あなたがお医者さん?」

「ええ」

女は銃把に手をかけて脇へ退き、ふたりを母屋に入れた。

キッチンは暖かく明るかった。家主はインテリアに凝るほうではないようだが、落ち着いた木目を多用して、居心地のいい雰囲気を醸すことに成功している。サラの見たところ、テーブルの前に座っているのがデニース・ブランソンらしい。大切なものをすべて失った人間のように見えた。テーブルの前でうなだれている。そばのマグカップには紅茶が入っている。だが、ブランソンはそれを飲もうとはせず、ティーバッグの糸をつまんで、つまらなそうにぐるぐるまわしていた。

フェイスが声をかけた。「警視?」

ブランソンが顔をあげ、こわばった笑みを浮かべた。「ドクター・リントン?」

「サラと呼んでください」ブランソンに手を差し出した。「患者さんに細やかなお世話をしてくださったと聞いています」

ブランソンは、悪趣味な冗談を言われたのだろうかと思ったらしく、怪訝そうな顔をした。

　フェイスが気まずさを払い、キッチンのドアをあけた。「じゃあ、わたしは通信指令室へ行くから。準備ができたら連絡して。ウィル、電話は肌身離さずにね」

　ウィルがうなずいてから、フェイスは立ち去った。ふたりが交わした視線が、サラは気になった。

　保安官補がポケットに入れていた鍵でデッドボルトを施錠した。「それはそうと、わたしはリラ。いま男の子のそばにいるのがジャスミン。あなたがウィル？」

「そうです」ウィルはサラの救急バッグをカウンターに置き、リラと握手をした。

　保安官補は首をのばしてウィルを見あげた。「もうパートナーの方には伝えたのだけど、あなたがたには感謝してる。しばらく前からわたしたちだけでやってたから」

「もうみなさんだけじゃないです」ウィルは言った。そのとき、コンロのそばにポップタートの箱を見つけ、目を輝かせた。「一個もらってもいいかな？」

　リラは箱を取ってきた。「いくつでもどうぞ」

　ウィルは舐めていた飴を呑みこんだ。何度か咳きこんだが、それでもポップタートの箱をあけるのをやめなかった。

　リラがサラに言った。「男の子はまだ眠ってるの。食事もさせてない。クレープを作るわ。昨日はパンケーキを食べなかったの。厚すぎたんでしょうね」

「一緒に食事をするの？　食べさせるだけ？」

リラは開いた冷蔵庫の前で、肩を落としていた。「しまった。一緒に食べれば安全だとわかってもらえたのにね」かぶりを振り、卵のパックと牛乳のボトルを取り出した。「食事を運ぶだけなら、あの子を拉致していた連中と同じじゃない」

サラはリラの後ろめたさを少しでも取り除いてやりたかった。「ずっとここにいると気づかないものよ。わたしは来たばかりだから、新たな目で見ることができるだけ」

「あの子、部屋を出ようとしないの。テレビを運んであげたんだけど、音は消して、字幕を読んでる。デニースが本を持ってきたけど、さわろうとはしない。あの年頃なら、字は読めるでしょう？」

「ええ。でも、音読に慣れているのかもしれない」

「お母さんに読んであげてたのよ」ブランソンがひとりごとのように言った。

ウィルはポップタートを一袋平らげ、二袋目をあけた。「ゲームは試した？」

リラがまたうなだれた。「なぜそれを思いつかなかったんだろう？」バターをフライパンに落とした。「弟のＸｂｏｘを借りられたのに。どっちみち、いい大人だしね」

「あの子を安全に守ってる」サラは言った。「それがなによりも肝心よ」

ブランソンがまた紅茶を見おろした。リラはボウルに卵を割り入れはじめた。

サラは、このふたりの女たちはどうなるのだろうと考えた。デニース・ブランソンはおそらく処罰を受ける。ひょっとしたら起訴されるかもしれない。運命はロニー・グレイにかかっている。サラの知るかぎり、グレイは公正な人物だが、迅速な裁きをよしとしている。サラは、リラに火の粉が降りかからないことを祈った。だれかが保安官に告げ口しなければ、リラがこの件に関わっていたことは知られずにすむ。

「起きたわ」サラは、ドア口に立っている救命士の制服姿の女がジャスミンだろうと思った。友人たちと同様に小柄だが、どことなく気の強そうな感じがした。フェイスもそうだ。ポール・ヴィカリーのような体重九十キロ超の元海兵隊員を鋼鉄の棒一本で倒せると自覚していれば、相応の自信もつくだろう。

サラは言った。「男の子に会ってこようかな」

リラが炎の上でスキレットを動かした。「わたしたちも一緒に行くわ」

「全員ではないほうがいいかも」サラは慎重に言葉を選んだ。「みんな男の子によくしてくれた。きちんとお世話をしてくれた。デニース、あなたは文字どおり男の子を救った」言葉を切った。「男の子はなにがあったのかをあなたたちに話せば、嫌われるんじゃないかと感じているかもしれない」

ふたたび、リラがたちまち自分を責めた。

「わたしたち、慎重に行動したつもりで、あの子がしゃべりたくない気持ちを助長していたのね」

サラは訂正した。「そうじゃなくて、あの子が回復するために安全な環境を与えたのよ」

リラはコンロに向きなおった。少しも慰められていないようだった。

サラはウィルに言った。「一緒に来て」

その言葉に、サラ以外の全員がぎょっとした。

「直感に反しているように見えるのはわかるけど、男性がそばにいるほうが、被害者が落ち着くことがあるの。強い力に守られているように感じるのね」

リラがうなずいた。「レイプの被害者で、男性刑事に同席を求める女性もいた。いつもではないけれど」

ウィルはだれよりもためらっていた。「ほんとうにいいのか？」

「部屋に入ったら、とりあえず座っていて。まず男の子に、あなたに慣れてもらうの。七歳児は適応力があるのよ。それに好奇心が強い。いまの状況や、この先どうなるのかをきっと知りたがる」

「わたしたち、あの子にはなにも教えていないものね」リラが言った。「もう大丈夫、危なくないって言いつづけてきただけで」

ジャスミンが言った。「それがあの子には必要だったのよ、リラ。先生もそう言ったじゃない。守られてると感じさせてあげなければならなかったし。わたしたちもあの子をちゃんと守ってきた」ウィルを見た。「あなたのことはよく知らないけど。ごめんね、でもあの子は小さいし、あの子を傷つけた連中はあなたみたいな外見だったし」

無理強いするつもりはなかったが、サラは言った。「とにかく、ウィルにはいてほしいの。きっと助けになる」

緊張感がじわじわと高まった。リラが最初に沈黙を破った。「サラは、ほかのことは正しかったもの。試してみてもいいと思う。あの子が怖がったら、ウィルはすぐに出てくればいい、でしょ？」

ウィルはためらわずに答えた。「そうだ」

ブランソンとジャスミンは目を合わせた。いつもふたりの意見が一致しなければ動かないことにしているようだ。

リラが言った。「ディー、うまくいかなかったら、取りやめてべつの方法を試せばいいのよ」

ブランソンが言った。「でも、あの子はもうめちゃくちゃに傷つけられてる」

リラはスパチュラをブランソンのほうへ向けた。「だから、そろそろ専門家にまかせて、あの子を元に戻してもらうべきじゃない？」

ブランソンは両手でマグカップを包んだ。濃い紅茶を見おろす。しばらくして言った。「わかった。でも、あの子が少しでも怯えたそぶりを見せたら出ていくと約束して」

「約束するよ」ウィルは言ったが、あいかわらず室内のだれよりも気が進まないようだった。

ブランソンが立ちあがった。「わたしはドアの外にいるわ。あの子にわかるように」

「ありがとう」サラは救急バッグをカウンターから取った。

ブランソンが先に立って廊下を歩いていった。彼女が心から賛成していないことも、ウィルとサラをこの家から追い出したがっていることも、暗い地下室で男の子を救出した瞬間からしてきたように世話をつづけたがっていることも、サラにはわかっていた。彼女たちは一週間以上、子どもを守ってきた。面倒を見て、食事をさせ、守護天使のように見守ってきた。身長百九十センチの男が部屋にのこのこ入っていくのを許すのは、子どもがなによりいやがることのように思える。

最初は、子どもはいやがっていないように見えた。しかし、ウィルを見て目を丸くし、ベッドに跳びあがると、ヘッドボードに背中を押しつけた。

ブランソンが優しくなだめた。「大丈夫よ、ベイビー。この人たちは、わたしたちのお友達なの。あなたを助けに来てくれたのよ」

子どもはシーツを胸まで引きあげた。ブランソンたちは、パジャマも寝具もスパイダーマンでそろえていた。あちこちにおもちゃがちらばっていた――ミニカー、大きなトランスフォーマー、小さな町が作れるほど大量のレゴブロック。チェストには絵本が積んである。触れた形跡はなかった。だれかが地元の子ども用品の店へ行き、七歳児に買い与えるにはなにがいいのか店員に尋ねたのだろうが、この七歳児は興味がないらしい。

「おはよう」サラは部屋へ入り、できるだけ平静な声で言った。子どもを相手にするときは絶対に見くだした言葉遣いをしないように気をつけている。「医師のリントンです。こちらはトレント捜査官。おまわりさんなの。でも州のおまわりさんだから、刑事じゃなくて捜査官っていうのよ」ウィルを手招きした。「トーマス先生は、今朝は来ないの。あなたによろしく伝えてくれと頼まれたわ。よかったら、診察させてくれるかな」

子どもは動かなかったが、抵抗もしなかった。

サラは手早く視診した。トーマス医師はよくやってくれたようだ。どこから見ても、子どもは健康な七歳児に見えた。顔色もいい。体重は平均の下のあたりだろう。脱水やネグレクトの痕跡は見られなかった。顔の傷の治癒も良好だ。不安そうに縮こまっているところがなければ、この子どもが誘拐の被害者だったとは思えなかっただろう。

サラはウィルに隅の椅子を勧めた。「トレント捜査官はすごい悪者たちと戦ったの。だから、首に赤い跡があるでしょう。何週間かすれば治るわ。あなたはいままで痣ができたことはある？」

子どもはウィルをまじまじと見た。首までシーツを引きあげている。

「あと二日くらいで、トレント捜査官の痣は紫色か、もしかしたら真っ黒になるだろうな」サラは救急バッグをあけた。「そして十日くらいしたら、緑に変わるの。それから茶色になって、二週間と半分くらいたったら消えちゃう」子どもに尋ねた。「あなたも痣ができたことはあるかな？」

やはり返事はなかったが、子どもはいま、ウィルではなくサラを見ていた。

「ちょっと手首をさわるよ、いいかな？」子どもは脈を診られても平気そうにしていた。七歳だが、おそらく何十回も病院へ行っているはずだ。手順どおりの診察に慣れている。

「どうして痣ができるか知ってる？」

子どもは反応しなかったが、サラの言葉を聞いている。

「皮膚の下に血がたまるの。ちょっと気持ち悪いよね？」

じっとサラを見る。

「まあ、わたしは気持ち悪いと思うわ、医者だけどね」

子どもの視線がウィルに戻ったが、見つめるというより観察している。

サラは聴診器を出した。スペアとして常備している古いものだ。医学部に入学したとき、両親がプレゼントしてくれた。サラは聴診器の先を口元へ持っていき、吐息で温めた。子どもに指示は必要なかった。彼はサラに肺の音を聞かせるべく、ベッドの上で身を乗り出した。

子どものパジャマシャツの背中をめくる。火傷の跡があった。サラは気づかないふりをした。

「大きく息を吸って」サラは必要以上に長く音を聞いた。トーマス医師が火傷の手当てをしていたが、感染を防ぐために傷口を覆う処置はしていなかった。おそらく跡が残るだろう――ウィルの体にあるのと似たような傷跡が。

「うわあ」しばらくしてサラは言った。「あなたの肺はとても強いわ」男の子は心臓の音を聞かせるために、後ろに体を倒した。シーツをつかんだ手はウエストのあたりにあるが、目は三方向を順番に見つづけていた。ドア口にいるブランソンを見てウィルに戻り、サラの顔を見あげる。つねに周囲をうかがっている。いつでも隠れられるようにしたいのか、シーツの端から手を離さない。

「ここがジョージア州だって知ってる？　フロリダの上」

子どもは黙っていたが、知っていることは表情からわかった。

「あと少ししたら、このあいだみたいに救急車に一緒に乗るのよ。でも今度はアトランタへ行くの」サラは言葉を切った。子どもはいまじっと耳を澄ましている。「一時間半くらいかかる。アトランタに着いたら、あなたは病院に行くの。そのあいだずっと、わたしがそばにいる」

子どもはブランソンを見た。

ブランソンが言った。「ジャスミンとヴィヴィカが運転するのよ。わたしは救急車の後ろの車に乗るからね。リラもあとであなたに会いに行くわ」これは秘密よと言うように、ブランソンはほほえんだ。「言ったでしょう、わたしたちどこにも行かないからね」

ヴィヴィカとはもうひとりの救命士らしい。サラは子どもに言った。「サイレンは鳴らさないの。急ぎじゃないから。あなたは病気じゃないのよ。ちょっと疲れていて、すごく怖がっているかもしれない。お話もしないから、口のなかになにか邪魔しているものがないか、見せてもらいたいの。いい？」

子どもの目がさっとサラに戻った。自分がしゃべらない医学的な理由がサラには見つからないと知っているのだ。

「ちょっとだけ待って」ネルが忙しそうに見せたいときのように、バッグのなかをかきまわした。「舌圧子(ぜつあつし)を忘れちゃったみたい」嘘をつき、ブランソンのほうを向いた。「アイスキャンディはある？」

ブランソンはとまどっていた。「アイスキャンディ？」

「木のスティックを舌圧子のかわりに使うの。冷凍庫に入ってないかしら？」ブランソンの目をじっと見つめる。「見てきてくれる？」

ブランソンは見るからにいやがっていた。それでも、子どもに声をかけた。「わたしはキッチンにいるからね。いい？」

子どもはうなずかなかったが、ふたりのあいだに声にならない言葉が交わされたように見えた。ブランソンは、子どもの了承を得たと理解した。

　サラはふたたびバッグのなかを漁った。「わたしはデニースが大好き。トレント捜査官、あなたは？」

　ウィルは咳払いをしてから答えた。「好きだな。ここにいるのはみんないい人たちだ」

「トレント捜査官が変な声なのは、喉が痛いからなの」

　子どもはまたウィルのほうを向いた。首のまわりの痣を観察しているのだろう。

「トレント捜査官は自慢話が嫌いだけど、おもしろいジョークを知ってるのよ。そうよね？」

　ウィルは一瞬ぽかんとし、静かにあわてた。

　サラは、子どもに話しかけていたときとは口調を変えてウィルに話しかけた。「ジョークをひとつ教えてあげたらどう？」

　ウィルは途方に暮れた顔つきになった。いつもくだらないジョークばかり言っているのに。なぜいま思いつかないのか、サラにはさっぱりわからなかった。

「スポンジボブのジョークは？　最近トラブルに巻きこまれたんじゃなかった？」

　ウィルはポケットから飴を一個取り出した。不器用に包装紙をむいた。サラが助け船を出そうとしたとき、ウィルが口を開いた。「蝶って、足で味がわかるんだ」

　子どもはきょとんとした。サラも面食らった。ウィルがなにを言っているのか、まったく理解できない。

ウィルは飴を口に放りこんだ。「蝶には嚙んだりかじったりする口はないけど、蜜を吸うストローみたいなのがあるだろ。あれで食事をするんだな」咳払いする。「だけど、どれが食べられるのか、どうしてわかるのか？　蝶は葉っぱやなにかに着地すると、それが食べられるかどうかわかるんだ。味がわかる器官が足にあるからだ」

子どもの目がすっと細くなった。疑っているが、興味を惹かれている。

ウィルにもそのことがわかったようだ。椅子を少しベッドへ近づけた。「ほとんどのウミガメがお尻で息ができるって知ってた？」

子どもは興奮した表情でサラを見た。おそらく〝お尻〟のひとことのせいだ。

「ほんとうだぞ」ウィルはさらに椅子をベッドのほうへ引いた。「お尻に空気を入れる小さい袋があるんだ。だから、水中ではいつも頭をさげて、息をしたいときはお尻を水面から突き出す」

子どもはシーツから手を離していた。好奇心をあらわにしてウィルを見つめている。

「実はね、森で戦いがあったと聞いたんだ」ウィルはまた咳をした。サラはまた発作が起きませんようにと祈った。ウィルがつづけた。「昆虫対動物だ。聞いたことある？」

子どもはあいかわらず答えようとしないが、やや前のめりになっている。

サラは言った。「新聞で読んだような気がする」

「そうだろ。すごいニュースになったもんな」ウィルは子どもに尋ねた。「テレビで観なかった？」

　ほとんど目に見えないくらいの動きだったが、子どもはたしかに首を横に振った。

「ついに決戦のときが来たってことらしい。昆虫と動物だ。フットボールの試合をすることになった。勝者が永遠と一日、森の王者になる。永遠、プラスもう一日だ」ウィルは膝に肘をついた。「ほんとにこの話、聞いたことない？　すごく盛りあがったんだけど」

　今度ははっきりと子どもがかぶりを振った。

「歴史的な一戦だった。つまり、忘れられない一戦ってことだ。何年にもわたって、昆虫と動物たちは子どもたちに語って聞かせるだろうな」

　子どもはさらに身を乗り出して待っている。

「第二クォーターまでは勝負にならなかった。動物たちの圧勝だったんだ。まあ、どう見ても体格的に有利だよね」ウィルはフットボールを投げるふりをした。「次々とタッチダウンが決まる決まる。動物たちがフィールドを支配した。昆虫たちは、どうしても動物たちを止められなかった。そして、ハーフタイムになった」ウィルはすべてを止めるかのように両手をあげた。「昆虫たちはロッカールームで赤ん坊のように泣いた。このままでは負けてしまう。それがわかっていたんだ。外骨格で感じたんだな。この先一生、屈辱を背負って生きていくのか。それでも、彼らはフィールドに戻った。逃げるわけにはいかないだろ？　長年がんばってきたのに。そりゃ、無脊椎動物かもしれないけど、途中で放り出すやつらじゃない。そうだろう?」

子どもはうなずいた。ウィルの一言一句を聞き逃すまいとしている。

「さあ、第三クォーターがはじまった。突然、芋虫がフィールドに入ってきた。あの足で堂々とね。ワイドレシーバーのポジションについた——ほんとにワイドなんだ。回転の半径の大きさは想像できるだろう。さあ、コオロギがボールを投げたと思ったら、突然、シュッ——」ウィルは両手を横に振った。「——芋虫が跳んだ。ボールを抱え、フィールドをめちゃくちゃに走りまわった。タッチダウンに次ぐタッチダウン。そう、芋虫は燃えていた。ただ試合に勝ったんじゃない。スコアを稼ぎまくったんだ。試合が終わったとき、動物三十四点、昆虫二百十二点」

想像している子どもの唇が開いた。

「昆虫たちは有頂天だった。みんないっせいにフィールドに駆けこんできた。芋虫を胴上げした。担いでフィールドをまわった。信じられなかったんだ。自分たちが永遠と一日、森の王者になるんだからな。そのとき、だれかが芋虫に言った。〝前半みたいなのがずっとつづいてたら、この試合には勝てなかったぜ。いったいなにをしてたんだ?〟」ウィルは効果を狙って黙った。「芋虫はこう答えた。〝靴を履いてたんだ!〟」

子どもははっと息を呑み、一瞬間を置いて、笑い声をはじけさせた。大きく口をあけた。体をふたつに折った。笑いすぎて、小さな拳を握っている。いまの信じられる? そう尋ねるようにサラを見た。笑う演技など、サラには必要なかった。子どもの心底おかしそうな笑い声ほどかわいらしいものを聞いたのは、ほんとうに久しぶりだった。

子どもがどさりと横倒れになった。シーツのことはすっかり忘れていた。つかのま普通の子どもに戻っていた。

だが、カーテンが閉まるように笑い声が途切れた。記憶が一気に戻ってきたらしい。子どもはのろのろと体を起こし、ヘッドボードに背中をあずけた。シーツをきっちりとウエストに巻きつけた。

ウィルがジョリー・ランチャーの飴をポケットから取り出した。「ひとつ食べる？」

子どもはスイカ味を選んだ。器用に包装紙をはがした。サラはゴミを受け取ろうと手をのばした。子どもは口を尖らせて飴を吸った。なにかが変わっていた。心の壁は崩れていないが、いまでは隙間から日が差しこんでいるはずだ。

「ねえ」ウィルが言った。「ぼくの顔にこんなことをしたやつは、逮捕されたらめちゃくちゃに懲らしめられるだろうな」さりげなく脚を組んだ。「一生、刑務所に入らなくちゃいけない。デニースとリラが逮捕してくれる。もしかしたら、ほかの人かもしれないけど。警察官はたくさんいて、みんないい人たちだ。悪者が二度と人を傷つけることができないよう、捕まえて閉じこめてくれる」

子どもは口のなかで飴を転がした。飴が歯に当たるカチカチという音が聞こえた。

「悪いことをする人間はかならず捕まる。知ってた？」

子どもは答えを考えているようだった。しばらくして、かぶりを振った。

「知らなかったってこと？　それとも嘘だと思うってこと？」ウィルが尋ねた。子どもはまた首を振りかけて止めた。声を出すかわりに、二本の指を掲げた。

「そうか、嘘だと思うんだ」子どもがうなずく。

ウィルは言った。「きみがりこうな子だってことは知ってるけど、嘘じゃないよ。ぼくの仕事はそれなんだ。悪いやつらを追いかけて、牢屋に閉じこめる」

子どもはシーツを見おろした。ふたたび縫い目をいじりはじめた。

「何カ月か前に、ぼくはすごく悪いやつらを逮捕した。そいつらは小さな男の子に、警察にしゃべったら、パパとママをひどい目にあわせると脅したんだ」

子どもはさっと顔をあげた。

「悪いやつらは嘘をついていた。男の子を怖がらせようとしていただけなんだ。パパとママはずっと無事だった。ぼくはその子から話を聞いて、悪いやつらを逮捕して、その子を家に送ってあげた」ウィルはまた身を乗り出した。「ぼくの言ってること、わかるだろう？」

子どもは理解したようだが、返事はしなかった。

「なにがあったのかぼくに話してくれれば、家族のもとへ連れて帰ってあげるよ。ほんとうに、きみの家族はきみを心から待ってるんだ。きみのことばかり考えてる。悪いやつらがきみになにをしようが、家族はきみを待ってる。きみをかわいがって、安心させてあげたいと思ってる」

子どもはふたたびシーツを見おろした。涙が頬を伝った。

ウィルが言った。「ぼくに話しても大丈夫だ。きみになにがあっても、きみが悪いんじゃない。きみはまだ子どもなんだ。ママもパパもきみをほんとうに愛してる。きみに帰ってきてほしいと思ってる。ふたりが望んでるのはそれだけだ。悪いやつらがきみになにをしようが、パパとママはずっときみを愛してる」

子どもはうつむいたままだった。唇が動いた。どうすればまた声が言葉になるか、考えなければならないのだ。「ベンジャミンは？」

ウィルはちらりとサラを見た。

サラは尋ねた。「あなたの兄弟？」

子どもはうなずいた。

ウィルが言った。「きっとベンジャミンもきみを待ってるよ。喧嘩をしたり、気に食わないこともあったりするだろうけど、そんなのは問題じゃない。ベンジャミンも家できみの帰りを待ってる」

子どもはついにウィルと目を合わせた。「家にはいない」小さな声で言った。「ベンジャミンも地下室にいるんだ」

サラは心臓が止まったような気がした。感覚が麻痺して、口もきけなかった。もうひとり、小さな男の子が、あそこで恐ろしくむごい目にあっているのか。いや、最悪の場合、あそこにはいない。どこか浅い墓に横たわっているかもしれない。

ウィルも同じことを考えたようだ。傍目にもわかるほど、必死に平静を装っていた。

「ベンジャミンもきみと一緒に、あの地下室にいたの？」

子どもはこくりとうなずいた。「悪いやつが連れていった」

ウィルの冷静な仮面がはがれはじめた。声がひび割れていた。「きみの名前は？」

子どもは答えなかった。

ウィルは言った。「ゆうべ、小さな男の子に会ったんだ。その子は通っている学校の名前を知っていた。きみは自分の学校の名前を知ってるかな？」

それでも返事はない。子どもはまた怯え、よけいなことを言ったのではないかと心配している。ベッドにずるずると横たわり、頭まですっぽりとシーツをかぶった。

ウィルは口をあけたが、声が出てこなかった。あきらめたくなくても、これ以上どうすればいいのかわからないのだ。

サラは子どもの腕に触れた。子どもは震えていた。シーツ越しに泣き声が聞こえた。サラは言った。「大丈夫よ。いまはもうなにも話さなくていいからね。あなたはトレント捜査官にちゃんとお話ができて、とても勇敢だった。もう安心してもいいの。これからは、絶対に悪いことは起きないから」

デニース・ブランソンが咳払いした。ドア口に立っている。

サラは子どもに言った。「しばらくひとりになってもらうけど、いつでも呼んでね、すぐ来るから」サラは立ちあがり、ウィルについてくるよう合図した。「わたしはキッチンにいるからね。もう大丈夫だと思えるまで、お話はしなくていいからね」

サラは部屋を出たが、心の一部は子どものそばに残っているように思った。兄弟もさらわれた。なぜあの家で発見されなかったのだろう？　どこに連れ去られたのだろう？

「あとでもう一度試してみる」ウィルに言った。

ウィルは携帯電話を取り出した。スクリーンがひび割れていたが、電話自体は壊れていないようだった。フェイスに電話をかけるのだろうとサラは思ったが、ウィルは電話に向かって言った。「ウィル・トレント捜査官だ。アマンダ・ワグナー副長官の権限で全国緊急速報を頼む。行方不明のふたり兄弟、同日に姿を消している。おそらく一週間以上前。ひとり目の子どもの名前はわからないが、年齢は七歳くらい。濃い褐色の髪、瞳はブラウン。ふたり目の名前はベンジャミン」

サラが言った。「もしくはベン。ベンジーかも」

ウィルの表情は、大きな衝撃を受けたことを示していた。電話を取り落としそうになりながら、訊き返した。「いまなんて言った？」

サラは、彼が愛称を理解するのを苦手としていることを知っていた。「ベンジャミンは、ベンとかベンジーに省略されるの」

「ベンジー？」ウィルは壁に手をついた。ひどくショックを受けている。

「どうしたの？」サラは尋ねた。

「車のキーを貸してくれ」

14

ウィルはＢＭＷでリラの農場を出ると、スピードメーターの針が時速百六十キロを超すまで加速した。インターステートまではほんの数キロだ。曲がり角でもほとんど減速しなかった。タイヤが道路をすべったが、車体は安定していた。車道を横切り、インターステートに入った。どんなにスピードをあげても遅く感じた。メイコン総合病院に近い出口の横を飛ぶように過ぎた。アクセルを踏みこむと、エンジンが悲鳴をあげた。

カイラ・マーティンの自宅そばの出口に近づいたとき、ついに携帯電話が鳴った。片方の手でハンドルを操作しながら応答した。「捕まったか？」

フェイスが言った。「カイラ・マーティンの家が見つからないの」

ウィルは内心で悪態をついた。「ゆうべ彼女の家に行った巡査は？」

「ふたりとも非番。どっちも電話に出ない。寝てるんでしょ」

「だれか呼びに行かせてくれ」

「あたしがまだやってないと思う？」

ウィルはいらだちを抑えつけた。「家を見つけないとだめなんだ、フェイス。ヘリコプターを要請しろと伝えてくれ」

「あの郵便番号の地域に含まれる州道は五十キロに及ぶのよ、ウィル。道路工事業者にもゴミ収集業者にも郵便局にも中学校にも電話をかけた。パトカー三台がすでに走ってる。みんないま捜してるの」

「舗装していない道だった。トレーラーパークがあって――」

「かならず見つけるから」

「ぼくを捜すように言うんだ。たったいまメイコン総合病院のそばを通り過ぎた。もうすぐ十二番出口を出る」

フェイスがそばにいるだれかに情報を伝えるあいだ、電話の音がくぐもった。彼女はまた電話口に戻ってきた。「カイラ・マーティンは一時間半前に病院にいた。給料の小切手を受け取りに来たの。車はまだ駐車場にあるけど、本人が見つからない」

「職員の通用口は確認したか？　そこで煙草を吸ってる」

「待って」ふたたびフェイスは送話口を手でふさぎ、通信係に指示した。「いま確認してる」

「行方不明の兄弟の誘拐事件緊急速報は見つかったか？」

「該当するものがなかった」

「そんなはずはない」ウィルは言い張った。「ふたりの兄弟が同じ日に行方不明になった。なぜぼくたちの耳に入ってこなかったんだ？」

「両親による誘拐と見られたのかもよ」フェイスは言うまでもないことをつけたした。「遺体が見つかるまではニュースにならないものよ。ほんとうに、その子は嘘をついていない？　その年頃の子はよく嘘をつくわ。もうひとりの子はいとこか友達か――」

「嘘じゃない」ウィルは言った。「それに、きみだって偶然を信じないだろう。ベンジャミンはこのへんではよくある名前じゃない」

「そうね。アマンダがマウンティと話してる」カナダ騎馬警察隊のことだ。「国境の町にでも住んでいないかぎり、あっちのニュースは流れてこないからね。アマンダはふたりがカナダから連れてこられたかもしれないと考えたの」

「カナダのフランス語圏はどうだ？　マウンティの管轄からははずれる」

「その子たちはフランス語訛りがあった？」

「バイリンガルかもしれない。わからないよ、フェイス。とにかく、アマンダには思いつくかぎりの相手に電話してくれと伝えてくれ」

「いまメッセージを送る」

ウィルは黙り、フェイスが入力を終えるのを待った。頭のなかがぐるぐるまわっていた。どうしてこんなことになったのか。ベンジャミンはあのとき目の前にいたのに。助けてくれと懇願していたも同然だったのに。彼は一カ月前に連れてこられたと言っていた。ウィルは、警察によって母親から引き離されたと思っていた。嗜虐的な男に誘拐されたのではなく。

ビッグ・ホワイティに。

マリー・ソーレンセンがどんな目にあったのかは知っている。今朝、あの少年の背中に煙草の火傷の跡を見た。デニース・ブランソンはあの子を地下室から救出した。では、救出されなかった子どもはどうなったのか？　いまごろベンジャミンはどんなむごい目にあっているのか？

「よし」フェイスが言った。「アマンダにメッセージを送った。病院の職員専用通用口の前にカイラはいなかった。屋上にも階段室にもいなかった。そこからカイラの家まであとどれくらい？」

ウィルはブレーキを踏みこんだ。車が揺れた。ギアをリバースに入れる。危うく曲がり角を見過ごすところだった。「州道の本線から鋭角に折れている道だ。インターステートからだいたい十六キロくらい」インターステートをおりてすぐに走行距離計をリセットしなかった自分を内心でののしった。「道路脇が森になっていて木の枝が張り出している。曲がり角に看板があるんだ」ロゴに見覚えがあった。「トレーラーパークの看板だ。椰子の木の絵が描いてある」

「パトカーに知らせるね」

　ウィルはアクセルを踏み、未舗装の道路を走った。車が通ったあとに、赤い土埃がもうもうと立ちこめていた。サラのダッシュボードのＧＰＳのスクリーンが暗くなった。この未舗装の道の地図がないのだ。ウィルはまた自分の愚かさを呪った。スクリーンならずっと目の前にあったのに。

　フェイスに言った。「ぼくの電話を追跡して。軍用のＧＰＳなら、道路が標示されるかもしれない」

「やってみる。着いたら連絡して」

　ウィルは電話を切り、座席に置いた。だが、考えなおして尻ポケットに入れなおした。ゆうべカイラの家へ行ったときも、やけに道のりが長く感じられたものの、今朝は果てしなくつづいているように見えた。道路はどこまでものびている。三十分ほどたったように思ったころ、トレーラーパークの看板が見えた。子どもたちが庭で遊んでいた。ウィルはスピードを落とし、子どもたちのなかにベンジャミンがいないか顔を確認した。全員が見つめ返してきた。なかには家へ向かう子もいた。変な人にじろじろ見られたら逃げなさいと教えられているのだろう。

　ＢＭＷが深い轍にはまり、ハンドルが急に揺れた。ウィルはなんとかカーブを曲がったが、必要以上にハンドルを戻しすぎた。タイヤをまっすぐに戻したとたん、また大きなこぶに乗りあげ、ようやく舗装道路に入った。あの分譲地だ。空き地と未完成の住宅は、日の光の下ではますますわびしく見えた。幸い、完成した住宅群の場所はすぐにわかった。カイラの家の私道の前で急ブレーキをかけた。車はない。ウィルはBMWから飛び降りた。家の窓からなかを覗いてまわり、ガレージも確かめた。だれもいない。

ウィルはフェイスに電話をかけながら前庭の通路を走った。「着いた。車はない。家のなかもだれもいないようだ」

「ゆうべの巡査がそっちに向かってる。パトカー二台も一緒に行くから。銃を持ってないでしょう。応援を待って」

「待てないよ」ウィルは電話を切った。玄関ドアの前から少し離れ、勢いよく蹴りあけた。

「ベンジャミン？」声は家中に響いた。「ベンジャミン？」

ウィルはコート用クローゼットをあけた。奥の壁を叩き、隠しパネルがないことを確認した。次はガレージだ。未完成の空間で、金属の柱が立っているだけだ。隠れ場所はない。

キッチンはゆうべと変わりないように見えた。ウィルが料理を平らげたあとの皿が、まだテーブルに残っていた。鍋とフライパンもコンロにのったままだ。トニー・デルが飲んでいたビールの空き缶が、カウンターに重なっていた。

「ベンジャミン？」階段を一段飛ばしでのぼった。バスルームの外で止まったが、なかには入らなかった。並んでいるドアのひとつに、南京落としがついていた。頑丈そうなダイヤル式のロックがかかっている。

「ベンジャミン？」ウィルはドアを叩いた。「ゆうべ会ったミスター・ブラックだ。ぼくは警官だ。きみを助けに来た」南京落としはネジではなくボルトでとめてあった。こじあけることはできそうにない。「ベンジャミン、奥に行ってくれ。いまからドアを壊す」

ウィルは数秒待ち、片方の足をあげてドアを蹴った。ロックが木のドアにぶつかった。もう一度蹴る。ドアの脇柱がめりめりと裂けはじめた。また片足をあげて蹴りつけた。さらにもう一度。度重なる打撃に、とうとう脇柱が大きく裂けた。ドアがバタンと向こう側にあいた。ノブが脇の壁板にめりこんだ。

ベンジャミンは鎖でつながれていた。隅に座り、壁に背中を押し当てていた。見るからに怯えている。

「大丈夫だ」ウィルは声をかけた。「ぼくは警察官だ。きみを助けに来た」

ベンジャミンは反応しなかった。ウィルはすばやく状況を見て取った。子どもは手錠で足首を鎖につながれていた。鎖の端は、床に固定した円環状のフックにつながっていた。フックを固定しているネジをはずせなくするためだろう、だれかがネジを瞬間接着剤で固めていた。おそらくトニーだ。いかにも彼がやりそうな中途半端な仕事だ。ベンジャミンがトイレに行けないことを考えるべきだった。木の板は尿でやわらかくなっていた。引っ張ると、フックは簡単に抜けた。

そのとき、車のドアが閉まる音がした。ウィルは正面の窓に駆け寄った。ポール・ヴィカリーが白いホンダから降りてきた。拳銃を持っている。

「くそっ」ウィルはつぶやいた。ポールが関与していると、どうしてもっと早く気づかなかったのか。

携帯電話を取り出し、ベンジャミンに尋ねた。「テキストメッセージの送り方はわかるか？」

ベンジャミンは恐怖に目を見開いたままうなずいた。

「ぼくのパートナーにメッセージを送ってくれ」スクリーンをスワイプした。アプリを選び、フェイスの電話番号を選択して、ベンジャミンに電話を渡した。「きみの名前を入力して。カイラの家に隠れている。急いでと打ってくれ」ベンジャミンを抱きあげ、部屋を出る。廊下に屋根裏へのぼるハッチがあった。階段のいちばん上に立ったときに気づいていた。ベンジャミンを高く抱きあげた。子どもは指示しなくてもどうすればいいのか知っていた。ハッチを押しあげ、屋根裏へ這いこんだ。

「音をたてちゃだめだ。見つかったら、どこへ連れていかれてもその電話をずっと持ってるんだ。持っていれば、かならず捜し出す。ポケットに入れておくといい。なくすんじゃないぞ」

ベンジャミンは足首に巻かれた鎖を引っ張りあげた。ハッチがおりたと同時に、玄関のドアが騒々しい音をたててあいた。

ウィルは全速力で階段を駆けおりた。ポール・ヴィカリーには二度襲われたが、どちらのときも不意をつかれた。今回はウィルのほうが有利だ。それに、ポールがいかに乱暴なやつとはいえ、訓練された警官であることに変わりはない。彼は、ウィル自身がいましがたしたとおりのことをするはずだ。まずコート用クローゼットのチェック。それからガレージ。次にキッチン。

ポールがキッチンから出てきた瞬間を狙い、ウィルは階段から飛び出した。ポールの口があいた。だが、悲鳴をあげる時間はなかった。ウィルはポールに体当たりして押し倒した。ポールの拳銃が床をすべっていった。拳で彼の顔を殴りつけた。こんなひどい状況でも、ポールの鼻がパンクしたタイヤのように潰れた瞬間、ウィルは復讐に成功したよろこびを噛みしめずにいられなかった。

もう一発殴ろうと拳を引いたが、ポールは動かなかった。体格自慢の男の例に漏れず、彼もガラスの顎の持ち主だった。たった一発で気を失っていた。ウィルはひどくがっかりして、かかとに体重をかけてしゃがんだ。

「なにやってるの、バド」カイラ・マーティンが、壊れた玄関ドアの前に立っていた。テーザー銃をウィルの胸に向けていた。

M26Cは圧縮窒素カートリッジで棘(とげ)つきの小さな電極二個を五メートル先まで飛ばす。電極には絶縁電線がつながっている。電線は八個の単三型乾電池とつながり、五万ボルトの電流を流す。神経と筋肉が完全に動かなくなる強さだ。

ウィルはポールの拳銃に飛びついたが、窒素ガスの威力に勝てるほどすばやくはなかった。電極がうなじに刺さった。

床に倒れたときには、気を失っていた。

15

強制捜査五日前

レナは、ベネディクト医師の診察室の検診台で仰向けになった。頭はあがっているが、両脚は検診台の端からぶらさがっていて落ち着かない。紙のガウンがずりあがりそうになるのを引っ張りおろした。無駄だった。妊娠したら慎みなど気にしていられないということが、早くもわかりかけていた。これから妥協しなければならないことはたくさんあるが、まずはこれだ。すでに体がなにかに乗っ取られている感覚はあった。トイレに行く回数が増えた。息をする回数すら増えた。けれど、侵害されたというよりは、いままでより幸せを感じている。

「入ってもいい？」ジャレドがドアの隙間から顔を覗かせた。レナを見て、低く口笛を吹きながら近づいてきた。「ここでやったら楽しそうだな」

あきれたように両目を上に向けてみせたが、ジャレドがそんなことを言うのを聞くと、奇妙にぞくぞくした。そして彼は最近、そういう言葉をよく口にする。

「なんて言って抜けてきたの？」

「ひとりの時間がほしいって。おれ、浮気してると思われてる」

レナはジャレドの腕をぴしゃりと叩いた。「それ、笑えない」

ジャレドはおかしそうに笑いながら室内を見まわした。「これ全部、なんの機械だろう？」

「さあ」レナは言ったが、超音波の機械はわかる。見ただけで緊張してくる。もし異常があったらどうすればいいのだろう。心拍がないとか。脳が頭の外にあるとか。インターネットには恐ろしい話がいくらでもある。ゆうべはパソコンを消して、バスルームで吐いた。

ジャレドが検診台の膝受けの片方を外側へ向けた。「こういう椅子って〈コストコ〉に売ってないかな？」

「気持ち悪いこと言わないでくれる？」レナはかかとで膝受けを元に戻した。「これから八カ月、つつかれたり突っこまれたりしなきゃならないっていうのに」

「七カ月半だ」ジャレドはプラスチックの子宮の模型を手に取った。両手のなかでばらばらになった。「やばい、赤ん坊が台の下に入っちまった」

レナは、ジャレドが両手両膝をついてプラスチックの胎児を拾うのを見ていた。尻が高くあがっている。制服のズボンがぴったりと張りついているさまは、悪い光景ではなかった。ふたりはほぼ毎朝、一緒にジムへ行く。ときどき、レナはジャレドがスクワットしているのを眺めながらトレッドミルで走る。

「あった」ジャレドは立ちあがり、人差し指と親指で爪楊枝のように胎児をつまんだ。

「大丈夫？　顔が赤いよ」

レナは頬に手を当てた。話を変えた。「昨日、店で妊婦さんを見たの。レジ係が、その人のおなかを犬みたいにぽんぽん叩いてた。そして、こう言ったの。〝がんばったのね、お母さん〟って。なんだか妊娠するのが特殊技術みたい」

ジャレドがにやりと笑った。「みんな、おれの股間を叩いてがんばったって言ってくれるのかな？」

「わたしのグロックをそいつらの尻に突っこんでやる」

ジャレドは笑い、プラスチックの胎児を子宮に戻して、パーツをはめた。「生まれるときは母さんも来るけど」

そのことは話したくなかった。今日は幸せな日であってほしい。

「あらかじめ言っておきたかっただけだよ」ジャレドが言った。「おれも母さんに来てほしい」

「わたしに選択権はないの？」

「きみのむさ苦しいおじさんも来るだろ」

「ハンクはモーテルに泊まって翌日帰るくらいの気配りはできるわ」

これにはジャレドも反論できなかった。ふたりが結婚して以来、ハンクは何度か訪ねてきた。長居して嫌われないようにいつも気をつけていた。

「いまからこんな話をするのは縁起が悪いし」レナはつけたさずにいられなかった。「子ども部屋の壁を塗るとか。ベビーベッドを見るとか。あと何週間か待ったほうがいい」

ジャレドはごとんと音をたてて子宮をカウンターに置いた。

「それに、家をリフォームするなら、まずキッチンを終わらせてよ」

「生まれるまでには終わるよ」

「終わればいいけど」口論になりそうな気がしたので、レナはぐっとこらえた。今日を台無しにしたくなかった。この一週間、ジャレドははじめて赤ん坊と対面するときの話ばかりしていた。彼のせいで今日がだめになったりしたらいやだ。

レナは尋ねた。「いつも遅れないのに。どうしたの?」

「グレイ署長の息子さんの墓石ができたんだ。何人かお参りに行ってきた」

「そう」レナのなかで、グレイを気の毒に思う気持ちがふくらんだ。彼の息子は長患いの末に亡くなった。グレイは、打つ手がないとわかったあとも治療をつづけることにこだわった。息子はICUで何台もの機械につながれて、最期のときを迎えた。

ジャレドが言った。「おれがあんなことになったら、機械のコンセントを引っこ抜くと約束してくれ」

「いますぐ抜いてあげる」

「まじめな話なんだ。あんなふうに苦しみを長引かせないでくれ。小便を袋のなかにして。赤ん坊みたいにべたべたさわられて。昏睡状態の人間にさわってても、なんの意味もないじゃないか。本人はさわってほしくないかもしれないし。でもやめてくれと言えない。自分のなかに閉じこめられたままだ。考えるとぞっとする」ジャレドは身震いした。「あと、母さんがおれにパジャマを着せたがっても阻止してくれ。わかるだろ、母さんのことは」

レナは唇がわななきはじめるのを感じた。

ジャレドは不思議そうにレナを見た。「泣いてるの？」

「ええ、泣いてる、ばか」レナは手の甲で目を拭った。「わたしのおなかにあなたの赤ちゃんがいるのに、なんで病院で死ぬ話なんかするのよ」

「悪かったよ」ジャレドはぼそりと言った。カウンターからティッシュの箱を取った。一枚しか残っていなかったティッシュをレナに渡した。「そんなに泣くなよ、先生が来るのに。おれがきみを殴ったとか思われるだろ」

レナは鼻をかんだ。「べつの話をして」

ジャレドはあっさりと話題を見つけた。「強制捜査の準備はどんな感じ？」

レディング・ストリートの麻薬密売所の強制捜査をネタに、ジャレドは賭けをしていた。

大勝負に出た博打打ち（ばくちう）のように、捜査の状況をつぶさに追っていた。

「どんな感じって、もう大変なことになってる」レナは汚れたティッシュで目を拭いた。

「もっとティッシュを持ってきて」

ジャレドはドアをあけて大声で言った。「看護師さん。ティッシュください」開いたドア口で看護師を待ちながらレナに尋ねた。「ウォラーを売ろうってやつはいないのか？」

「いると思う？」レナはまた鼻を拭いた。「この調子じゃ、デニースは脳卒中を起こしそう。これがビッグ・ホワイティを捕まえる第一歩になると思いこんでるもの」

ジャレドは両目を天に向けた。彼はブランソンが好きだが、マリー・ソーレンセンのような家出少女はいくらでもいる。ブランソンはブギーマンのビッグ・ホワイティが実在するふりをして罪悪感をやわらげているだけだというのが、ジャレドの考えだ。

レナは友人の肩を持ちたくなった。「実在してもおかしくない。デニースは、フロリダで盗聴された会話のなかにホワイティの名前が出てきたのを発見したんだから」

ジャレドがありえないというようにかぶりを振るのを見て、レナは彼をぴしゃりと叩いてやりたくなった。「今回は、おれはグレイが正しいと思う。袋小路だよ」

「シド・ウォラーが鍵よ」レナは言い募ったが、最近、おなかの子がハイスクールを卒業するころになっても、ウォラーはあいかわらず大きな顔で歩きまわっているのではないかという気がしてきている。「あいつだって刑務所にぶちこんでやれば、すぐに口を割る」

「口を割る前に、ビッグ・ホワイティがウォラーを始末するよ。違うか？」

　レナはぎろりとジャレドをにらんだ。まったくいまいましい。

　ジャレドが言った。「どっちにしても、シド・ウォラーが死ねば、グレイ署長はビッグ・ホワイティの件からさっさと手を引く。いまの署長にとっては危険すぎる。息子さんが亡くなったときも、すっかりだめになったじゃないか」

「たしかに」レナはジャレドに同調した。「ロニー・グレイは、長い警官生活ではじめて退却することになる」

　看護師がジャレドに新しいティッシュの箱を渡した。ジャレドは看護師に「ありがとう」と言い、くるりとレナに向きなおった。「もしかしたら、グレイがビッグ・ホワイティだったりして。そう思ったことはないか？」ドアが閉まった。ジャレドはレナに向かってにやりと笑った。「だったらすごくないか？　ほんとうはグレイ署長がドラッグと児童売春の帝王だったとか」

「つまらない話はやめて」レナはティッシュを取り、できるだけ大きな音をたてて鼻をかんだ。いまいましいことに、ジャレドのばかばかしい思いつきは、実のところ妙に筋が通っている。グレイはフロリダの出身だ。現役の警官として、また法執行機関の顧問として、長年サヴァンナを含む海岸地帯の町を転々とした。メイコンでさまざまな異変が起きはじめた時期は、たまたまグレイが赴任してきた時期と重なる。ブランソンの考えているとおり署内にスパイがいるなら、そのスパイはなにもかも知っている人間だということになる。そうだとすれば、警察署長は最高の隠れ蓑ではないか？

そうかといって、夫の口から転がり出た素っ頓狂な仮説を鵜呑みにする女は救いがたい愚か者ではないか？　ジャレドは二分前にビッグ・ホワイティなど存在しないと言ったばかりだ。先週は、フォートノックスから国が所有する金塊がごっそり盗まれたと、だれかに聞いたと話していた。なのに、なぜいまは彼の話をまじめに聞いているのだろう？

レナはかぶりを振った。頭がおかしくなりかけているからではなく、妊婦のホルモンのせいだと思いたかった。

「なぜ首を振ってるんだ？」

返事をしてもしかたがないので、レナは聞き流した。「強制捜査が失敗するんじゃないかと思って気が気じゃないの。デニースもわたしも失敗したらあとがない。署長は許してくれないし忘れてもくれないでしょ」

ジャレドは口調をやわらげた。「ねえ、きっとなんとかなるよ」レナがまた鼻をかむあいだ、彼は黙って待った。「いつもなんとかなるじゃないか。きみはいい警官だよ。頭がいいし、すごいがんばり屋だし、決してあきらめない。きみならできる」

レナは我慢できなかった。ジャレドのまなざしに、また泣きたくなった。彼の手に手をすべりこませた。ジャレドは腕をこわばらせたが、手を引いたりはしなかった。彼は愛情表現に慣れていない。母親が冷淡だからだ。ネルが息子夫婦に触れることはまずない。もちろん、レナも普段べたべたするタイプではない。それなのに、なぜ最近はジャレドに触れることだけがささくれた神経をなだめてくれるのか。こんなことは、ベネディクト医師には訊けない。インターネットで調べてみたが、ネット上にいる妊婦のほとんどは夫を憎んでいるように見えた。それに、妊娠についていくつかの言葉で検索すると、心底気持ちの悪いポルノサイトが大量にヒットする。

ジャレドが尋ねた。「大丈夫か？」

レナは唇を嚙み、心のなかでこれ以上泣くなと自分に言い聞かせた。

ジャレドはおずおずと言った。「おれがきみを愛してるのは知ってるよね？」

「知ってる」レナはなんとか答えた。「わたしがシーワールドの水槽で泳いでいそうなおなかになったら言ってね」

「ほかの部分も大きくなるんだったら、おれはぜんぜんかまわないけど」

レナは両目を上に向けた。そのとき、ドアがあいたので、レナはあわてて手を引いた。

ベネディクト医師がシンクへ手を洗いに行った。「待たせて申し訳ない」

ジャレドがレナにウィンクした。ベネディクト医師の第一声はいつもこれだ。たぶんベッドでも妻にそう言うのではないかと、ふたりのあいだで笑いのネタになっていた。

「はい、仰向けになって」医師は検診台の伸長部分を引き出した。

かった。

レナは枕に頭をあずけて脚をのばした。ジャレドの顔を見あげた。彼はレナのひたいに手を置いた。ぎこちないしぐさだ――熱を測っているようだ――が、レナは文句を言わなかった。

ベネディクト医師が超音波の機械を作動させた。

医師がいきなり紙のガウンの裾をめくりあげた。レナはこの数日間、否定してきたものを目の当たりにした。ショーツがきつい。もうすぐ、突き出た腹の下で輪ゴムのように丸まるようになるのだ。なにか冗談を言われるのではないかと、ジャレドを見あげた。彼は笑っていなかった。まだなにも映っていないモニターを見つめていた。

ベネディクト医師がレナの腹の上でジェルのボトルを振った。「ちょっと冷たいよ」いつものように慣れた口調だった。ボトルを絞った。ジェルが出てこない。「ちょっと待って」キャスターつきの椅子に座ったまま、ドアのほうへ行った。廊下に顔を出して大声で言った。「ジェルを持ってきてくれ」

医師はまた検診台の前へ戻ってきた。とくになにも説明せず、なにかを確かめるように冷たい手でレナの腹に触れた。レナはまた、女性医師のクリニックに行くべきだっただろうかと思った。いや、かかりつけ医は女だが、診察時の気配りは野犬並みだ。

ドアがまたあいた。レナは、脚が膝受けにかかっていなくてよかったと思った。廊下は待っている人々でいっぱいだった。

「どうぞ」ティッシュを持ってきた看護師だった。医師に新しいジェルを渡した。「これ、加温器から出したばかりですよ？」

レナは、イラッとした原因はどちらだろうかと考えた――この女の語尾をあげるしゃべり方と、古いほうのボトルが温められていなかったという事実と。

ベネディクト医師は違いがわからないようだった。ボトルを振って繰り返した。「ちょっと冷たいよ」

温かいジェルが肌に当たったとたん、レナはジャレドを見あげた。彼はまたウィンクした。超音波のプローブが腹に押し当てられた。プローブのまわりで脂肪が波打つさまは、レナにはまだ直視できなかった。かわりに、モニターに映った白と黒の揺れるひだを見つめた。

こんなばかげたことをするのは人生ではじめてだ。医師が超音波検査をしなければならないことはわかるが、腹の内部を探られるのをジャレドに見られなければならない理由はない。メイコン警察の秘書のなかに、いままでもらった超音波の画像を全部額に入れて飾っている妊婦がいる。彼女のデスクのそばを通るたびに、小さいエイリアンのような奇妙な物体の成長具合がどうしても目に入る。プライバシーもなにもあったものではない。

ベネディクト医師が眉をひそめた。モニターを見つめ、プローブをレナの腹にぐっと押し当てた。

レナは恐れていたことを口にした。「なにか問題でも?」

返事がないことで、不安が十倍になった。

看護師が言った。「聞いて」機械についているダイヤルをまわした。潜水艦の映画で聞くような、ワーワーという低い音がスピーカーから聞こえてきた。

レナは、聞こえるべきものが聞こえていないのではないかと思った。その瞬間、トントントントンという速い鼓動の音が室内を満たした。

ジャレドが息を呑んだ。「これって――」レナの顔を見おろす。「心臓の鼓動だ」レナの胸に手を当てて鼓動を感じた。

「きみのと違う」

そのとおりだ。レナの心臓はいつものようにゆっくりと拍動しているが、胎児の心拍は窓ガラスを叩くハチドリの翼のようだった。

看護師が言った。「赤ちゃん、見える?」

レナはモニターを見た。ひだのなかに、小さな黒い点があった。医師が手を動かすと、点は豆に変わった。それがぴくぴくと動いているのがわかった。

「すごい」ジャレドがささやいた。「すごい」

レナも頭のなかで同じ言葉をつぶやいていた。これをわたしたちが? わたしたちがこんなに完璧なものを創ったの? レナは小さな豆から目を離すことができなかった。丸っこい小さな出っぱり、真ん中の丸みはきっとおなかになる部分だ。もうすぐこの豆には本物の腕と脚が生えて、頭には小さなかわいい目と三日月形の口ができる。

でもいまは、まだ小さくてぴくぴく動く小さな豆に過ぎない。

わたしのお豆ちゃん。

こんなに美しいものはいままで見たことがない。

ベネディクト医師が言った。「順調ですよ。六週かな。来週またこの時間に来てください」超音波の機械のボタンを押した。プリンターが動きだした。医師が立ちあがり、シンクへ行って手を洗った。「超音波映像のディスクは追ってさしあげます。写真はすぐできますよ」

ジャレドが屈みこみ、レナと目を合わせた。「最高の瞬間だ、ベイブ。いまが、きみとぼくとすべてのはじまりの瞬間だ」

レナの理性は、メロドラマみたいな台詞だと言い放っているが、心は――ジャレドの目に浮かんだ涙と間抜けな満面の笑み、そして絡み合う指の感触に、心はほろほろと砕けはじめていた。

ジャレドが言った。「なにもかも変わるんだ。おれたちいつか、老人ホームでおむつをはいて話すんだ、この瞬間からすべてが変わったって」

レナは彼の頬に手を当てた。親指で唇をなぞってから、そっと押しやった。他人の前でまた泣きだすわけにはいかない。

ジャレドが立ちあがった。レナにウィンクし、ベネディクト医師に冗談めかして言った。

「ありがとう、先生。がんばったね」

「いえ」医師は決まりきった型を逸脱するのが苦手なようだった。手を拭きながら、看護師をじっと見た。「きみはマージェリーの代わりか？」

「ええ、先生」看護師はにこやかに笑い、レナの腹のジェルを拭き取りはじめた。「前にもこちらで働かせてもらったことがあるでしょう？　カイラ・マーティンですけど？」

16

金曜日

ウィルの頭のなかで脳が焼けていた。テーザー銃で撃たれたショックで、筋肉はまだびりびりと震えていた。ただ、体はもう拳のように固まってはいなかった。丸まっていた両手と両足も開いた。膝と肘をのばせるようになった。だが、体を起こすのは困難きわまりない作業に思われた。ウィルは床に仰向けになっていた。頭上のどこかの部屋で歩きまわっているのは、カイラ・マーティンだ。いや、見えるわけではないが、おそらくそうだろう。かたわらに、縛られて猿ぐつわをはめられたポール・ヴィカリーがいた。二階にいる人物はハイヒールを履いている。

刑事のやり方。

ずきずきする頭の痛みは、テーザー銃によるものではない。テーザー銃で撃たれたのは、これがはじめてではなかった。アマンダは事故だと言ったが、あの大笑いからは、わざとだったとしか思えない。ウィルはそろそろと頭を動かした。後頭部にひりひりする部分があった。しきりにまばたきし、視界がおかしくなったのはこの二十四時間で何度目だろうと考えた。だが、それもつかのまだった。なにを考えてもつづかない。またしても、ひとつのことをじっくり考えることができなくなっている。

ベンジャミン。

頭のなかから逃げ出していかないのは、その名前だけだった。ベンジャミンが屋根裏にいる。足首にはまだ鎖がつながったままだ。あの子に、フェイスにメッセージを送るように指示してある。フェイスはなにをしているんだ？　パトカーが向かっていると言っていたのに。

ここを脱出しなければならない。カイラが逃亡する前に、警察に連絡しなければ。ポール・ヴィカリーは気を失っているが、手当てが必要だ。先ほど殴ったことだけが原因ではなさそうだ。側頭部に深い裂傷がある。どうやら、ポールが悪党側の人間だと思っていたのは勘違いだったらしい。彼がいつ負傷したのかも定かではない。

ウィルは体を起こそうとした。筋肉が反応してくれなかった。ごろりと横を向くのが精一杯だった。そのとき、自分の手首が見えた。麻紐で縛られている。結び目はきつかった。紐が肌に食いこんでいた。やはり足首も縛られていた。とりあえず、つま先の感覚がない理由はわかった。脚を動かしてみた。

なんとか起きあがろうともがいた。両足がすべり、手はつかまる場所を見つけられなかった。しばらくして、やっとのことで起きあがった。目を閉じて、吐き気がおさまるのを待った。目をあけると、また吐き気が戻ってきた。

男がソファに座っていた。グロックの銃口をウィルの頭に向けている。

ウィルは、デショーン・フランクリン刑事に会ったことはなかったが、フェイスの携帯電話で見た写真をすぐに思い出した。ラインバッカー向きの広い肩幅に、倒木のように太い脚をしている。ソファのふたり分の空間を占めていた。持っている銃がおもちゃに見えるが、警察支給のグロックの威力はウィルも承知している。

もう一度、ポール・ヴィカリーの様子を確かめた。やはり縛られている。両手足を束縛されている。だが、デショーン・フランクリンに銃を向けられる理由がわからなかった。

デショーンはグロックをおろし、膝に置いた。「ポールはあんたを助けに来たんだ」

ウィルはつい悪態を連発しそうになったが、デショーンにそれを聞かせまいとこらえた。

「ぼくのパートナーに送られたのか？」

「あんたのパートナーは、無線を聞いてる人間全員を送ったよ」デショーンはほほえんだ。

「おれが来る前にポールを殴り倒してくれてありがとよ。腕力はあれだが、こいつは悪徳警官じゃない。なぜおれがあんたたちふたりを縛らなければならないか、こいつに説明しても理解できなかっただろう」

ウィルは黙っていた。アイフォーンのGPSが機能していないとしか思えなかった。フェイスはウィルがカイラの家にいることを知っている。パトカーを送っている。GPSが機能していれば、とうに警官の集団が突入しているはずだ。

デショーンはウィルの頭のなかを読んだらしい。ウィルの希望をひとつひとつ潰していった。「みんなには、おれとポールにこの家をまかせろと言っておいた。おれたちが最後にあんたを見たのは、森へ向かう姿だということになる。警察はいまハイウェイの反対側を捜索している。警察全体が、あっちであんたを捜しているんだよ」

ウィルは両手で顔をこすった。指先が冷えているのは、手首に巻きついた麻紐のせいで血液が循環していないためだろう。「あんたはカイラに協力しているのか？」

「古い友達のためだ」

なんとなく、デショーンの顔が不本意そうになった気がした。「子どもはどこだ？」

「それはこっちが訊きたい。この家にはいないぞ。あんたのBMWにもいない」デショーンはまた歯を見せて笑った。「いい車だな。GBIはメイコン警察よりよほど給料がいいらしい」

「あんたがビッグ・ホワイティなのか？」

デショーンは心底おかしそうに声をあげて笑った。「それを言うなら、おれはビッグ・ブラッキーだろうが、間抜け野郎。おまえは色盲か？」

ウィルは答えに詰まった。「だれがビッグ・ホワイティなんだ?」

デショーンは、すぐには答えなかった。グロックを見おろし、膝の上で揺らした。「おれはビッグ・ホワイティの息子と仲がよかった。チャックとおれは一緒に育った。アカデミーも同じ年に卒業した。一緒にあちこちまわった。あいつのほうが先に警部補に昇進したが、まああることだ」

ウィルはかぶりを振り、記憶を掘り起こそうとした。

「八カ月、いや九カ月前だったか、チャックと一緒に走っていたときのことだ。突然、あいつの脚が小枝みたいに折れた。転んだわけじゃない、ただ折れたんだ」

似たような話を聞いたことがある。ウィルは言った。「白血病か?」

「だんだんわかってきただろう? チャックは家業を継ぐ予定だった。でも死んじまったからな、どうなるかわからない」

「チャック」ウィルは繰り返した。どこかで聞いた覚えがある。

「州のやつらはもっと賢いのかと思っていたがな」

ウィルは言った。「ぼくはこの二日くらいさんざんな目にあったのでね」

「聞いてるよ。さんざんなまま終わりそうだな」

二階から、なにか重いものが床にぶつかる音が聞こえた。ひらめきがおりてくる瞬間の音を思わせた。「カイラ・マーティンから、チャックという男とタミアミ・トレイルをハーレーで走ったという話を聞いた」

デショーンが頬をゆるめた。「やっぱりそれほどばかじゃなかったんだな」

ウィルは、背後に壁があることに気づいた。あとずさって壁にもたれると、楽になった。

「グレイ署長の息子が最近死んだ」昨日の朝、フェイスが話していたことを思い出した。「きみはグレイ署長じきじきに引き抜かれて、署長と一緒にメイコンに赴任したそうだな」

デショーンはなにも言わずに待っている。

ウィルは仮説を組み立てた。「グレイ署長がビッグ・ホワイティなんだな」

デショーンは否定も肯定もしなかったが、ウィルに言った。「ロニーはフロリダのジャクソンヴィルに勤務していたが、自宅はフォークストンだった。おれは妹とお袋と町の北側に住んでいた。あのへんに黒人の子どもは少なかったが、おれがチャックの家で夕食をご馳走になってるのを見ても、ロニーはまばたきひとつしなかった」

「彼に誘拐されてレイプされなくてよかったな」

銃があがった。デショーンはまたウィルの頭に銃口を向けた。

ウィルはつづけた。「あんたはずっと、グレイが小児性愛者だと知らなかったんだな」

デショーンは一瞬ウィルをにらみつけた。やっと銃をおろした。「おれにとって、あの人は本物の親父以上に父親だった」顔に憎悪がよぎった。「ロニーが子どもの話をするのは聞いたことがなかった。子どもをじろじろ見たり、話しかけたり、そういうことは一切なかった。ロニーは他人をだますのがうまいが、たぶん親しい人間をだますのもうまいんだろう」

ウィルは尋ねた。「知ったときはどういう気分だった？」

デショーンは押し黙った。

「悪徳ドラッグ商人の人殺しはたしかに最悪だ。でも、子どもをレイプするのはまったく違う範疇（はんちゅう）のことだ」デショーンもそう思っていることが、ウィルにはわかった。「越えてはいけない一線を越えているだろう？　ジャンキーが尻にクスリを突っこまれるのはしかたがない、だってそういう契約をしたのはそいつだ。でも子どもには罪がない。子どもはなんの契約もしていない」

「だから、おれは知らないと言っただろう」

「デニース・ブランソンは知っていた」

「あのばかなレズの言うことを聞くやつがいると思うか？」

ウィルは、その〝ばかなレズ〟が最初からずっと正しかったんじゃないか、とは言わなかった。

「ロニーはおれにとって神なんだ。おれたちみんなにとって。どうしてあの人が……」デショーンは、その先を言えなかった。「チャックは知る前に死んでよかった。苦しみが二重になっただろうからな」

「あんたはどうして知ったんだ?」

「あの家だ」麻薬密売所のことだ。「強制捜査の前に知り合いを行かせて、ウォラーと取り巻きたちを始末させた」

デショーンの知り合いとはトニー・デルだろう。あんなふうに熟練した殺しの腕を持つ者はほかにいない。

「その知り合いはなにを見つけたんだ?」

「予想したとおりのものだ。男三人が正面の部屋でテレビを観ていた。たやすいもんだ。知り合いは三人ともあっさり始末した。それから、ウォラーを捜しに地下室へおりていって、ウォラーじゃなくてふたりの子どもを見つけた」デショーンはかぶりを振った。ウィルは、彼が本気で混乱しているのを見て取った。「ひとりはもう死んでいた。そこに横たわっていたそうだ」

その子がリラの農場にいた少年だろう。さらに無数の苦痛を味わわされるところだったのが、死んだふりをしたおかげで免れたのだ。

デショーンがつづけた。「もうひとりは息をしていた。おれの知り合いは、そいつをカイラにあずけて世話をさせた」

カイラがどんなふうに世話をしていたか、デショーンは知っているのだろうか。「その子はビッグ・ホワイティの顔を知っているのか?」デショーンがうなずくのを見て、ウィルは、ベンジャミンがバッジを持った彼に気を許すところを思い浮かべそうになったが、その想像を打ち消した。「あんたの知り合いの話では、ウォラーは地下室にいなかったんだよな?」

「そうだ。ところが、子どもを連れて裏口から逃げようとしたとき、ウォラーが玄関から入ってくる音が聞こえた」デショーンは肩をすくめた。「ウォラーは、現金が無事か確かめるために地下室へ駆けおりた。知り合いはドアにかんぬきをかけてウォラーを閉じこめ、悠々と逃げた」

「どうして強制捜査の前にウォラーたちを殺さなければならなかったんだ?」

デショーンは渋々という体で答えた。「レナが傷つけられるんじゃないかと思って」

怪しいものだと思ったのがつい顔に出てしまったことに、ウィルは気づいていた。

「おれだって野獣じゃない。姪がふたりいる。親父が死んだあと、妹を育てるのを手伝ったし。リーが妊娠しているのは知ってた。カイラがいろいろなクリニックでバイトしているからな。カイラは、ジャレドがレナに、ロニーがビッグ・ホワイティじゃないかとしゃべるのを聞いていた」

ウィルはその話をきちんと理解すべく、頭のなかで再生した。「カイラは立ち聞きしていたのか?」

「そうじゃない。ジャレドは開いたドアのそばに立ってた。クリニックにいた人間の半分が、ロニーの名前を聞いてる」

「カイラは、ジャレドが本気でそう考えていると思ったのか？　人がたくさんいるクリニックでなにげなく言っただけなのに？」

「カイラはそう言ってた」

「あんたはどうなんだ？」

「ジャレドがまた適当なことを言ってると思った」デショーンは肩をすくめた。「ジャレドはおしゃべりなんだ。白バイの連中はみんなそうだ。なんでもできるつもりらしいが、なにひとつわかっちゃいない」

　ウィルがその情報を処理するのに、また少し時間がかかった。デショーンの話が事実なら、レナの言うとおりだったことになる。今回の禍をもたらしたのはレナではなかった。ジャレド・ロングだったのだ。「レナはジャレドの話を信じたんだろうか？」

「それはないだろう。とにかくリーは、おれやチームメイトにはそんな話をしていない」デショーンは言った。「だが、レナはヒントをつかんだら、そこからはわかりが早い。ジャレドになにか吹きこまれたら、それまで気づいていなかったことに注意を払うようになるだろう。だから、おれはレナを忙しくさせておかなければならなかった。レナはウォラーに執着していた。やつを逮捕できる機会があれば飛びつくだろうと思った」

　ウィルはようやくすべてがぴたりとはまった気がした。「カイラがクリニックで聞いたことをあんたに話す。あんたは、トニー・デルという売人に連絡を取る。トニーが逮捕される。二時間後には、ウォラーのことを密告して、あの密売所を強制捜査するための証拠をレナにやる」

「おれのことを血も涙もないやつと思ってるのはわかるが、おれはレナを守ろうとしていたんだ。レナはウォラーを逮捕して、そのあと半年は書類仕事に縛りつけられる。おれは、レナが妊娠しているあいだに時間切れになると踏んだ。それに、子どもが生まれれば、あいつもどっぷり母親になりたくなって、仕事に復帰しないかもしれない」

レナ・アダムズの周囲には、彼女のために危険を冒さない男はひとりもいないのか、とウィルは思った。「レナは流産した」

「知ってるよ」デショーンは後悔しているようだった。「カイラがレナに電話をかけて、しばらく仕事を休むように勧めた。だが、レナは聞く耳を持たなかった。あいつはだれの言うことも聞かないんだ」

それはそのとおりだと、ウィルも思う。「ジャレドは？」

「ジャレドがなんだ？　あいつは切符を切って、道路に散らかったフロントガラスの破片を掃除してまわってるだけだ。事件の捜査など無理だ」

「ロニー・グレイは不確定要素を残したりしない」グレイがいざとなったらどれほど容赦ない男になるか、ウィルも自分の目で目撃したばかりだ。「クリニックでの会話のことは、あんたがグレイに伝えたんじゃないだろう？　カイラだ。そしてグレイは、あんたよりはるかに危機感を覚えた」

デショーンは黙っていたが、カイラが悪意をもってわざと大げさに伝えたことは、ふたりともわかっていた。デショーンは、さらに新しい視点を持ちこんだ。「カイラはチャックと六年間つきあってた。チャックがもうだめだとなっても張りついていた。最後にはロニーと親しくなった。ロニーが好きなんだ」

さもありなんと、ウィルは思った。潮が月に引かれるように、カイラは刺激的な状況に惹かれる。「だから、あんたはここに来たのか。古い友達のために」

「カイラを刑務所に入れるわけにはいかない。おれはチャックにそれだけの借りがあるんだ」

犯罪者のあいだにも義理があるのはウィルも知っているが、カイラ・マーティンにそれだけの値打ちがあるとは思えなかった。「〈ティプシーズ〉の連中にレナとジャレドを襲わせたのはグレイだな」

デショーンはうなずいた。

「エリック・ヘイグをなぶり殺しにさせたのもロニーだ」

デショーンの顔つきが険しくなった。「あいつらはエリックをゴミみたいに捨てた」

「グレイは粛正しようとしている。あんたもゆうべ映画館の前で襲われた。だれかがヴィカリーを撃った。トニー・デルは逃亡中だ。ビッグ・ホワイティは、あんたたちが全員死ぬまであきらめないぞ」

「おれには危害をくわえたりしない。ロニーはふたりの子どもを捜していたんだ。地下室でふたりが発見されたのを知ったから。ふたりはロニーの顔を見ている、正体を知っている。放っておけばいいとは言わない。ただいつかはロニーに返ってくることだ」

「すべてがグレイに返ってくるのは悪いことか？　これ以上、子どもに危害をくわえることができないようにするのは」

デショーンは肩をすくめたが、明らかになにか理由がありそうだった。

ウィルは尋ねた。「あそこに子どもがいることは、強制捜査まで知らなかったんだろう？」

「だから？」

「だから、シド・ウォラーたちを始末させたものの、そのあとに子どもたちがいるのを知った」やはりビッグ・ホワイティのビジネスモデルはフランチャイズ化しているじゃないかと、ウィルは思った。

「チャックが死んでから、いろいろなことが変わった。おれとロニーは、なんとなく疎遠になった。最初は悲しみのせいだろうと思ったが、そのうちそうじゃないと気づいた」

「ウォラーもグレイも小児性愛者だったんだ。金儲け（かねもう）けのために子どもをさらっていたんじゃない。グレイがリスクを冒すのは、新しい子どもを仕込むときだけだったんだから」

「そうだ。ただし、ふたりが組んでいたのをおれが知ったのは、ウォラーが死んだあとだ」

「ふたりで一緒に子どもを狙っていたのか？」

「なんでも一緒にやっていた」デショーンは、口のなかの苦みを吐き出したいような顔をしていた。「ロニーは、こんなにおもしろいことはないと言っていたよ」

ウィルの察するところ、デショーンはグレイと何度か長い話をしたようだが、どれも彼にとって苦い体験になったのだろう。ウィルは言った。「あちこち壊れはじめたのは、強制捜査の前からだ。あんたはなにかがおかしいことに気づいた。グレイとウォラーが近づいているのを知った。そして、グレイがウォラーを後継者にするんじゃないかと思うようになった」

デショーンは鼻で笑った。「そんな心配はしていなかった。おれはもうわかってたんだ。強制捜査の前に、ロニーから言われていた。カイラがジャレドの話を聞く前に。こんなくそみたいなことになる前に、ロニーに呼び出されて、ウォラーのほうがいろいろやり方をわきまえている、あの赤首野郎の補佐にしてやると言われた。まるでおれがそう願ってるかのように、そんなたわごとを放ってよこしたんだ」デショーンは辛辣に笑った。「結局、おれを息子のように愛していたわけじゃなかったんだろう」

「あんたのことを愛してる人がいるの？」カイラ・マーティンが大きなスーツケースを引きずりながら階段をおりてきた。スーツケースに荷物を詰めこみすぎたらしい。抱えることができないようだった。スーツケースは階段のあちこちにぶつかりながら落ち、玄関ドアにぶつかって止まった。

カイラは気にもとめていなかった。ハイヒールの足下に気をつけながら、慎重に階段をおりてきた。やけにめかしこんでいる。とにかく、ウィルにはそう見えた。ぴったりした革のミニスカートは新品らしく、同色のシルクのブラウスの胸元からブラジャーのピンクのリボンが見えていた。

デショーンが言った。「車で待ってろ」

「いやあよ」カイラはバッグから煙草を取り出した。「言わせてもらうけど、バド、あんたがベンジーを逃がしてくれたおかげで、あたし大迷惑してんのよね」

ウィルはデショーンを見たが、彼は黙っていた。

「あの子に三万出すって家族がドイツにいたのに」

「家族？」カイラの思い違いなのか、それともだまされているのか、ウィルにはわからなかった。

「でも、こうなったからには飛行機のチケットがあってよかった」カイラは煙草をくわえたが、火はつけなかった。「ショーンが病院に迎えに来てくれなかったら、いまごろのんきなあたしも捕まってたわ。そうでしょ、ねえ？」

デショーンは答えなかった。ソファにじっと座ったまま、もう立ちあがれないと思っているかのような顔をしていた。彼の一部はいまでも警官なのだ。デショーンはレナを守ろうとした。ポール・ヴィカリーは縛られているが、殺されてはいない。トニー・デルの名前がおもてに出ないように全力を尽くした。そのうえ、ウィル自身がまだ息をしているという動かしがたい事実もある。

デショーン・フランクリンはすべてにうんざりしているのだ。理由は子どもたちのことかもしれない。ロニー・グレイの裏切りかもしれない。どちらにしろ、デショーンのなかでは、もうけりがついている。

「なによ、ショーン」カイラは、デショーンの気持ちが揺らいでいることに感づいたようだ。ハイヒールにふらつきながら、デショーンのほうへ歩いていった。「やるしかないってわかってるでしょ」

デショーンはポケットのなかに手を入れた。車のキーを取り出す。「駐車場に置いといてくれればいい」

「なに言ってるの、だめよ」カイラの頭が前後に揺れはじめた。「いやだってば」

「おまえは町を出ろ。あとはおれが引き受ける。おまえは一切関係ない。チャックのために、おまえが巻きこまれないようにしてやるよ」

「なーに言ってんの、あんたにはそんなことできないわ、ショーン。それにあたしは一生ウィンナーシュニッツェルを食べて暮らすつもりはないからね」カイラはライターで煙草に火をつけた。「ねえ。さっさと終わらせようよ。あんたの良心が折り合いをつけるのを待ってるひまはないの」

「おれは――」

カイラはグロックをひったくり、ポール・ヴィカリーに四発撃ちこんだ。

狭い部屋に銃声がこもった。空気が振動した。銃弾が背中に当たるたびに、ポールの体は激しく跳ねた。

ウィルは思わず両手で顔を覆った。脳のどこかが、体を丸めれば銃弾を跳ね返せると思っているのか、両膝が胸にくっついた。ウィルはカイラに銃を向けられるのを待った。さらに待った。

なにも起きなかった。

グロックの銃口に見つめ返されるのを覚悟し、ウィルは目をあげた。

ところが、デショーンがグロックを取りあげていた。息があがっているが、格闘したわけではない。「カイラ！」デショーンはどなった。「なんてことしやがる！」ポールのかたわらにひざまずき、首に二本の指を当てた。「こいつを殺しやがったんだぞ、おまえは！」

「言ってくれるじゃないの、くそ野郎」カイラの唇に挟まった煙草がひょいひょいと揺れた。「二階であんたの話してることが聞こえたわ、ショーン。あんたときたら、こいつらにぜーんぶ話しちゃって。ロニーがあんたを後継者にしなかったのも当然ね」

「黙れ！」デショーンはカイラにグロックを向けた。「黙れぇえ！」

カイラの口から煙草がぽろりと落ちた。「銃をおろしな」

「黙れと言っただろうが！」デショーンは銃口をカイラの胸に突きつけた。「おれにまかせろと言ったのに。おまえのろくでもない人生のうち一度でいいから黙ってろ、おれのやり方でやらせろと言ったのに」

「どうするつもりなの、ショーン？ 共犯者を売るの？ 警察に行って、ごめんなさいって言うわけ？」

「口を閉じろ」

「あたしの胸を撃つの、ショーン？ チャックにそう約束したの？ あたしを殺すって？」カイラは言葉こそ強気だったが、一歩あとずさった。「わかってるでしょ、いまこの男を始末しないと、まっすぐ警察へ行っちゃう」

「警察に行くわけないだろうが！」デショーンは叫んだ。「こいつは前科者だぞ。仮釈放中なんだ！」

ウィルは床を見おろし、驚きを隠した。なぜデショーンがこの期に及んで芝居をつづけるのか、見当もつかない。

この先もわかることはない。

トニー・デルがキッチンの両開きのドアを押しあけた。いつからそこにいたのかわからないが、話は充分に聞いたらしい。

彼は三歩で部屋を突っ切ると、デショーンの首にナイフを突き刺した。

デショーンの口があいた。グロックを取り落とした。片手を喉に当て、もう一方の手でナイフを固定しようとした。

そのとき、トニーが刃を抜いた。

水鉄砲のように血しぶきが飛んだ。

デショーンは片方の膝をついた。空気を求めてあえいだ。ウィルには、首の裂け目から息が漏れる音が聞こえた。

カイラが言った。「もう、トニー、ひと思いにやっちゃって」

トニーはひと思いにやりたくないようだった。デショーンの死のショーにうっとりと見とれていた。彼の首からあふれ出る血に。助けを求める指がわななくさまに。デショーンはついにバランスを崩した。全身が揺らぎ、膝が床に落ちてすべった。肩が床に衝突した。頭のまわりに血だまりができた。指はいつまでも震えていた。鼻をつくにおいが広がった。大きな胸が最後の息を吸ったが、吐き出すことはなかった。

かくして、ショーは終わった。

「うえ」トニーがささやいた。「こいつ、漏らしやがった」

カイラがトニーの後頭部を平手で叩いた。「あんたね、何度呼べば来るの？　ほんとにもう、病院の外でショーンに逮捕されるのかと思ったじゃないの。言ったでしょ、ショーンはだめだって」

「キャンキャン吠えるのをやめて、おれが命懸けでここへ来たことに感謝すべきじゃないか？」トニーはナイフの刃をジーンズで拭い、ブーツに押しこんだ。「ハイウェイの反対側にはパトカーが二十台もいた。裏道を通ってこなくちゃならなかったんだ」

「あら大変だったわねえ」カイラは燃えている煙草を床から拾った。フランクリンのグロックを取り、キッチンに投げこんだ。「バドを始末して、あたしのスーツケースを持ってきて。裏道を通ったら、飛行機に遅れちゃう」

「なんでだ？　四時間も前に空港に行かなくていいだろう。航空会社の連中はそうだろうが、おまえは違う」

「国際線に乗ったことないの？」カイラは問いただした。トニーの表情が返事になっていた。「とにかく急いで。スーツケース忘れないでよ」ドアをあけたが、出ていかなかった。ウィルのそばへ来て、前ポケットに指を突っこんだ。ウィルはできるだけじっとしていた。カイラはサラのＢＭＷのキーを取り出した。「素敵な車で空港へ行くのもいいじゃない」

トニーがカイラの尻を叩いた。「おう、ベイビー」

カイラは悪意のこもった目でウィルを見た。いつもの甲高く歌うような口調ではなく、魔女のうなり声で言った。「たっぷり痛めつけてやって、ベイビー。このくそ野郎のせいで、三万も損しちゃった」

そして、ドアを叩きつけるように閉めた。

静寂のなか、舌打ちのような音が聞こえた。ウィルは、それが自分の口をぎくしゃくと出入りする呼吸の音であることに気づいた。

トニーがかぶりを振った。「たいした女だよ、な」

ウィルはなにも言わなかった。トニー・デルがどんなふうに人を殺すか、目の当たりにしたのはこれで二度目だ。エリック・ヘイグが刺し殺されるのを見たとき、あんなふうに死ぬのはいやだとしか思えなかった。二度目を目撃したいまとなっては、よくわからない。

トニーは重々しく息を吐いた。「立ってくれ、バド。あんたを床に転がしたまま殺したくないんだ」

ウィルは懸命に膝をつこうとした。最後にはトニーに腕をつかまれ、引っ張りあげられた。逃れようとしても無駄だった。両手と両足が縛られているのだ。どこにも逃げられない。この家で、この床で、ポール・ヴィカリーとデショーン・フランクリンの隣で死ぬのだ。

唯一の安心材料は、ベンジャミンが安全な屋根裏にいるとわかっていることだ。彼はウィルの携帯電話を持っている。警察が追跡して見つけるはずだ。ベンジャミンを弟のもとへ連れていってくれる。ふたりとも、もうすぐ家に帰ることができる。

だが、サラにはなにも残らない。ウィルはまだ法律的にはアンジー・ポラスキーと結婚している。アンジーとはもう何カ月も会っていないことも、ウィルが離婚弁護士に彼女を捜してもらっていることも、裁判所では重視されないだろう。アンジーには、ウィルの遺(のこ)すものすべてを相続する権利がある――遺体だけでなく、記憶も。アンジーはウィルとともに育った。ずっとそばにいたので、この世のだれよりもウィルを知っている。アンジーはウィルのパンドラの箱だが、あけても痛みしか入っていない。

サラにはウィルの犬と歯ブラシと、彼女のアパートメントに置いてきた着替えしか残らない。

「さて」トニーがブーツからナイフを取り出した。「そろそろ終わらせるか」ナイフを掲げてウィルに見せた。〈ティプシーズ〉のギャングのまねをしているらしい。前回と同じく、この方法は効いた。ウィルは腹のなかがぎゅっと縮こまるのを感じた。

トニーがうれしそうに笑った。「怖いのか、バド?」

ウィルはビル・ブラックを召喚しようとした。臆病者として死にたくない。「やれよ。長引かせるな」

トニーはいつもあまのじゃくだ。ナイフをおろした。「あんた、だれかを相当怒らせたみたいだな」ウィルの顔を見た。「両目に黒い痣を作って、鼻を折られて。ジュニアにやられたんじゃないだろう」

ウィルは唾を呑みこんだ。まだ喉が痛かった。サラに無理やり飲まされたウィスキーを思い出した。サラの言うとおりだった。あれでかなり楽になった。サラのすることはことごとく苦痛を癒やしてくれる。

トニーが尋ねた。「だれにやられたんだ、バド？」

彼がほんとうに答えを知りたがっていることはわかった。これは殺しのゲームの一部ではない。「そのおまわりだ。ゆうべおれを追いかけてきて、めちゃくちゃに殴りやがった」ポール・ヴィカリーを見る。「もう二度とそんなことはできないみたいだが」

トニーは笑った。「おもしれえな、バド。そのとおりだ」ナイフで爪のあいだを掃除しはじめた。刃先が親指の皮膚に潜りこんだ。トニーはひるみもせず、血の玉がぷっくりとふくれるのを見ていた。「あのいかした車はどこで手に入れたんだ？」

サラのＢＭＷだ。グローブボックスに登録証が入っている。「カフェテリアにいた女から盗んだ」

「そんな簡単に？」

「テーブルにキーを置きっぱなしにしていたんだ。駐車場に持っていって、片っ端からリモコンを向けて見つけた」

「うまいやり方だ。覚えとくぜ」トニーはナイフを持ちあげ、ひょいと縦方向にひっくり返した。「ちょっと考えてたことがあるんだ、バド」ほかに人がいないか確かめるように、肩越しに背後をうかがった。「おれはべつに変態じゃねえよ、でもあんたがちょっとした身だしなみをやってることに気づいたんだ」彼は話をつづけた。「あのクラブで、デニーにパンツをおろせって言われたときにさ」

ウィルはかぶりを振った。「なんだって？」

「おれの考えでは、男は普通、女に頼まれでもしないかぎり、あそこの毛を処理しないもんだ。そうだろ？」

ウィルはまた唾を呑みこんだ。自分の性器の話をしながら死ぬなどまっぴらだ。

トニーはナイフをひっくり返しつづけた。「一度、カイラに言われてタマの毛を剃ったことがあるんだ。これがもう、ちくちくするのなんのって、いっそ引きちぎりたくなった」肩をすくめる。「あんたがやってるのはそんなことなさそうだな？」

それが質問なのか、観察結果を述べているだけなのか、ウィルには判じかねた。

トニーはナイフの柄をつかんだ。たったいまいいことを思いついたかのように、ぱっと笑顔になった。「あんた、まだテネシーの女のことが好きなんだろ？」

ウィルはビル・ブラックの答えを呼び出そうとしたが、ビル・ブラックのような男はまさにこういう死に方をするのだと思い出した。「ああ。あいつを愛してる。おれは帰ろうとしてたんだ――テネシーへ。おれのガキには、父親なしで育ってほしくないからな」

「だと思ったよ」トニーが言った。「その女を妬かせたかっただけだろ？　カイラとデートしたのは」

　ウィルはうなずいた。「そうだ」

「で、今日はカイラにそのことを言いに来たんだな？　つきあえないって」

「カイラがおまえの女だってことは知ってたさ、トニー」ここへ来た口実を思いがけず提示され、ウィルはすかさず利用した。「病院で警察がカイラを捜してるって聞いたんだ。だから、しばらく隠れたほうがいいと伝えにここへ来た。おまえが帰ってくるまで、カイラを守らなくちゃと思って」

　トニーは言い訳を考えているのか、唇を片方にゆがめた。しばらくして言った。「あんたは本物の紳士だよ、バド。そんなふうにあいつを守ってくれるなんてな。あんたがいいやつだってことは、ずっとわかってた」言葉を切る。「なのに、なんで町を出ていこうとしていたんだ？」

　ウィルはぎくりとしそうになったのをこらえ、唾を呑みこんだ。「カイラの様子を見てから、テネシーへ行くつもりだった。メイコンに未練はない」

「そうなのか？　仮釈放中なのに、逃げるつもりだったのか？」

「ここはやたらと騒ぎが起こる。警官の死体だらけだ。豚どもが全部おれのせいにするのは時間の問題だ」

「いつでも寝返ることができたのに」

「おれは友達を売ったりしない。それに——」ウィルは懇願口調になる前に、自分を制した。懇願の言葉はトニーの大好物だ。「おれは子どもが大きくなるのをこの目で見たいんだ。ここにいる理由はない」

「ほんとにいいやつだな、バド。あんたはきっといい親父になる」

「それだけが望みだった」大嘘だ。この世には子どもたちを襲いかねない不幸が多すぎて、ウィルは自分の子どもをほしいと思えなくなっていた。それでも、トニーにはこう言った。「おれの親父は、おれが子どものときにいなくなった。おれは自分のガキにはそういうことをしたくない」

トニーはまじまじとウィルを見た。しばらくして言った。「おれの親父もだ」

会話をつづけなければ、ありもしないテネシーの女とのロマンスを、ふたりのすばらしい人生の話をでっちあげなければと思うあまり、ウィルの喉はこわばっていた。

だが、もう手遅れだ。トニーは話を終わらせた。いま、決定をくだそうとしている。ウィルの頭のなかを読んでいるかのように、トニーの目はきょときょとと動いている。

ついにトニーがナイフをブーツにしまった。「山道には気をつけろよ」

ウィルは自分の唇が分かれるのを感じた。こんなにあっさりと古きよきトニーが戻ってくるとは。

「テネシーはいいところだってな」トニーはドアから外へ出ようとして、カイラのスーツケースを忘れていたことに気づいた。両手で取っ手をつかんだ。「くそっ、あいつは家中のものを詰めこんだのか」

ウィルはしゃべらなかった。

トニーが言った。「おれはあんたが好きだ、バド。二度と会えないのは残念だ」ウィルを険しい目で見た。「そうだろ？」

ウィルは勢いこんでうなずいた。「そうだ」

トニーはカイラのスーツケースを引っ張って外に出た。ドアも閉めずに行ってしまった。スーツケースがポーチを削る音を聞きながら、ウィルは自分の体が揺れているのを感じた。スーツケースはコンクリートの階段をガタンガタンとおり、私道を引っかいていく。

サラのリモコンキーは、通常どおりには作動しなかった。緊急アラームが鳴り響いたが、どんな手を使ったのか、耳をつんざくサイレン音は大きくなりすぎる前にやんだ。車のドアがあいて閉まり、またあいて閉まった。数秒後、ふたたびドアがあいて閉まった。

エンジンが動きはじめた。トニーがアクセルを踏みこんだのだろう、タイヤが甲高い音をたてた。

ウィルの体は、刺し殺されずにすみそうだという現実に少しずつ慣れていった。両手を床につき、両膝を引きずりながら、玄関のドアへ向かった。ブレーキランプを光らせ、サラのBMWはうなりをあげて分譲地を出ていった。

ウィルはかかとを床につけてしゃがんだ。目を閉じて、ひたすら息を吸っては吐いた。心臓の鼓動が激しく、胸郭を内側からドンドンと叩かれているようだった。

ベンジャミン。

あの子がまだ屋根裏にいる。

トニーが気まぐれを起こして帰ってくるかもしれないので、ベンジャミンを大声で呼ぶのはためらわれた。それに、自分は四肢を縛られている。階段をのぼって、ハッチから飛び降りるベンジャミンを受け止めることができない。

それに、一階には死体が二体もある。ベンジャミンは、一生忘れられないような恐ろしいものをもう充分すぎるほど見ている。

ポール・ヴィカリーは脇腹を下にして倒れていた。頭の傷の出血は止まっていた。麻紐の食いこんだ手首が真っ赤だった。

ウィルは両手を床について両膝を引きずりながら、まるで芋虫だと思った。あの少年にフットボールのほら話を聞かせたのがたった数時間前だとは信じがたい。いまごろあの子はグレイディ病院にいるはずだ。そして、サラも。サラは無事だ。大事なことはそれだけだ。

ウィルはポールの死体のそばで止まった。携帯電話を捜して、ポケットのなかを確認した。財布と車のキー、小銭が入っていたが、携帯電話はなかった。ポールの胸をぱたぱたと叩いた。シャツの下に、なにか固いものがある。

ポールがうめき声をあげた。ウィルは蛇に嚙まれそうになったかのように、さっと身を引いた。

「くっそ」ポールが猿ぐつわを引っ張りおろした。さらに悪態をつきながら、襟をゆるめた。黒いケヴラーのベストをシャツの下に着こんでいるのが、ウィルにも見えた。「いったいどうなってるんだ？」

「あんたは撃たれたんだ」ウィルはポールの背中をチェックした。四発のつぶれた銃弾がベストにめりこんでいた。

「おまえに？」

「違う」ウィルはまた両膝をついた。「ゆうべ、あんたがトニー・デルと話しているのを見た」

ポールは、なんの話だと言うようにまばたきした。「そんなはずはない」

「白いホンダ。トニーのトラックを止めただろう」

「そのへんを走ってる白いホンダが何台あると思ってるんだ？」ポールは仰向けになろうとした。「なんで警官だと言わなかったんだ？」

「めちゃくちゃに殴られるのに忙しかったんだ」

ポールは、楽しい思い出だと言わんばかりにくつくつと笑った。だが、デショーン・フランクリンの姿を見て、彼の表情は沈んだ。「おれは命をあずけてもいいくらい、こいつを信頼していたんだ」

ウィルは、信頼して当然だったのではないかとは言わなかった。「携帯を持ってないか?」

「前ポケットに入ってる」ポールはポケットに手を入れようとしたが、麻紐に邪魔された。

どちらにしても、前ポケットが空であることはわかっている。

ウィルは渋々デショーンの死体のそばへ這っていった。心臓が止まったと同時に、血液の循環も止まっていた。首の出血も、ぽたぽたと滴が落ちる程度になっている。身震いをこらえながら、死体のポケットをまさぐった。両方の手首が糊付けされているも同然なので、作業は楽ではなかった。ずいぶん長い時間がかかったが、ようやくシャツのポケットに携帯電話を見つけた。

まず死んだ男からあとずさったあと、携帯電話を見た。やむをえず両手で持っていたので、親指がスクリーンの上をすべった。キーパッドのかわりに、マイクのアイコンが現れた。その下の赤いボタンが点滅している。秒単位で時間をカウントしているタイマーの下に、心電図のような平らなラインが表示されている。

ウィルがポールに話しかけたと同時に、ラインが上下に揺れた。「フランクリンはぼくたちの話を録音していたらしい」

ポールはかぶりを振ったが、返事をしなかった。

十二分二十三秒。レコーダーの作動していた時間の長さだ。デショーンは、ウィルがテーザー銃のショックから目を覚ましたと同時に録音を開始したらしい。

ポールが言った。「電話をかけるのか？」

ウィルは赤いボタンを押した。タイマーが止まった。この電話の使い方はわからないが、アイフォーンとたいして違わないはずだ。ウィルは親指で家の形のアイコンに触れた。それから電話の受話器のアイコンに触れると、キーパッドが現れた。フェイスの番号に電話をかけた。顔に手を置き、電話がつながるのを待った。

フェイスは一度の呼び出し音に応答した。「フランクリン、どうしたの？」

「ぼくだ」ウィルは言った。「カイラの家にいる」

「ウィル？」フェイスの声が高くなった。「あなたを捜して、六十人態勢で森を徹底的に捜索してたのに。あなたの携帯がどこにあるのかわからない」

「サラの車を広域手配して。トニー・デルとカイラ・マーティンが盗んだ。裏道を使ってアトランタ空港へ向かってる。国際線ターミナルだ。カイラはドイツへ逃亡しようとしている」

た。「ベンジャミンは？」

フェイスは電話口を覆いもせずに大声で指示を出した。それが終わると、ウィルに尋ねた。「ベンジャミンは？」

「無事だ」ウィルはポール・ヴィカリーを見やった。まだ信用できない。「ほかのことはどうなった？」

「グレイディにいる。サラから一時間前に電話があった。ふたりとも無事」

ウィルは全身の神経がほっとゆるむのを感じた。

フェイスが言った。「男の子は救急車のなかで話しはじめた。名前はアーロン・ウィンザー。アマンダは当たってた。両親はニューファンドランドにいる。親権争いの最中だった。父親は釣り旅行に出かけていて、母親は父親が息子たちを誘拐したと思いこんでいた。警察は父親を逮捕しようとしていたの」フェイスは早口すぎることに気づいたらしい。話すスピードを落とした。「いま両親ともアトランタへ向かってる。ウィル、死ぬほど心配したんだからね」

「待って」ウィルはこれ以上膝立ちをつづけられなかった。座りたくなかったので、壁に寄りかかった。ポールの目が一挙一動を見張っている。遠くからサイレンが聞こえてきた。

「パトカーはあとどれくらいで到着するんだ？」

「せいぜい五分。サラに電話してよ」

「いまごろ忙しいんじゃないかな」

「ばか言わないの」

フェイスが電話を切る音がした。ウィルはポール・ヴィカリーをちらりと見た。仰向けのまま、膝と肘がつらそうな角度で曲がっている。

ポールが尋ねた。「おれを助けてくれないのか？　体中が恐ろしく痛いんだが」

「たしかに痛そうだ」ウィルは、足首に食いこんでいた麻紐がややゆるんだのを感じた。何度か失敗したあと、キッチンへぴょんぴょん跳んでいった。

「どこへ行くんだ？」ポールがどなった。「戻ってこい！」

ウィルは止まらずにキッチンの両開きのドアを抜けた。カウンターに寄りかかって呼吸をととのえ、気力もととのえた。ぴょんぴょん跳ねるのは、思った以上に大変だった。デショーン・フランクリンの電話は待ち受け画面になっていた。ミッキーマウスの耳をつけたふたりの女の子が映っていた。彼の姪たちに、今回のことを伝えなければならないと思うと気が重かった。スクリーンをスワイプし、サラの番号にかけた。

サラは見知らぬ番号から病院の携帯電話にかかってくることに慣れている。それでも、応答する声は緊張していた。「ドクター・リントンです」

「ぼくは無事だ」まったく無事とは思えない声で言った。

「ほんとうに？」

「ああ」サラと電話がつながり、ようやくもう大丈夫だと思えた。サラには文字どおり間一髪で救われた。

「ウィル？」

「なにもかも問題ない」ウィルは努めてしっかりした声を出した。「ただ、いまちょっと動けなくて」自分のジョークに笑いだす前に我慢した。サラがおもしろいと思わないのはわかっている。「だけど、きみの車はちょっと問題があるかもしれない」

「わたしが車のことなんか気にすると思ってるの？」

ウィルは、インターステート七十五号線でＢＭＷが牽引されるニュース映像を観ても、サラが同じ気持ちでいてくれるのを願った。「いま病院か？」

「家。アマンダがあの子と話をしているあいだに、デニースが送ってくれたの。そのあとデニースはグレイディに戻って、ご両親が来るまであの子のそばについていてくれる。フェイスから聞いた？」

「ああ」ウィルは目を閉じた。サラが無事で、家にいると思うとうれしかった。「いまなにをしているんだ？」

「ソファに寝そべってる。シャワーを浴びようと思ったんだけど、トラックに轢かれたみたいな気分で。あちこち痛くて動けない」

ウィルはゆうべのことを思い出した。「ぼくのせいで？」

「少しはね。いつアトランタへ帰ってこられる？」

「今夜帰るよ」この瞬間、ウィルは仕事を辞めなければ帰れないのなら辞めてやると強く思った。「到着する十分前に電話するよ」電話の下半分を覆った。両手首がしっかりくっついているのだから簡単だったが、それでも声をひそめてサラに言った。「電話したら、バスタブにお湯を入れておいてほしいんだ」

サラはびっくりしたようだった。「わかった」

「そっちに着いたら、一緒に入ってほしい」

今度の「わかった」は、まったく違って聞こえた。

「それから、話をしよう」

サラの声がまた変わった。「話すだけ?」

「きみに訊かれたことに全部答えるよ」

「全部?　お湯が冷めるわ」

「ふたりで冷めないようにすればいい。まじめな話だ、サラ。これ以上、隠しごとはなしだ」ウィルはキッチンの窓の外を見た。パトカーが遠くで土埃を巻きあげているのが見えた。すでに決意が逃げはじめている。綱渡りの綱の上に足を踏み出そうとしているような気分だった。両手がすべり、電話を取り落としそうだった。

それでも、ウィルは最初からサラに言うべきだったことをなんとか言うことができた。

「きみを信頼している」

サラは返事をしなかったが、電話越しに息遣いが聞こえた。喉が詰まりはじめた。たぶん、いますぐ電話を切るべきだ。切りたい。だが、サラに尋ねた。「どうかな？　大丈夫かな？」

「ベイビー」サラは吐息混じりに言った。「それって、これからずっとふたり一緒の時間をはじめるのに最高の方法だと思う」

17

ジョージア州メイコン

五日後

レナは前回とはべつの内部調査官とテーブルを挟んで座っていた。ブロック・パターソンの黒と白の服装は、先週の女性内部調査官を思い出させた。内部調査室の服装規定なのだろうか、それとも全員ひそかに〈オリーヴ・ガーデン〉で夜勤をしているのか。レナと彼らの給料が同じくらいなら、後者であっても不思議ではない。

「アダムズ刑事？」パターソンが言った。なにか質問をしていたらしい。レナは、同じことを何度も、形を変えて訊かれていることに気づいたときから、まともに聞くのをやめてしまった。パターソンは二十分ごとにリセットし、同じ質問をしたが、語尾や文型を変えていた。

いつその子を発見したのか？

その子を発見したのはいつ？

その子はあなたが発見したときどこにいたのか？

その子。アーロン・ウィンザー。本人は助かったが、だれもが彼の名前を記録に残すことを恐れていた。

正直なところ、レナは二度とあの子のことは考えたくなかった。嫌悪ではなく、自分を守るためだ。四日間、あの薬物密売所で見た恐ろしいものをひとつひとつ思い出してばかりいた――複数の死体、シド・ウォラーと対峙したときに腹の底にたまった冷たい恐怖。そして前回の尋問では話さなかった、もっとも恐ろしかった瞬間のこと――あの子を発見したときのこと。

地下室で壁のパネルをめくり、あの怯えたふたつの目と目が合ったときのことが、いまだに夢に出てきた。炭のように真っ黒な瞳孔が、血走った白目のなかにあった。レナが穴から抱きあげても、アーロンは声ひとつあげなかった。彼はとても軽かった。ブランケットのように軽かった。レナはアーロンを抱いて、優しく声をかけた。それまで母性的なものが自分のなかにあると思ったことはなかったが、アーロンを抱くと、それは自然にあふれ出た。レナはアーロンの髪をなでた。乾いたひたいにキスをした。背中に当てた手のひらにトクトクという急速な鼓動を感じたとき、レナは思い出した。職場のパソコンに保存してある超音波映像のファイルに永遠にとらわれた、あの小さな豆を。

「アダムズ刑事？」パターソンが言った。「集中してくれないか？」

「ノートを見返して、最初にわたしが答えたことをもう一度書きとめれば？」

「最初の尋問で答えたことか、それともはじめてほんとうのことを言ったときの答えか？」

一本取られたわ。

レナは椅子に深く座りなおした。座り心地の悪いデザインだった。室内は寒々しかった。ペンキを塗ったコンクリートブロックの壁、傷だらけのプラスチックの幅木。レナはパターソンの背後の鏡を見て、あのむこうにいるのはだれだろうと思った。最後にネズミのチームとやり合った場所は会議室だった。ロニー・グレイが逮捕されたので、署全体の体制が変わったはずだ。

テーブルには中身が半分残ったコーラのボトルがあった。レナは長々と飲んで、テーブルに戻した。「なぜこんなことになったのか教えて」

パターソンの口角がさがった。しかめっ面の権化のようだ。

「なぜわたしとジャレドが襲われたのか、だれも教えてくれない。あの子が理由？　わたしはあの子の居場所を知っていると思われたの？」

案の定、パターソンは屈しなかった。「質問をするのはわたしの仕事だ」

「で、答えるのがわたしの仕事？」なにも教えてもらえないことには、もううんざりだ。

考えていることはひとつしかない。自分がなにをしたせいでこんなことになったのか？愚かな間違いをしでかしたのか？　自分はどこの人でなしを怒らせたのか？

「わたしの夫はもう少しで死ぬところだった。わたしは自宅で襲われた。わたしには知る権利があると思わない？」

「襲撃事件については、わたしの同僚が調べている。知ってのとおり、わたしときみとでは立場が違うんだよ」パターソンは、ローンの申請を却下する銀行員のようなポーカーフェイスだった。「きみが協力してくれれば――」

「どうなるって言うの？」レナはパターソンをさえぎった。「わたしはなにも関係ない。わたしは厳しい上司に命じられたことをやっただけ」

「宣誓のもとで嘘をついただろう」

「わたしが？」レナは笑った。その点については、慎重にやった。前回の尋問では、あの少年のことは訊かれなかった。レナの知るかぎり、進んで情報提供をしなければならないという法律はない。

パターソンは椅子に背をあずけた。明らかにレナのリラックスした態度をまねている。

「われわれの目指すところは同じじゃないかな、アダムズ刑事」彼は穏当に振る舞おうとしているが、このゲームに全力を注いでいることは、レナも承知している。彼はあと何人か悪徳警官を取り除くことができれば一足飛びに昇進できるし、最初からレナを信用していないことをはっきり態度にあらわしていた。「われわれはミスター・グレイの容疑を固めて立件したい。目的は同じだと思うが」

「ミスター・グレイ」レナは繰り返した。いまではだれもグレイ署長とは呼ばない。だれもかれも知らぬ顔を決めこんでいる。「わたしの目的は夫を家に連れて帰ることよ。ちなみに、回復してるわ。ご心配ありがとう」

パターソンはうつむいた。レナがやり返すと、彼はいつもこうする。煉瓦塀にぶつかっても無駄だと、体で表現する。パターソンは短く息を吐くと、テーブルの書類をまとめた。

「すぐに戻る」席を立った。「手洗いに行きたければどうぞ」

レナは彼の後ろ姿に敬礼した。パターソンは鏡のむこうにいる人物と打ち合わせに行ったのだろう。おそらくアマンダ・ワグナーだ。副長官はロニー・グレイの逮捕を膝の上に落ちてきた羽根のように自分の手柄にするだろうが、ほんとうはウィル・トレントの功績だ。命を懸けたのは彼だ。

そして、レナが本物の人殺しにならずにすんだのも、彼のおかげだ。

レナは自分の手を血で汚したことがないわけではないが、自宅に侵入してきたふたり目の男を手にかけようとしたとき、それまでとは違う感情を抱いた。いまでもじっくり思い出せば、あのときの衝動がよみがえる。喉の奥までこみあげてくるのがわかる。全身が緊張する。両手が拳になる。ＩＣＵのジャレドのかたわらにいても、一階に駆けおりて夫を殺そうとした怪物を殺してやりたくなり、必死にこらえなければならない。あの男に夫は殺せなかったけれど。

奇跡的にも、医師の話では、ジャレドは完全に回復するとのことだった。数カ月はリハビリが必要だが、もともと若く健康だったことがジャレドに味方した。もちろん、いまではその若さと健康がジャレドを困らせている。ジャレドは帰宅して三十六時間もたたないうちに、そわそわしはじめた——夜更かしをし、やたらとうろうろし、レナに干渉するようになった。

レナはついジャレドを母親のもとへ帰そうかと思った。いまでは、ネルのことがさほど嫌いではない。まともなキッチンが使えるようになったのは、ダーネル・ロングのおかげだからだ。幸い、ネルは息子の妻との休戦協定は物理的な距離によって守られると理解している。すでにアラバマへ帰っていった。運がよければ、ネルは裁判までメイコンに戻ってこないだろう。

ただ、裁判になるとは思えなかった。今朝、ふたり目の狙撃犯フレッド・ザカリーが司法取引に応じ、襲撃を依頼してきた〈ティプシーズ〉の男たちの名を明かした。いまのところ彼らは供述を拒んでいるが、話しはじめるのも時間の問題と見られていた。

残りはトニー・デルだが、司法取引には応じないと言っている。ジャレドが撃たれた晩に、家の前にいたことは認めた。エリック・ヘイグとデショーン・フランクリンを刺殺したことも認めた。そして、デショーンがウィル・トレントにビッグ・ホワイティとシド・ウォラーについて話したことはすべて事実だと証言した。つまり、自分自身も含めて関係者全員を追いつめた。近いうちに、だれかがデルのおしゃべりを止めようとするに違いない。レナが思うに、デルは自殺をたくらんでいる。トニー・デルには失うものなどない。

アトランタ市警がハーツフィールド・ジャクソン空港の国際線ターミナルの外で、デルとカイラ・マーティンを逮捕した。デルはサイコパスだが、したたかでもある。ショーは終わったことを理解していた。彼はＢＭＷから両手をあげて降りてきた。

カイラ・マーティンは、そう簡単には屈服しなかった。運転席に移り、警察を出し抜こうとした。あいにく、走りだした方向が間違っていた。猛スピードで走ってくるシャトルバスが見えた瞬間、あの看護師の脳裏にはなにがよぎったのだろうかと、レナは思う。事故報告書によれば、カイラが車をＵターンさせてバスに衝突するまで二秒間しかなかったそうだ。自分が死ぬのを知ったときにどんな気持ちになるのか、レナは知っている。二秒間は永遠にも感じるほど長い。カイラはシートベルトを装着していなかった。次の一秒のあいだに彼女は車ごとシャトルバスに突っこみ、座席の背もたれで首を折ったのだろう。

レナは、この話のクライマックスはカイラのむごい死に方ではなく、サラ・リントンの六万五千ドルのＢＭＷが世界でもっとも高価なルービックキューブに変形したことだと思わずにいられなかった。

笑い声に喉をくすぐられながら、レナは椅子から立ちあがった。部屋の幅は十二歩、奥行きは十歩だと、もうわかっている。監視カメラを見あげた。にっこり笑ってやったが、敵意で歯がむき出しになるのを感じた。自席に積んだままになっている書類仕事を片付けたかった。ジャレドの様子を知りたかった。家に帰って、自分も普通の人間だと感じられるようなことをしたかった。家中を掃除して、洗濯をして、庭の手入れをしたかった。冬はすぐそこまで来ている。そろそろペチュニアを抜いたほうがよさそうだが、いまは植物ひとつでも命を奪うことにためらいがあった。

最近、あまりにも葬儀が多かったからだ。

デショーン・フランクリンの遺体は、メイコンの外の施設でそっけなく火葬された。葬儀屋を除けば、参列者はレナだけだった。彼の姉は、子どもを連れてくるのをいやがった。別れた妻は彼の名前すら口にしないし、現在の妻も人前に出てこようとしなかった。ジャレドは、レナが参列するのをいやがったが、止めようとはしなかった。レナは人生で多くの失敗を犯してきた。デショーンは最後に正しいことをしようとしたのだと、レナにはわかる。彼は携帯電話で録音していた。なにが録音されていたのか、レナはすべて知っているわけではないが——署のだれも知らない——デショーンがウィル・トレントにビッグ・ホワイティの組織を潰せるだけの証拠を渡したことはたしかだ。それだけで、デショーンが創造主のもとへ旅立つ瞬間を、一対の目がしっかりと見届けることができた。

エリック・ヘイグの葬儀はまったく違っていた。昨日の午前中にあった葬儀の前に、州は彼の潔白を宣言した。ヘイグは正式な警察のエスコートを受け、告別式には正装した警察官たちが参列した。レナは、署員全員が参列したチャック・グレイの葬儀を思い出した者は自分だけではないだろうと思った。グレイの息子は三カ月前に白血病で他界した。レナは葬儀で泣いたが――チャックが好きだったからではない。あの男はいかにも署長の息子らしい、甘やかされたいやなやつだった――それはロニー・グレイが気の毒だったからだ。

グレイはいまごろ自分を哀れんでいるのだろう。彼には一流の弁護士事務所がついているが、いくら切れ者でも、ひとつ大きなミスを犯していた。彼を追いつめたのはあの傲慢さだろうと、レナは思っている。グレイは、ＧＢＩが自宅のパソコンを押収する可能性を考えていなかった。殺人、誘拐、性的搾取の人身売買を抜きにしても、百年は刑務所の外に出てこられなくなるほど大量の児童ポルノがハードディスクに発見された。

異常で愚かな人でなし。

先月、レナはグレイと十キロマラソンを走った。白血病研究の資金集めのイベントだった。グレイはレナより三十歳上だが、レナは完全に負けた。あの頑健な心臓が、死ぬまで刑務所でみじめな毎日を過ごすグレイとともに老いていくのを想像すると、いい気味だと思う。マリー・ソーレンセンやほかのかわいそうな子どもたちにしたのとまったく同じことを、グレイ本人もたちの悪い大男の服役囚にされればいい。毎日、立てなくなるまでえんえんとやられればいい。そしてまた、立たされて最初から同じことをされればいい。

グレイが刑務所に入れば、マリー・ソーレンセンの母親やウィンザー一家は夜も眠れるようになるだろうと思いたいが、経験上、悪魔は決していなくならないと知っている。

またドアがあいた。パターソンがノブに手をかけて立っていた。部屋に入ってこようとしない。いらだちがあらわになっている顔つきに、レナは知りたいことをすべて知った。

「ネズミはチーズを手に入れられなかったみたいね」

パターソンの返事は待たなかった。彼の脇をすり抜ける前に、さっきのようにカメラに向かってにっと笑ってみせた。やりすぎはよくないとわかっているし、完全な無罪放免でもないと自覚しているが、バッジをつけたままネズミのチームから解放されれば、お祭り気分になるのも当然だ。

レナは不意に自分の顔から笑みが消えたのを感じた。デニース・ブランソンが廊下に立っていた。ブランソンが来ていることは知っていたが、二度と会わずにすむよう、必死に願っていたのだ。願いが叶ったことなど、いままで一度もないけれど。

それに、これほど自信のなさそうなデニース・ブランソンを見たこともなかった。見ていられなかった。ブランソンはそわそわと体を揺らしていた。レナの目を見ようとしない。

どことなく恥じている雰囲気もあった。この四日間で何度も打ちのめされ、立ちあがる方法を忘れてしまったのだろうか。

パターソンが言った。「ミズ・ブランソン？」

その冷たい口調に、レナはむっとした。この男が黙っていれば、レナはブランソンに二度と話しかけなかったかもしれない。レナは彼女に尋ねた。「トイレ休憩に行きますか？」

ブランソンはそんなことを訊かれるとは思ってもいなかったのだろう。それでも彼女がうなずいたので、ふたりは連れ立って、ブロック・パターソンにはついてくることのできない場所へ向かった。女性用トイレのドアが閉まる直前、レナにはパターソンのがっかりした顔が見えた。

ブランソンはすぐに本題を切りだした。謝罪に慣れた口調だった。「ごめんなさい。わたしがあなたにしたことは言い訳できない」

レナは先を促した。「でも？」

「〝でも〟はないわ」ブランソンは毅然(きぜん)としていた。いつもの自信過剰な態度はどこにもなかった。「あの子のことで、あなたをだました。あなたになにも知らせず、今回のことに巻きこんだ。あなたはなにも悪いことをしていないのに、ネズミのチームに調べさせた」

レナは疑問を口にした。「わたしとジャレドが殺されそうになったのは、わたしがあの子の居場所を知っていると思われたから？」

ブランソンはかぶりを振り、肩をすくめた。「わたしにはわからないの、リー。なぜわたしじゃなくてあなたたちを狙ったのか、どうしても解せない」

レナも、いつも同じ結論に戻ってきてしまう。まるで尻尾を追いかける犬だ。「あの子のことを知っているのは、ほかにだれがいるんですか？」

「友人。わたしの信頼する人たち」

「わたしも信頼してもらえる友人だと思ってました」

今度は、ブランソンも言い訳をした。「あなたを守っているつもりだった」

「嘘でしょう。あなたは職場のだれも信じていなかった。わたしのことも、グレイのことも。あなたはなにかがおかしいと気づいていた。スパイがいると考えて、そのスパイとは幹部だろうと見当をつけた」

ブランソンは重苦しいため息をついた。これ以上、話をつづける勇気がなさそうだった。

レナは尋ねた。「グレイがビッグ・ホワイティだと疑っていましたか？」

「わからない」

彼女の表情から、ほんとうにわからないのだろうと、レナは思った。

ブランソンはつづけた。「ビッグ・ホワイティが密告されたのが不可解だった。グレイの秘書か、あなたのチームメイトのだれかが情報の提供者だと思っていたんだけど」

「もしくは、わたし？」

ブランソンはレナの背後に目をやった。「そうは思わなかった。でも、賭けているものが大きすぎて、だれかを信用するというリスクは負えなかった」

レナはデニース・ブランソンをじっと見つめながら、五年前の自分を見ているようだとまた思った。昔のレナなら、ひとりで抱えこもうとしたはずだ。だれも信用していなかった。だれにも頼らなかった。助けを求めなかった。正しい行動ができるのは世界でひとりだけだと思っていた。いまでもそういう傾向は残っている。いつも直感で動きたくなる衝動と戦っている。ときには勝つ。たいていは負ける。でも、とにかく努力しているのだと思って、自分を慰める。

「グレイが逮捕されたのは市長のオフィスにいるときだったと聞きました。庁舎の玄関まで連れていって、逮捕の瞬間をだれの目にも触れるようにしたんだとか」

ブランソンはその話を知っていたらしく、にやりと笑った。「あのブロンドがグレイを逮捕したの。ミッチェル捜査官。きっと、手錠をかけるあいだずっとグレイの尻を踏んづけてたに違いないわ」

レナもそう思った。「グレイがいつも自分で言っていたとおりの男なら、自害する方法を見つけて、裁判官の手間を省くんでしょうけれど」

「ナイフをくれたら、わたしがやるわ」

「列に並んでください」レナは長々と息を吐いた。「わたしはあんなやつに時間を割く余裕はないんですよね。子どもたちはどうしていますか？」

ブランソンの顔が、純粋なよろこびとしか言いようのない輝きに満たされた。「元気よ、リー。わたしがあの子のお母さんにアーロンを返したの。家族に囲まれてる。兄弟そろって帰ったの。これから大変だろうけど、ふたりにはおたがいがいる」

レナはまた、過去の自分を見ているような不思議な感覚に襲われた。ジャグリングのボールは、うまくいっているときは見ていておもしろい。空中でボールが交差する様子を見ていると、ストリートで手に入るどんなドラッグより多幸感を味わえる。もちろん、その状態は長くつづかない。たくさんのボールをいつまでも空中に投げあげては受け止めることができる人間などいない。最初の一個が落ちると、ひどくがっかりする。二度目はまあまあ残念に思う。三度目か四度目になると、次のボールを見つけて投げあげ、先に進むだけだ。

レナはいままで数えきれないほどのボールを落としてきた。

「あなたを許します」ブランソンに言った。

ブランソンは一瞬、意外そうな顔をして、それから警戒した。「なぜ？」

「わかりません」レナは正直に言った。二度目のチャンスが与えられることは身にしみてわかったが、ほかの人間にそれほど寛大になれたことはなかった。ジェフリー・トリヴァーを失っていろいろなことを知ったが、ジャレドを失うかもしれないという恐れには、ただただ打ちのめされた。

ブランソンが尋ねた。「考えてみたい？」

「いいえ」レナはありのままに、正直に答えた。「デショーンとエリックは死んでしまった。グレイは悪魔だったとわかった。ポールはアトランタ市警に求職した。ジャレドはもう少しで死ぬところだった」レナは喉に塊がこみあげるのを感じた。小さな豆のことは言わなかったが、記憶はまだ生々しかった。「これ以上、だれかを失うことはできないんだと思います」

ブランソンはまだ納得していなかった。「あなたとジャレドが襲われたのは、たぶんわたしのせいよ。あなたは首になっていたかもしれない。内部調査室のくそ野郎たちがあなたの話を信じたのは、神さまのお恵みね」

「あいつらがわたしを信じたと思います？」レナは笑った。「わたしがいま路上か留置場にいないのは、あいつらがなにひとつ証明できなかったからですよ」レナはシンクへ行って水栓をひねった。水は氷のように冷たかった。身を屈めて、蛇口から水を飲んだ。

「わたしは悪い友人だった。それはわかってるの」ブランソンの声が低くなった。「あなたがつらい目にあったのも知ってる。このことが起きる前にね」

レナは水栓を閉めた。人を信頼することができないのは、ブランソンだけではない。レナは、流産したことをだれかと話そうとは、一度たりとも思ったことはない――ジャレドとも、ブランソンとも、自分自身とも。正直に言えば、なにかひどい失敗を犯したような、恥ずべきことであるような気がしていたからだ。そうでなくても、レナは自分の気持ちを警察署の女性用トイレで吐露するつもりはなかった。

「大丈夫です。自分で切り抜けなければならないことなので」

「そう」ブランソンも、ただうなだれて座っているだけの人間ではない。「でも、話したくなったらいつでも言ってね」

レナは手を見おろした。空っぽの腹ではなく、シンクにかかっていた。そういうものなのだろうか――少しずつ慣れていくのか。ベネディクト医師のクリニックにいた看護師は、ひとつだけ正しいことを言った。悲しみは消えはしないけれど、変わっていく。

また長いため息が漏れた。シンクの上の鏡を見て、あれから二十歳くらい年を取ったようだと思った。「ジャレドにはほんとうにいらつくんです。外出する口実ができていいかも」

ブランソンは鏡のなかのレナと目を合わせた。「わたしもよ」

レナは待った。

ブランソンは咳払いした。なんとか声を出そうとしている。「リラっていうの。しばらく前からつきあってる」

それ以上、レナは詮索しなかった。「内部調査室は何時ごろあなたを解放するの？」

「さあ」

「終わったら電話してください。〈バーニーズ〉へ行きましょう」

ブランソンは顔をそむけた。打ちのめされた表情が戻ってきた。〈バーニーズ〉は警官のたまり場のバーだ。いままで命令していた男たちと顔を合わせたくないのだろう。

「いいことを教えてあげます」レナはペーパータオルを取った。「わたしの知るかぎり、この署全体でグレイがおかしいと気づいていたのはあなただけだった。あなたは誘拐された子どもの命を救った。その子を安全にかくまった。家族のもとへ帰した。マリー・ソーレンセンの母親の名誉を守った。危険な捕食者を町から追い出した。あなたはその手柄を全部まとめてリボンをかけて州にあげたんですよ」ペーパータオルを捨てた。「そうでしょう？　全部あなたのしたことでしょう？」

「そういう言い方もあるかもね」

「わたしに言わせれば、どこのばかに訊かれてもそういう言い方しかありません」

ブランソンはかぶりを振った。話の行き先が見えていた。「内部調査室はわたしを英雄とは見ていないからね、リー。わたしのお尻が椅子の座面についたとたん首にするつもりよ」

「だったら、話を聞いてくれる報道機関に直行すると言ってやればいい。そうだ、いっそのこと全国ニュースにすればいいんですよ。カナダでも報道してもらいましょう。あの子を救うためになにをしたのか教えてやって、メイコン警察になぜあなたを首にしたのか説明させるんですよ」レナは笑った。「報道機関が話の裏を取りたいって言ったら、わたしの電話番号を教えてあげてください」

ブランソンはまじまじとレナを見た。「あなた、やばい女だ。知ってた？」

「たぶん」レナはドアに手をかけたが、あけなかった。「わたしはいまのあなたみたいな目に何度もあってるから、どうやって窮地を脱出するか心得てる」

「で、ほんとうにうまくいくと思う？」

「現代の警察が悪評を嫌うことをゆめゆめ忘れるな」レナは自分のオフィスのドアにもこの言葉を彫った板を掲げようと思った。「やつらに年金を奪われるな。まず狙われるのはそこだから。刑事より下に降格させるな」レナはあることを思いついてほほえんだ。「ポールはアトランタ市警に入れると思う？」

ブランソンも笑った。「白人、元軍人よ？　レッドカーペットを敷いてお出迎えされるわ」

「なんにしても、わたしには新しいパートナーが必要」

「塩と胡椒みたいな？」

「と言うよりも『チコ・アンド・ザ・マン』みたいな」レナはドアをあけた。笑顔がたちまち消えたのは、この日二度目だ。

　ウィル・トレントが壁に寄りかかっていた。ひどい顔をしていた。黒と青の痣の隙間に、大人の男の拳ひとつ分くらいの赤黒い斑点がある。

　レナはブランソンに言った。「あとで電話ください」

「わかった」ブランソンはウィルに一瞥もくれず取調室へ向かった。パターソンがドア口で待ち構えていた。彼ににらみつけられ、レナは舌を突き出してやりたい衝動をこらえた。

　ウィルはブランソンがドアを閉めるまで待ち、レナに言った。「ジャレドはもう復帰したんだな」驚いたレナの顔を見て、ウィルはつづけた。「いまロッカールームに入っていくのを見た」

　レナは顎に力が入るのを感じた。ジャレドのやつをあとでどやしつけてやらなければ。あのばかは生き延びたけれど、素手で絞め殺してやる。

　ウィルがブランソンのほうへ顎をしゃくった。「大丈夫？」

「大丈夫だと思う？」喧嘩腰になってはいけない。ＧＢＩはブランソンの件に大きな影響力を持つかもしれない。

「デニース・ブランソンみたいな人を怒らせなくても、ここはすでに悪評紛々だと思うけど」

レナはいつからウィルが廊下で立ち聞きしていたのだろうと考えた。「デニースは罰を受ける気でいるわ」

「ぼくの経験では、ああいう人は普通、叩かれても立ちなおるよ」そう言って、ウィルはじっとレナを見た。ふたりとも、レナが灰のなかからでも立ちあがることを知っている。

「そうね」レナは腕時計を見たが、急ぎの用はばかな夫の首根っこをつかんで家に連れて帰ることくらいだ。「どうぞ、仕事に戻って」

「もう終わった。きみに話があって待っていた」

レナは全身が不安で冷たくなるのを感じた。「話って？」

「きみが正しかったと言いたかった」

レナは、なにかの冗談かと思って笑い声をあげた。「なにが正しかったの？」

「襲撃事件について。内部調査官は、きみの潔白が確定するまで言わせてくれなかった」

笑い声は止まっていた。「なにを？」

「きみのせいではなかったことを。あのふたりの男たちがあの晩きみの家に侵入したのは、ジャレドがクリニックでたまたま言ったことが原因だった」

まったく意味がわからない。ウィルが外国語をしゃべっているみたいだ。

「カイラ・マーティンが、ベネディクト医師のクリニックに欠員の穴埋めで入っていたんだ。彼女は、ジャレドがビッグ・ホワイティの話をするのを聞いていた」

レナの口はぽかんとあいたどころではなかった。顎が床をかすめたも同然だった。カイラ・マーティン。三日前にその名前を聞いたときに、聞き覚えがあるような気がしたのだが、百万年たっても思い出せなかっただろう。「メイコン総合病院の看護師だと思ってた。トニー・デルの義理の妹でしょう」

「ベネディクト医師のクリニックで、パートタイムで働いていた」ウィルは、子どもに話すように丁寧に説明した。「カイラは、グレイがビッグ・ホワイティじゃないかというジャレドの話を聞いてしまった」

「信じられない」乾いた笑いが喉を引っかいた。あのときの会話が、ますます悪い冗談のように聞こえた。「ジャレドはふざけて言ったのに」

「カイラはそうは思わなかった。デショーン・フランクリンに伝えて、フランクリンにたいしたことじゃないと言われたら、今度はロニー・グレイ本人に話した。グレイはきみとジャレドのもとへ殺し屋を送りこんだ」

まったくわけがわからない。「どうしてあの女が――」

「カイラはチャック・グレイが白血病で亡くなる前につきあっていた。グレイとも親しかった。というか、あの手の人間にしては親しかった」ウィルは両手をポケットに入れた。

「ぼくの私見を言わせてもらえば、カイラは周囲を振りまわすのが好きなタイプの女だった」

レナはかぶりを振りながらも、自分の頭が懸命にいま聞いた情報を処理しようとしているのを感じていた。ベネディクト医師のクリニックに行ったときのことは覚えている。ジャレドがくだらない話をしたのも覚えている。そして、一瞬その話がほんとうかもしれないと思い、でもいつものジャレドの戯れ言だと退けたのを覚えている。

「信じられない」そう言うのがやっとだった。

「どうして？　事実だが」ウィルは笑っていなかった。オチを言う前触れだ。「きみのせいじゃない。ジャレドのせいでもないと思う。ただ、なるようになったってことだ」

レナは壁に背中を押しつけた。どこで自分が間違ったのか、自分がなにをしでかしたのか、死ぬほど悩んだのに。結局、自分の責任ではなかった。「わたしはてっきり……」またかぶりを振った。頭がぶるぶる揺れる人形になってしまいそうだ。「仕事に関係があると思ってた」

「それはそうだろう」ウィルが言った。「だれだって仕事に関係があると思うさ。でも違った」

「わたしたち……」声が途切れた。なによりも思いがけない事実を口にできなかった。街角で犯罪にあうことはありうる。けれど、今回は医師のクリニックで禍が待っていた。あそこは安全だと思っていたのに。

「わたしはカイラ・マーティンに会ったことすら忘れていた。ニュースで顔は見たけれど、一瞬もあのときのことを思い出さなかった」遠い記憶のなかから、急によみがえったものがあった。「たしか、電話がかかってきた」

「参考までに言っておくけど、きみはぼくのパートナーをほんとうにいらいらさせた。フェイスは退職するまで言いつづけるね、この世に偶然なんかないって」

レナはまだかぶりを振りつづけていた。レナも偶然など一度も信じたことはない。

「さて」ウィルが言った。「質問はある？」

ひとつしか思い浮かばなかった。「サラはわたしのせいじゃないって知ってる？」

ウィルはためらったが、はっきりと答えた。「知ってる」

レナは、頬がゆるむのを我慢しなかった。「で、あなたがわたしにそれを伝えに来たことを知ってるの？」

「知ってる」

「止められなかった？」

「もうアトランタに帰らないと」ウィルはこの話をしたくないらしく、壁から体を起こした。「きみとジャレドが大丈夫そうでよかった」

レナはまだ話を終わらせなかった。「電話ですませればよかったのに。メールでも」

ウィルは訳知り顔でレナを見た。「きみはオフレコのときのほうが正直だからね」

どういう意味かと尋ねる必要はなかった。たちまち、あの晩自宅で金槌を振りあげたときのことが思い出された。ジャレドは床で血を流していた。ひとりの男はすでにことされていた。フレッド・ザカリーの背骨に全力で体重をかけたせいでできた膝の痣は、いまでも痛む。しっかり思い出せば、あのとき骨が折れる音が耳のなかに響く。ジョージア州の〝城の法理〟では、自宅への侵入者に対し、命の危険があると考えられた際には致死的な力を用いてもよいとされている。レナと同様に、ウィル・トレントには、フレッド・ザカリーがそれほどの脅威ではないとわかっていた。

彼は軽く頭をさげた。ふたりしか知らない真実を認めたしるしだ。「それではまた」

「〝また〟はもうないわ」

「レナ」ウィルはほとんど切なそうに言った。「ほんとうにそうだといいと思うよ」

ウィルはポケットに両手を入れたまま立ち去った。レナははじめて彼と会ったときのことを思い出した。三つ揃いのスーツと穏やかな態度は、警官というより保険屋のようだった。レナはみずからの過ちから学ぼうとしてきたが、ウィルはなかでも大きな人生の教訓を与えてくれた。保険屋はレナをもう少しで刑務所送りにするところだったのだ。

それも、もっともな理由があって。

レナはウィルが建物を出たころを見計らって、取調室のドアへ向かった。耳を澄ましたが、なにも聞こえなかった。ブランソンの声はもともと低く、ブロック・パターソンは大昔の修道女並みにやわらかい声をしている。レナは気持ちのうえでブランソンに寄り添いたくて、ドアに手のひらを当てた。レナは何度もこのドアの内側に入った。何度もドアの外側でだれも待っていないことを思い知った。

「よっ」

レナはくるりと振り向き、そこにジャレドを見つけて驚いた。だが、すぐに驚きはおさまった。「ばかっ。なにしてんの？　どうして――」

ジャレドはレナを黙らせるためにいきなりキスをした。

レナは険しい顔で唇を離した。ジャレドはブルーのスウェットパンツに、オレンジ色のオーバン大学のスウェットシャツを着ていた。包帯ははずしている。後頭部の髪があひるの尻尾のように突っ立っていた。頭部はフランケンシュタイン並みに縫い目だらけで、すでにフェイスブックのページに何度か写真が投稿されていた。

「どうやってここへ来たの？　運転は許可されてないでしょう」

「エステファンが新しいハーレーを見せたいって迎えに来てくれた」

「エステファン」レナはぼそりと言った。このふたりのばかさ加減ときたら。「家に帰らないと」

「連れて帰ってくれ」ジャレドはレナのウエストに両腕をまわした。

「ジャレド」

「連れて帰ってくれよ」ジャレドはレナの尻をつかんで前へ押した。レナはその手をぴしやりと払った。この建物は監視カメラだらけだ。受付の巡査がいまにも録画ボタンを押そうとしているに違いない。

「いまごろ家で寝てるはずでしょ。入院していたくせに。死にかけたくせに」

「眠くない」

「ばかを言わないで。まぶたがもうつぶれそうじゃない」

「きみが少し口を閉じてくれるといいんだけど」

レナはジャレドをぎろりとにらんだが、そのとき気づいた。ネルとそれなりに長い時間を一緒に過ごすと、こういう妻にはなりたくないと思うようになる。レナとしても男をつけあがらせないことには大賛成だが、ジャレドの継父はとても中性的で、トイレも座って用を足すのではないかと思われるほどだ。

ジャレドは入口へ向かうあいだずっとレナに寄りかかっていた。「今度のバイクはすごくいいよ。サドルバッグにはプッシュボタンがあるし、ツインカム一〇三は……」

レナは彼の声を締め出した。ウィルの話が頭のなかで渦巻いていた。カイラ・マーティン。ベネディクト医師のクリニック。どんなに思い出そうとしても、カイラの顔を思い出せない。風景に混じってしまう顔のない人間のひとりでしかない。

ジャレドもカイラを覚えていなかった。とにかく、一度ニュースを一緒に見たときは、なにも言わなかった。カイラ・マーティンの顔が画面に映ると、彼は解説がはじまる前にテレビを消した。

レナと違って、ジャレドは自分たちが狙われた理由に興味はないようだった。狙撃犯が失敗して幸運だったとしか考えていない。いや、むしろレナのせいだと考えているが、レナに責任を感じさせたくないのかもしれない。

ジャレドが幸福な無知のなかで生きていても、レナはかまわなかった。フレッド・ザカリーが司法取引に応じたので、公判は開かれない。狙撃犯ふたりがレナとジャレドの家に送りこまれた理由が公式な場で証言されることもない。だから、ジャレドが今回の禍を招き寄せたのは自分だったと知ることもない。彼は他人に対しては寛大だが、自分のミスは簡単に許さない。レナのほうが、罪の意識を抱えながら生きていくことに慣れている。夫をだましていることに後ろめたさを覚えないわけではないけれど。

ふたりはやっと玄関ロビーにたどり着いた。ジャレドが足を止めた。壁に手をついて体を支えた。ふたりとも、この空間にはカメラの死角があることを知っている。この建物に勤務している警官なら、ひとり残らず知っている。

だが、ジャレドはみだらないたずらをせずに、レナに言った。「少し汗臭いぞ」

「よけいなお世話」レナはジャレドの肩を軽くパンチした。

ジャレドはにっこり笑った。「きみの目って前からブラウンだっけ？」

「あなたって前からおばかさんだっけ？」

ジャレドは真顔になった。目元の笑い皺は、完全には消えなかった。「もう一度、トライしたいんだ」

レナは顔が熱くなるのを感じた。なにをもう一度試したいのか、訊く必要はなかった。

「いい考えだと思う？」

「いや、思わない」ジャレドは笑った。「でも、最初のときも、それでやめたりしなかっただろ」

レナは返事ができなかった。自分の気持ちが、自分に覚悟ができているのかどうか、よくわからなかった。この前はアクシデントだった。意図的にするのは神意に逆らっているような気がする。

「リー」ジャレドがレナの手を取った。最近、よくそうする。レナはいらだちがこみあげるのを待つが、たいていはがっしりとした手の感触と握力の強さに、もうこの人は大丈夫だと思えて、ありがたい気持ちになる。

「きみとおれの子どもがほしいんだ。一緒に人生を創っていきたい。家族を」

その言葉を聞いただけで、レナはすべてがほしくなったが、怖くて返事ができなかった。

ふたたび希望を持つことに怖じ気づいていた。

だから、レナは言った。「わかった」

ジャレドは間抜けな笑みを浮かべた。「ほんと？」

「ほんと」レナは念のために繰り返した。「ほんとうよ」

ジャレドのキスはいつもよりほんの少し長かった。レナの頬に手を当てて目を覗きこむ。親指が、たったいま唇のあったところをなぞった。「あと、キッチンを全部やりなおす。父さんのやり方が間違ってた」

レナが連発した悪態は、駐車場に入ってきたバイクのクラクションにかき消された。ガラスのドア越しに、バイクがずらりと並んでいるのが見えた。警察仕様のハーレーダビッドソンが六台、日差しを反射していた。密売所の地下室にシド・ウォラーが貯めこんでいた現金で購入したものだ。

「すっげー！」ジャレドはプールパーティの男子学生のようだった。椅子の背やドアの取っ手など、つかまれるものすべてにつかまりながら、よろよろと駐車場のバイクへ近づいていった。

レナはかぶりを振りながらポケットから鍵を取り出した。被疑者が勾留されているエリアで武器の携帯は許されていないので、玄関ドアのそばにロッカーが並んでいる。レナは該当する鍵穴に鍵を差しこんだ。普段から小さなバッグは持たない。窮屈なロッカーに何度も押しこまれたメッセンジャーバッグは、金属にこすられてキャンバス地がところどころすり切れている。レナはいつもの癖で、バッグのなかにグロックと財布と鍵とペンが入っているか確認した。

ふと思い出し、外ポケットに入れておいた絵葉書を捜した。ちゃんと入っていた――切手を貼って、あとは投函(とうかん)するばかりになっている。三日前からこの絵葉書をバッグに入れたり、ポケットに差しこんだり、チェストの上に置いたり、どこへ行くにも持ち歩いていた。レナはその絵葉書を取り出し、メイコンのダウンタウンの写真を見た。上部に〝ジョージアのハートへようこそ〟と流れるような黄色い文字が印刷してある。

レナは葉書を裏返した。宛先は、四年前にアトランタへ封書を送ったときと同じだ。

あの手紙。

自分はずっとサラ・リントンの考え方に引きずられていたのだと、レナは気づいた。五年間、なにをしていてもジェフリーの死に対する自責の念につきまとわれていた。あるとき、どこまでも深い穴に落ちこんだレナは、穴の底に触れずにはいられなくなった。そして、サラに赦(ゆる)しを乞い、罪の免除を求める手紙を書いた。その手紙は、まるで法廷で読みあげるための調書のようだった。自分自身の善良さをみずから証言し、証拠を提示した。細部の矛盾を強調し、視点によって見え方の異なる事実を自分に都合のいいようにうまく調整した。あれは謝罪の手紙ではなかった。魂を返してくれと懇願する手紙だった。

この絵葉書は違う。三ページにもわたる長ったらしいものではなく、たった六文字しか書いていない。なにかを求めるのではなく、与えるための便りだ。

レナは自分の力で傷ついた魂を回復させた。いまの生活を見渡せば、うまくいっているとしか思えない。仕事はできる。友人たちによくしている。おしゃべりだがすばらしい男と結婚した。いつかふたりの子どもができるだろう。もしかしたら、ひとりだけではないかもしれない。ふたりで家族を創るのだ。ネルの訪問をやり過ごし、誕生日やクリスマスや感謝祭にはパーティを開く。サラ・リントンに自分の選択をどう思われようが、いつも正しいことをしてきたと自負できるはずだ。

徳はそれ自体が赦しなのだ。

ロッカーのそばには郵便箱がある。上部にアメリカ合衆国郵便公社のロゴを彫りこんだ真鍮(しんちゅう)の銘板がついている。毎日ランチタイムに、受付の女性が郵便物をまとめて郵便局へ持っていく。警察署に勤める役得のひとつだ。とくにランチタイムをゆっくり取りたい者たちにとってはありがたい慣習だ。

レナは絵葉書を見おろした。つかのま、破いてしまおうかと思った。だが、それはできなかった。自分は大丈夫、赦しを必要としているのはサラのほうだ。忘れることができずにいるのはサラだ。彼女を解放してあげても損はしない。

レナは郵便箱の差出口に絵葉書を差しこんだ。一瞬だけ手を止め、なかのかごに葉書を落とした。

外でバイクのアイドリング音がした。ジャレドがバイクにまたがっていた。自力では直立できないので、背後からエステファンが支えている。

レナはメッセンジャーバッグを肩にかけてドアへ向かった。

ジャレドのほうへ。

人生のほうへ。

サラが絵葉書を読むところを想像すると、頬がゆるんだ。メッセージは簡単だ。自分自身に対しても、さらりと書けただろう——。

いい、いい、

あなたの勝ち。

謝辞

とても幸せなことに、わたしのチームにはすばらしいメンバーがいるのですが、なかでもアンジェラ・チェン・カプラン、ダイアン・ディケンシード、ヴィクトリア・サンダーズには、ばらばらなものをぴったりくっつける糊の役割をしてくれたことに感謝します。

いつものように、担当編集者のケイト・エルトンとジェニファー・ハーシーの識見と寛大さに感謝を。

そして今回もドクター・デイヴィッド・ハーパーには、医療の知識を授けていただきました。彼のおかげで、サラはもう何年も人を殺さずにすんでいます。いつも変わらない導きに感謝します。それから、ジョージア州捜査局の腕利き捜査官のみなさんには、きっと素っ頓狂な質問ばかりしていると思いますが、いつもきちんと答えてくださることに永遠の感謝を捧げます。犯罪のやり口を尋ねるのは創作のためであり、悪用しないことを誓います。医学博士のチップ・ペンドルトンは名医であり、グレイディについて惜しみなく助言をくださる名顧問でもあります。博士、きわどすぎるユーモアのセンスと――もっと大事なことですが――時間を使ってくださることに感謝します。

シンシナティ・メディアのベス・ティンドール、別名ウェブマスター・ベス、別名わたしの親友に。長年わたしにくっついてくれて、そしてカメラのフラッシュを使わせないでくれてありがとう。

世界中でわたしの本を出版してくださる出版社と、わたしの本に関わってくださるみなさんへ。サポートに感謝します。読者のみなさんへ。思いやりとフェイスブックに投稿してくださる猫の写真をいつもありがとう。

父さんへ。わたしが若く愚かだったころからずっとそばにいてくれてありがとう。

DAへ。わたしが老いて賢くなってもそばにいると約束してくれてありがとう。残念ながら、老人と賢者のうち片方にしかなれそうにないけれど。

解説

北上次郎

カリン・スローターが書き続けているのは、女たちの物語である。物語の中心に、ジョージア州捜査局の特別捜査官ウィル・トレントがいるので、そのことに気がつくまで時間がかかってしまった。このシリーズの第一作『三連の殺意』を読んだときに、私は次のように書いた。

「ウィルが主人公のわりには、物語の前面に出てこないのも、おやっと思う。あくまでも控えめに、遠慮深く、物語の奥にいるという感じである」

最初から気がついていたのなら、そう書けばいい。この男は主人公というよりは狂言まわしにすぎないと。この男が主人公であると安易に紹介してしまうのは、〈ウィル・トレント〉シリーズと版元が表記しているので、それに逆らう勇気がなかったからだ。シリーズ名が「ウィル・トレント」というのだから、この男が主人公に違いあるまいというのは短絡的すぎる。いいじゃないか、逆らっても。このシリーズをここまで何作も読んできた人なら、ウィル・トレントは狂言まわしにすぎないと紹介しても納得してくれるだろう。

しかしその前に、本書で初めてカリン・スローターの著作を手にする読者もいるかもしれないので、ここまでの〈ウィル・トレント〉シリーズの邦題を列記してみる。『罪人のカルマ』の解説に、一応リストは載せたのだが、もう少し内容に即した表があったほうがいいと思うので、今回は各巻のポイントつき。

①『三連の殺意』　記念すべきシリーズ第一作
②『砕かれた少女』　フェイスがここから登場
③『ハンティング』　サラが〈グラント郡〉シリーズからこちらに合流
④『サイレント』　サラとレナとの対立はまだ続く
⑤『血のペナルティ』　六十代後半のヒロインが大活躍
⑥『罪人のカルマ』　その二人の若き日の活躍を描く
⑦『ブラック＆ホワイト』（本書）

簡単な表だが、本書を入れてもたった七冊だ。いまから全部読んでも十分間に合う。このうち①②がオークラ出版のマグノリアブックスから出て、あとはすべてハーパーＢＯＯＫＳ。〈グラント郡〉シリーズの第一作『開かれた瞳孔』がハヤカワ文庫から出ているが（こちらのシリーズは第二〜第六巻が未訳）、これは重要なので留意。先に、ポイントの補足をしておくと、「六十代後半のヒロイン」というのは、ウィルの上司アマンダと、フェイスの母親イヴリンだ。

という全体像を押さえてから、個別に行く。まず、〈グラント郡〉シリーズの第一作『開かれた瞳孔』だ。こちらはサラ・リントンを主人公とするシリーズだが、この第一作の主役はリナ・アダムズ（『サイレント』から〈ウィル・トレント〉シリーズに登場するレナ・アダムズともちろん同一人物だ）で、双子の妹シビルを殺された怒りが凄まじく、その迫力にひたすら圧倒される。挿入される少女時代に、彼女の感情の原点があるのだが、もう言葉もない。そこにサラの濃密な感情が乗っかってくるから、すごい物語だ。

この『開かれた瞳孔』は、〈ウィル・トレント〉シリーズと別シリーズではあるものの、ヒロインたちの熱い感情の物語、という点ではこちらに通底するものがある。そして『三連の殺意』から始まるこちらの〈ウィル・トレント〉シリーズは、フェイスの熱い感情が起点になっている。この女性刑事は十四歳で最初の子を産むのだが、その事情はこれまで語られていない。そう断定したあとで急に不安になったのは、私が読み落としているのかもしれないとの思いがあるからだが、この〈ウィル・トレント〉シリーズにはまだ書かれていないことがたくさんあるので、その可能性が高い。それはカリン・スローターの得意な手法でもある。たとえば、ウィルが育った児童養護施設で何があったのかは、まだ語られていない。こちらははっきりと記憶がある。そこで妻のアンジーと知り合ったと書かれているだけで、その詳細はまだ明らかではないのだ。いずれ描かれるのだろうが、このアンジーもすごいヒロインだから、アンジーの主役の巻は絶対にぶっ飛びものだ。そこでおそらく児童養護施設で何があったのかも描かれるだろうから、シリーズ屈指の傑作となるのは間違いない。こういうふうに「隠しながら」進めていくのもカリン・スローターだ。

考えてみれば、ウィルの上司アマンダがどういう女性なのか、シリーズ前半ではまったく描かれていなかった。『血のペナルティ』で突然、拳銃を手に大活躍するから驚いた。なんなんだこの婆さまたちは。続く『罪人のカルマ』を読むと、やっと納得。アマンダもイヴリンも、若いときからタフな女性であったのだ。男たちに伍して活躍する若き日の冒険譚を読むと、若いときからこれだけタフであったからこそ、年取ってもあれだけタフなのだ、と納得する。突然タフになるわけがない。それまでも、フェイスやサラの怒りを前面に出して物語を展開してきたこのシリーズのピークは、この『血のペナルティ』『罪人のカルマ』ではあるまいか。ここにはほとんどウィルの影すらない。

で、ようやく本書の話になるのだが、ここでの主役は久々のレナ・アダムズ。『サイレント』以来だから久々だが、冒頭とラストを彼女の視点で描いていることから明らかなように、レナが主役の物語である。ストーリーの紹介はあえてしない。カリン・スローターの新作だから、というだけの理由であとは黙って読まれたい。カリン・スローターはいまやそういう信頼印の作家である。またもや女たちの物語であること、読んで損のないことは保証つきだ。珍しくもウィルの登場シーンが多いけれど、それでも脇役の範囲を出ないのはいつものカリン・スローターで、そうか、今回は時間軸を少しズラしながら描いているのも特徴か。冒頭の激しいアクションから一気に物語に引きずり込むカリン・スローターの世界をたっぷりと堪能していただきたい。

訳者紹介　鈴木美朋

大分県出身。早稲田大学第一文学部卒業。英米文学翻訳家。主な訳書にスローター『彼女のかけら』『ハンティング』『血のペナルティ』、ピアースン『ゲティ家の身代金』(以上ハーパーBOOKS)など。

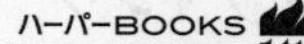

ブラック&ホワイト

2019年6月20日発行　第1刷

著　者　カリン・スローター

訳　者　鈴木美朋(すずき みほう)

発行人　フランク・フォーリー

発行所　株式会社ハーパーコリンズ・ジャパン
東京都千代田区外神田3-16-8
03-5295-8091(営業)
0570-008091(読者サービス係)

印刷・製本　株式会社廣済堂

定価はカバーに表示してあります。

この書籍の本文は環境対応型の植物油インクを使用して印刷しています。

Printed in Japan
ISBN978-4-596-54115-4